근대문학 속의 동아시아

근대문학 속의 동아시아

초판 1쇄 발행 2012년 9월 28일

지은이 구모룡
펴낸이 강수걸
펴낸곳 산지니
편집 손수경 권경옥 양아름 윤은미
디자인 권문경
등록 2005년 2월 7일 제14-49호
주소 부산광역시 연제구 거제1동 1498-2 위너스빌딩 203호
전화 051-504-7070 | 팩스 051-507-7543
홈페이지 www.sanzinibook.com
전자우편 sanzini@sanzinibook.com
블로그 http://sanzinibook.tistory.com

ISBN 978-89-6545-198-3 94810
      978-89-6545-194-5(세트)

크리티카 & 03

근대문학 속의 동아시아

구모룡

산지니

지난여름 연변에 갔다. 나를 사로잡은 풍경은 안갯속에 잠깐 모습을 드러낸 천지나 천지에서 떨어지는 장백폭포의 위용보다 우아한 자태로 정답게 어울려 손짓하는 자작나무였다. 한동안 나는 자작나무의 정령에 홀렸다. 예세닌의 「자작나무」를 들춰 읽었지만 그때의 감흥을 되살리진 못했다. 장백산(백두산) 기슭의 자작나무는 이미 나의 시가 되었다. 그런데 먼 변경 훈춘의 국경지역은 많은 이야기를 하려 했다. 동아시아의 발칸으로, 서구 열강과 러시아와 일본이 각축하던 만주의 끝자락이 중국과 러시아와 북한의 상호 교역 시장으로 거듭나고 있었다. 훈춘에서 북한의 나진항으로 고속도로가 난다는 이야기도 들린다. 마침내 중국은 항구를 빌려 동해로 나아가려 한다. 변경에서 나는 다시 동아시아 리저널리즘(regionalism)을 생각했다.

16년 전, 재직하는 대학에서 동아시아학과를 만들면서 학문의 영역은 활짝 열렸지만, 고백컨대 갈수록 잡다한 관심만 더하여 나의 공부는 방황의 연속이었다. 동학들과 더불어 동아시아 지성을 비교연구하자는 포부도 아직 실현하지 못했다. 그나마 한국문학에 대한 비평과 연구를 놓치지 않은 덕에 내용을 초과하는 이름을 단 책을 내게 되었다. 제유(提

喩, synecdoche)에 관한 저서(『제유-동아시아의 시적 수사학』은 내년에 발간될 예정)를 제외하면 이 책은, 동아시아적 시각으로 한국문학을 논의한 첫 결실이다. 많이 미흡하나 이를 새로운 시작으로 삼으려 한다. 지성사에 대한 초심을 거듭 확인하면서 같은 표제의 후속편을 쓸 것이라 마음을 다진다.

동아시아 문인지성에게 있어 근대는 피할 수 없는 파도와 같았다. 그것은 밀려오는 파도에 휩쓸려 들면서 그 속에서 생존해야 하는 지난한 곡예를 연상케 한다. 그 누구도 기슭의 언덕에서 우렁우렁 밀려오는 파도를 관망하고 있지는 못했을 것이다. 어떤 지성은 그 파도와 싸우는 일을 필생의 과제로 생각하고 생을 던졌고 또 다른 지성은 파도와 함께하는 곡예의 실존에서 생의 의미를 찾았다. 또한 밀려오는 파도 너머의 세계를 갈망하며 그 세계에 도달하는 것을 삶의 목표로 삼은 이도 있었다. 이처럼 서구에서 동아시아로 밀려온 파도는 동아시아인과 동아시아 지성에게 유사 이래 가장 험난한 선택을 강요하였다.

서구라는 타자의 등장과 함께 동아시아인은 비로소 '우리'가 무엇인지를 자각하기 시작하였다. 그들과 다른 우리에 대한 인식은 동양, 황인종, 민족, 국가 등의 개념을 매개로 변주된다. 모두가 타자와의 교섭에서 형성된 개념들이다. 이 가운데 민족은 동아시아 근대를 줄곧 요동치는 개념으로 부각된다. 근대든 반근대든 민족의 이름으로 명분을 얻고 민족의 이름으로 치장된다. 이러한 가운데 민족주의는 모든 가치와 판단에 있어 특권화된 상위 개념으로 자리 잡게 되고 소위 '저항과 창조의 등가이론'이 하나의 보편논리로 통용되게 된다. 그러나 민족과 민족주의는 제국과 제국주의의 대타 담론일 뿐이다. 민족이나 민족주의보다 근대의 관점에서 우리를 새롭게 보아야 하는 까닭이 여기에 있다. 말

6

할 것도 없이 이러한 관점이 민족이나 민족주의 개념을 폐기한다는 것은 아니다. 민족과 민족주의를 근대 안에서 사유하는 시점의 전환을 말하는 것이다. 그 어떤 개념에 있어서도 근대의 바깥은 없다.

동아시아 근대 지성은 근대에 직면하여 여러 형태의 모험을 도모한다. 이들은 근대를 배우면서 근대를 넘어서야 하는 이중 과제를 안고서 근대 역사의 주체적 행위자들로 등장했다. 이들에게 근대는 그야말로 '뜨거운 감자'였다. 하지만 한번 먹고 치우면 해결되는 것이 아니었기에 항상적인 난제였던 것이다. 학습하지 않으면 안 되는 근대, 그러나 배우면 배울수록 주체를 흔드는 근대. 동아시아 지성의 근대 학습은 끊임없는 자의식이 강요되는 행위였다. 이것은 근대를 새로운 세계에 대한 복음처럼 받아들인 지성에겐 일시적인 일체감의 행복보다 궁극적인 좌절을 가져다주었고 그것을 극복해야 한다고 조급해한 이들에겐 폐쇄적인 자기만의 감옥을 선사하기도 했다. 그래서 이들이 추구한 근대의 모험은 민족주의와 파시즘으로부터 결코 자유롭지 못하였다.

냉전체제가 와해되고 20세기 후반에 들어서야 우리는 근대를 돌아보고 동아시아적인 시각으로 서로를 볼 수 있게 되었다. 시장이 전 지구적 규모로 확대된 지금이야말로 근대를 넘어설 대안 모색이 절박하게 된 것이다. 동아시아 지역주의(regionalism)에 대한 인식 또한 제고되고 있다. 이러한 가운데 문화적 합류는 경제적 통합과 정치적 안전보장으로 가는 밑거름이 된다는 공감이 형성되고 있다. 동아시아문학론은 다양한 문화적 교류의 장에서 부상한 문학의 논리이다. 이것은 그동안 일국주의적 편향에서 벗어나 동아시아적 시각에서 동아시아 여러 나라의 문학을 읽는다는 지향을 내포한다. 이러한 동아시아문학론의 핵심주제는 역시 근대에 대한 성찰이다. 이는 문학을 통해 서구적 근대의 충격을 어떻게 직면하고 그것을 극복하려 했는가를 탐문한다. 동아시아문학론은 동아시아를 매개로 안과 밖의 경계를 넘나드는 관점을 형성한다. 이를 통해 서구적 근대와 교섭하는 동아시아 삼국 문학의 다름과 같음을 이야기하면서 새로운 개념과 이론 그리고 방법을 창안하는 것이다.

나는 비평과 연구의 경계를 나누기를 원하지 않는다. 연구자의 입장에서 동아시아문학론을 구성하는 일이 중요한 것처럼 현존 문인들의 교류와 소통도 요긴하다. 함께 만나 근대(현대)의 경험을 이야기하고 새로운 세계에 대한 구상을 나눌 수 있을 것이다. 그런데 이러한 교류는 보다 다층적일 때 구체성을 얻을 수 있을 것이라 생각한다. 나는 지방적(local) 차원에서 중국과 일본과 한국의 문학을 논의할 수 있는 방법을 생각한다. 지방적 차원이 국가적(national) 스케일을 넘어 지역적(regional) 층위로 나아가는 길이 열릴 수 있어야 하기 때문이다. 진정한 소통이란 생활세계가 자리한 터전에서 이루어질 때 의의가 있다. 이 책이 지방적 가치(locality)를 이해하면서 국가의 매개를 거쳐 동아시아 나아가 아시아를 상상하는 계기를 만드는 지향을 품을 수 있기를 기대한다.

우연찮게도 이 책이 등단 30년을 기념하게 되었다. 이십 대 초반의 어린 나이에 비평에 입문하였지만 아직도 읽기와 쓰기에 서툴다. 산지니 강수걸 대표의 독려에 힘입어 책을 묶었다. 시차가 있어 문체가 달라지고 어법도 바뀐 것이 많았는데 편집부 손수경 씨가 꼼꼼하게 갈무리해 주었다. 그동안 지역에서 함께 문학 활동을 해온 선후배 문인들, 나를 비평의 길로 인도한 훌륭한 선배 비평가들, 그리고 동아시아

적 시각을 열어주고 동아시아학에 입문하게 한 선생님들께 이 책을
바친다.

2012년 가을
구모룡

1부

근대문학과
동아시아적 시각

나무와 파도

프랑코 모레티는 문화사를 설명하기 위하여 나무와 파도의 은유를 동원한다[1]: 다윈에서 유래하는 계통발생론적 나무는 비교문헌학의 도구였다. 파도 역시 역사적 언어학(가령 언어들 사이의 중복을 설명하기 위한 '파도 가설')과 기술의 분산이나 농업의 확산을 설명하는(예를 들어 '진보의 파도' 이론) 뿌리 은유(root metaphor)로 활용된다. 나무와 파도. 그러나 이들은 은유라는 점을 제외하면 아무런 공통점을 지니지 않는다. 나무는 통일성에서 다양성으로의 이행을 표현하는 반면 파도는 최초의 다양성을 삼키는 동일성으로 관찰된다. 나무는 지리학적 불연속성을 요구한다. 이와 달리 파도는 장벽을 좋아하지 않으며 지리학적 연속성 위에서 번성한다. 나무와 가지들은 국민국가가, 파도는 시장

---

1) Franco Moretti, "Conjectures on World Literature", *New Left Review 1*, 2000. 1-2, pp.66-68

이 집착한다. 하지만 이들은 둘 다 함께 작동한다. 문화사는 나무들과 파도들로 구성되어 있다.

나무와 파도. 모레티는 이들을 세계문화를 형성하는 두 가지 기제를 나타내는 은유로 제시한다. 세계문화는 이 둘의 기제 사이에서 동요하며 불가피하게 혼합적이라는 것이다. 예를 들어 근대소설의 경우 그는 이를 확실한 파도라고 말한다. 그렇지만 곧바로 그는 이러한 파도는 지역적인 전통들의 가지들과 만나고 그들에 의해 중대한 변형을 겪는다는 지적을 덧붙인다. 그가 지적하고 있듯이 나무와 파도는 민족문학과 세계문학에 대한 노동 분할을 의미하기도 한다. 나무들을 보는 사람들에게 민족문학이, 파도들을 보는 사람들에게 세계문학이 대응한다는 것이다. 그리고 이들이 함께 작동한다는 점에서 그 결과물들은 항상 혼합적이라고 말한다. 그럼에도 그는 다음과 같은 질문을 던지고 있다. "무엇이 이 혼합물에서 지배적인 기제인가? 내적인 것인가 혹은 외적인 것인가? 민족인가, 세계인가? 나무인가, 파도인가?"

모레티의 이러한 질문은 "세계는 하나이며 문학도 하나"라는 그의 관점에서 그리 심각한 것은 아니다. 그러나 그의 질문은 세계문학과 무관한 듯 민족문학의 소우주를 그려온 우리의 전통에서 방법과 관점의 쇄신을 만들 계기가 될 수도 있을 것이다. 민족문학 혹은 지역문학에 대한 새로운 지적 도전이 요청되는 것이다. 이러한 요청과 관련하여 모레티는 '멀리서 읽기(distant reading)'라는 방법을 제안한다. 텍스트, 정전 그리고 '가까이 읽기(close reading)'의 한계에서 벗어나 지식의 조건이 되는 거리를 만들라는 것이다.[2] 그러나 모레티의 세계문학적 관점

---

2) Franco Moretti, 같은 글, pp.56-57

이 우리에게 적실한 해답을 준다는 것은 아니다.[3] 그의 은유에서 보듯 그는 그 어떤 헤게모니의 방향을 시사하고 있기 때문이다. 언젠가 파도에 쓸려갈 나무라는 슬픈 이야기라면 우리가 쉽게 받아들이기 어려울 것이다.

동아시아라는 맥락을 생각하자는 것은 나무와 파도가 만드는 복합적 국면을 보다 구체적으로 보자는 것이다. 이는 궁극적으로 적정한 거리에서 두껍게 다시 쓰기라는 문제인식과 이어진다. 이래서 동아시아는 방법, 지적 실험 그리고 프로젝트 등의 개념에 상응한다.[4] 한국 근대문학 연구에 있어서 그동안 동아시아적 맥락을 고려한 비교연구(관계론, 관련양상 연구)가 없었던 것은 아니다. 하지만 민족주의와 근대주의가 서로 분리되어 개입하는 과정에서 많은 문제들이 파생된 것도 사실이다. 다시 말해서 민족주의적 입장에서 복합국면을 단순화한 측면이 있거나 근대주의적 입장의 특권적 시선에 의한 소급 적용과 왜곡이 있었던 것이다. 이러한 점에서 동아시아적 맥락은 '민족주의와 근대주의에 호명당하는 주체'로서의 근대문학 개념을 극복하고 복합적인 형성과정에 주목하기 위한 방법으로 제시된다.

---

3) 모레티가 반주변부를 세계문학의 가능조건으로 제시하고 있는 관점은 경청을 요한다. 또한 그가 비교 형태학의 분석 방법으로 외부적 형식과 지역적 소재 그리고 지역적 형식의 세 가지 항목이 타협하는 과정으로 보고 있는 바, 이는 우리 근대문학을 설명하는 틀로 원용할 수 있을 것이다. 김용규, 「세계체제하의 비평적 모색들: 제임슨, 모레티, 칸클리니를 중심으로」, 『비평과 이론』 2001년 봄·여름호, 한국비평이론학회, 2001, 198-206쪽

4) 방법, 지적 실험, 프로젝트는 각각 다케우치 요시미, 백영서, 아리프 딜릭에 의해 명명된 것이다. 약간의 입장 차이들이 있으나 여기서 이를 엄밀하게 따질 필요는 없을 것이다. 다만 모두가 대안적 담론을 지향하고 있음을 알 수 있다.

근대문학 연구 방법 반성

우리가 현대와 다른 개념으로 근대를 사용한다면, 근대는 대체로 19세기 중반에서 20세기 중반까지에 이르는 시기로 보는 데 대부분 동의할 것이다. 이 시기 동아시아는 격변의 와중에 놓여 있었기에, 오랜 세월 동아시아의 역사를 통찰해온 노학자가 근대 동아시아사 전체를 관통하는 특징을 '시간과의 경쟁'이라는 말로 집약하고 있음에 주목하게 된다.5) 비록 지난 역사를 서술하는 데 쓰인 말이지만 경쟁의 시간에 사로잡힌 근대의 종국에 대한 의문을 유발하기에 족하다. 확실히 근대는 시간의 문제였다. 누가 먼저 서구 근대를 받아들이느냐가 역사 주역의 관건이 된 것이다. 이러한 점은 동아시아에서 오랜 모순으로 남게 된—일본의 탈아(脫亞)를 가능하게 한—행운의 시간을 상기하게도 한다. 가토 슈이치의 지적처럼 일본인의 반응이 빨랐다는 것과 상대방이 경황이 없었다는 것, 둘 중에 어느 하나가 빠졌더라도 일본은 구미의 압력에 저항할 수 없었을 것이다. 19세기 후반, 프랑스가 프로이센과 보불전쟁을 치르고 미국이 내전을 겪던 와중에 일본은 근대화의 시간을 벌수 있었고6) 마침내 서구 모방을 통하여 제국주의의 길을 걷게 된 것이다. 근대에 관한 한, 조선의 시간은 일본의 시간과 비교될 수 없었다. 이러한 사정에 비춰 조선의 근대는 일본적 근대와 서구적 근대가 중층 결정된 것이라 할 수 있을 것이다.

근대문학 연구에 있어 근대성의 문제는 핵심적 과제이다. 이러한 근대에 대한 자각은 서구라는 타자와의 충격적 만남에 의해 가능했다. 아

---

5) 민두기, 『시간과의 경쟁』, 연세대출판부, 2001
6) 마루야마 마사오 · 가토 슈이치, 임성모 역, 『번역과 일본의 근대』, 이산, 2000, 15-16쪽

시아는 서구라는 거울에 자신을 비춰보기 시작하면서 스스로의 문명적, 문화적, 민족적, 국민적 정체성을 찾아갈 수 있었던 것이다.[7] 조선의 경우 서구와 서구화한 일본과의 접촉에서 국민국가(nation-state)로 가는 길을 차단당하고 식민지로 전락함으로써 근대와 민족에 대한 인식에서 매우 복잡한 과정을 남긴다. 이러한 점을 감안하여 근대문학을 설명하는 데 동원되고 있는 내재적 발전론(혹은 이의 연장선에 있는 식민지수탈론), 이식론(혹은 이와 같은 문맥의 식민지 근대화론)을 비판적인 관점에서 검토하고 민족주의에 기초한 일국주의적 입장과 이를 통한 비교연구의 한계를 고찰하는 일이 요구된다.

내재적 발전론과 이식론

내재적 발전론이 추구하는 자생적 근대 찾기의 노력은 일국적 차원에서 가능한 일이나, 가정을 허락하지 않는 것이 역사라는 점에서 분명한 한계를 지녔다. 우선 자력으로 근대로 갈 수 있는 길이 외적 강제에 의해 차단되거나 왜곡되었다는 역사 밖의 전제가 문제이고, 다음으로 외재적 기준에 의해 탐구의 대상이 판별되었다는 점에서 오리엔탈리즘과 무연하지 않다는 것이 문제이다. 즉 내재적 발전론은 실제 역사와 다른 가정과 외재적 시점을 지니고 있다. 강상중에 의하면 내재적 발전론은 정체된 비서구 사회의 심상지리가 그려지게 한다. 여기서 그의 다음과 같은 지적을 경청할 필요가 있을 것이다. "국민경제와 중첩되는 견고한(solid) 사회에 내재적 발전이라는 지적 틀은 발전단계의 차이를 낳는 비서구 사회의 역사적인 본질에 대한 해명으로 나아가게 되는 것이다.

---

7) 사카이 나오키, 「염치없는 내셔널리즘」, 『당대비평』 2000년 겨울호, 224쪽

여기에서 근대 오리엔탈리즘은 '일종의 비교연구'가 된다."⁸⁾ 물론 내재적 발전론의 의의를 전적으로 무시할 수는 없을 것이다. 내재적 발전론이 대상으로 삼은 역사적 시기야말로 근대의 본질을 알려주고 근대 극복의 계기를 제공하는 처소라는 점에서 여전히 주목의 대상이 되기 때문이다. 다시 말해서, 내재적 발전론이 연속성의 계기를 만들고 있는 역사적 시기에 대한 재검토가 요청되고 있는 것이다.⁹⁾

실제에서 이식론이 재평가되는 것은 마땅한 이치이다.¹⁰⁾ 김철은 임화의 이식론에 대한 전통주의자(혹은 내재적 발전론자)들의 비판이 "축구 시합에 졌다고 축구 해설자를 비난하는 일"과 같다고 비꼰다. 이처럼 조선이 세계체제로 강제 편입된 것은 시간과의 경쟁에서 패배한 입장에서 피할 수 없는 일에 속한다. 임화의 발 빠른 적응을 기분 나빠하기에는 근대의 시간이 너무나 급박했던 것이다. 임화의 이식론은 단순한 단절론이 아니라 근대성 기획의 일환이었던 셈이다. 이광수 등과 함께 임화의 근대성은 세심하게 분석해야 할 사안이어서 쉽게 요약할 수 없는 일에 속한다. 하지만 여기서 분명한 한 가지 사실은 조선이 내재적인 역량과 무관하게 외적 강제에 의하여 근대화될 수밖에 없었다는 것이다. 세계체제의 주변부로서 피할 수 없었던 운명을 지녔기 때문이다.

---

8) 강상중, 이경덕 · 임성모 역, 『오리엔탈리즘을 넘어서』, 이산, 1997, 85쪽

9) 이러한 점에서 1900년대에 대한 면밀한 세부 검토는 우리의 근대가 지닌 내용과 성격을 규명하는 데 대단히 중요하다. 이에 대한 주목할 만한 연구로 다음을 들 수 있다. 정선태, 『개화기 신문 논설의 서사 수용 양상』, 소명, 1999; 김동식, 『한국의 근대적 문학 개념 형성과정 연구』, 서울대 박사학위논문, 1999; 권보드래, 『한국근대소설의 기원』, 소명, 2000 등

10) 김철, 『국문학을 넘어서』, 국학자료원, 2000, 26-29쪽; 구모룡, 『제유의 시학』, 좋은날, 2000, 14쪽

일국주의적 관점

　내재적 발전론과 이식론은 동일한 기반을 공유하고 있다. 전자의 민족주의와 후자의 근대화는 조선 민족의 근대 문제라는 공통된 관심의 지평 위에 있는 것이다. 따지고 보면 이들 모두 근대화를 보편적 가치로, 또한 그 주체를 조선민족으로 설정하고 있다. 이러한 관점에서 근대ㆍ자본주의ㆍ식민지ㆍ민족이 함께 보일 리 없으니 주체인 민족의 자기 정체성에 대해 과도한 열광을 보이거나 보편적인 근대성의 획득 여부에 대해 관심을 집중하기도 한다. 모두 국민국가적 강제에서 벗어나지 못한다. 이럴 때 근대문학 연구는 사실을 떠나 새롭게 편집될 뿐이다.

　민족주의적 입장은 현재의 내셔널리즘을 기억과 역사에 투사하여 자기동일성을 강화한다. 근대의 민족이 상상된 공동체라는 것은 두루 알려진 사실이다.[11] 동아시아의 경우 민족은 서구라는 타자에 의해 상상되기 시작한다. 이러한 과정에 문화는 중요한 장치가 된다. 언어, 출판, 교육, 문학 등을 통해 민족 동일성이 만들어지는 것이다. 말할 것도 없이 국어와 국문학도 이러한 상상된 민족공동체의 이데올로기를 담보한다. 그런데 이처럼 가공된 민족주의는 기억과 역사를 왜곡한다. 중화주의 이데올로기가 중국의 신화들(myths)을 신화체계(Mythology)로 변화시켰듯이[12] 이성시에 의하면 동아시아의 고대는 동아시아 국민국가의 역사 전유에 의한 '만들어진 고대'에 불과할 따름이다.[13] 근대문학 연구에 있어서 저항과 창조를 등질화하는 민족주의 이데올로기의 개입은 허다하다. 일국주의-민족주의-애국주의는 쉽게 접합한다.

---

11) 베네딕트 앤더슨, 윤형숙 역, 『민족주의의 기원과 전파』, 사회비평사, 1991

12) 정재서, 「서사와 이데올로기」, 『동아시아, 문제와 시각』, 문학과 지성사, 1995

13) 이성시, 박경희 역, 『만들어진 고대―근대 국민 국가의 동아시아 이야기』, 삼인, 2001

근대성을 척도로 삼는 근대주의는 외재적 시점을 특권화한다. 이는 이론의 역사성을 배제하고 있기 때문에 식민적 근대에 대한 대안으로 서구적 근대를 모방하며, 서구 근대문학과 그 이론에 맞춰 조선의 근대문학을 해석하고 비판한다. 자주 문학의 자율성이나 미의 보편성을 해석의 근거로 제시하기도 하지만, 아직 없는 것을 있다고 하거나 발생론적 상황을 고려하지 않고 텍스트의 권력에 의존한다. 근대문학 연구에서 근대문학을 완결된 대상으로 보는 관점은 허다하다. 외재적인 것과 내재적인 것의 교섭과 혼합 그리고 협상 과정을 기술하기보다 외재적 관점에서 근대문학을 하나의 텍스트로 간주하게 되는 것이다. 따라서 근대주의적 관점에서 조선의 근대문학은 항상 미학적 미달 상태에 불과하다.[14)]

비교연구

모든 연구는 비교연구라 할 수 있다. 주체의 입장이란 타자의 전제에서 형성되기 때문이다. 하지만 학적 방법으로 비교연구를 상정할 때 비교는 우선 차이에 주목한다. 초기의 민족학자들은 대부분 한 지역과 다

---

14) 방법과 이론 그리고 실천에서 우리 근대문학 연구를 대표하는 학자인 김윤식 선생은 그간의 연구 역정을 회고하면서 다음과 같이 술회하고 있는바, 일국주의적 한계에 대한 암시를 포함하고 있는 것으로 보인다. "국민국가와 자본제 생산양식을 보편성으로, 반제투쟁과 반봉건투쟁을 특수성으로 상정하면서 이들 관계항의 맞물림을 헤아리는 과제를 근대사가 안고 있다는 시선에서 본다면, 지난 세기는 이 나라 근대사에 형언하기 어려운 굴절과 상처를 남긴 것으로 인식됩니다. 연구자들의 시선이 이 거대담론에 이어진 이데올로기적 과제로 기울어졌음이 이 사실을 잘 말해 주었지요. 문학 연구자들의 경우도 큰 테두리에서 보면 이러한 흐름에서 결코 자유로울 수 없었습니다. 카프에 대한 민감한 반응, 반제투쟁에 관한 줄기찬 관심, 모더니즘적 성향에 대한 지속적 비판 등이 이 사실을 증거하고 있습니다." 김윤식, 『한·일 근대문학의 관련양상 신론』, 서울대출판부, 2001, p.iii

른 지역의 문화적 차이를 설명하는 데 주력하였다. 서구 학자들의 특권적 시선인 서구중심주의가 개입할 수밖에 없었는데 이는 나중에 같음을 추구하는 데 있어서도 피할 수 없었다.[15] 이러한 까닭에 비교연구는 식민지정책학의 방법으로 선호된다. 근대 일본의 식민지정책학은 자신을 보는 쪽, 즉 서구에 입지점을 접근시켜 제국의 심상지리를 형성한다. 이는 '보는 쪽=대표하는 쪽=보호하는 쪽'과 '보이는 쪽=대표되는 쪽=보호받는 쪽'의 비대칭적 이항대립 관계로 표출된다.[16] 이러한 특권적 시선은 특권적 지식을 형성하는데, 이는 식민지를 '이상계통(異常系統)'으로 차별화하는 이론으로 나타난다. 이래서 에드워드 사이드는 근대의 비교연구를 오리엔탈리즘이라고 규정했던 것이다.

근대문학 연구에서 비교연구 또한 오리엔탈리즘에 가깝다. 영향사와 전파론에 의존하는 비교연구는 연구자를 보는 쪽의 위치로 특권화하고 스스로 시선의 주체가 됨으로써 근대문학을 타자화한다. 조선의 근대문학과 서구문학을 비교하고 있는 대부분의 근대문학자들은 스스로를 서구적 주체와 동일화하면서 우월한 위치에 서는 새디즘적 경향을 보인다. 하지만 그 근본에 있어 서구에 대한 노예적 위상을 극복할 수 없다는 점에서 이중적이다. 맥락을 무시한 비교연구는 비교연구에서 가장 중요한 비교의 적정수준이라는 명제를 간과하고 있다. 따라서 맥락을 고려한 비교라는 측면에서도 동아시아의 방법은 유용하다. 서구문학과 자민족 문학을 비교하는 일국적 시각은 여러 가지 오류를 파생할 수 있기 때문이다.

---

15) 전경수, 『문화의 이해』, 일지사, 1999, 81-83쪽
16) 강상중, 앞의 책, 89쪽

근대문학의 동아시아적 맥락

세계체제론의 관점에서 동아시아라는 문제 설정에 비판적인 입장이 있을 수 있다. 중심부-반(半)주변부-주변부로 구성되는 세계체제를 설명하는 데 동아시아는 매우 자의적인 개념으로 보이기 때문이다. 하지만 세계체제론을 간과하지 않으면서 시간과의 경쟁에서 성공하고, 실패한 동아시아 내부를 전근대와 근대에 걸쳐 살피는 일이 불필요한 것은 아니다. 동아시아나 세계체제의 관점에서 조선의 근대문학을 살피는 것은 우리의 근대성을 바르게 이해하려는 노력의 일환이다. 이러한 점에서도 동아시아는 세계체제의 하위체제가 아닌 하나의 방법이 된다. 우리는 한편으로 세계체제를 이해하면서 다른 한편으로 이를 동아시아의 구체적인 역사에 적용하여 문제를 풀어가야 한다. 즉 세계체제와 연동된 동아시아 삼국의 근대를 살펴 조선의 근대문학을 설명하는 것이다. 아울러 세계체제의 하위체제는 아니나 동아시아라는 문제틀을 강조하는 데에 세계체제를 변화시켜 미래를 타개해야 한다는 적극적인 반체제의 관점이 반영되고 있음을 알 수 있다.[17] 이러한 점에서 동아시아 담론을 포스트모더니즘이나 일본의 포스트모던 전략[18]과 결부시키는 것은 단견이다.

---

17) 이러한 관점을 최원식 교수의 연구를 통해 확인할 수 있다. 그는 한반도를 세계체제와 동아시아의 결절점으로 보면서 우리 문학을 자본주의 세계체제의 운동과정과 결부시키는 한편, 이를 우리의 미래지향적인 세계 선택과 연관시킨다. 최원식, 『문학의 귀환』, 창작과비평사, 2001

18) 이는 전후 아시아주의를 포스트모더니즘과 연관시켜 다시 아시아로 복귀하려는 일본의 문화전략을 뜻한다.

근대 기원의 지역문화론

강상중은 근대 조선을, 똑같이 동아시아 구제국(중화제국)의 문명권에 속하여 이 구래의 동아시아 제국적 관계를 계승하면서도 유럽적인 주권 국가를 확립하는 근대 일본이 지닌 '자기모순'의 이음매에 자리 잡고 있다[19]고 그 위상을 요약한다. 이는 동아시아에서 일본 모순과 근대 조선을 설명하는 데 요긴하다. 다시 말해서 근대 세계체제에서 조선은 대단히 궁색한 위치에 놓여 있었다는 것이다. 이러한 처지에 대한 반작용이 민족주의와 근대주의에 대한 과잉담론을 유발한 것인지도 모를 일이다. 민족(국민)국가에 기반한 민족(국민)문학적 시각으로 전유된 근대문학은 실재가 아니라 가상에 가깝다. 여기서 사물의 실제에 이르기 위해 근대의 기원으로 거슬러 올라가 기술하는 태도가 요구된다. 즉 과거에 대한 민족지적 검토가 필요한 것이다. 이러한 일에 앞서 두 가지 연구가 진행되어야 한다. 첫째는 연구의 대상을 기원의 근대에 두는 것이고, 둘째는 연구의 방법으로 문화론을 도입하는 것이다. 이러한 대상과 방법을 아울러 근대 기원의 지역문화론이라 할 수 있을 것이다.

근대 기원은 대체로 계몽이 지배담론으로 형성되었던 1900년대의 십수 년에 해당한다. 개화기라는 타자 지향의 개념과 민족주의 이데올로기가 개입된 애국 계몽기라는 용어를 벗어나 근대 계몽기로 불리는 시기이다.[20] 고미숙의 지적처럼 근대 계몽기는 문자 그대로 '기원의 공간'이다. '해방공간'처럼 그 어떤 가능성을 향해 열려 있었던 것이다. 마치

---

19) 강상중, 앞의 책, 91쪽

20) 이러한 명칭문제에 대한 것은 고미숙, 「근대계몽기, 그 생성과 변이의 공간에 대한 몇 가지 단상」, 『비평기계』, 소명, 2000, 218-222쪽에 잘 나타나 있다. 그런데 이를 아예 1900년대로 하자는 제안도 있다. 권보드레, 앞의 책

현대를 제대로 이해하기 위하여 해방공간을 세밀하게 탐사해야 하듯이, 근대 계몽기는 근대를 알기 위해 반드시 거쳐야 할 시기다. 그럼에도 불구하고 문학에 대한 근대적 관점의 투사에 의해 회색의 지대로 남겨져 있었던 공간이다. 이는 근대적 문학개념을 충족하는 양식, 형태, 장르가 없었기 때문이다. 리터레쳐(Literature)의 역어에 해당하는 근대적 문학개념이 등장한 것은 대체로 이광수의 「문학이란 하오」(1916. 11)에 와서라는 견해가 널리 받아들여지고 있다.[21] 그렇다면 근대적인 문학개념으로 근대 계몽기에 접근하는 것은 잘못이다. 또한 이 시기의 중요성에 비춰 근대 계몽기를 전근대와 근대를 이어주는 과도기로 보고, 이 시기의 문학을 과도기적 형태로 간주하는 것도 문학중심적 단순화라는 비판을 면할 수 없을 것이다. 이러한 사정에서 문화론이 요청된다.

정치와 경제의 층위와 달리 문화의 층위는 중층적이고 복합적이다. 이것은 종족과 집단 그리고 개인을 가로지른다. 따라서 하나의 보편적인 문화란 있을 수 없으며 여러 가지 문화가 있을 뿐이다. 문화는 종족과 종족, 집단과 집단, 개인과 개인 사이를 구별하는 방식이자 양식으로, 사회구성체의 역동적인 관계를 반영한다. 이러한 문화는 먼저 역사적 분석의 대상이 된다. 다음으로 집단 내지 사회체제 내에서 일부 사람들의 이익을 같은 집단의 다른 사람의 이익에 반대하여 정당화하는 이데올로기적 덮개로 볼 수도 있다. 이 두 가지 문화의 용법은 혼합되며, 자본주의 세계체제인 근대 세계체제 내에서 시간의 경과에 따라 확장되며 발전한다.[22] 근대 계몽기는 근대가 열리는 '기원의 공간'으로 '단지

---

21) 황종연, 「문학이라는 譯語」, 『한국문학과 계몽담론』, 새미, 1999; 김동식, 앞의 논문; 권보드래, 앞의 책 참조
22) 이매뉴얼 월러스틴, 김시완 역, 『지정학과 지역문화』, 백의, 1995, 216쪽. 원제와 달리

중세 봉건체제에서 근대 자본주의 체제로 전환했다는 거시 정치적 차원에서만이 아니라, 사유체계와 삶의 방식, 규율과 습속 등 구성원 개개인의 신체를 변환시키는 차원'까지 아우른다.[23] 다시 말해서 근대 세계체제로 편입되면서 '지역문화(geoculture)'가 확장되고 발전하는 장이 되었던 것이다. 따라서 문학중심주의적 관점(실제 이러한 관점은 현대에 와서 형성된 것이다)을 탈피하여 근대를 지역문화론의 관점에서 접근할 필요가 있다.

지역문화론의 관점에서 가장 먼저 살펴야 할 것은 근대 계몽기 사람들의 다양한 생활양식이다. 그리고 이러한 생활양식의 변화를 가져오는 언어능력(literacy), 문화능력(부르디외의 문화자본), 언론과 출판 등 각종 문화제도, 사적 영역과 공적 영역의 분할, 공공영역의 형성, 교회와 병원 등 서구 근대적인 제도[24]에 대한 복합적인 접근이 뒤따라야 하는 것이다. 그야말로 문학에서 역사학과 문화연구로 관심을 이동해야 하는 것인데, 이러한 문화론의 차원에서 다양다기한 변화의 과정을 거치면서 근대적 문학이 이식될 수 있었고 그에 대한 수용자도 형성되었다는 분석에 도달할 수 있을 것이다. 그동안 근대문학연구는 작가의 권위(작가author는 권위authority에 연원한다)에 절대성을 부여하거나 텍스트의 권력을 맹신하는 경향을 보여왔다. 문학생산에 있어서 근대적 주체라는 관점이 여과 없이 적용되었던 것이다. 따라서 유형(pattern)과 구조(structure)의 도출에 집중하면서 맥락(context)을 놓쳤다. 근대 계몽

번역서의 표제는 '변화하는 세계체제 탈아메리카와 문화 이동'으로 되어 있다.

23) 고미숙, 『한국의 근대성, 그 기원을 찾아서』, 책세상, 2001, 11쪽

24) 이러한 문제에 대한 연구가 강명관, 고미숙, 김동식, 권보드레 등에 의해 상당 부분 진전되고 있다. 이들의 문제의식이 대중문화연구에 중심을 둔 포스트모던 문화연구의 영향에 의한 것이 아니라 문화유물론에 가깝다는 점에서 자각적임을 알 수 있다.

기의 사례는 이러한 연구방법에 대한 반성의 계기가 된다. 그 시기는 계몽담론을 둘러싼 개인과 집단의 협상 과정 속에 있었다. 협상과정(그람시의 헤게모니에 상응하는)으로서의 문화라는 개념이 적실하게 적용될 수 있었던 시기이므로[25] 민족, 국가, 자유, 개인 등의 이념소들이 어떤 맥락에서 형성되었는가 살필 수 있을 것이다.

근대 세계체제와 식민지 조선의 근대성

근대문학연구에서 작가연구에 치중하거나 텍스트에 한정하는 것은 민족주의라는 정치적 무의식의 작용으로 볼 수 있다. 민족주의적 관점을 표나게 견지한 경우는 말할 필요도 없고, 이와 달리 작가와 텍스트로 연구의 영역을 한정한 연구자에게도 식민지적 근대의 실상을 회피하려는 민족주의적 입장이 작용하고 있는 것이라 하겠다. 민족국가라는 일국적 모델이나 민족주의에 호명되지 않은 연구자는 없을 것이다. 가치중립을 표명한 경우에도 최종심급에서 민족으로 귀환하고 있었던 것이 현실이다. 그러나 모레티의 충고를 받아들여 좀 더 멀리서 보면 동아시아 속의 조선, 근대 세계체제 속의 조선이 민족주의의 분식 없이 받아들여질 수 있을 것이다. 근대 계몽기의 용광로와 같은 담론들이 1910년 합병과 더불어 순식간에 잦아들었다는 연구 결과[26]가 시사하는 것은 무

---

25) 안토니오 그람시의 헤게모니를 대항 헤게모니, 대안 헤게모니, 지배 헤게모니의 역동성 안에서 이해한 레이먼드 윌리엄스는 문화를 잔존문화, 동시대 문화, 생성적 문화의 역사적 과정으로 받아들이면서 이 과정에 헤게모니 차원이 개입한다고 보았다. 레이먼드 윌리엄스, 이일환 역, 『이념과 문학』, 문학과지성사, 1982

26) 김동식, 앞의 논문, 92쪽. 강제 합병 이후 대부분의 계몽주의자들은 망명을 갔다. 이러한 공백을 메운 것은 유학자들이었는데 이들이 언론의 주도 세력으로 등장한다. 반면 일본 유학생들은 아직 학업을 마치지 못한 상태여서 문화적 장에 등장하지 못한다. 여기서 상황이 급격하게 보수화된 국면을 볼 수 있는데 이를 일본 중심의 동아시아체제

슨 의미일까? 민족국가가 형성되기 이전인 만큼 일본 중심의 동아시아 체제가 형성되었음을 의미한다고 보아도 될 것이다. 종래의 중국 중심의 위신 서열적 질서는 일본 중심의 폭력적 질서로 변전되었다.[27] 이러한 일본의 제국주의가 옳다는 것이 아니다. 이는 옳고 그름의 문제가 아니라 사실에 대한 바른 인식의 문제이다. 이러한 점에서 식민지 조선의 근대와 근대문학에 대한 바른 접근 방법이 필요하다. 또한 여기서 근대의 두 가지 중첩 국면에 대한 인식 문제가 제기된다.

식민지 조선의 두 가지 근대는 식민적 근대와 서구적 근대이다. 전자는 일제에 의해 이식된 근대를, 후자는 일제 배후의 원천으로서의 근대를 뜻한다. 그동안 조선의 근대는 수탈이냐 발전이냐의 서로 상이한 관점에서 접근되어왔다. 식민지 수탈론과 식민지 근대화론의 대립이 그것이다. 문제는 둘 다 옳다는 데서 유발되며, 나아가 진정한 대립이라 할 수 없다는 점에서 극복해야 하는 관점이다. 앞서 내재적 발전론과 이식론에서 보았듯이 이들 모두 근대화와 민족주의를 내장하고 있다. 일제가 수탈하였기에 근대화가 제대로 되지 못했다는 관점과 일제가 식민지 형태로나마 조선민족의 근대화에 기여한 바 있다는 관점에서 견해의 차이를 넘어 대립에 상응하는 내용은 없는 셈이다. 이러한 지점에서 자본주의 근대 세계체제라는 관점의 개입이 필요하다. 즉 일국적 차원을 넘어 식민적 근대와 서구적 근대를 동질적인 것으로 이해하는 지평이 열릴 수 있는 것이다.[28]

형성과 연관 지어 이해할 수도 있을 것이다.
27) 지명관, 「전환기의 동아시아」, 『발견으로서의 동아시아』, 문학과지성사, 2000, 26쪽.
28) 배성준, 「'식민지 근대화' 논쟁의 한계 지점에 서서」, 『당대비평』 2000년 겨울호, 161-178쪽. 식민지 조선의 근대 이해와 관련하여 다음과 같은 배성준의 지적은 시사하는 바가 많다. "식민지는 민족 형성에 필수적인 조건일 뿐만 아니라 세계 경제의 내적 구

서구적 근대로 식민적 근대를 극복할 수 있다는 발상은 가능하지 않다. 가령 근대 계몽기 이후 서구 근대의 표상인 기독교 담론의 추이는 식민지 근대와 관련하여 세심한 분석을 요한다. 기독교와 식민지 규율 권력의 접합과 함께 기독교와 민족주의의 접합을 동시에 이해해야 하는 것이다. 군국주의에 접어들면서 일제가 자국과 식민지에서 탄압의 대상으로 삼은 사상은 기독교와 마르크스주의였다. 둘 다 아시아주의에 대립하기 때문이다. 이 점에서 식민지 조선의 사회주의 문학 연구에 있어 동아시아적 맥락이 요구된다. 다시 말해서 서구 근대에 대한 대안으로 아시아주의와 사회주의의 양자택일을 강요받은 것이다. 이 점은 모더니즘의 경우에도 예외일 수 없다.[29] 아시아주의는 일본 제국주의의 지배이데올로기이다. 메이지 이후 아시아를 타자화해온 일본의 입장에서 이는

성 부분이다. 대부분의 식민지가 독립한 이후에는 민족 국가 사이의 지배와 종속이라는 방식으로 중심부에 의한 주변부의 지배가 이루어지지만, 식민지가 독립하기 이전에는 식민 지배가 주변부를 지배하는 주된 형태였을 것이란 점에서 식민지는 세계 경제의 내적 구성 부분이며, 세계 경제는 출발부터 식민지를 그 존재 조건으로 하고 있었다. 이러한 점에서 근대의 모든 민족은 식민화의 산물이며, 식민지는 근대의 조건이라고 말할 수 있다."

29) 1900년대 후반 동경 유학 세대 노신과 홍명희·이광수를 비교하고, 프로 문학운동 세대인 임화와 호풍·주양을 비교한 진형준의 논의가 주목된다. 그는 이러한 비교 끝에 전자의 경우에 대하여 "1900년대 후반 동경 유학 세대의 경우 한국에서는 사회적 실천과 문학적 실천이 분리된 데 반해 중국에서는 양자의 통일이 이루어졌다고 할 것이다. 그 분리와 통일의 숨은 원리는 무엇인가."라는 질문을 남기고, 후자의 경우 "서로간에 화해할 수 없는 대립·대결 관계를 보였던 주양과 호풍을 우리는 임화라는 한 몸에서 모두 발견하는 것이다. 이 분리와 통일에 숨어 있는 원리를 길어낼 때 우리는 한국과 중국의 프로문학이라는 개별성과 동아시아 프로문학의 보편성에 접근하는 중요한 단서를 찾을 수 있으리라 생각된다."고 하여 하나의 과제를 남기고 있다. 아마 이에 대한 손쉬운 답으로 조선의 식민지 상황과 중국의 반(半)식민지 상황이라는 맥락이 제시될 수 있을 것 같다. 전형준, 「한·중 문학과 동아시아 문학」, 『발견으로서의 동아시아』, 280-285쪽

매우 근대적인 지배전략에 해당한다.

식민지는 '근대의 실험실'이라 할 수 있다.[30] 그래서 식민지와 동떨어진 근대 담론이란 없다. 조선의 근대문학 또한 이러한 식민지의 근대 담론인 것이다. 따라서 주체/타자의 이분법적 도식으로 모든 것을 이해할 수는 없다. 식민지 근대라는 관점에서 조선민족/일제라는 단순 이분법은 재고되어야 한다. 이는 식민지의 일상과 풍속에 대한 두꺼운 기술로써 가능하다. 다시 말해서 식민지 조선인의 생활세계를 세밀하게 추적하여 근대가 식민지민의 신체에 육화되는 과정을 살펴야 하는 것이다. 식민지 근대에 있어 언어 문제는 조선어/일본어의 대립으로 설명할 수 없다. 국어의 순수성이 곧 종족의 순결성을 담보한다는 민족주의적 발상은 식민지 현실의 실제와 상당한 거리가 있다. 문자능력의 문제를 추적함과 아울러 1900년대의 국어 표기법 논의를 뒤로하고, 합병 이후 조선어/일본어의 관계가 모호해지는 과정에 대한 이해가 필요하다. 그래서 상호언어적 실행(translingual practice)과 이중언어적 실행(bilingual practice)을 주목해야 한다. 전자는 근대와의 접촉에서 기의가 바뀌거나 새로운 번역어가 형성되는 과정과 관련된다.[31] 이미 언급한 역서로서의 근대적 문학 개념[32]을 위시하여 국가, 민주주의, 자연, 예술[33] 등 번역된 근대성으로 포괄될 수 있는 말들은 무수히 많을 것이다. 말의 질

---

30) Ann Laura Stoler, *Race and the Education of Desire*, Duke Univ. Press, 1995, p.15. 여기서는 강상중, 앞의 책, 15쪽에서 재인용

31) Lydia H. Liu, *Translingual Practice: Literature, National Culture, and Translated Modernity—China 1900-1937*, Stanford Univ. Press, 1995. 황종연, 김동식, 권보드레의 앞의 글 참고

32) 일본의 경우 이러한 문학 개념의 형성에 대한 것은 스즈키 사다미(鈴本貞美), 김채수 역, 『일본의 문학개념』, 보고사, 2001을 참고할 수 있다.

33) 이에 대한 것은 권보드레, 「번역어의 성립과 근대」, 『문학과 경계』 2001년 가을호와 김효전, 『근대 한국의 국가사상』, 철학과현실사, 2000 참고

서가 사물의 질서라는 관점에서 근대는 새로운 언어의 체계와 다름없다. 후자의 경우 조선 문인의 일본어 사용과 관련된다. 일본어로 작품을 쓰기 시작한 이인직과 이광수, 일본어로 구상하고 조선어로 글을 쓴 염상섭 등을 비롯하여 일본에 유학한 대부분의 조선문인들은 이중언어적 글쓰기를 수행하였던 것이다. 이를 민족주의적 언어관을 대입하여 친일로 규정하는 것은 단순한 논리이다. 이러한 점에서 해방 직후 김사량과 벌인 논쟁에서 이태준이 보인 태도는 궁색하다.[34] 이태준은 국민국가가 태동하는 해방공간의 시점에서 식민지 현실을 왜곡한 셈이다. 국민국가는 항상 밖을 배제하려는 경향을 보인다. 이질적인 밖을 배제하고 안을 동질화한다. 이러한 과정에 국어, 국문학, 국사 등의 이데올로기가 요청되었던 것이다.[35]

친일문학의 문제에 대한 접근도 달라져야 할 것이다. 말할 것도 없이 친일 행위에 대한 객관적인 연구는 더욱 진전되어야 한다. 하지만 친일문학에 접근하는 데 있어 민족주의의 유일론적 담론은 경계해야 한다. 친일행위를 고발하고 부역자를 척결한다고 해서 식민지 근대가 극복되는 것은 아니다. 이보다 생활과 구체적인 신체를 변형시킨 식민지 제도와 규율권력에 대한 분석이 필요하고 이것이 문학(문화)을 통해 내면화된 양상을 밝히는 일이 긴요하다.[36] 식민성과 근대성은 분리되지 않는다. 제국주의 일반은 근대적 제도를 식민지에 도입함으로써 주민을 식

---

34) 김윤식, 앞의 책, 3-35쪽

35) 이 점에서 재일문학, 재중문학 등에 대한 새로운 인식이 있어야 할 것이다. 아울러 hybrid, diaspora 등의 탈식민주의적 관점을 어떻게 전유할 것인가에 대한 논의도 요청된다.

36) 미당 서정주의 시를 일본신화의 상상력과 관련하여 해석한 김환희의 『국화꽃의 비밀』 (새움, 2001)이 시사하는 바 있다.

민지적 질서에 편입시키고 스스로를 재생산하도록 시도하였기 때문이다. 물론 이러한 정치적 책략이 문화적 층위에서 변함없이 결정되었다고 볼 수는 없다. 문화적 층위에서 토착적인 것과 서구적인 근대와 식민지적 근대가 지속적으로 경쟁, 갈등하였을 것이기 때문이다. 이래서 식민적 근대성은 이중성을 지닌다.[37] 근대문학 연구에서 이러한 이중성에 주목하면서 문학을 통하여 식민지적 근대의 경험을 두껍게 기술하는 것은 여전한 과제이다.

동아시아문학과 세계문학

동아시아는 서구의 고안물이었지만, 동아시아문학은 우리 스스로 발견해야 할 대상이다. 이는 하나의 실체가 아니며 역사성과 맥락성으로 구성되는 과정이다. 또한 분명하게 형성된 정체성이 있는 것도 아니다. 본질주의에 의한 것이든 언어와 권력에 의한 것이든 기존의 모든 정체성 담론은 의심의 대상이다. 이러한 점에서 동아시아문학은 본질로 가정된 전통에 있는 것도 아니고 식민지 근대가 만든 아시아주의나 그 생활양식에 있는 것도 아니다. 그것은 전형준이 말하고 있듯이 "동아시아 각국 문학들 간의 공통된 문학적 경험을 기반으로 하고, 그것들 사이의 소통과 대화를 통해, 동아시아의 정체성에 대한 탐색 및 그 구현이라는 현재성의 과제를 추구해 가는 하나의 과정"[38]이다.

동아시아문학이라는 관점에서 우리의 근대문학사는 다시 쓰일 수 있을 것이다. 말할 것도 없이 이 점은 근대 이전의 문학에도 적용되지만

---

37) 김진균·정근식, 「식민지체제와 근대적 규율」, 『근대 주체와 식민지 규율권력』, 문화과학사, 2000, 18-22쪽
38) 전형준, 앞의 글, 279쪽

중세적 중화체제가 문제가 된다. 근대 세계체제에서 동아시아문학이라는 중간항을 만드는 것은 근대 세계체제에 상응하는 세계문학을 부정하려는 것이 아니라 조선의 근대와 근대문학을 설명하고 이해하는 데 동아시아라는 틀이 훨씬 요긴하기 때문이다. 이 점은 여전히 유효한 바, 서구 중심의 세계문학론에 대한 경계가 되고 있다. 예를 들어 이중언어 문제와 관련하여 근대의 한국어-일본어와 다르게 한국어-영어의 문제에 직면한 상황을 동일한 차원의 이행으로 보는 것은 문화의 복합적인 국면을 몰각한다. 브르디외의 장 이론을 세계문학을 설명하는 틀로 전유한 파스칼 카자노바는 주변부 문학의 전략으로 이중언어의 가능성을 제시하고 있다.[39] 이를 소수문학인 한국문학의 미래와 연관시킬 수 있는 소지가 없지는 않다. 하지만 세계문학의 보편논리를 성급하게 한국문학에 적용하는 것은 문화가 만나는 조건들의 차이들을 간과하기 쉽고, 자칫 이미 '재가된 비전'을 강요할 공산도 큰 것이다.[40] 이러한 점에서도 동아시아문학에 대한 논의는 더욱 활성화되어야 하고 동아시아적 맥락에서 근대문학을 설명하는 일이 많아져야 한다.

한국적 오리엔탈리즘

민족주의가 제국주의의 산물이듯이 오리엔탈리즘은 서구의 산물이다. 주체와 타자의 관계에서 민족주의의 타자성은 어렵지 않게 확인된

---

39) 박성창, 「문학의 그리니치 천문대는 어디에 있는가」, 『세계의 문학』 2001년 가을호, 민음사, 165-168쪽. 카자노바는 주변부 문학의 가능성으로 소수국가의 문학이 중심부에 이의를 제기하는 양상을 세 가지로 설명하고 있다. 동화, 반항, 혁명의 패턴이 그것이다.

40) 카자노바에 대한 비판은 크리스토퍼 프렌더가스트, 「세계문학 협상하기」, 『세계의 문학』 2001년 가을호, 민음사 참고

다. 타자의 거울에 비친 주체란 또 다른 타자에 불과할 것이다. 민족주의가 제국주의와 닮았다든가 나아가 공범관계에 있다는 주장들이 틀리지 않은 것은 공생의 조건에서뿐만 아니라 둘 모두 동화와 배제라는 동일성의 원리를 경배하는 데서 알 수 있다. 그렇다면 민족주의적 서사는 극복되어야 한다. 민족주의로써 주인이 될 수 있는 길은 없다. 그것은 항상적인 노예 상태를 의미할 뿐이다.[41] 그런데 이러한 민족주의의 틀을 벗어났다 하여 모든 문제가 해결되는 것은 아니다. 서구의 산물인 오리엔탈리즘이 우리 속에 내면화된 지 오래이기 때문이다. 서구적 오리엔탈리즘에 일본적 오리엔탈리즘이 포개지고 다시 한국적 오리엔탈리즘이 겹쳐져 있는 형국이다.

근대문학 연구에 있어 우월과 비하의 이중 구조인 오리엔탈리즘을 넘어서는 일은 그 실제에서 우리 근대의 과정을 면밀히 추적하는 데서 찾아질 것이다. 민족주의적 과장과 서구적 보편주의에 의한 특권적 개입을 극복하기 위한 실사구시가 새롭게 시작되어야 하는 것이다. 이러한 점에서 동아시아적 맥락론은 동아시아라는 보다 큰 담론을 통하여 서구에 응전하려는 옥시덴탈리즘과 무연하다. 또한 전통으로 섣불리 근대를 대체하려는 것도 아니다. 식민지 근대-동아시아-근대 세계체제의 맥락을 제대로 이해하자는 것이다. 그럴 때 주체와 타자, 민족과 제국, 내적인 것과 외적인 것, 전근대와 근대 등의 이분법에 의해 편집된 환상을 벗어나 대화, 혼합, 잡종, 협상 등의 새로운 구성 방식과 만날 수 있을 것이다.

---

41) 주인은 싸워 이김으로써 등장하는 자이고, 노예는 산다는 것이 인정받는 것보다 중요하다는 것을 경험하는 자이다. 앨릭스 캘리니코스, 박형신 외 역, 『이론과 서사』, 일신사, 2000, 54쪽

근대시와
불교적 상상력의 양면성

불교와 근대

　종교로서나 사상으로서 불교의 깊이와 넓이는 무궁하다. 동양에서 불
법과 시법의 관계사는 역사에 비등한다. 그만큼 불법과 시법의 관계가
오묘한 것이다. 가령 불교사상이 그대로 용해되어 있는 선시, 찬시, 게
송, 가송 등은 종교로서의 불교에 대한 깊은 천착 없이 해석될 수 없는
영역이다. 또한 일반 이론적인 영역에서 선(禪)과 시의 관계도 도(道)
와 시의 관계 못지않게 오래되고 어려운 주제에 속한다. 당송 선학의 황
금시대에 선시가 유행하면서 등장하여 오늘날까지 거듭 반복되고 있는
'論詩如禪 詩禪一揆'라는 진술은 시와 선의 연관에서 시적 인식과 그것
을 표현하는 언어 등에 관한 본질적인 질문을 던지고 있다.[1]
　여기서 불교시학의 이론을 탐문하려는 것은 아니다. 오히려 기존의

---

1) 홍신선, 「현대 불교시 연구(1876~현재)」, 동국대학교 한국문학연구소 편, 『불교문학과
　불교언어』, 이회문화사, 2002, 74-75쪽

난제들을 우회하면서 오로지 불교적 사유나 상상력을 수용한 '근대' 시인들의 세계인식에 주목하고자 한다. 다시 말해서 서로 다른 시인들이 불교적 상상력을 선택함으로써 어떻게 근대세계에 대처하였는가를 알아보고자 하는 것이다. 이는 신유교[주자학]가 지배하던 조선시대의 종언과 더불어 불교가 새롭게 주목되었다는 사실과 관련된다. 이때 불교적 상상력은 근대의 맥락에서 '창안된 전통'의 한 양상[2]이라 할 수 있다. 이러한 전통 발명은 대개 근대의 산물인 민족과 그것에 부수되는 현상들 즉 민족국가, 민족적 상징들, 민족사에 깊이 관련되어 있다. 그런데 근대불교의 경우 국민국가가 존재하지 않은 식민 상황의 창안이라는 점에서 양면성을 띤다.

　시대 초월적인 종교의 연속성을 전제하면서 우리의 역사를 단순화해 말하면 불교의 시대에서 신유교의 시대로 이행되어 왔고 근대에 이르러 다양한 변형이 일어났다고 할 수 있다.[3] 일찍부터 시작된 불교의 디아스포라는 대승불교로 발전하여 지배적인 문화적 힘을 가지게 된다. 이로써 최하층 수준의 토착적 전통과 공존하는 불교시대를 펼쳐내다 신유교의 시대에 자리를 내어놓는다. 신유교의 시대에 불교는 최하층 수준에서 살아남기 위해 투쟁할 수밖에 없었다. 이러한 사실은 승려들에 대한 도성출입금지[4]라는 하나의 상징적 사건을 들어 충분히 설명될 수

---

2) 에릭 홉스봄이 말한 이 개념은 과거에 대한 특별한 발명을 의미하는 것으로 인위적으로 과거를 현대와 연속시키는 의도된 지향들을 가리킨다. 에릭 홉스봄 외, 박지향 외 역, 『만들어진 전통』, 휴머니스트, 2004, 40쪽

3) 드 배리에 의하면 이러한 역사과정은 동아시아 문명의 공통된 양상이다. 윌리엄 시어도어 드 배리, 한평수 역, 『다섯 단계의 대화로 본 동아시아 문명』, 실천문학사, 2001, 9쪽

4) 조선조에 시행되고 있던 이 제도의 해금은 근대 일본에 의해 조선 불교에 자유가 부여되는 과정이자 동시에 친일불교로의 길이 열리는 계기이다. 강석주·박경훈 공저, 『불교 근세백년』, 민족사, 2002, 15-22쪽

있는 일이라 생각된다.

불교 측에 '강제된 근대'는 처음부터 근대불교의 양면성을 유발할 수밖에 없었다. 이러한 양면성은 불교시대에 대한 강한 기대의 한편에 이미 불교는 도래한 근대와 상충되는 전통에 지나지 않을 수 있다는 자기 한계를 인식하는 데서 나타난다. 주자학적 질서의 와해로 얻어진 불교계의 어부지리는 곧 근대와의 관계 설정이라는 새로운 문제에 직면한다. 즉 불교는 세계에 대한 평가 절하라는 고래의 관습에 따라 외적 세계를 수용하는 초월주의를 취하느냐 아니면 외적 세계에 대응하는 대항적 개혁주의를 실천하느냐의 선택에 놓이게 되는 것이다. 하지만 이두 가지 선택지가 서로 대립하는 것만은 아니다. 둘 모두 현실을 고통에 가득 찬 세계라고 인식함으로써 공통된 입지를 갖기 때문이다. 따라서 객관세계에 대한 인식의 구체성을 결할 수밖에 없다.

불교와 근대의 공모는 먼저 객관세계로부터의 도피라는 문제에서 가능한 일이다. 소위 친일불교의 가능성은, 몸은 세속 내에 있으면서 그세속과 대립하는 초연한 삶을 유지하는 세속 내적 신비주의[5]에서 발생할 수 있다. 초월적 자유와 세속의 규범이 양립하는 자기모순은 근대불교의 대중화가 피할 수 없는 일로 보인다. 하지만 이러한 자기모순을 극복하고 본질적인 자유를 사바대중의 구체적인 자유로 연결하려는 가운데 근대와 함께 하는 저항의 변증이 일어나기도 한다. 아울러 소극적인 방식으로 불교를 세계를 지우고 마음의 평정을 구하는 방편으로 활용할 수도 있을 것이다. 이럴 때 근대에 대한 회피와 세계에 대한 부정이 동시에 가능하다. 그러나 이러한 선택은 난세를 피해 안심입명(安

---

5) 차성환, 『한국종교사상의 사회학적 이해』, 문학과지성사, 1992, 29쪽

心立命)하는 유가의 길과 다를 바 없다. 이처럼 불교적 사유와 근대의 만남은 다각적인 맥락에 의한 이해를 요한다. 이러한 관점으로 한용운 (1879~1944), 서정주(1915~2000), 조지훈(1920~1968)의 시학에서 불교적 상상력이 수용된 양상을 찾아보고자 한다.

저항의 변증 – 만해 한용운

만해 한용운의 불교 선택은 여러 가지로 주목의 대상이 된다. 이는 그가 유년기에 학습한 유가적 교양을 포기하고 불교를 선택하였기 때문이다. 그의 이러한 선택에 대한 논의는 심도를 더해왔다. 개인적, 가족사적, 사회적 고뇌가 중첩된 결과라는 것이다. 말할 것도 없이 이들이 분리되는 것은 아니다. 무너지는 이념에 기대어 상승을 욕망하던 아버지 세대의 몰락과 무수한 민중[동학도들]이 반역의 죄명으로 학살되는 참혹한 현실을 직면한 한용운은 기존의 계급 이념, 가족 이상과 단절을 도모하고 허무를 끌어안는다. 한용운의 가문은 어느 정도의 유교적 교양을 가진 중류층 내지 향반 정도[6]라고 보는 것이 지금까지의 실증적 연구 결과이다. 한용운의 아버지는 동학군 토벌에 가담한 하급 관리로서 봉건왕조에 대한 충성심과 신분상승의 의지가 강했던 것으로 알려져 있다. 이러한 아버지의 몰락이 한용운에게 미친 영향은 매우 컸다. 동학 농민군 진압에 매우 적극적이었던 아버지가 수많은 민중들을 학살했다는 사실은 지금까지 그를 지배해온 이념에 대한 회의를 불러왔을 것이다. 한용운의 동학농민군 참여는 그의 가족사적 정보에 따르면 거의 불

---

6) 조성면, 「한용운 재론」, 『민족문학사연구』 제7호, 창작과비평사, 1995, 195쪽. 한용운의 출신 계급을 염무웅은 중인으로, 안병직은 아전으로 추측한다.

확실하다. 오히려 그의 의병 가담 가능성이 추측되기도 한다.[7] 만해의 출가는 가족사적, 시대적 현실에 직면한 고뇌의 소산이라 할 수 있다.[8] 사상 형성기에 한용운은 기존 이념과 새로운 이념의 갈등, 비동시적인 것의 동시 수용이라는 이중성을 경험한다. 청년기를 통해 그는 유학적 사회 인식틀을 버리고 불교와 근대사상을 수용하게 된다.[9]

여기서 주목을 요하는 일은 한용운의 불교 선택이 일련의 근대사상 수용과 함께한다는 것이다. 그의 불교 선택은 내적 계기와 외적 계기의 종합이라는 양상을 지닌다. 한용운 사상의 탁월성은 주관과 객관의 상호 변증 과정에 충실하다는 점이다. 제국주의에 의해 반(半)식민 상태에 직면한 조선에서는 다각적인 사상 선택이 나타난다. 스스로의 개혁에 실패한 사대부 계급의 중국 망명은 중화체제의 연장선에 서 있는 그들의 피할 수 없는 선택지이다. 투쟁론적 민족주의는 국권의 회복을 최우선으로 삼는 이들에게 필수적인 사상이다. 이들과 비켜나 있는 몰락 양반이나 중인 그리고 민중은 서구적 근대[기독교]를 수용하거나 식민적

---

7) 김인환, 『한용운의 『님의 침묵』을 읽는다』, 열림원, 2003, 17쪽

8) 한용운을 재론한 조성면은 만해의 출가를 다음처럼 말한다. "만해는 수천 수백 명의 양민을 학살한 중심인물 가운데 하나가 바로 자신의 아버지였다는 사실로 인해 평생을 극심한 정신적 고통과 죄책감에 시달리며 살아야 했던 것이다. 이러한 상황에서 몰락한 양반가문의 후예이자 신분상승을 꿈꾸는 재기다능한 하급 무반의 아들이었던 만해에게 가능한 선택은 과연 무엇이었을까? 농민군을 선택할 수도 없고 그렇다고 무심하게 외면해버릴 수도 없는, 또 아버지의 세계를 거부할 수도 없고 인정할 수도 없는 모순된 상황에서 그에게 주어질 수 있는 가능한 선택은 과연 무엇이었을까? 그것은 이 같은 양자택일의 문제를 아예 초월해버리는 것, 다시 말해서 세상을 등지고 출가해버리는 것이다." 조성면, 같은 논문, 200쪽

9) 이상철은 한용운의 사상 성립과 전개과정을 ①형성기-유학수용(출생~24세)/불교 및 근대서구사상의 수용(25세~31세), ②확립기-불교유신(32세~39세)/민족독립(40세~43세), ③성숙기(44세~사망)로 나누어 설명하고 있다. 이상철, 「한용운의 사회사상」, 신용하 편, 『한국현대사회사상』, 지식산업사, 1984, 194쪽

근대[일제]를 받아들이거나 아니면 토착적 전통을 따르면서 저항과 협력을 반복하게 된다. 이러한 상황에서 한용운은 근대의 관점에서 재해석된 불교라는 사상을 선택한다. 이는 유교에 대한 대안으로 불교를 제시하는 한편 외부로부터 강제되는 근대와 맞서는 이중적 과제의 실천과 관련된다.

한용운의 불교는 양계초 등의 근대사상의 영향을 통과하고 시베리아 북대륙과 근대 일본의 체험을 바탕으로 창안된다. 1903년(당시 25세) 출가 후 그는 속리산과 오대산 그리고 설악산 백담사에 은거하면서 많은 근대사상들을 접하게 된다. 특히 양계초의 『음빙실문집』이 그에게 끼친 영향은 큰 것으로 보인다. 양계초는 기독교를 비판하면서 불교를 중국의 종교로 선택해야 함을 주장한 바 있다. 그는 종래의 불교에 가해졌던 비판들, 가령 미신이라거나 염세적이라는 등의 내용을 거부하면서 불교가 국민정신을 통일하고 문명의 이미지를 만들어낼 종교임을 주장한다.[10] 이러한 양계초의 불교관에 한용운이 시사받은 바 큰 것이다. 이와 함께 그는 양계초를 통하여 사회진화론 등 근대사상을 이해하고 세계정세를 학습하게 된다. 한용운 사상의 가장 중요한 주제가 되는 자유도 양계초의 영향을 입어 불교를 근대적으로 해석하는 과정에서 찾아진 것이라 할 수 있다. 독서경험에 의한 근대인식과 더불어 북대륙과 일본을 탐문하는 과정은 한용운에게 근대가 피할 수 없는 방향임을 인식하게 하는 중대한 계기가 되었다. 특히 1908년 일본의 동경 조동종대학에서 접한 불교와 서양철학은 그에게 불교를 통한 근대라는, 반드시 풀어가야 할 과제를 제시한다. 그는 이러한 과제를 주체적인 방식

---

10) 양계초의 불교관에 대한 것은 이혜경, 『천하관과 근대화론: 양계초를 중심으로』, 문학과지성사, 2002, 254-255쪽

으로 풀어가고자 한다. 1913년의 『조선불교유신론』은 이러한 과제에 대한 그의 해명이라 할 수 있다. 이 글에서 그는 불교 교리와 제도의 합리화를 주장한다. 이러한 주장은 달리 '불교의 민중화'로 설명된다.[11]

『조선불교유신론』에서 보인 한용운 사상의 핵심 개념은 자유이다.[12] 그는 양계초에 기대어 칸트와 불타와 주자의 자아관을 비교하여 불타의 자아가 개별과 보편 모두를 말하고 있음을 든다. 그는 이러한 자아관의 실현을 자유의지의 발현으로 본다. 그는 마음의 본체는 진여(眞如)로서 진여가 곧 진정한 자아이며 진아가 자유를 뜻하는 것[13]이라 한다. 이러한 그의 자아와 자유는 근대 서구의 self와 liberty 혹은 freedom의 번역어임엔 틀림이 없으나 그 기의에는 많은 차이가 있음을 알 수 있다.[14] 서구의 자유 개념은 사회에 맞서는 개인의 자유라는 의미를 본질로 하나 한용운의 자유는 이러한 내용을 부차적인 것으로 간주한다. 이보다 보편과 연속된 개별이라는 관념이 내재해 있다. 이러한 그의 입장은 훗날 '불교 사회주의'라는 개념과 이어진다.

한용운의 시가 지향하는 중심주제도 그의 자아관과 자유관에 상응하는 내용을 지닌다. 이는 『유심』 창간호(1918)에 실린 처녀작 「心」에서 이미 드러나는 바이다. 마음의 존재에 의하여 모든 실상의 존재가 가능하다는 그의 생각은 마음으로 이어지는 큰 세계에 대한 갈망으로

---

11) 김인환, 앞의 책, 22쪽

12) 안병직, 「만해 한용운의 독립 사상」, 만해사상연구회 편, 『한용운사상연구』, 민족사, 1980, 69쪽

13) 이상철, 앞의 글, 199쪽

14) 번역어로서의 자아의 문제는 Lydia H. Liu, *Translingual Practice*, Stanford Univ. Press, 1995, pp.77-99. 그리고 자유의 문제는 야나부 아키라, 서혜영 역, 『번역어성립사정』, 일빛, 2003, 167-181쪽 참고

나아간다. 『님의 침묵』에서 '님'은 이러한 갈망을 집약하는 말이라 할 수 있다.

　　당신이 가신 뒤로 나는 당신을 잊을 수가 없습니다
　　까닭은 당신을 위하느니보다 나를 위함이 많습니다

　　나는 갈고 심을 땅이 없으므로 秋收가 없습니다
　　저녁거리가 없어서 조나 감자를 꾸러 이웃집에 갔더니 主人은 "거지
　　는 人格이 없다 人格이 없는 사람은 生命이 없다 너를 도와주는 것은
　　罪惡이다"고 말하였습니다
　　그 말을 듣고 돌아나올 때에 쏟아지는 눈물 속에서 당신을 보았습
　　니다

　　나는 집도 없고 다른 까닭을 겸하여 民籍이 없습니다
　　"民籍없는 者는 人權이 없다 人權이 없는 너에게 무슨 貞操냐" 하고
　　凌辱하려는 將軍이 있었습니다
　　그를 抗拒한 뒤에 남에게 대한 激憤이 스스로의 슬픔으로 化하는 刹
　　那에 당신을 보았습니다
　　아아 왼갓 倫理, 道德, 法律은 칼과 黃金을 祭祀지내는 煙氣인 줄을
　　알았습니다
　　永遠의 사랑을 받을까 人間 歷史의 첫 페이지에 잉크칠을 할까 술을
　　마실까 망설일 때 당신을 보았습니다
　　　　　　　　　　　　　　　　　　　　　　　　—「당신을 보았습니다」 전문

이 시에서 보듯이 '나'는 항상 당신과의 연관성 안에 있는 자아이다. 그리고 이러한 자아는 사회에 대립하는 개인적 주체를 의미하기보다 특정의 상황에 의해 인식된 자아라는 의미를 갖는다. 이러한 의미에서 이것은 타자에 의해 자각된 주체이다. 민족이며 민중은 이러한 자아의 확대된 외연이라 할 수 있다. 자유 또한 이러한 확대된 자아의 실현과 연관된다. 하지만 이 시의 마지막 구절의 망설임이 말하듯 자아와 자유에 대한 인식에 상응하는 구체적인 세계변혁의 내용은 없다. 이러한 망설임 뒤에 그가 '신간회'에 가담하고 불교 사회주의라는 이념을 제시하는 데 이르는 것으로 볼 수 있다.[15] 이 시는 한편으로 좌파의 반종교운동을 거부하면서 다른 한편으로 그것의 진보성을 인정하는 과정을 보인다. 즉 "倫理, 道德, 法律은 칼과 黃金을 祭祀지내는 煙氣인 줄을 알았습니다"에서 드러나는 사회주의에 대한 인식과 마지막 행의 "永遠의 사랑"이 의미하는 불교적 자비의 세계가 그 속에 혼재하고 있는 셈이다.

한용운의 사상은 이질적인 것, 비동시적인 것의 변증법으로 이루어지는 통합의 과정을 보인다. 이는 다케우치 요시미가 말한 '저항의 변증법'과 흡사하다.[16] 그는 근대와 불교를 긍정적이고 생산적인 방식으로 결합한다. 이러한 한용운 사상의 특징은 타고르와의 비교에서도 잘 드러난다. 타고르가 정신의 보편만을 추구함으로써 식민의 역사를 간과한 것과 달리 한용운은 식민성과 근대성을 횡단적으로 연계하면서 이를 가로지른다. 그의 『님의 침묵』은 전통에 함몰되거나 근대에 굴복하

---

15) 조성면, 앞의 글, 211쪽

16) 다케우치 요시미, 유용태 역, 「방법으로서의 아시아」, 『동아시아인의 '동양' 인식: 19-20세기』, 문학과지성사, 1997, 95쪽

는 일방의 편향에 기울지 않으면서 이들의 상호작용이 마침내 차이들을 포용하는 동일성으로 발전할 것이라는 희망을 담고 있다. 이는 이 시집에 실려 있는 88편의 시들이 개별성을 유지하는 가운데 전체성으로 통합되고 있는 구성원리와도 상동한다. 이별-슬픔-기다림-만남으로 전개되는 시집의 구성원리[17]는 완고하여 타자인 근대를 전적으로 배격하거나, 조급하여 식민적 근대를 그대로 수용하는 우를 범하지 않는 주체의 변증법을 반영하고 있는 것이다.

한용운의 시가 보인 불교적 상상력은 저항의 변증으로 요약할 수 있을 것 같다. 그는 저항을 지속하되 근대적인 것을 매개함으로써 식민적 근대성을 극복하는 과정을 드러낸다. 한용운에게 식민적 근대라는 양가적 현실은 그의 사상형성과 발전에 불리한 조건이 되지 않는다. 많은 근대 시인들이 근대 아니면 전통이라는 이분법적 선택을 통해 궁극적으로 근대에 포섭되었던 사실에 비춰 그의 위상은 매우 귀중한 하나의 전범을 만들고 있다고 할 수 있다. 그의 시는 이러한 그의 사상이 반어와 역설, 물음과 답, 만남과 헤어짐 등의 어법과 주제로 표현된 것이다.

세속적 신비주의-미당 서정주

서정주(1915~2000)와 불교는 그가 1933년 박한영의 문하생으로 중앙불교전문강원에서 수학하고 1935년 중앙불교전문학교에 입학하여 이듬해 이 학교를 수료한 사실로 미뤄 깊은 관련성이 있음을 알 수 있다. 1906년 명진학교를 시발로 불교계는 근대적 교육을 위하여 불교사

---

17) 『님의 침묵』의 구성원리에 대한 것은 김재홍, 『한용운 문학연구』, 일지사, 1982, 99-107쪽 참고

범학교, 불교고등강숙, 중앙학림, 불교전수학교, 중앙불교전문학교, 혜화전문학교 등을 설립하는 바, 서정주가 수학한 중앙불교전문학교도 이 가운데 하나이다. 그런데 이러한 불교계 학교들이 근대적인 불교학을 본격적으로 가르친 것은 아니다. 이보다 지리, 산술, 이과, 역사, 주산, 도서, 수공, 체조, 일본어, 철학, 종교 등 근대적 사회에 적용하기 위한 세속적 학문들을 교육한 것이다.[18] 하지만 불학은 이들 학교의 기본이라 석전 박한영의 문하에서 서정주는 불교에 대한 심도 있는 학습을 거치게 된다.[19]

서정주의 초기문학에서 불교적 교양을 찾기란 쉽지 않다. 오히려 서구 모더니즘과 이에 관련된 사상의 경사가 크게 부각되고 있을 따름이다. 그 또한 불교와의 인연보다 십 대 말의 청년기에 사회주의에 경도되다 그 뒤 『짜라투스트라는 이렇게 말했다』를 읽으면서 니체의 영향을 크게 받았다고 고백하고 있다. 종교보다 신인(神人)을 겸비한 초인의 사상에 몰입한 것이다. 그는 이러한 초인의 사상을 '지나쳐 버리기'라는 관점에서 실행하는데,[20] 이러한 초속적 경향은 니체의 망각 개념에 기대고 있는 것이라 할 수 있다. 니체에게서 망각은 행복의 조건이다: "일체의 과거를 망각하고 순간이란 자리에 정착할 수 없는 사람, 승리의 여신처럼 어지러움도 두려움도 없이 한 점 위에 설 능력이 없는 사람은 행복이 무엇인지 결코 알지 못할 것이며, 더욱 나쁜 것은 다른 사람들을 행복하게 하는 일도 전혀 하지 않으리라는 것이다."[21] 니체의 반근대 사상

---

18) 심재판, 『탈식민 시대 우리의 불교학』, 책세상, 2001, 30-31쪽
19) 서정주, 『미당자서전 2』, 민음사, 1994, 26-42쪽
20) 서정주, 「내 인생 공부와 문학표현의 공부」, 『서정주 문학앨범』, 웅진출판, 1993, 161-165쪽
21) 프리드리히 니체, 임수길 역, 『반시대적 고찰』, 청하, 1982, 111쪽

은 근대의 모든 역사에 대한 망각이라는 방법과 연관된다. 니체에게 근대는 모든 생명적이고 생성적인 것들을 역사화하고 박제화하는 반생명적 힘이 작동하는 세계이다. 그는 이러한 근대 극복의 방향을 비역사적인 감각의 능력에서 찾는다.

서정주의 니체 수용은 그의 시에서 원시주의의 형태로 나타나는데, 어떤 측면에서 보면 식민적 근대에 대한 대응의 의미가 있다. 그의 원시주의는 일정한 차원에서 식민적 계몽과 규율권력에 대한 부정의 의미를 지닌다. 하지만 니체가 해체하고자 하는 서구 근대와 서정주가 직면한 식민적 근대는 그 문맥에서 많은 차이가 있다. 서정주의 심미적 원시주의는 식민적 근대 이성에 대한 해체이기보다 그에 대한 망각에 가깝다. 이러한 문맥이기에 그가 '근대 이성에 대한 극복=서구 근대 극복'이라는 등식을 수용하게 되는 것이다. 미당의 원시주의가 1930년대 후반의 근대초극론과 이어지는 까닭이 여기에 있다. 미당은 사회주의를 근대 극복의 대안으로 선택하기보다 니체의 초인사상을 적극 신봉한다. 이러한 그의 입장에서 그는 아시아주의적 근대초극으로 경도된다. 『짜라투스트라는 이렇게 말했다』는 영원회귀 사유를 핵심으로 하고 있으며, 이 사유는 뒤에 힘을 향한 의지와 함께 서로를 완성해주는 관계를 형성한다.[22] 서정주는 이러한 짜라투스트라를 통해 영원성과 힘을 향한 의지를 모방한다. '지나쳐 버리기'라는 그의 관점은 현실의 변덕을 초월하려는 의지와 무관하지 않다. 이러한 관점에서 그가 세계를 무(無)로 돌리는 원시주의를 선택하였다고 볼 수 있다.

---

22) 백승영, 「니체 읽기의 방법과 역사」, 『니체가 뒤흔든 철학 100년』, 민음사, 2000, 48쪽

따서 먹으면 자는 듯이 죽는다는
붉은 꽃밭새이 길이 있어

핫슈 먹은 듯 취해 나자빠진
능구렝이같은 등어릿길로,
님은 다라나며 나를 부르고…

强한 향기로 흐르는 코피
두손에 받으며 나는 쫓느니

밤처럼 고요한 끌른 대낮에
우리 둘이는 웬몸이 달어…

—「대낮」 전문

  1940년에 발표된 이 시는 현실의 문맥을 결여한 감각과 욕망을 그리고 있다. 이러한 원시주의는 현실의 반대편을 지향하면서 현실을 용인하는 것으로, 그 기저에 깊은 좌절과 자학의 그늘이 숨겨져 있어 자주 왜곡된 형태의 힘으로 나타난다. 원시주의가 파시즘의 욕망으로 동일성을 얻는 경우도 없지 않다. 욕망의 의미는 그것의 지향과 방향에 의해 결정된다. 이 시에서 서정주가 보인 욕망의 길은 "따서 먹으면 자는 듯이 죽는다는 꽃밭 사이"에 있다. 몽환상태에서 비대화된 리비도만 남은 세계인데 결코 생성적인 공간은 아니다. 현실의 관점에서 보면 이 시가 보이는 세계는 영도(零度) 혹은 무와 다를 바 없다. 일체의 시간이 정지되는 몽환적 관능미의 정점이 형성된다. 이러한 정점은 현실의 구체적 연관을 공허 혹은 허무와 등치시킨다.

　이처럼 서정주의 시는 현실 연관성의 결여라는 특징을 지닌다. 이러한 특징은 또한 그의 문학이 보이는 외발성과도 연결된다.[23] 그가 일본을 거쳐 번안된 니체의 사상에 경도된 것과 마찬가지로 그의 반근대 또한 일본의 그것과 무연하지 않기 때문이다. 가령 1943년경에 쓰인 것으로 전해지는 「꽃」은 초월적 전통의 창안을 통한 반근대의 지평을 잘 보여주고 있다.

　　　　가신이들의 헐덕이든 숨결로
　　　　곱게 곱게 씻기운 꽃이 피었다.

　　　　흐트러진 머리털 그냥 그대로,
　　　　그 몸ㅅ짓 그 음성 그냥 그대로,
　　　　옛사람의 노래는 여기 있어라.

　　　　오-그 기름묻은 머리ㅅ박 낱낱이 더워
　　　　땀 흘리고 간 옛사람들의
　　　　노래ㅅ소리는 하늘우에 있어라.

　　　　쉬여 가자 벗이여 쉬여서 가자
　　　　여기 새로 핀 크낙한 꽃 그늘에
　　　　벗이여 우리도 쉬여서 가자

---

23) 이러한 외발성을 미당과 일본시인 미요시 다쓰지의 관계에서 거론한 박수연의 지적이 주목된다. 박수연, 「절대적 긍정과 절대적 부정」, 『포에지』 2000년 겨울호, 57-58쪽

맞나는 샘물마닥 목을추기며
이끼 낀 바위ㅅ돌에 택을 고이고
자칫하면 다시못볼 하눌을 보자.

—「꽃」전문

　이 시에 보이는 서정주의 시적 지향은 현실 초월이다. 그것은 지금 이
곳의 현실이 아닌 전통을 지향함을 의미한다. 그의 시업은 이제 하늘 위
에 있는 옛사람의 노래를 현현하는 일이 된다. 니체적인 영원회귀와 힘
을 향한 의지에서 불교의 인연설과 윤회 등의 개념으로 전환하는 것은
이 지점이다. 이 시에서 '꽃'은 새로운 초월미학을 상징하는 이미지이
다.[24] 그것은 영원성과 초월성 그리고 현실을 압도하는 미적 위계를 나
타내는 등가물이다. 그는 여타의 시인들보다 더디게 전통으로 회귀하
는 모습을 보인다. 이러한 회귀는 그가 서구와 동양을 이분법적인 대립
구도로 인식하면서 동양정신에 의한 서양근대의 극복을 주장하게 되는
과정과 연결된다. 그렇지만 이 또한 앞의 초인사상처럼 현실과 구체적
인 매개를 갖지 않는다. 구체적 증거는 제시되지 않은 가운데 서구 근대
를 극복하기 위한 우월한 동양이 강조될 따름이다. 이러한 옥시덴탈리
즘이 일본의 아시아주의에 상응하는 것임을 알기는 어렵지 않다. 그는
"전통의 계승–동방전통의 계승과, 보편성에의 지향과 밀접한 관계가 없

---

24) 최현식은 이 시에서의 꽃을 "과거의 시간과 혼교를 가능하게 하는 매개물이자, 초월적
　　가치인 영원성의 현실적 실현을 상징하는 객관적 상관물"로 해석한다. 최현식,「서정주
　　초기시의 미적 특성에 대하여」,『민족문학사연구』1996년 9호, 297쪽

을 수 없는 것"[25]이라고 말한다. 이러한 그의 말에서 보편성은 근대초극을 의미한다. 태평양전쟁 이후 그는 일본이 내세운 대동아공영론을 받아들이게 된다.[26]

서정주의 초월미학은 중기와 후기의 시에서 더욱 본격화된다. 그리고 이러한 초월미학에 자양분을 제공하는 것이 전통, 특히 신라와 불교라 할 수 있다. 그에게 이러한 전통은 구체적 현실을 회피하면서 그 현실을 무로 돌리는 기제로 작동한다. 초기의 원시주의나 중기 이후의 전통주의는 현실의 구체적 관계를 무화한다는 점에서 동일한 의식 기제이다. 초월의 지평에서 세속의 사건들은 모두 관용의 대상이 된다. 이러한 점에서 초월미학은 무책임의 체계를 지닌다. 그는 실제로 세속 내에 있지만 항상 그로부터 아무런 영향을 받지 않는 듯한 태도를 취한다. 몸은 세속 내에 있으면서 그 세속과 대립하여 초연한 삶을 유지한다. 이러한 태도에서 그의 시는 긴장을 잃고 동어반복에 머물기도 한다: "빰 비비듯 결국은 그게 그거다./하늬바람 마파람 소소리바람/바람의 떼 못 떠나고 보채쌓는 건/빰 비비듯 결국은 그게 그거다." (「無題」에서)

은일(隱逸)의 의지-지훈 조동탁

조지훈(1920~1968)과 불교의 인연은 그가 불교계인 1938년 4월 혜화전문학교에 입학하면서 본격화된다. 혜화전문학교의 전신은 중앙불교

---

25) 서정주, 「시의 이야기-주로 국민시가에 대하여」, 『매일신보』 1942년 7월 13일~17일
26) 한형구, 「일제말기 세대의 미의식연구」, 서울대 박사논문, 1992, 152쪽; 김재용, 「전도된 오리엔탈리즘으로서의 친일문학」, 『실천문학』 2002년 여름호, 실천문학사

전문학교이다. 중앙불교전문학교가 혜화전문학교로 개명한 것은 1940
년이니[27] 혜화전문학교 입학이란 1941년 졸업 시의 학교명에 따른 것
이라 할 수 있다. 그는 혜화전문학교를 졸업함과 동시에 오대산 월정사
불교전문강원 외전강사로 활동하다 1942년 조선어학회 일을 돕다 낙향
하여 해방을 맞는다.

조지훈 시에서 불교적 상상력은 오대산 월정사 시기에 '시와 선'의 문
제의식으로 부각된다. 그의 시는 초기에 모더니즘적 감각주의에서 시작
한다. 하지만 「고풍의상」 등이 추천됨과 더불어 그의 시는 정지용 등 문
장파의 전통주의로 기운다. 이러한 문학적 변화에 당시의 시대적 상황
과 문학적 경향이 일정한 영향을 끼쳤음은 재론의 여지가 없다. 다만 조
지훈의 전통주의가 내포한 시대적 맥락 문제는 여전히 남는다. 그의 월
정사행은 난세를 피한다는 의미를 지니는 것으로 알려져 있다. 특히 징
용을 피하기 위한 것이었다는 설은 이를 뒷받침한다. 이러한 점에서 월
정사 시절의 시와 선의 문제가 주목의 대상이 된다. 그에게 있어 불교적
상상력과 선이 방법적으로 선택되었을 가능성을 말해주기 때문이다. 여
기서 방법적이라는 것은 우선 발견된 전통이라는 측면을 갖는다. 「고풍
의상」과 「승무」가 이와 연관된다. 이로써 그는 당시의 시적 주류인 전통
적 미의식을 탐구하면서 섣불리 아시아주의 혹은 동양주의에 경도되지
않는 입장을 견지하게 되는 것이다. 다음으로 세계를 지우는 방법으로
선택된 선을 들 수 있다. 현실세계에 대한 판단을 정지하고 순수한 마음
의 상태에 도달함으로써 시대의 질곡을 넘어서고자 한 것이다. 이는 그
가 선을 "마음을 고요히 하여 한 곳에 모두고 이를 흩어지지 않게 하여

---

27) 강석주 · 박경훈 공저, 『불교근세백년』, 민족사, 2002, 195쪽

靜寂한 곳에 정지시켜 이를 전념하는 것"[28]이라고 한 데서 잘 드러난다. 「고사」, 「산방」, 「산」 등의 시는 선의 방법으로 정적에 이른 시편들이라 할 수 있다.

木魚를 두드리다
졸음에 겨워

고오운 상좌 아이도
잠이 들었다.

부처님은 말이 없이
웃으시는데

西域 萬里길

눈부신 하늘 아래
모란이 진다.

—「古寺」전문

이 시를 두고 선시라 규정하는 것은 지나치다. 청허 휴정 이후에 풍경의 스케치에 가까운 선시가 많이 나온다는 사실을 볼 때 선적 경향의 시 정도로 규정하는 편이 좋을 듯하다.[29] 실제 이 시는 하나의 풍경을 그리

---

28) 조지훈, 『조지훈전집』 7권, 일지사, 1973, 285쪽
29) 박호영, 『조지훈 문학연구』, 서울대 박사논문, 1988, 76쪽

고 있을 따름이다. 상좌 아이가 낮잠이 든 평화로운 절간에 모란이 지고 있는 광경을 세련되게 집약하고 있다. 그의 말대로 선미(禪味)가 깃든 작품이다. 선의 맛 혹은 멋이 가미된 시라 이해하면 될 것이다. 이러한 점에서 그에게 선은 방법적인 차원에 머문다. 그것은 사물에 다가가고 그것을 그리는 전통적인 직관주의적 미의식과 관련된다. 그 또한 이를 시선일여(詩禪一如)의 경지라 하면서 이를 "일체의 정서와 주관을 배제하고 자연을 그대로 直觀하고 관조하는 敍景"[30]을 노래하는 것이라 규정한다.

조지훈은 유가적 가문에서 성장하고 유가적 교양을 체득한 시인이다. 이러한 전기적 사실에 따라 월정사 시기의 그의 시에 대한 논의는 유불의 양면성에 대한 해석 문제를 두고 전개된 바 있다. 선시 수준의 성취로 해석하는 경우가 있는가 하면 유가적 입장에서 불교적 상상력의 수용이라는 해석도 있다. 확실히 30년대 후반은 고전론, 동양론 등의 논의와 더불어 유가적 교양이 복권될 수 있는 시기였다.[31] 미의식의 수준에서나마 유가적 전통이 복권된 것은 식민적 근대의 전과정에서 큰 '사건'임엔 틀림이 없다. 그러나 현실수준에서 유가적 실천의 출구가 철저하게 닫혀 있음도 사실이다. 조지훈의 경우 불교는 민족주의를 발현하는 방식으로 선택된 전통의 발견과 난세를 회피하고 마음의 평정을 구하기 위한 선적 방법으로 수용된다. 그에게 불교는 방법적 차원에 머물러 있다. 이는 조선어학회 사건 이후 낙향하여 쓴 「落花」가 유가의 자연관

---

30) 조지훈, 「나의 시적 편력」, 『청록집 이후』, 현암사, 1968, 355쪽

31) 황종연, 「한국문학의 근대와 반근대」, 동국대 박사논문, 1991, 68쪽, 황종연은 "30년대를 통하여 전통에 대한 의식이 고양되는 과정에서 유교적 교양인에게 일종의 사면이 베풀어진 것만큼 중요한 사건은 없다"라고 지적한다.

을 담고 있는 사실에서[32] 보다 분명해진다.

꽃이 지기로서니
바람을 탓하랴

주름 밖에 성긴 별이
하나 둘 스러지고

귀촉도 울음 뒤에
머언 산이 닥아 서다.

촛불을 꺼야하리
꽃이 지는데

꽃지는 그림자
뜰에 어리어

하이얀 미닫이가
우련 붉어라

묻혀서 사는 이의
고운 마음을

---

32) 박호영, 앞의 논문, 84쪽

아는 이 있을까
저어하노니

꽃이 지는 아침은
울고 싶어라

　이 시는 자연의 이치와 함께 그 속에 은일하는 이의 마음을 그리고 있
다. 여기서 자연의 이치는 꽃이 피었다 지듯이 순환하는 원리를 의미한
다. 이러한 점에서 이 시의 첫 연이 대자연의 원리를 나타내고 있을 뿐
아니라 나아가서 유교의 이기철학과 접맥되어 있다는 해석[33]이 가능한
것이다. 이러한 자연의 이념은 다른 한편 은일의 사상과 연결된다. 계절
의 순환처럼 인사(人事)도 변할 것이므로 뜻을 품은 이는 난세를 피하
여 은거하되 희망을 잃지 않는다는 것이다. 이 시에서 '묻혀서 사는 이'
의 슬픔은 단순하게 꽃이 졌다는 사실에 기인하는 것은 아니다. 순환하
는 자연의 이치와 달리 변하지 않는 세상사 탓이라 할 수 있다. 이처럼
시의 기저엔 자연의 이치와 대비되는 인사라는 문제의식이 놓여 있다.
조지훈은 이 시가 씌어질 무렵의 심정을 "붓을 꺾고 숨어서 시를 씀으로
써 치욕의 페이지에 이름을 얹지 않았다"[34]라고 진술하고 있다. 그에게
불교적 상상력은 이러한 은일을 가능하게 하는 심리적 기제였다. 율곡
은 "선비의 겸선은 진실로 그 뜻이니 퇴하여 자수함이 어찌 그 본심이겠

---

33) 같은 논문, 84쪽
34) 조지훈, 앞의 책 4권, 41쪽

는가. 때의 만남과 못 만남이 있을 뿐이다"[35]라고 한 바 있다. 지훈은 선의 방법을 유가적 은일사상과 결합하였다. 그에게 선은 은일사상을 심화하는 방편이 되었다.

근대시와 불교적 상상력의 양면성

유교에 비해 불교가 덜 주목받는 것은 불교가 지닌 반세속성과 연관이 있다. 출세간의 원칙과 가족 이데올로기의 부정은 불교의 초월 지향성의 근거가 된다. 이러한 초월성의 인력은 불교적 사유나 상상력이 근대와 양립할 수 없게 하는 요인으로 작용한다. 주자학적 질서의 해체라는 근대적 상황에서 불교가 유교에 대한 대안으로 자리할 수 없었던 까닭도 여기에 있다. 근대와 더불어 불교는 구질서와의 단절을 통하여 자신의 복권을 도모하는 이상의 사상적 진전을 이루어내지 못한다.

말할 것도 없이 한용운의 불교사상은 근대와의 변증을 시도하였다는 점에서 주목되어야 한다. 그가 "불교의 새로운 해석을 통하여 진보적인 계몽주의자가 되었고, 근대적인 자유주의를 불교적 평등의 개념 속에 흡수하였으며, 그러면서도 자유주의에 결부되기 쉬운 이기주의를 배격하는 동시에 불교의 보살정신을 사회개혁의 사상적 거점으로 확인"[36] 하였다거나 "자유주의와 사회주의를 우리나라의 전통적 사상의 토대에 입각하여 종합한 사상"[37]을 나타내었다는 평가는 오늘의 시점에서 여

---

35) 李珥, 「東湖問答」, 『栗谷集』 전 15 잡저 2. 여기서는 최진원, 『국문학과 자연』, 성균관대학교 출판부, 1977, 27쪽에서 재인용

36) 염무웅, 「만해 한용운론」, 만해사상연구회 편, 앞의 책, 243쪽

37) 안병직, 앞의 논문, 62쪽

전히 새겨 주목해야 할 내용들이다. 그렇지만 그가 제출한 '불교 사회주의'가 여전히 풀 길 없는 화두인 것도 틀림이 없다. 불교는 한용운의 생각과 무관하게 사상적 디아스포라에 따라 낡은 충성에서 놓여나 새로운 충성의 길에 접어들고 있었던 것이다.

한용운의 시에서 불교적 사유는 저항의 변증이라 규정할 수 있듯이 근대에 저항하는 전통으로 근대를 성취하고자 하는 시적 자아를 창출하고 있다. 물론 이러한 자아의 확산은 '님'이라는 대타자의 설정이 말하듯 소망의 수준에 그친다. 근대와 불타 사이에 충분한 매개를 만들 수 없었기 때문이다. 서정주에게 있어 시적 원천은 외적 교양으로 주어진 것이므로 불교적 상상력은 초기시의 시적 자원이 되지는 못한다. 그는 시작의 초기에 전통을 추구하기보다 일본을 통해 전해진 서구의 근대해체사상을 좇는다. 그런데 그가 수용한 니체의 심미적 원시주의는 실제의 현실과의 연관성보다 그 외재성에 머무는 경향을 드러낸다. 이러한 경향은 그가 아시아주의라는 식민주의 이념을 심각한 갈등 없이 수용하는 일로 이어진다. '심미적 원시주의=서구근대해체=동양주의'라는 맥락에서 그는 신라와 불교를 창안한다. 식민지 말기에 발견된 전통은 이후 일관되게 세속적 신비주의의 등가물로 나타난다. 그에게 불교적 상상력은 세속의 가치와 질서를 무화하는 무책임의 초월 미학 체계로 작동한다. 조지훈에게 있어서 불교는 방법적인 차원에서 수용된다. 시법과 선법을 동일맥락에서 추구한 그는 한편으로 난세를 지워 평정을 얻고 다른 한편으로 나름의 도(道)를 실현하려 한다. 그의 경우 불교는 유가적 은일사상에 의해 채택된 방안이라 할 수 있다.

한국근대시에 나타난 불교적 상상력은 여러 가지 유형의 양면성을 보인다. 이러한 양면성은 근대시를 형성하는 사회적 조건의 양면성에 상

응한다. 식민성과 근대성이 혼재하는 식민적 근대 사회에서 전통은 다
각적인 문맥을 지닌 담론으로 창안될 수밖에 없다. 한용운과 서정주와
조지훈의 차이는 이러한 식민적 근대사회에서 전통이 지닌 양면성을 재
구성하는 방법에서 발생한다. 이들의 방법들은 그 가치의 고저보다 먼
저 각기 다른 형태의 미학과 세계관의 결합방식을 이해하게 한다.

장소와 공간의
지역문학론

    그동안 지역문학은 일국 단위에서 논의되었다. 따라서 지방적인 (local) 것이 주된 대상이며 세계적인(global) 것과 지방적인 것이 만나는 지역적인(regional) 것에 대한 논의는 부차적이었다. 지역문학론이 지방문학(local literature)에 한정되었던 것이다. 한편 이러한 지방문학을 고찰하는 일은 보편성 지향의 근대문학에서 주변으로 밀려나 있거나 중심의 문학제도에서 벗어나 있는 지방성(locality)을 복원하는 일과 연관된다. 따라서 지방주의(localism)의 입장이 도드라지면서 지방문학에 대한 자료학적 탐구가 진전을 이뤄 각 지방의 연구자들이 지방문학을 연구하고 그 성과를 바탕으로 지방문학사를 기술하는 양상을 보이게 된다.[1]

---

1) 이강언 외, 『대구 경북 근대문인연구』, 태학사, 1999; 강희근, 『경남문학의 흐름』, 보고사, 2001; 박태일, 『한국지역문학의 논리』, 청동거울, 2004, 『경남부산 지역문학연구 1』, 청동거울, 2004; 김병택, 『제주현대문학사』, 제주대학교 출판부, 2005; 김동윤, 『제주문학론』, 제주대출판부, 2008 등

그런데 지방문학과 지역문학(regional literature)의 개념은 상호 대립하거나 모순적인 관계에 있지 않다. 근대적인 세계체제의 외부에 지방적인 것이 존재할 수 없다는 점에서 지방적인 것은 지역적인 것과 상호 연관되며 세계적인 것과 관계를 맺는다. 따라서 지방문학이라는 용어보다 이것의 상위 개념에 해당하는 지역문학이라는 용어를 선택하고자 한다. 그렇게 함으로써 지방적인 것을 포함하면서 세계적인 것과의 연관을 두루 살피는 관점을 형성할 수 있기 때문이다.[2] 지역적인 시각은 중심과 주변의 이분법적 구도에 의한 문화정치학적 편향을 반성하는 데 있어서 유용하다. 세계화와 더불어 국민국가 내의 지방이라는 관점이 한계를 드러내면서 기존의 '지역문학' 개념이 모호해지고 있다는 사실을 고려해야 한다. 일국 단위에서의 지방(local)과 세계 단위에서의 지역(regional)을 중층적으로 인식하는 지역문학의 논리가 요청되고 있는 것이다. 이러한 논리를 따를 때 지역문학론은 구체적인 비평이론과 창작방법론으로 발전할 수 있는 계기가 된다.

지역문학의 확장된 개념은 특정 지역 문인들의 생산 활동의 총량이 아니라, 지역이라는 장소와 공간을 문학 속에 담아내는 방식을 뜻한다. 그런데 장소와 공간은 구체적인 실존으로 자리하는 곳이자 존재를 확대해 나가는 인식의 장이다. 장소와 공간의 지역문학은 정체성을 담보하는 장소에서, 사회적인 권력과 제도가 자리한 공간과 지정학적인 관계가 얽혀 있는 세계 공간으로 그 스펙트럼이 펼쳐진다. 그러므로 이것은 장소의 현상학과 공간 문화론 그리고 '지정학적인 미학'을 포함한다.

---

2) 구모룡, 『지역문학과 주변부적 시각』(신생, 2005)과 남기택 외, 『경계와 소통, 지역문학의 현장』(국학자료원, 2007)에서 부분적으로 이러한 문제가 지적되었다.

지역문학 담론의 양상

그동안 전개된 지역문학 담론은 크게 네 가지로 대별된다. 지방주의적 지역문학론, 변증법적 지역문학론, 비판적 지역주의 지역문학론, 자료학으로서의 지역문학론. 이 가운데 지방주의적 지역문학론과 변증법적 지역문학론은 1980년대의 이론이고 비판적 지역주의 지역문학론은 냉전체제가 와해된 1990년대 이후 등장한다. 달리 말해서 지방주의적 지역문학론과 변증법적 지역문학론이 일국 단위의 논리라면 비판적 지역주의 지역문학론은 전지구적 자본주의 세계체제를 내용에 담고 있다.

지방주의적 지역문학론

한국 근대문학사에서 '지역문학'이 본격적으로 논의된 것은 1980년대인데 국가 독점 근대화가 파생시킨 지역모순에 대한 인식과 관련된다.[3] 중심의 정치, 경제, 문화적 독점 체제하에서 지방이 종속적 위치로 전락하고 있다는 지방의 시각은 근대의 모순에 대한 인식과 연관된다. 여기서 지역문학 담론의 첫 번째 양상으로 들 수 있는, 중심에 종속되지 않기 위한 지방의 문화적 자립이라는 명제를 지닌 지방주의(localism, 또는 지역중심주의)가 생성한다. 그런데 이러한 지방주의는 중심에 대한 비판과 지방의 자립이라는 입장에도 불구하고 타자를 비난함으로써 주체를 세우려는 왜곡된 인정투쟁의 일면을 포함하게 된다. 이는 지역문학의 존재의의를 우리 사회가 안고 있는 중심주의에 대한 저항이라는 맥락에서 찾는데, 지역문학이라는 행위에 저항의 심리적 합리화 기제를

---

3) 구모룡, 「주변부 지역문학의 위상—20세기 후반 부산지역문학론」, 『오늘의 문예비평』 2003년 가을호, 20-24쪽

부여한다. 이러한 현상이 한계를 지니는 것은 한편으로 대타의식이라는 동기에 과도하게 의미가 실리는 것이고 다른 한편으로 자기 소외를 재생산하는 폐쇄적인 구조 속에 갇히게 된다는 것이다.[4] 이러한 관점에서 지방주의적 지역문학론은 타자에 종속된 문화정치학을 벗어나지 못했다는 비판을 피할 수 없다.

지역문학론이 저항과 종속의 순환논리에서 벗어나야 하는 것은 당연하다. 그럼에도 과장된 수사학을 지닌 지방주의적인 주체정립이 존재하는 것은, 문학의 장(champ)에서 자본과 권력의 중심부 독점이 숨길 수 없는 현실이며 이러한 독점 시스템이 인정과 평가를 왜곡하고 있기 때문이다. 이러한 점에서 중심부에 집중된 문학적 장의 모순에 대한 지속적인 비판은 지방주의적 지역문학론이 얻어낸 담론 효과라 할 수 있다. 하지만 이러한 문화사회학이 지방주의의 특수 과제인 것만은 아니며 이로써 지방의 낮은 문학적 생산력을 대신하는 것도 아니다. 즉 중앙의 매체 독점, 인정과 평가 독점의 측면이 있다고 하더라도 지방의 모든 문제들—소외, 낙후한 생산력, 낮은 수준 등을 중심의 탓으로 환원하는 논리는 한계가 있다. 매체가 중심에 독점되어 있기 때문에 중심의 모든 매체가 지방을 홀대한다고 보는 관점은 왜곡되어 있다. 많은 경우 중심의 매체들은 열려 있으며 경우에 따라 지나칠 정도로 지방의 역량을 흡인하는 양상을 보이고 있는 것이 사실이다. 문제는 중심이 지역문학을 흡인하는 과정에서 지역의 생성적인 가치들을 배제하거나 중심 모방 욕구를

---

4) "인정투쟁"이 가지는 도덕적 함의는 분명히 있다. 인정투쟁의 목표는 상호 인정이라는 상호주관성의 실현이다. 따라서 지역문학 개념의 혁신을 통한 한국문학 전체의 변화라는 목표가 중요한 과제가 되어야 한다. 인정투쟁에 대한 것은 악셀 호네트, 문성훈·이현재 역, 『인정투쟁』, 동녘, 1996, 11-18쪽의 「옮긴이의 말」 참조

증대시키는 경우이다.[5]

변증법적 지역문학론

1980년대 처음 대두한 지역문학론은 앞서 말한 대로 지방주의 혹은 지역 중심주의로 채워진다. 이는 중앙에 대한 지방의 예속 관계를 타파하기 위하여 강력한 저항을 실행할 지방중심의 주체 정립이 요구된다는 논리이다. 지역소외구조를 해체하는 일이 지역민의 자발적인 실천행위 없이 불가능하다는 점에서 이러한 논리가 설득력을 얻는다. 그렇지만 80년대 초기의 지방주의 지역문학론은 자기의 문제보다 타자의 문제를 강조하는 편향을 보인다. 구조적 모순을 타파하는 일과 병행하여 내적 역량을 기르는 일은 중요하다. 그러나 자기반성 없는 이분법은 기존 모순구조의 변이형태로 귀결될 수 있다. 이는 중앙과 지방의 대립만 주목할 뿐 중앙과 지방이 한데 얽혀 있는 전체라는 사실을 간과한다. 여기서 지역적 불균등성이 한국사회의 중심모순은 아니며 부차적 모순이라는 지적이 등장하게 된다. 중앙과 지방 모두 한국사회가 안고 있는 구조적 모순의 보편성에서 자유로울 수 없기 때문이다. 다만 이러한 모순이 지방에 가중되어 있다는 것은 사실이다. 이러한 점을 감안하여 수정된 논리로 등장한 것이 중앙과 지방을 함께 인식하자는 변증법적 지역주의이다.[6] 이것은 한국 사회의 보편성과 지방의 특수성을 변증법적 연관성으로 파악한다. 그래서 지방이라는 종속적 의미를 담은 용어보다 지역이

---

5) 실제 이러한 과정은 일국 차원에서 중앙과 지방의 문제에 한정되는 것이 아니며 세계적 규모에서도 주변부-반(半)주변부-중심부 관계에서 매우 복잡하게 전개된다. 지배와 교환과 횡단의 양상들이 일국적이든 세계적이든 중층적인 형태로 교차하고 있다는 점에서 중앙과 지방의 이분법이 지니는 인식론적인 한계가 분명하다.

6) 구모룡, 「지역문학운동의 과제와 방향」, 『앓는 세대의 문학』, 시로, 1986, 20-29쪽

라는 중립적 용어를 선호하며 중앙과 지방의 대결보다 한국사회의 전반의 문제해결을 우선 과제로 설정한다. 1980년대 후반까지 변증법적 지역주의는 지역문학의 핵심 논리이자 창작 방법론이 된다.

비판적 지역주의 지역문학론

지역문학론은 지역 간의 차별과 소외라는 사회적 모순 상황에서 형성되는 담론이다. 특히 이것이 80년대의 반민주적 상황에서 이론적 전망과 실천 계기를 보였다는 것은 의미심장한 일이다. 그렇다면 민주화 이후의 한국사회에서 지역문학론이 가지는 위상의 변화를 생각할 수 있다. 특히 냉전체제 와해 이후의 전지구적 자본주의는 지역문제를 재인식하게 한다. 세계자본주의의 반(半)주변부에 속한 한국사회가 빠른 속도로 세계 시스템에 흡수되는 것은 피할 수 없는 일이다. 이와 함께 중심부에 자본과 권력이 집중되며 주변부 지역의 소외 현상은 그 어느 시기보다 두드러지게 된다. 전지구적 자본주의는 주변부적 다양성, 지역적 다양성을 규격화하거나 표준화하여 모든 사회 체계와 문화를 동질화하려 한다. 즉 사회 전체에 대한 효율적인 관리를 목표로 하는 사회 시스템이 형성되면서 중심부의 비대화와 주변부의 빈곤화라는 양상이 뚜렷해지고 있는 것이다. 이러한 상황에서 지역주의가 새롭게 의미 있는 문맥을 얻는 것은 당연한 이치이다. 새로운 지역주의는 중심부 중심의 사회 시스템에 저항하면서 새로운 사회 시스템을 창안하고 실천하는 방향으로 나아간다. 이것은 문화적 다양성을 지키고 보존하려는 "반-시스템 운동"[7]이 된다. 그런데 문화적 다양성은 근본적으로 생명의

---

7) 이매뉴얼 월러스틴, 송철순 외 역, 『반체제운동』, 창작과비평사, 1994, 11쪽

다양성에서 유발되는 것이므로 신지역주의는 생태환경을 지키고 보전하는 생태-시스템 실현 운동과도 연관된다.

신지역주의는 아리프 딜릭이 말한 비판적 지역주의(critical localism)를 주된 내용으로 한다.[8] 이것은 일국적 수준의 논리로 등장한 과거의 지방주의(지역 중심주의)나 변증법적 지역주의와 달리 전지구적 시스템과의 연관에서 지역을 인식한다. 비판적 지역주의에서 지역은 새로운 가치 생성의 공간이다. 이는 전통적인 의미인 소외를 나타내는 표지이기보다 새로운 의미에서 창조를 가능하게 하는 진지라 할 수 있다. 지역은 전통과 근대, 식민성과 근대성, 문명과 자연 등의 제가치들이 혼재한 장소이며 서로 양립하는 가치들이 종합되는 가운데 형성적인 가치들이 발생하는 공간이다. 일국적 수준을 넘어 전지구적 자본주의라는 세계체제의 전망을 지닌 비판적 지역주의는 자기비판을 가장 중요한 계기로 앞세우는 한편 타자비판으로 이행하는데, 이와 같은 비판의 양날로써 담론의 합리성을 견지한다. 세계체제의 수준에서 진행되는 중심과 주변의 구조는 마치 프랙털처럼 세계 모든 지역에서 나타나고 있다. 비판적 지역주의는 이러한 지역이야말로 약속의 땅이자 새로운 이념이 발상하고 퍼지는 전도의 공간이라 생각한다. 그래서 이것은 지역 수준의 역사와 행위가 일국적 사회 시스템 변혁에서부터 세계체제의 개편을 요구하는 방향으로 연결된다고 본다.

자료학으로서의 지역문학론

자료학으로서의 지역문학론은 앞서 설명한 세 가지 지역문학론과는

---

8) A. Dirlik, *The Postcolonial Aura*, Westview Press, 1997, p.85

논리의 층위가 다르다. 이는 지역문학의 내적 논리이기보다 지역문학연구의 의미를 담고 있다. 지역의 많은 연구자와 문인들이 지역의 작고 문인들을 발굴하고 그들의 문학을 정리, 해석해오고 있는데[9] 지역문학은 여전히 엄청난 자원을 지닌 두꺼운 지층과 같다. 따라서 아직 발굴되지 못한 시인 작가들과 그들의 작품을 찾아 해석하고 평가하는 작업은 간단없이 이뤄져야 한다. 자료학은 모든 학문의 근본이므로 이를 바탕으로 지역문학의 특수성과 보편성을 밝히는 연구는 아무리 강조해도 지나치지 않다. 그럼에도 이러한 자료학이 단순하게 지역에서 글을 쓰는 사람들의 작품의 총량을 대상으로 하는 것은 아니다. 지역이라는 사람 사는 곳의 역사성, 사회성, 장소성을 담보하는 작품들이 지역문학이기 때문이다. 이러한 관점에서 자료학은 실증주의의 한계를 넘어서 고래(古來)의 지역문학에 대한 탐구를 확장하고 장소와 공간의 변증법을 실현하는 작품을 재평가하며 세계화 시대에 새로운 지역문학을 창안하는 방법론으로 진전되어야 한다.

지역문학을 매체나 제도, 유통 구조의 관점에 한정하여 설명하는 것은 일정한 한계를 지닌다. 매체와 제도 그리고 유통구조의 불합리가 지역문학을 제약하는 요인들임엔 틀림이 없으나 이들로써 지역문학 현상의 본질을 말할 수는 없기 때문이다. 지역문학 현상은 무엇보다 문학의 지역적 생산으로 설명해야 한다.[10] 많은 이들이 문학의 지역적 생산을 지역문학의 범주로 설정한다. 아울러 문학의 지역적 생산 경과를 추

---

9) 각주 1) 참조

10) 실제 각 지역에서 생산되는 문학의 양상은 다양하다. 동인지, 무크지, 반연간지, 계간지, 신문 등 각종 문학단체와 소집단 그리고 지역단체가 발간하는 매체들은 헤아리기 힘들 정도다.

적하여 자료를 발굴하고 비정(比定)하며 나아가 주류문학사가 빠트리거나 왜곡한 부분을 바로잡는 것을 지역문학연구의 목표로 삼기도 한다.[11] 이러한 연구가 드러내는 의의는 크다. 크고 작은 근대문인들이 전국을 무대로(경우에 따라서 국가의 경계를 넘어서) 활동하였다는 점에서 지역문학연구를 통해 새로운 자료들이 발굴되는 고고학적 성과는 주목된다. 또한 묻혀 있던 지역문학의 역사를 재구함으로써 지역문화정체성을 일깨우고 지역문화사를 가능하게 한다. 그런데 문학의 지역적 생산의 역사를 밝히는 이러한 연구와 지역문학을 이론적으로 규정하는 일은 앞서 말한 대로 어느 정도 논리의 층위를 달리한다. 이는 지역성의 색인을 지니지 못한 작품을 지역문학의 범주에 둘 수 없다는 사정과 연루된다.

장소와 공간의 지역문학론

장소와 공간의 지역문학론은 한편으로 지역, 장소, 공간에 대한 구체적인 접근을 강조하는 오늘날 지적 흐름과 연관되고[12] 다른 한편으로 문화정치학에 편향되고 실증주의에 한정된 지역문학 담론을 극복하자는 의도와 관련된다. 또한 비판적 지역주의의 연장선에서 지정학적인

---

11) 이러한 지역문학연구의 대표적인 성과로 박태일의 『한국지역문학의 논리』(청동거울, 2004)를 들 수 있고, 이의 방법론으로 그의 「인문학과 지역문학의 발견」(『현대문학이론연구』 2004년 제21집)을 참조할 수 있다.
12) 그동안 장소와 공간의 관점에서 논의된 문학론으로 대표적인 것을 들면 다음과 같다. 심승희, 「문학지리학의 전개과정에 관한 연구」, 『문화역사지리』 제13권 제1호, 2001년 6월; 「'장소 기억하기'와 '장소 만들기'로서의 문학」, 『문학수첩』 2006년 겨울호; 박현수, 「문학의 공간: 공간과 장소의 시적 변증법」, 『문학수첩』 2006년 겨울호; 장석주, 『장소의 탄생―우리시의 문학지리학』, 작가정신, 2006

미학을 수립하는 일로 이어진다.

　지역문학은 지역을 그 내용으로 하는 문학이라고 규정하는 것은 간단하지만 매우 생산적인 정의이다. 문학이 담고 있는 장소와 삶이 지역을 표상하는, 지역 표상으로서의 지역문학이라는 개념이 내포하는 내용도 여러 가지다. 가장 단순하게는 지역 사실을 현상적으로 담고 있는 것에서 지역의 구체성을 탐색하거나 그것을 매개로 민족과 세계를 해석하는 경우에 이른다. 지역을 내용으로 하는 지역문학을 말하는 많은 이들이 공감하는 바는 지역문학이 구체적인 것을 그 출발점으로 삼는다는 것이다.[13] 구체적인 것의 진실성에 기대온 문학적 전통을 상기할 때 구체성으로서의 지역문학이 지니는 지위는 매우 높다. 많은 경우 지역문학은 구체적인 사상(事象)을 매개하는 리얼리즘의 정신을 내적 원리로 선취한다. 이 점은 지역문학이 리얼리즘에 경사(傾斜)됨을 의미하지만 지역문학이 곧 리얼리즘이라는 의미는 아니다. 이보다 구체적인 것을 추구하는 정신은 너나없이 지역문학과 만나게 된다. 경우에 따라서 구체성의 진실을 탐색하는 모든 문학은 지역문학이라는 규정도 가능하다. 또한 이러한 지역문학의 강조를 통해 구체적인 삶을 담지 못하는 현대문학에 대한 경계(警戒)가 되기도 한다.[14]

　주지하듯이, 20세기 후반부터 활성화되고 있는 한국 지역문학 담론의

---

13) 가령 다음의 진술이 그렇다: "우리가 지역에 관심을 두는 이유는 삶의 현실성을 회복하자는 의도가 크다. 우리가 살아가는 지금 이곳의 삶에 문학이 뿌리를 내려야 한다는 면에서 지역은 우리에게 생활감각으로 살아 있는 곳이며 구체성을 담보하면서 우리에게 다가오는 공간이다. 단절되고, 의미 없는 반복만이 되풀이되는 일상이 아니라 생활세계와 문학이 긴장감을 가질 수 있는 연결 통로를 지역에서 찾아보자는 것인데, 문제는 그를 위해 지역에 대한 새로운 관심과 인식의 노력이 요청된다는 것이다." 이현식, 「지역문학과 지역문예지」, 『작가들』 2003년 상반기호, 11쪽

14) 최원식, 「지방을 보는 눈」, 『생산적 대화를 위하여』, 창작과비평사, 1997, 59-72쪽

핵심은 문화정치학에 집중되어 있다. 중심부에 의해 지역이 소외되어 있으니 중심부를 비판하고 지역의 존재의미를 부각해야 한다는 것이다. 그러나 엄밀히 말해서 지역문학은 중심부라는 타자를 공격하면서 성장하는 사생아적 문학이 아니다. 지역문학은 토마스 하디의 위섹스,[15] 오르한 파묵의 이스탄불[16]처럼, 이병주의 지리산, 박경리의 통영과 하동, 김정한의 낙동강, 김원일의 진영, 현기영의 제주처럼, 구체적인 장소와 공간을 통해 형상화된 문학이다. 무엇보다 지역문학은 지역이라는 구체적인 장소의 터 위에서 발생하고 생산되어야 한다. 이러한 지역문학이 지역을 드러내는 방식은 다음처럼 네 가지 층위를 지닌다.

색인으로서의 장소와 공간
경험으로서의 장소
장소와 공간의 변증법
지정학적 미학-지방과 지역의 중층적 관계 인식

'색인으로서의 장소와 공간'은 지역문학 속에 등장하는 장소들이 색인 기능에 그치는 경우이다. 많은 지역문학에서 구체적인 장소들은 이미지나 배경으로 활용된다. 단순한 장식으로 또는 지명이 가지는 고유성으로 작품 속에 자주 삽입되는 것이다. 그러나 이러한 색인으로서의 장소는 지역의 구체적 삶과 생활양식이라는 맥락으로 연결되지 못하는

---

15) 심승희, 「문학지리학의 전개과정에 관한 연구」, 『문화역사지리』 제13권 제1호, 2001년 6월, 67-70쪽
16) 오르한 파묵은 자전 에세이 『이스탄불』(이난아 역, 민음사, 2008)을 통해 이스탄불의 장소와 공간이 어떻게 그의 문학의 내부와 외부를 형성하고 있는지 서술하고 있다.

한계가 있다. 이 점에서 장소경험에 대한 이해를 바탕으로 하는 지역문학이 중요하다. 실제 각 지역에서 장소를 색인과 배경으로 하는 작품들이 여전히 많이 생산되고 있다. 하지만 기억과 경험이 없는 장소예찬이 가지는 한계는 분명하다. 모든 풍경에는 기억과 역사가 내재해 있다. 사람들은 이러한 풍경을 통해 정체성을 얻고 타자와 교섭한다. 풍경과 장소와 공동체는 서로 교차하고 중첩된다.[17] 이러한 점에서 작품 속의 장소는 그 속에 등장하는 이미지나 사건 그리고 인물과 유기적 연관성을 지닐 때 맥락적 의미를 획득한다. 지역문학의 장소성은 이러한 작품을 통해 유발된다. 그러므로 지역문학은 지역이라는 땅의 분위기와 장소감 (senses of place), 나아가 장소의 혼(genius loci)-사물이 존재하는 구체적인 실존[18]을 담는 작품이라고 할 수 있다. 혹자는 이러한 규정을 지나치게 소재주의로 가는 것이라 비판하기도 한다. 그러나 이러한 규정은 단순한 소재주의를 의미하는 것이 아니며 삶의 구체적인 정황을 재현한다는 지향을 가진다. 장소는 추상적인 위치가 아니라 구체적인 사물들로 이루어진 총체성이다.[19] 지역문학은 이러한 장소의 구체적 총체성을 구현하면서 문학의 보편성을 추구한다. 지역문학에 대한 해석과 평가는 이러한 장소성에서 시작되고 장소성의 성취 과정에 집중되는 것이 타당하다.

여기서 우리는 "지역소설"이라는 개념을 창안한 인문지리학자 다비 (H. C. Darby)의 견해를 들 수 있다. 19세기 중반에 이른 영국에는 지역

---

17) P. J. Stewart & A. Strathern(ed), *Landscape, Memory and History*, Pluto Press, 2003, pp.1-4

18) C. 노르베르크 슐츠, 민경호 외 역, 『장소의 혼』, 태림문화사, 1996, 27쪽

19) 같은 책, 11쪽

소설이라 칭할 수 있는 장르가 형성되는데 월트 스코트, 제인 오스틴을 거쳐 토마스 하디에 이르러 완성된다. 토마스 하디는 위섹스를 다룬 소설을 18편이나 발표한다. 그는 동일 장소를 선택적으로 반복함으로써 일종의 연작소설처럼 느껴지는 지역소설을 쓴다. 이리하여 위섹스라는 장소가 창조되는 것이다.[20] 이처럼 토마스 하디가 보여준 성과에서 우리는 장소경험에 바탕을 둔 지역문학의 개념을 찾을 수 있다.

그런데 장소는 지나치게 경험적이어서 시적 지향을 갖기 쉽다. 이-푸 투안이나 에드워드 렐프 같은 현상학적 인문지리학자들은 장소를 일체감을 부여하는 곳, 사물과 의식이 합일되는 지점으로, 공간을 개방성, 자유, 위협으로 구분한다. 그리고 경험에 의해 공간은 장소가 된다.[21] 에드워드 렐프는 현대의 장소 상실을 비판한다. 그는 장소의 혼, 장소감, 장소의 분위기가 사라지는 무장소성, 장소상실이 커져가는 근대 사회현상을 지적하고 있다. 특히 도시화 과정은 원초적인 장소들을 해체하고 추상화하는 경향이 크다. 이러한 가운데 장소회복을 말한다면, 그것은 동일성으로 회귀하는 시적 회감(回感)의 원리와 다를 바 없다. 장소회복이라는 차원에서 장소문제를 지역문학에 대입하게 되면 지역문학은 시적 범주 나아가서 서정적 서사에 한정된다. 유년, 향토성, 훼손되지 않은 고향 등이 지역문학의 주된 테마가 되는 것이다. 가령 오영수의 서정적 지역소설이 그 한 예일 것이다. 말할 것도 없이 이러한 테마도 중요한 지역문학의 자산이다. 이를 통해 지역문학에서 위대한 시적 성취

---

20) 심승희, 앞의 논문, 68-70쪽

21) Yi-Fu Tuan, *Topophilia-A Study of Environmental Perception, Attitudes, and Values*, Prentice-Hall Inc, 1974; 이-푸 투안, 구동회·심승희 역, 『공간과 장소』, 대운, 1995; 에드워드 렐프, 김덕현 외 역, 『장소와 장소 상실』, 논형, 2005 참조

를 할 수 있다. 지역문학에서 이러한 의미의 장소를 발견해가는 것은 중요한 과제이며, 이를 통해 시적 보편, 나아가 중심부적 미적 가치 혹은 주관적 심미 감각에 대한 의식, 무의식의 경사에서 벗어나는 것도 하나의 가능성이다.

지역문학의 장소가 의미를 발하는 또 다른 층위는 장소와 공간의 변증법이다. 앞서 말했듯이 장소가 종종 안정감과 위안, 합일된 의식을 부여한다면 공간은 불안정과 위협, 불화의 의식을 가져다주는 것으로 구분된다. 그래서 공간들은 주체의 경험적 진폭에 따라 장소로 바뀌게 되는 것이다. 이럴 때 장소와 공간의 변증법은 중층적인 형태로 확장된다. 예를 들어 지역의 어떤 장소는 민족문제의 공간적 집약이 될 수 있다. 땅은 농민이라는 계급의 문제를 집약하면서 지역과 사회라는 보다 넓은 공간의 의미를 포괄한다. 이러한 장소와 공간의 변증법에서 총체성의 문학이 나온다. 이러한 총체성의 문학은 두 가지 지향을 가지는데 그 하나가 리얼리즘적 총체성이라는 관점에서 사회적 공간을 반영하는 문학이다. 가령 이병주, 박경리, 김정한, 김원일, 현기영 등의 소설은 이러한 맥락의 지역문학의 양상이라 할 수 있다. 그렇다면 이들 이후 지난 수십 년간 사회적 총체성으로서의 지역문학은 있었는가? 쉽게 그렇다고 답할 수 없을 것이다. 또 다른 총체성은 생태학적 지역문학을 의미한다. 지역의 구체적인 장소는 자연사물과 생태학적인 연관 속에서 보다 큰 세계를 구성한다. 이러한 의미의 지역문학은 현재 가능성으로 존재한다.[22]

장소와 공간의 변증법은 지정학적 미학을 상정하게 하는데 이는 지방

---

22) 이에 대한 자세한 논의는 구모룡, 『지역문학과 주변부적 시각』, 신생, 2005, 52-56쪽 참조

(local)과 지역(region)의 중층적 관계를 숙고하게 한다. 세계단위와 일국단위의 지역은 상호 연관성을 지닌다. 냉전체제의 하위체제가 분단체제라는 매우 간명한 설명은 말할 것도 없고, 세계단위 안에서 국가 경계가 느슨해지면서 국가 단위의 지역이 세계단위에 연동되기도 한다.[23] 이처럼 중층적이고 복합적인 지역개념이 시사하듯 지역문화 또한 복잡한 인식을 요구한다. 중심부, 세계화, 대중문화와 주변부, 지역화, 고유문화가 맺는 관계도 획일적인 일방향성, 대타적 저항성 등으로 나타나지 않는다. 경우에 따라서 지역은 새로운 가치 생성의 공간이 되기도 한다. 만약 지역을 전통과 근대, 식민성과 근대성, 문명과 자연 등의 제 가치들이 혼재한 장소이며 서로 양립하는 가치들이 종합되는 가운데 형성적인 가치들이 발생하는 공간-경계영역으로 볼 수 있다고 한다면 지역의 문화는 이러한 생성적 가치를 고양하는 것을 가장 중요한 과제로 삼아야 한다.[24]

지역문화가 제대로 꽃피려면 오늘날 지역과 지역문화가 처한 양면

---

23) 인천과 부산을 비교하여 예를 들면 인천은 냉전체제하에서 위축되고 냉전체제가 와해되면서 부상하고 있다. 부산은 이와 달리 냉전체제의 수혜지역에서 현재 재조정 국면을 맞고 있는 지역이다.

24) 물론 지역들이 중심부 서울보다 창발적이라는 것은 아니다. 지역이 경계영역의 특성을 구비하고 있음에도 불구하고 낮은 문화적 생산력과 중심부 문화자본에 의한 지역의 사물화와 대상화 등의 요인으로 문화적 활력들이 현저하게 약화되고 있기 때문이다. 많은 경우 지역에 바탕을 둔 문화자본은 중심부 문화산업에 흡수되거나 중심부 유행장르들을 모방하며 또 다른 경우 박제된 지역성, 지역의 박물지 기술에 치중하고 있는 것이 현실이다. 지역 전통의 사물화는 오늘날 문화산업의 전략목표에 해당한다. 지방의 문화와 전통은 그 역사성이 소거된 채 소비의 대상으로 전락하고 있다. 하지만 이러한 현실이 지역문화의 미래가 암울하다는 단정을 이끌어내는 것은 아니다. 문제는 누가 어떻게 타자화, 대상화, 사물화되고 있는 지역에 역사성과 구체성을 불어넣는가에 달려 있는 것이다.

성을 정확하게 인식하는 데서 출발해야 한다. 즉 근대와 전통, 중심과 주변, 근대성과 식민성, 서구와 아시아, 문명과 자연 등 대립항들이 만드는 대립들의 함정에 빠지지 않고 생성의 공간, 희망의 공간을 만드는 일이다. 대안으로서의 지역문화는 이러한 반(半)주변부의 혼종성(hybridity)에서 찾을 수 있다.[25] 다시 말하지만 지역을 프랙털 모형으로 사고하는 시점이 필요하다. 지역의 신체에 각인된 근대성과 식민성, 전통과 근대를 중층적으로 인식함으로써 중심과 주변, 세계적인 것과 지방적인 것의 변증법을 모색할 수 있을 것이다.

지역문학의 원근법과 세계화의 원근법[26]은 다르지 않다. 오늘날 세계체제의 밖은 없기 때문이다. 문제는 이러한 현실을 일면적으로 사고하지 않는 것이다. 긍정과 부정의 차원이 아니라 현실이라는 점에서 경합하는 다수의 얽힘 현상에 주목하지 않을 수 없는 것이다. 이러한 대목에서 지정학적 미학이 발생한다. 지정학적 미학은 지역적이고 전지구적인 '인식지도 그리기'와 연관된다. 이는 우리가 어떻게 지역과 세계를 분절하는지를 보여주며 가장 지역적인 것과 가장 세계적인 것을 연계시키는 방식을 제공한다.[27] 이러한 지정학적 미학은 지정학이 인문지리학의 하나이며 문화학에 속한다는 것을 알게 한다.[28] 장소는 세계의 나머지와 맺는 관계를 통해서 이해가 된다. 이는 달리 말해 지방을 통해 지역

---

25) 반주변부의 가능성은 모레티 등에 의해 시사되고 있다. 김용규,「세계체제하의 비평적 모색들」,『비평과 이론』2001년 봄 · 여름호, 한국비평이론학회, 2001, 198-206쪽

26) 강상중 · 요시미 슌야, 임성모 외 역,『세계화의 원근법』, 이산, 2004, 71쪽

27) 콜린 맥케이브,「추천사」, 프레드릭 제임슨, 조성훈 역,『지정학적 미학』, 현대미학사, 2007, 16쪽

28) 콜린 플린트는 지정학을 인문지리학의 하나로 본다. 콜린 플린트, 한국지정학연구회 역,『지정학이란 무엇인가』, 길, 2007, 19쪽

을 읽어낼 수 있다는 것이다. 그리고 이러한 과정이 하나의 창작방법론이 될 때 로컬문학으로서 지역문학이 가져야 할 바람직한 방향이 설정되며 구체적인 장소의 경험이 지역주의(regionalism)와 맺는 사고방식에 대해 주목하게 된다. 21세기 지역소설이나 지역문학은 적어도 로컬리즘에서 리저널리즘으로 진전되어야 한다.

장소와 공간의 문화론

문화유산의 근대적 개념을 먼저 생각해보자. 가령 프랑스 혁명과 함께 수년 동안 노트르담 대성당에 배치된 왕의 석상들의 목이 잘리고 생드니 성당의 왕족 묘지들이 침탈당하는 등 구체제의 상징들이 파괴되는 수난을 겪고 난 뒤 전통과 유산에 대한 논쟁이 전개되었던 일을 들 수 있다. 실제 유럽에서 문화유산의 보전이 기원과 정체성을 지키고 유지하는 일이 된다는 인식은 낭만주의 운동에서 시작한다.[29] "모든 단단한 것들이 녹아 없어지는" 자본의 행진 속에서 "과거를 파괴하지 않고 과거에 대한 장례를 지내는 방식"이 선택된 것이다. 새마을운동으로 대변되는 우리의 근대화가 미신타파와 결합한 사례를 돌이켜볼 수 있다. 도로가 생기고 담장과 지붕이 바뀌는 등 주거공간의 합리화와 함께 "낡고 단단한" 민속들도 해체되었다. 아이들은 이 과정에서 "새마을운동가"만 부른 것이 아니라 "미신타파가"도 불렀다. 근대화는 특수한 지방의 문화들을 일소하면서 균질화된 국민을 만들어내는 일과 구분되지 않는다. 이후 국가가 지방의 문화유산을 보전하는 정책을 펴는데 이는 폭풍

---

29) 장 피에르 바르니에, 주형일 역, 『문화의 세계화』, 한울, 2000, 92-93쪽

이 휩쓸고 간 뒤 그 잔해들을 수습하는 일과 흡사하다. 소위 "박물관화"로 불리는 문화유산 정책이 전개되는 것은 근대 이후(post-modern)와 연관된다. 계획된 건축과 표준화된 주택으로 획일성이 지배하는 모더니티 도시로부터 공간의 다양한 면모를 창출하려는 기획들이 추진되면서 유산의 복원과 장소 만들기를 통한 지역의 문화적 정체성 형성 사업이 일반화되었다. 그런데 이러한 지역문화정책은 이윤을 위하여 문화유산의 정체성을 활용하는 일과 무관하지 않다.[30]

  문화유산이 근대적인 개념이듯이 장소 또한 근대적인 발명이다. 장소의 탄생은 근대 국가의 중앙권력에 의해 진행된 장소파괴와 무장소성의 확대에 대한 대응이라 할 수 있는데 전근대 사회에서 장소라는 개념은 잘 인식되지 않는다. 지방적 가치(locality)가 해체되는 근대화 과정에서 장소의 의미가 부각되고 있는 것이다. 가령 백석의 시는 장소의 의미를 되새기게 한다. 그의 시는 고향인 평안북도 정주의 구체적인 장소들, 지방적인 생활세계의 이미지들로 채워져 있다. 그의 시에서 장소는 추상적인 위치가 아니며 전체적인 삶의 정황이자 실존의 내용에 다를 바 없다. 백석은 축적된 기억과 집단적 전통의 경험(Erfahrung)을 서술함으로써 근대의 질곡에 대응한다. 사실 근대는 구체적인 장소가 아니라 추상적인 공간에 적응하기를 요구한다. 모더니즘 작가들은 낯선 도시에서 소외를 딛고 자기만의 장소를 찾는다. 이러한 과정에서 "공간의 장소화"라는 개념을 얻을 수 있다. 발터 벤야민은 경험과 체험(Erlebnis)의 개념을 통하여 보들레르를 논한다.[31] 체험은 대도시가 주는 일시적이자

---

30) 같은 책, 94쪽

31) 발터 벤야민, 반성완 역, 「보들레르의 몇 가지 모티프에 대하여」, 『발터 벤야민의 문예이론』, 민음사, 1983, 121-125쪽

단속적인 충격을 수용하는 방식이지만 이러한 체험의 반복과 그에 대한 기억을 의미 있는 이야기로 바꾸어놓는 것은 경험이다. 보들레르의 시는 소외된 도시 공간에서 겪은 체험을 지속적인 기억으로 전환시킨 경험의 소산이다.

근대 도시민은 안정적인 장소의 기억을 잃고 낯선 공간에서 우연과 무의미를 반복하면서 단절을 극복하려 한다. 도시민에게도 집은 실존적인 내부성을 담지한 장소이다. 하지만 대다수의 주거공간이 된 아파트가 부여하는 장소감은 크지 않다. 이러한 가운데 참된 장소를 찾는 행위는 도시탈주와 귀향으로 나타나고 원초적인 장소경험을 회복하고자 하는 도시민의 염원은 사라지지 않는다. 장소를 창조하면서 인간다운 삶을 누리려는 노력들은 간혹 마을 만들기와 같은 공동체 운동으로 발전하기도 한다. 담장을 허물고 골목을 다듬거나 아파트 내에 공동 공간을 만드는 등의 노력으로 장소성을 찾으려는 행위들은 파편화된 체험이 아니라 연속성을 지닌 경험 공간을 공유하려는 도시민의 절박한 의식의 소산이다.

장소 회복에 대한 염원의 한편에 장소상실 혹은 무장소성이 일반화된 삶의 경향으로 자리 잡은 것은 오래다. 미셸 드 세르토는 도시민의 일상을 설명하면서 기존의 장소와 공간 개념을 뒤집는다. 그는 도시를 도시 주민들의 삶과 움직임을 지배자의 이익에 따라 조직하고 통제하기 위해 세워진 장소라고 생각한다. 슈퍼마켓이나 아파트나 거리는 모두 장소들인데 주민들은 이러한 장소에서 자신에게 맞는 공간을 구성하고 있다는 것이다. 그에게 공간은 실제화된 장소 혹은 사람들의 창조성에 의해 형성된 것으로 "세팅"이라는 개념에 상응한다.[32] 하지만 도시민이 그

---

32) 주디 자일스 외, 장성희 역, 『문화학습』, 동문선, 2003, 176-177쪽

야말로 그들의 자유의지에 따라 자신의 이미지를 재창조하는 공간
을 형성하는가에 대한 의문은 여전히 남는다. 가령 쇼핑이라는 행
위에 있어 자기 정체성을 얻는 일과 타자와의 동일시 욕망은 공존
한다.

현대인들은 제각기 반복되는 경험을 통하여 장소에 대한 심상지리
(mental map)를 지니고 산다. 지역과 인종, 계급과 젠더와 세대에 따
라 서로 다른 심상지리를 품게 되는 것이다. 안데스 산맥의 농민이
나 지리산 기슭에 사는 은둔자의 심상지리와 세계도시 뉴욕과 서
울에 사는 사람들의 심상지리가 같을 수 없다. 세계를 지구촌으로
인식하는 사람들에게는 지방의 문화적 침식이 당연하게 받아들여
질 뿐 아니라 문화적 예외는 허용되지 않는다. 하지만 안데스 농민
에게 그가 사는 장소는 우주와 다를 바 없다. 그들에게 인간은 대
우주의 일부인 소우주이다. 따라서 장소는 모든 생명체들의 제유적
연관으로 이해된다. 전통적으로 우리는 자연과 조화로운 장소를 형
성해왔다. 미적 범주로 따지자면 "우아"를 추구하였는데 "멋"은 이
러한 우리의 특수미를 나타내는 말이라 할 수 있다. 그러나 근대 들
어 이러한 멋의 생활세계는 크게 해체되었다. 만일 우리에게 "장소
의 혼"을 찾으라면 여전히 멋이 깃든 장소를 들 수 있을 것인데 산
사나 고궁, 고즈넉한 농촌 풍경에서 어렵지 않게 만나게 된다. 그러
나 아쉽게도 번잡한 도시에서 이처럼 멋을 느끼기가 쉽지 않다. 간
혹 낡은 주점이나 후미진 뒷골목 장소에서 이와 맞닥뜨리게 되는
일이 있지만 스펙터클을 통하여 숭고를 창출하려는 도시의 그늘에
묻히고 만다.

지리학자 이-푸 투안은 "한 장소를 아는 데에는 얼마만큼의 시간이

걸리는가?"라고 묻는다.[33] 장소와 공간 혹은 자연과 문명, 도시와 농촌을 이분법으로 바라보는 시각은 온당하지 않다. 획일화된 근대의 무장소성을 저항 없이 그대로 수용하는 일 또한 무감각의 죄를 짓는 일이다. 그렇다고 대규모 테마파크를 만들어 새로운 장소 정체성을 형성하거나 이미 다른 곳에서 만들어진 정체성을 차용하려는 행위도 능사는 아니다. 무엇보다 생활세계의 수준에서 추상화된 공간을 구체적인 장소로 바꾸어 갈 수 있다는 인식의 전환이 요구된다. 장소의 멋은 바로 이러한 차원에서 추구되어야 한다. 지역문학 또한 이러한 장소 문제에서 시작되고 장소에서 끝난다. 고향에 대한 애착이나 나라에 대한 의식뿐만 아니라 지정학적인 세계 공간에 대한 인식 또한 담보해야 하는 것이 오늘날 지역문학의 과제다. 개별과 보편, 주변과 중심의 관계를 중층적으로 이해하는 '토포스적 인식'[34]이 긴요하다.

---

33) 이-푸 투안, 구동회·심승희 역, 앞의 책, 293쪽
34) 장인성, 『장소의 국제정치사상』, 서울대출판부, 2002, 71-72쪽

해양시와 근대의 바다

항해와 새로운 주체의 등장

'근대'를 전제할 때 해양은 서구 문명을 대변하는 여러 표상 가운데 하나임에 틀림이 없다. 그러나 해양 실크로드가 말하듯 세계의 역사에서 해양이 서구에 편중되었다는 생각은 오류다. 동서를 막론하고 해양은 교역의 통로였다. 지중해에서 이루어진 교역과 교류는 남중국해와 말라카 해협에서 펼쳐진 무역에 상응한다. 정화(鄭和)의 대원정은 서구의 대항해시대와 비교된다. 그러나 전자의 시기가 더 앞섰고 규모도 더 컸다. 실제 서양과 동양의 균형은 18세기까지 지속된 것으로 알려져 있다. 대항해시대 이후 포르투갈-스페인-네덜란드-영국으로 패권이 바뀌는 가운데 영국과 중국의 충돌이 일어나는 아편전쟁에 이르러 동서의 균형이 깨어지게 되는 것이다. 경제사적 측면에서 서구와 중국 혹은 아시아의 지위역전이 일어나는 시기는 1820년대이다. 이때 대규모 아편의 유입과 은 유출로 인하여 중국 경제가 급격하게 침체한다. 이로써 근대 해양 제국주의 국가에 의한 동아시아의 식민지화가 시작되는 것이다.

확실히 근대의 바다는 서구 편이다. 쇄국정책을 지속한 동아시아 여러 나라에서 바다로 열린 전망은 제약되어 있었다. 비록 여러 형태의 교역이 남중국해와 말라카 해협에서 펼쳐지고 있었다고 하나 기술혁신과 자본주의적 팽창정책을 확대해온 서구에 뒤쳐질 수밖에 없었던 것이다. 그런데 근대의 바다가 서구의 것이라 하여 서양문명을 해양문명으로, 동양문명을 내륙문명으로 단순 등치하는 것은 타당하지 않다. 소위 대양적 전환(oceanic turn) 이전의 바다는 동서양 간의 편차를 보이지 않는다. 가령 지중해문명을 돌아보면 그것이 다원적인 여러 문명의 융합에 의해서 형성·발달되었음을 알 수 있다. 지중해문명은 이질적인 문명들의 복합체이다. 이집트, 에게, 페니키아의 다원적 융합에서 비롯하여 그리스-로마, 비잔틴(동로마), 오스만터키, 유럽 등으로 패권이 이동해왔을 따름이다. 따라서 근대에 형성된 '유럽의 바다'라는 개념을 거슬러 적용하는 것은 지중해문명의 복합성을 왜곡하는 것이 된다.

서구문학에서 해양서사가 더 발달한 것은 사실이다. 이는 먼저 지중해라는 지리적 여건의 산물이라 할 수 있다. 목적론적인 항해와 로고스에 대한 탐구를 유비시키는 것도 가능하다. 하지만 항해서사가 서구의 전유물인 것은 아니다. 아시아의 바다에도 수많은 항해 서사가 전해지고 있으며 해양의 우주론(cosmology)을 따질 때 아시아-태평양의 여러 섬에 사는 종족들이 훨씬 더 바다와 친화적인 것으로 알려져 있다. 바다를 두려움과 공포의 대상으로 인식하는 것은 서구나 동양에서 차이를 보이지 않는다. 실제 항해가 일반화되는 근대에 이르러 해양에 대한 인식의 전환이 이뤄지는 것이다. 즉 탐험과 일주여행이 일반화되는 16세기―칼 슈미트가 "역동적으로 해양이 고조되는 시기"라 부른―이래 "육지에서 바다로" 공간 인식의 일대 변화가 나타나게 된다. 여기서 항해가 내포한 의미가 부각된다. 항해는 육로와 다른 주체를 형성한다. 바다에서 발생하는 위반과 우연이 방위와 지향의 혼란을 부가하기 때문이다. 바다에서 주체는 물과 같이 유동적이다. 그는 항해술과 지도 등 근대과학의 도움을 받으면서 경험적 지(知)를 확대하지 않으면 안 된다. 그래서 항해는 자신의 위치와 방향 그리고 상황을 숙고하면서 공간적 확장을 도모하는 주체를 탄생시킨다. 위치와 경로에 의해 만들어지는 항해와 경로와 상황이 부여하는 경험(여행을 통한 관찰들)은 해양과 함께하는 근대적 주체의 두 가지 특성이다. 여기에 미래에 대한 지향이 더해지게 되는데 근대 해양문학은 이러한 주체가 드러내는 해양 근대성(maritime modernity)을 담보한다.[1]

그런데 아쉽게도 이러한 근대 주체는 서구에서 먼저 형성되고 동아시아는 이를 뒤따라 모방하게 된다. 근대적 관점에서 서구의 해양문학이 발달한 것은 필연적이다. 그런데 여기서 주목되는 것은 근대 해양문학보다 해양화(marine painting)가 먼저 등장한 점이다. 17세기 네덜란드 패권시대에 많은 네덜란드 화가들이 바다를 통해 성공한 부르주아들의 삶을 화폭에 담았다. 이는 바다가 새로운 표상공간이 되었음을 말한다. 네덜란드의 해양화는 1670년대에 이르러 급격하게 쇠퇴하는데 해양의 주도권이 영국으로 이전하는 시기와 맞물린다. 이 시기에 등장하는 것이 해양소설(maritime novel)이다. 해양소설은 해양화와 마찬가지로 해양무역을 통하여 형성된 해양력과 부를 형성한 부르주아의 삶에 초점을 두고 이를 반영한다. 이처럼 해양경제(maritime economy)는 국부를

---

1) U. Kinzel, "Orientation as a Paradigm of Maritime Modernity", *Fictions of the Sea*, B. Kleined. Ashgate, 2002, pp.28-30

창출하고 해양문화를 진작한다. 아울러 열린 사회를 형성함으로써 사람들로 하여금 외부로 나아가게 하고 새로운 사고를 지니게 만든다. 더욱 근본적인 변화는 상인들의 역할이 커지는 한편 개인의 자유가 증대하면서 새로운 정치적 생각과 이상을 지닌 계급을 형성하게 된 것인데 이 같은 변화의 배후에 해양무역을 통한 활력과 에너지가 있다. 다니엘 데포의 『로빈슨 크루소』를 필두로 제인 오스틴, 찰스 디킨슨 등 많은 작가들의 작품들이 해양경제적인 사회 분위기 속에서 대두하게 된다.[2]

단순 비교가 오리엔탈리즘을 유발하는 것이 틀림이 없으나 서구 근대 해양문학이 해양무역과 해양경제의 바탕 위에서 해양시대의 새로운 주체에 의해 생산되었다는 점은 우리 해양문학의 '근대'를 생각하는 데 매우 유익한 준거가 된다. 그래서 먼저 우리에게 근대의 바다가 표상되는 과정이 고찰되어야 한다. 그리고 이러한 과정에서 나타나는 우리대로의 역사를 살피되 그것이 세계와 교섭하는 양상을 밝혀야 한다. 아울러 근대 해양을 넘어서는 오늘의 관점에서 새로운 과제들을 도출함으로써 우리 해양문학의 가능성을 타진해야 한다.

해양시의 형성과 전개

문명의 바다에서 문화의 산으로 - 최남선의 바다

근대 해양에 대한 지정학적 인식은 육당 최남선에서 비롯한다. 식민지 시기와 해방 이후에 이르기까지 우리의 해양인식은 육당의 틀에서 벗어나지 못했다고 해도 과언이 아니다. 육당은 일찍이 일본 유학을

---

2) J. Peck, *Maritime Fiction*, Palgrave, 2001, pp.1~4

통하여 서구의 바다를 배우고 바다표상을 통하여 국가-제국의 의미를 깨우친다. 하지만 그가 그려내고자 한 문명의 바다가 식민지 현실에서 억압되면서 그는 문화의 산을 선택하게 된다. 그리고 해방과 더불어 다시 문명의 바다를 웅변한다. 이처럼 육당이 거친 세 단계는 모더니스트 시인들의 경우와 일치한다. 가령 정지용의 경우 "바다에서 산으로 다시 바다로"라는 경로를 보인다. 육당이 1904년과 1906년 두 차례 유학을 하면서 가장 관심을 기울인 분야는 지리와 역사였다. 당시의 시대 정세로 볼 때 그의 선구자적인 면모가 드러나는 대목인데 그가 국토를 균질화된 공간으로 표상하고 있을 뿐 아니라 이를 영토 밖의 바다와 연관시키고 있음이 주목된다. 그는 한반도를 해류문화의 기원·전파·집성처로 바라보면서 바다 너머 문명세계를 향한 지향을 나타낸다. 그의 시 「해에게서 소년에게」는 바다가 근대세계의 표상일 뿐만 아니라 새로운 주체 형성을 예고하는 매개가 되고 있다. 이 시가 해양시냐 아니냐라는 논의는 무의미하다. 중요한 것은 이 시의 시적 주체가 그려내는 대상이 지니는 의미다. 이 시에서 육당이 그려내고 있는 바다는 연안에 사는 어부의 그것과 분명 다르다. 어부에게 바다는 대상화된 풍경이 아니다. 그러나 육당의 경우 바다는 현해탄을 건너 일본에서 경험한 근대세계로 나아가는 표상공간과 다를 바 없다.

> 나는간다 나간다고 슬허마러라
> 너사랑난 나의情은 더욱간절퇴
> 나난龍이 은제던지 池中物이랴
> 自由大洋 훤칠한데 나가보겟다

돗짜르고 沙工적고 배도좁으나
걱정마라 굿은마음 純實하노라
예수압헤 엎드리던 순한물이니
우리自信 제가보면 웃지하리오

—「가난 배」전문

이 시가 말하고 있듯이 육당은 새로운 주체를 염두에 두고 있다. 물론 이 시에서 항해의 구체적인 경로나 주체가 지향하는 미래가 뚜렷하게 제시되고 있는 것은 아니다. 이러한 사실은 근대세계에 대한 인식 정도를 말하는 것인데 그 인식의 낮음에도 불구하고 "자유대양"을 향한 의지만큼은 확실하다. 어떻게 보면 구체적인 상황이 드러나 있지 않기 때문에 과장에 가깝고 따라서 실제 현실에 대하여 허세를 부리는 일면이 없지 않다. 이는 이 시가 발표되는 1908년의 정세를 염두에 둘 때 이해되는 측면이다. 세계에 비하여 주체가 비대해진 돈키호테의 불균형을 떠올리게 하지만 "자유대양"으로 표상되는 근대세계를 향한 주체의 열망이 크게 느껴진다. 이처럼 최남선의 근대 기획은 다가올 좌절을 예고하고 있다. 세계를 향해 확장되던 주체의 축소가 필연적인데 이것은 문명에서 문화로 관심이 전환되는 형국을 한다. 여기서 문명과 문화의 개념은 총체와 개체, 복합성과 단일성, 내재와 외형, 제품과 재료의 포괄적 관계로 보는 관점을 전제한다. 이럴 때 문화는 문명을 구성하는 개별적 요소이며 양상이 된다.[3] 육당은 문명의 바다로 나아가려는 주체의 의지를 접고 문화 민족주의로 퇴각한다. 1910년 한일병합이라는 식민지

---

3) 정수일,『문명담론과 문명교류』, 살림, 2009, 44쪽

현실이 초치한 결과다. 국가가 없는 마당에 국가의 외부를 상상하고 팽창을 기획한다는 것은 무의미하다. 따라서 그가 선택할 수 있는 것은 민족주의적 기획뿐이며 그로 인해 작품에서도 바다에서 산으로 전환이 나타나는데, 산은 여기서 민족공간적 기표라 할 수 있다.[4]

관부연락선에서 바라보는 현해탄 – 모더니스트 정지용의 바다

일본 근대화에 있어 메이지 정부가 가장 중요하게 생각한 교통정책은 철도이다. 메이지 5년인 1872년 도쿄-요코하마 구간을 시작으로 메이지 10년 전후에는 교토·오사카·고베 지역에서 차례로 철도가 개통된다. 또한 메이지 20년대에 이르면 민영철도 붐이 일어나 1891년에는 우에노-아오모리 간, 1900년에는 고베-시모노세키 간 철도가 개통되어 일본을 종단할 수 있게 된다. 철도 국유화 정책이 시행된 것은 1906년이며 실제 러일 전쟁 이전에 전국적인 철도망이 거의 짜인 것으로 알려져 있다. 달리 말해서 메이지 30년대 중반인 1900년대에 이르면 철도를 중심으로 한 전국교통망을 갖추게 되는 것이다.[5] 철도연락선이 조성되는 것은 전국적인 철도망이 형성되는 시기와 맞물린다. 섬과 섬을 이어주고 일본과 대륙을 이어줄 항로가 필요했기 때문이다. 이처럼 관부연락선은 철도연락선 가운데 하나인 셈이다. 그럼에도 관부연락선은 여타의 철도연락선과는 다른 의미맥락들을 지닌다. 무엇보다 이것이 일본열도와 한반도를 연결하고 있다는 것이다. 일본 내 철도연락선이 근대화와 국민국가적 통합을 의도한다면 관부연락선은 일본의 식민정책과 제국

---

4) 이종호, 「최남선의 지리(학)적 기획과 표상」, 『최남선 다시 읽기』, 육당연구회 편, 현실문화, 2009, 233-234쪽

5) 박천홍, 『매혹의 질주, 근대의 횡단』, 산처럼, 2003, 82-83쪽

건설을 목표로 한다. 이로써 경부선과 경의선 그리고 만철을 경유하여 시베리아로 뻗어갈 수 있는 것이다. 경부선이 개통되자 일본과 조선을 연결하는 철도연락선이 만들어지는 것은 당연한 수순이다. 1901년 고베에서 쿠슈의 북단까지 사철(私鐵)을 개통한 바 있는 산요(山陽)철도주식회사는 1905년 9월 11일 신조선 이키마루(壹岐丸)를 투입하여 시모노세키에서 부산까지 격일 운항을 시작한다. 그러다 그해 11월부터 매일 취항하게 되는데, 1906년 12월 국유화된다. 11월 27일 정부가 매수하여 철도청 물수부가 담당하도록 한 것이다. 이로부터 관부연락선과 항로는 일본 철도청 히로시마철도국에서 관장하며 1945년 6월까지 독점적으로 운영된다. 1906년 국유화 이후 관부연락선은 매일 야간항해 편을 운영하는 한편 격일로 주간항해 편을 운행하였다. 그리고 1911년 12월부터 주간항해 편도 매일 운항하게 되었는데 그때부터 매일 주야 2회 부산과 시모노세키 양지에서 출항하게 된 것이다.[6]

---

6) 다음은 관부연락선 취항 선박 일람표이다.

선명	신조선 가(천엔)	용도	총톤수	적화 톤수	여객탑재 인원	최고 속력	신조 취항년	종항	비고
壹岐丸	407	객선	1,680.56	300	317	14.96	1905	1931	1932년 매각
對馬丸	407	객선	1,679	300	317	14.93	1905	1925	1926년 매각
高麗丸	915	화물선	3,028.51	930	603	16.16	1913	1932	1933년 매각
新羅丸	915	화물선	3,020.66	930	603	16.12	1913	1945	1945년 격침
景福丸	2,768	객선	3,619.66	430	949	19.78	1922	1945	1958년 매각
德壽丸	2,768	객선	3,619.66	430	945	19.90	1922	1957	1961년 매각
昌慶丸	2,768	객선	3,619.66	430	945	20.49	1923	1955	1961년 매각
金剛丸	3,462	객화물	7,081.74	3,170	1,746	23.19	1936	1951	1953년 해체
興安丸	3,462	객화물	7,079.76	3,170	1,746	23.11	1937	1950	1950년 양도
壹岐丸新)	1,210	화물선	3,519.48	4,617	-	17.16	1940	1948	1950년 양도
對馬丸新)	1,210	화물선	3,516.33	4,617	-	17.29	1941	1945	1945년 침몰
天山丸	8,787	객화물	7,960.8	2,223	2,048	23.26	1942	1942	1945년 격침
崑崙丸	8,787	객화물	7,908.5	2,223	2,050	23.45	1943	1943	1943년 침몰
外喜丸	-	화물선	1,227.6	-	-	-	-	-	1936년 전속

출전: 日本廣島鐵道管理局, 『關釜連絡船史』에 의하여 작성한 것으로 손태현, 『한국해운

공식 취항한 관부연락선은 14척이다. 그러나 공용인 외희환(外喜丸)을 제외하면 실제 13척이라 할 수 있고 그 이름을 따를 때 11가지였다고 하겠다. 이러한 관부연락선을 이용한 선객은 1905년 35,000여 명 정도이고 1906년 95,000명, 1907년 112,000명, 1908년 116,000명, 1909년 120,466명, 1910년 148,254명, 1911년 175,502명, 1912년 200,674명으로 합병 이후 매년 15~18% 증가한다. 이러한 가운데 조선인의 도항도 증가하는데 관부연락선 취항 전 1904년 233명에 불과하던 것이 1905년 303명, 1908년 459명, 1909년 790명, 1911년 2,527명, 1912년 3,171명으로 크게 증가하였다. 합병 전인 1909년까지 조선인 승객은 대부분 상인이나 도일 유학생이었으니 정책적으로 이주하거나 대륙으로 진출하려는 일본인의 수가 대부분을 차지하고 있음을 알 수 있다. 관부연락선 여객 수는 1920년에 이르러 442,027명으로 집계되고 있다. 이후 매년 증가 추세를 보이다 1937년 중일전쟁 이후 백만을 넘기고 태평양전쟁이 시작되는 1940년에 이르러 200만 명을 상회한다.[7] 한편 조선인의 이용 통계는 1917년 도항 14,012명, 귀국 3,927명, 1918년 도항 17,910명, 귀국 9,305명, 1919년 도항 20,968명, 귀국 12,947명, 1920년 도항 27,497명, 귀국 20,947명으로 조선인 이용자 수가 점차 늘어나고 있음을 반증하고 있다.[8] 이러한 추세는 경복환이 취항하는 1922년에 이르러 현격하게 달라진다. 1921년 도항 38,118명, 귀환 25,536명이던 것이 1922년에는 거의 2배에 가까운 도항 70,462명, 귀환 46,326명으로 기록된다. 경복환, 덕수환, 창경환이 취항한 1923년의 한 통계는 전체 여객 수의 30%

사』, 아성출판사, 1982, 360-361쪽

7) 日本廣島鐵道管理局, 앞의 책

8) 김재승, 「관부연락선 40년의 현해탄항로」, 『시민시대』 2005년 9월 · 10월호

가 조선인이며 1925년에 이르러 40%를 넘어서고 있다고 밝히고 있다. 이는 관부연락선을 통해 자본과 노동과 지식과 문화가 크게 이동하고 있음을 나타내고 있는 것이다.[9]

관부연락선에서 현해탄을 그린 시인이 많은 것은 아니다. 그만큼 문화 민족주의의 경향이 컸다. 정지용이 일본 교토 도시샤대학에 유학한 것은 1923년 4월이고, 그는 1929년 3월 졸업한다. 6년의 유학 기간 동안 경복환, 덕수환, 창경환 등 관부연락선을 타고 고향을 여러 차례 내왕하였을 터인데 의외로 바다 항해시는 많지 않다. 그의 시 가운데 바다가 그려진 시는 20여 편이지만 관부연락선 체험을 담은 시는 「甲板 우」(『문예시대』, 1927년 1월), 「船醉 1」(『학조』, 1927년 6월), 「船醉 2」(발표지 미상, 1941년 1월), 「海峽」(『가톨릭청년』, 1933년 6월), 「다시 海峽」(『조선문단』, 1935년 7월) 등이 아닌가 한다.

砲彈으로 뚫은 듯 동그란 船窓으로
눈섶까지 부풀어 오른 水平이 엿보고,

하늘이 함폭 나려 앉어
큰악한 암탉처럼 품고 있다.

---

9) 히로시마철도관리국이 간행한 『關釜連絡船史』에 의하여 연도에 따른 여객수를 나타내면 다음과 같다.

연도	1921	1922	1923	1924	1925	1926	1927	1928	1929
여객수	464,915	563,107	576,745	628,036	598,174	583,011	688,645	711,332	729,243
연도	1930	1931	1932	1933	1934	1935	1936	1937	1938
여객수	625,273	590,164	643,008	743,421	769,648	814,230	-	1,029,201	1,353,993
연도	1939	1940	1941	1942	1943	1944	1945		
여객수	1,793,059	2,198,113	2,200,845	3,057,092	2,748,798	1,659,500	499,512		

透明한 魚族이 行列하는 位置에
홋하게 차지한 나의 자리여!

망토 깃에 솟은 귀는 소라ㅅ속같이
소란한 無人島의 角笛을 불고—

海峽午前二時의 孤獨은 오롯한 圓光을 쓰다.
설어울리 없는 눈물을 少女처럼 짓쟈.

나의 靑春은 나의 祖國!
다음날 港口의 개인 날세여!
航海는 정히 戀愛처럼 沸騰하고
이제 어드메쯤 한밤의 太陽이 피여오른다.

—「海峽」전문

正午 가까운 海峽은
白墨痕迹이 的歷한 圓周!

마스트 끝에 붉은旗가 하늘 보다 곱다.
甘藍 포기 포기 솟아 오르듯 茂盛한 물이랑이어!

班馬같이 海狗같이 어여쁜 섬들이 달려오건만
――이 만저주지 않고 지나가다.

海峽이 물거울 쓰러지듯 휘뚝 하였다.
海峽은 업지러지지 않었다.

地球우로 기여가는 것이
이다지도 호수운 것이냐!

외진곳 지날제 汽笛은 무서워서 운다.
당나귀처럼 凄凉하구나.

海峽의 七月해ㅅ살은
달빛보담 시원타.
火筒옆 사닥다리에 나란히
濟州道사투리 하는이와 아주 친했다.

수물 한 살적 첫 航路에
연애보담 담배를 먼저 배웠다.

　　　　　　　　　　　　—「다시 海峽」 전문

　두 편은 각각 1933년과 1935년에 발표한 작품이다. 모두 지용의 유학
시기와 상당한 거리가 있다. 서로 짝을 이루는 두 편의 시를 읽으면 먼
저 마지막 연이 비교가 된다.

　航海는 정히 戀愛처럼 沸騰하고/이제 어드메쯤 한밤의 太陽이 피여

오른다.

수물 한 살적 첫 航路에/연애보담 담배를 먼저 배웠다.

"수물 한 살 적 첫 航路"라는 구절이 첫 유학시절에 대한 회상을 시사하는데 이와 더불어 두 구절에 공통된 "연애"라는 단어가 주목된다. 첫 항로에서 느낄 수 없는 정서를 대변하는 시구가 아닌가 한다. 말할 것도 없이 "연애"의 구체적인 대상을 물을 필요는 없다. 항해를 연애에 비유할 만큼 화자가 관부연락선의 상황에 익숙해 있음을 알 수 있다. 두 편의 시에는 "연애보담 담배를 먼저" 찾은 "첫 항로"의 초조와 불안이 없다. 따라서 지난 경험에 대한 회상의 미학이 부각된다. 사나다 히로코는 이 시편들을 두고 "제작연도 미상이라 유학시절에 쓴 것을 나중에 발표했는지 30년대 이후에 국내에서 여행했을 때 유학시절의 마음을 상기하면서 쓴 것인지 모른다"[10]라고 하였으나 태도와 어조로 보아 모두 30년대 이후 항해 여행(sea voyage)의 산물이라 단정해도 무리가 없을 것이다. 그렇다면 이 두 편의 차이를 어떻게 볼 수 있을까? 손쉽게 출항과 귀항을 연상할 수 있을 터인데 단정할 수는 없다. 「海峽」은 시모노세키로 가는 야간 관부연락선의 정황에 가깝다. 새벽 두 시의 선상에서 밤바다를 응시하면서 과거의 나를 떠올려보는 것이다. "나의 청춘은 나의 조국"이라는 구절이 말하듯 근대의 바다를 건너가는 청년의 감각이 그것이다. 시인은 "다음날 항구의 개인 날씨"나 떠오를 "태양"을 생각하며 젊은 날의 설렘과 낭만주의에 공명하고 있다. 밤을 지나 아침의 항구를 향하는 「海峽」와 달리 「다시 海峽」의 시적 정황은 정오의 바다이다.

---

10) 시나다 히로코, 『최초의 모더니스트 정지용』, 역락, 2002, p.148

담담한 어조로 7월 해협의 풍경이 그려지고 있는데 확정할 수는 없으나 출발지 부산으로 돌아오는 상황은 아닌 듯하다. 이는 마지막 연에서의 "첫 항로"를 떠올리고 있음과 무관하지 않다. 따라서 두 시는 부산에서 시모노세키에 이르는 항해의 과정을 순차적으로 서술하고 있다고 생각한다. 이러한 판단은 모더니스트 시인 정지용에게 각인된 "해협"의 의미 맥락과도 연관된다.

「海峽」과 「다시 海峽」과 달리 「甲板 우」와 「船醉 1」에는 각각 "1926 여름 현해탄에서"와 "1926. 8 현해탄 우에서"라고 창작의 정황이 부기되어 있다. 따라서 유학시절 여름 방학을 맞아 고향을 오갈 때의 경험을 담고 있음이 분명하다.

> 나지익 한 하늘은 白金빛으로 빛나고
> 물결은 유리판처럼 부서지며 끓어오른다.
> 동글동글 굴러오는 짠바람에 뺨마다 고혼피가 고이고
> 배는 華麗한 짐승처럼 짓으며 달려나간다.
> 문득 앞을 가리는 검은 海賊같은 외딴섬이
> 흩어져 나는 갈메기떼 날개 뒤로 문짓 문짓 물러나가고,
> 어디로 돌아보든지 하이얀 팔구비에 안기여
> 地球덩이가 동그랐타는 것이 길겁구나.
> 넥타이는 시언스럽게 날리고 서로 기대슨 어깨에 六月볕이 시며들고
> 한없이 나가는 눈ㅅ길은 水平線 저쪽까지 旗폭처럼 퍼덕인다.
>
> 바다 바람이 그대 머리에 아른대는구료,
> 그대 머리는 슬픈 듯 하늘거리고.

바다 바람이 그대 치마폭에 니치 대는구료,
그대 치마는 부끄러운 듯 나붓기고.

그대는 바람 보고 꾸짖는구료.

별안간 뛰여들삼어도 설마 죽을라구요
빠나나 껍질로 바다를 놀려대노니,

젊은 마음 꼬이는 구비도는 물굽이
두리 함끠 굽어보며 가비얍게 웃노니.

—「甲板 우」 전문

海峽이 일어서기로만 하니깐
배가 한사코 긔여오르다 미끄러지곤 한다.

괴롬이란 참지 않어도 겪어지는 것이
주검이란 죽을수 있는 것 같이.

腦髓가 튀어나올랴고 지긋지긋 견딘다.
꼬꼬댁 소리도 할수 없이

얼바진 장닭처럼 건들거리며 나가니
甲板은 거복등처럼 뚫고나가는데 海峽이 업히랴고만 한다.

젊은 船員이 숫제 하-모니카를 불고 섰다.
바다의 森林에서 颱風이나 만나야 感傷할수 있다는 듯이

암만 가려 드린대도 海峽은 자꼬 꺼져들어간다.
水平線이 없어진 날 斷末魔의 新婚旅行이여!

오즉 한낱 義務를 찾어내어 그의 船室로 옮기다.
祈禱도 허락되지 않는 煉獄에서 尋訪하랴고

階段을 나리랴니깐 階段이 올라온다.

또어를 부둥켜 안고 記憶할수 없다.
하눌이 죄여 들어 나의 心臟을 짜노라고

令嬢은 孤獨도 아닌 슬픔도 아닌
올빼미 같은 눈을 하고 체모에 긔고 있다.

愛憐을 베플가 하면
즉시 嘔吐가 재촉된다.

連絡船에는 일체로 看護가 없다.
징을 치고 뚜우 뚜우 부는 외에

우리들의 짐짝 트렁크에 이마를 대고

여덜시간 내- 懇求하고 또 울었다.

　　　　　　　　　　　　　　　　　　—「船醉 1」전문

　"6월볕"이라는 시구를 통하여 「甲板 우」의 정황이 1926년 6월 고향으로 돌아오는 관부연락선 선상임을 알 수 있다. 시의 전반부에서 지용의 민활한 감각이 돋보이는데 평정한 항해 상황과 귀향하고 있는 시적 화자의 위치나 항로의 지향과 무관하지 않을 것이다. 또한 후반부에 서술되고 있는 "연애"의 정조는 이 시의 감각적 리얼리티의 기저가 된다. "백금빛 하늘", "유리판 물결" 등 이미지로 시작되는 전반부는 벌써 "동글동글 굴러오는 짠바람에 뺨마다 고흔피가 고이고"라는 구절에 이르러 생동감의 극치를 보인다. 그런데 이러한 생동감은 직접성에 호소하는 직유의 수사학과 결부된다. "검은 海賊같은 외딴섬"과 같은 표현조차 경쾌할 뿐 아니라 수평선을 향한 원근법적 주체의 시선은 "기폭"같이 생생하다. 전반부의 분위기는 후반부에서 자연스럽게 애인의 존재를 감싸는데, 배가 삶의 축도이고 항해가 인생의 은유라면 이보다 더한 행복의 공간은 없을 것이다. 그런데 정지용은 열두 살 되던 1912년 송재숙과 결혼하였으므로 「甲板 우」에서 보이는 연애의 서사는 그의 현실과 배치된다. 그럼에도 이 시가 말하는 것이 당시 유행하던 연애의 모방적 서술이라고 생각하긴 힘들다. 유학시절을 회고하는 그의 에세이에 K, S 등의 익명화된 여성이 등장하고 있는 사실도 하나의 참조사항이 아닌가 한다. 요컨대 「甲板 우」는 항해와 배라는 공간을 통하여 청춘의 감각을 매우 아름답게 서술한 시라 할 수 있다.

　반면 「船醉 1」의 사정은 판이하다. 같은 해 8월 "현해탄 우에서" 쓴

이 시는 고향에서 다시 일본으로 가는 항해 과정을 서술하는데 변칙
(transgression)과 우연(contingency)이라는 항해의 경험 유형들을 잘 반
영하고 있다. 아마 20세기 전반 한국시에서 이 시만큼 절실하게 항해체
험의 쓰디쓴 고통을 말한 경우는 없을 것이다. 1950년대 이후 박인환의
미국 기행 항해시나 김성식의 주체적 체험의 해양시가 나오기까지 정지
용은 이 한 편의 시로도 해양시의 본질에 육박하고 있는 셈이다. 항해
는 어떤 지향을 향해 나아가는 것이지만 바다와 배라는 조건이 있으므
로 육로에서와 같은 규칙을 따를 수 없다. 따라서 유동적인 상황에서 겪
게 되는 경험을 피할 수 없다. 항해서사(sea voyage narrative)를 담은 시
에서 경험이 차지하는 지평이 넓은 까닭이 여기에 있다.[11] 버스나 기차
그리고 비행기를 통한 여행도 있지만 유독 배에 의한 여행인 항해는 다
른 미디어에 의한 것과 차별된다. 기상 조건, 바다의 상태, 배의 규모, 선
원과 승객이라는 항해자의 위치 등에 의해 항해의 방위가 유토피아를
향하기도 하고 디스토피아로 귀착하기도 한다. 「船醉 1」의 묘미는 높은
파고에 시달리는 시적 화자의 모습에서 나타난다. 일어서는 해협과 기
어오르다 미끄러지는 배라는 표현도 재미있지만 혼돈의 상황에서 하모
니카를 불고 있는 선원과 대비되는 시적 화자의 절망적인 몸짓이 부각
되고 있다. 고통과 죽음에 대한 인식이 더해지고 타자를 배려하는 일의
한계가 수락된다. 바다의 조건에 따라 배는 요람이 되는가 하면 "연옥"
이 되어 "단말마"의 고통을 겪지 않을 수 없다. 지용은 해양 여행시를 통
하여 항해 경험의 두 양상을 제시하고 있다.

---

11) R. Foulke, *The Sea Voyage Narrative*, Routledge, 2002, p.xii

현해탄을 넘어 세계의 바다로

1907년에 소개된 "기차기선여행안내" 광고를 보면 일본 열도와 조선은 현해탄을 가로지르는 굵은 선으로 이어져 있다.[12] 일본에서 만들어진 이러한 광고는 지도가 현실을 모방하는 것이 아니라 현실이 지도를 모방한다는 점에서 동아가 하나의 공동체임을 상상하게 한다. 이러한 상상은 「일본해 루트 개념도」[13]를 접하면 더욱 분명해진다. 일본과 조선과 만주가 일본해를 가운데 두고 항로와 철로로 이어져 하나의 세계가 되어 있다. 만주사변 이후 만주국이라는 괴뢰 정부를 수립한 연후 일본의 지도적 상상력은 '동아'라는 이름으로 모아진다. 동아 삼국은 일본과 만주와 중국을 의미하며 이미 조선은 사라지고 없다. 교통공간이 시공간을 변화시킨다는 점[14]에서 이를 가능하게 한 것이 관부연락선이라 할 수 있는데 관부연락선이라는 교통망이 일본과 식민지 조선을 균질화하는 데 기여하고 있는 것이다. 동경에서, 경성에서, 하얼빈에서 하나의 티켓으로 하얼빈이나 동경 혹은 경성에 갈 수 있다는 것은 적어도 그것이 하나의 권역이라는 상상을 가능하게 한다. 이러한 점에서 「일본해 루트 개념도」는 바로 1930년대 현실의 일부를 구성한다.

관부연락선의 역사는 그 이름에 따라 구분될 수 있다.[15] 실제 취항시기를 따라 나누면 일기환·대마환(1900년대)→고려환·신라환(1910

---

12) 日本廣島鐵道管理局, 앞의 책, p.17

13) 고바야시 히데오, 임성모 역, 『만철』, 산처럼, 2004, 100쪽

14) 이효덕, 박성관 역, 『표상공간의 근대』, 소명, 1996, 226-234쪽

15) 손태현은 ①현해탄에 있는 일본 도서명을 선명으로 한 시기, ②한국에 관련된 어휘를 선명으로 한 시기, ③만주에 관련된 어휘를 선명으로 한 시기, ④중국에 관련된 어휘를 선명으로 한 시기로 나누었다. 이러한 그의 시기 구분에 있어 문제가 되는 것은 ②와 ③이다. 손태현, 앞의 책, 361쪽

년대)→경복환·덕수환·창경환(1920년대)→금강환·흥안환(1930년대)→천산환·곤륜환(1940년대)으로 구분된다. 이렇게 볼 때 1900년대는 대륙진출 시기, 1910년대와 1920년대는 조선 합병 시기, 1930년대는 조선에 이은 만주통합 시기, 1940년대는 중국 지배와 대동아 건설 시기이다. 이처럼 관부연락선 이름 붙이기의 과정은 동아에서 대동아로 나아가려는 제국의 역사에 상응한다. 동아는 지리적 개념이 아니라 쇼와 일본의 역사 속에서 창안된 개념이다. 일본인들이 중국을 지나라 부르고 중국인을 지나인으로 부름으로써 중국에 대한 관점이 바뀐 것으로 착각하였듯이 동아 또한 역사적 의미가 함축된 개념이다. 동아 나아가 대동아를 포함한 이 개념은 1945년까지 제국 일본의 역사과정에 깊이 연계되어 있었다.[16] 동아는 중화의 근대적 변용이라 할 수 있다. 그러나 중국문명과 달리 동아의 이상은 폭력적 질서 개념으로 변질된다.

일·만·화의 동아, 남양을 포함하는 대동아, 또 인도를 포함하는 동양의 여러 민족을 결집 단결시키고 영·미의 동양 침략을 축출하여 대아시아의 일체 기반을 구축할 수 있는 궤도는 무엇인가? 일본은 3천년 동양문화의 정수를 체현하고 또 지나, 인도의 대륙문명과 태평양(그 부해양인 인도양, '남해'를 포함하여) 해양문화의 중심점에 국가를 이룩하였다. 또 근세에 이르러서는 서양의 문화·과학을 섭취하여 동서양의 문화를 융합하면서 동양의 중심 세력이 되어 왔다. 그러므로 일본은 동양문화가 근대적으로 하나로 융합하는 장래를 예견하고 궤도를 정하는 데 가장 적임자라 할 수 있다.[17]

---

16) 고야스 노부쿠니, 이승연 역, 『동아 대동아 동아시아』, 역사비평사, 2005, 79-80쪽.
17) 히라노 기타로, 「대아시아주의의 역사적 기초」, 『동아 대동아 동아시아』, 이승연 역, 역

동아와 대동아 개념을 전전과 전중과 전후에 따라 상이한 학술적 개념으로 구성해간 히라노 기타로의 진술이다. 사실 이 글에는 제국주의적 영토 확대에 대한 전략적 시야가 잘 드러나 있다. 중일전쟁을 고비로 일본은 동아에서 대동아로 시야를 확대한다. 그 과정에 동아신질서론, 동아협동체론이 근대초극론과 세계사의 철학과 함께 등장한다. 고야스 노부쿠니의 지적처럼 동아는 "마이너스 유산으로서 쇼와 지식인이 이룩한 이론적 아시아 체험"[18]으로, 대동아로 가기 위한 유사 제국 일본을 장식하는 수사학으로 전락하고 만다.

우연의 일치이겠지만 대동아공영권을 상징하는 천산환, 곤륜환이 각각 1945년 미군기의 폭격으로, 1943년 미잠수정이 발사한 어뢰를 맞고 침몰하였다. 다극 중심이 미국 패권 승리로 가는 시기에 태평양을 둘러싼 미일의 대결은 필연적이다. 일본의 패전은 곧 미국 패권의 완성을 뜻한다. 관부연락선의 역사는 영국 패권 쇠퇴기 이후 세계자본주의 체제가 다극 중심으로 각축하는 시기에 아시아의 반주변부 국가에서 러일전쟁을 거치면서 중심부로 부상한 일본이 동아를 넘어 대동아의 제국을 미처 완성하기도 전에 미국에 의해 좌절되는 과정, 세계적 규모의 분업 구조 속으로 강제 편입된 동아시아인들의 불평등 관계사와 다를 바 없다.

근대의 지식인과 문인들은 유학을 통하여 자기를 정립하였다. 식민지 조선의 유학생 가운데 가장 많은 수를 차지한 것이 일본 유학생이고 그 가운데 동경 유학생이 대다수다. 동경을 통하여 서양의 지식과 문물

사비평사, 2005, pp.84-85 재인용
18) 고야스 노부쿠니, 이승연 역, 앞의 책, 88쪽

을 받아들이고자 한 것이다. 이들 유학생들이 거의 관부연락선을 탔을 것이라 추측된다. 정지용, 김기림, 임화, 윤곤강 등의 관부연락선에 대한 기억들은 시대별로 수집할 수 있다. 이들 대다수는 현해탄의 시를 남겼다. 그리고 김기림의 「나비와 바다」에 이르러 한 시기의 막을 내린다.

김기림은 1927년 일본대학 문학예술과에 입학하여 1930년 졸업하고 다시 1936년 도호쿠제대 영문학과에 입학하여 1939년 졸업한다. 「나비와 바다」는 2차 유학을 마친 시점에 『여성』 1939년 4월호에 발표되고 1939년 11월 『모던 일본』 조선판에 김소운의 번역으로 재수록된다. 재수록 자체가 중요한 것은 아니다. 그보다 이 잡지에 실려 있는 관부연락선 관련 광고가 주목된다. 대륙으로 가는 최단 경로라는 타이틀을 달고 있는 광고는 역시 동아의 지도 위에 도쿄-오사카-시모노세키를 잇는 철도와 시모노세키-부산을 연결하는 관부연락선 그리고 부산-대전-경성-평양-봉천-신경-하얼빈, 봉천-천진-북경, 부산-원산-청진-나진-리커우로 연결되는 철도가 그려져 있다. 그리고 또 다른 면에 실려 있는 일본과 만주 중국 연락시간표가 인상적이다.[19]

이 목적이 없는 실험실 속에서 나의 작은 탐험선인 지구가 갑자기 그 항해를 잊어버린다면 나는 대체 어느 구석에서 나의 해도를 편단 말이냐?

—「해도에 대하야」 일부

이처럼 김기림에게 바다는 근대 경험의 은유로 등장한다. 근대라는

---

19) 윤소영 외 역, 『모던 일본』 조선판 1939년, 어문학사, 2007

실험실 속에서 현기증 나는 항해에 접한 그에게 "해도"는 절실하다. 인용시에서 해도를 펼 수 없는 절망적 상황을 전제하고 있듯이 김기림의 근대를 향한 정염과 모험의지는 매우 크다. 그가 시를 통해 이국취향을 자주 드러내는 것은 필연적이다. 「꿈꾸는 진주여 바다로 가자」와 같은 시에서 바다는 이국 동경의 등가물이 된다. "오─어린 바다여, 나는 네게로 날아가는 날개를 기르고 있다"라는 결구는 일찍이 동경유학을 통해 접한 근대세계에 대한 열망을 강하게 표출하고 있다. 전기가 말하듯이 김기림은 18세인 1925년 동경으로 유학하여 1929년 니혼대학을 졸업하고 귀국하여 조선일보 기자가 된다. 5년여에 걸친 동경 생활을 통하여 그는 근대를 체험하는 한편 신문사 기자 생활을 하면서 부단히 세계의 동향을 접하게 된다. 그의 초기시는 이러한 체험적 바탕 위에서 생산된 것이라 할 수 있다. 초기 시에서 바다는 그가 체험한 근대 체험의 충격을 반영하면서 근대세계에 대한 동경, 앎의 의지 등을 의미하는 이미지로 등장한다. 빈번하게 등장하는 바다, 항해, 해도 등의 시어들은 비록 관부연락선의 승선체험에서 유발된 것이라 하더라도 자주 근대를 유추하는 은유로 추상화된다. 그만큼 그에게 바다는 근대를 향한 창에 가깝다.

> 낯익은 강아지처럼
> 발등을 핥는 바다 바람의 혀빠닥이
> 말할 수 없이 사롭건만
> 나는 이 항구에 한 벗도 한 친척도 불룩한 지갑도 호적도 없는
> 거북이와 같이 징글한 한 이방인이다.
> ─「이방인」 전문

제물포항(인천항)에서 김기림은 이처럼 "이방인"의 의식을 드러낸다. 낯선 항구에서 그는 이방인이 된다. 근대의 풍경을 집약하는 항구에서 모두는 이방인이다. 부산항이나 일본의 어느 항구에서 그는 이방인이었을 것이다. 인용시는 이방인 체험을 반복하는 그의 행위를 나타낸다. 그러므로 그가 찾은 제물포항은 그가 동경하는 근대 세계의 축도와 다를 바 없다. 김기림은 29세가 되던 1936년에 다시 유학의 길을 떠난다. 센다이에 있는 도후쿠제대에서 영문학을 전공하고 귀국한 것은 1939년이다. 근대 학문에 대한 김기림의 열의는 두 번의 유학을 통해 드러난 셈이다. 그런데 그의 2차 유학기는 중일전쟁이 일어나고 2차대전이 발발하는 등 세계사적 전환기에 속한다. 물론 그가 귀국하는 것은 2차대전이 일어나기 몇 달 전인 1939년 3월인 것으로 알려져 있다. 그야말로 유럽은 이미 파시즘의 시대가 전개되던 때이다.

아모도 그에게 수심을 일러준 일이 없기에
흰 나비는 도모지 바다가 무섭지 않다.

청무우밭인가 해서 나려 갔다가는
어린 날개가 물결에 절어서
공주처럼 지쳐서 돌아온다.

삼월달 바다가 꽃이 피지 않아서 서거픈
나비 허리에 새파란 초승달이 시리다.

— 「바다와 나비」 전문

이 시는 바다라는 근대세계를 향한 주체의 모험이 좌절되는 양상을 보여주는 바, 식민지 시기 우리 해양시의 한계와 양면성을 웅변하는 사례가 아닌가 한다. 서구 근대의 표상인 해양은 서구 사회의 몰락이 예견되는 상황에서 더 이상 동경의 대상이 될 수 없다. 그렇다고 그가 적극적으로 일본이 내세운 아시아주의를 받아들일 수도 없는 상황이다. 최남선이 해양을 버려두고 동아시아문화와 만주로 사상적인 이주(친일민족주의)를 행한 것은 이미 오래다. 김기림 또한 세계사적 전환기에 처하여 더 이상 30년대 초기에 보인 이국취향이나 바다 너머 세계에 대한 동경을 보일 수 없게 된다. 다시 말해서 현해탄을 건너 세계로 나아가지 못하는 우리 근대의 한계가 노정되어 있다. 김기림의 「나비와 바다」는 현해탄에 갇힌 해양시가 아닌가 한다. 그는 이 시의 표제를 1946년 시집에 실으면서 "바다와 나비"로 고친다. 어찌 보면 사소한 듯하나 미묘한 의미의 차이가 있음을 알 수 있다. 전자가 '나비'라는 주체의 입장을 중시한다면 후자는 '바다'라는 대상을 강화한다. 1939년의 현해탄과 1946년의 현해탄이 한 시인에게 던지는 맥락이 달라진 것이다. 전자의 제목을 따른다면 분명 어떤 존재론적 인식이 시사된다. 단순한 '절망'은 아닌 것이다. 후자의 표제로 읽는다면 '절망'이라고 해석될 수도 있다. 이 시의 정황은 현해탄 관부연락선 위라 짐작된다. 마침 도후쿠제대를 졸업하는 해인 만큼 거듭 현해탄을 오가면서 느낀 심사를 집약하고 있는 것이다. 그는 동경에서 여러 가지 세계정세를 읽고 들었을 것이다. 그렇다면 그가 지향하던 서구가 전장이 된 마당에 현해탄을 오가는 '나비'는 어디로 가야 하는 것인가? 그곳은 靑무우밭. 물론 벌써 그의 낙향을 시사하는 것은 아니다. 조선일보 폐간으로 낙향한 것은 1940년 8월 이후이기 때문이다. 최남선이 그러했고 정지용이 그러했듯 그 또한 바다에서 산으로, 근대에서 고향으로 회귀한다.

식민지 시기의 해양시는 자주 근대의 알레고리에 그친다. 해양을 통한 근대체험의 단속적인 반복이 있었을 뿐 해양이 지속적인 경험으로 내면화되지 못한다. 현해탄에서 멈춘 식민지 시기 한국 해양시의 지평은 닫혀 있다. 현해탄을 넘어 대양을 향한 해양시는 1950년대 박인환에 의해 생산된다. 박인환이 그가 소속되어 있던 대한 해운공사에서 사무장의 책임을 맡아 미국행 남해호에 승선하여 부산항을 출항한 것은 1955년 3월 5일이다. 이로써 그를 항상 사로잡고 있던 새로움의 세계로 나아가게 되었는데 그는 이때의 체험을 바탕으로 여러 편의 해양시를 남기고 있다.

　　갈매기와 하나의 물체

　　'고독'

　　연월도 없고 태양은 차갑다.

　　나는 아무 욕망도 갖지 않겠다.

　　더욱이 낭만과 정서는

　　저기 부서지는 거품 속에 있어라.

　　죽어간 자의 표정처럼

　　무겁고 침울한 파도 그것이 노할 때

　　나는 살아 있는 자라고 외칠 수 없었다.

　　거저 의지의 믿음만을 위하여

　　심유(深幽)한 바다 위를 흘러가는 것이다.

태평양에 안개가 끼고 비가 내릴 때

검은 날개에 검은 입술을 가진

갈매기들이 나의 가까운 시야에서 나를 조롱한다.

'환상'

나는 남아 있는 것과

잃어버린 것과의 비례를 모른다.

옛날 불안을 이야기했었을 때

이 바다에선 포함이 가라앉고

수십만의 인간이 죽었다.

어둠침침한 조용한 바다에서 모든 것은 잠이 들었다.

그렇다. 나는 지금 무엇을 의식하고 있는가?

단지 살아 있다는 것만으로서.

바람이 분다.

마음대로 불어라. 나는 데크에 매달려

기념이라고 담배를 피운다.

무한한 고독. 저 연기는 어디로 가나.

밤이여. 무한한 하늘과 물과 그 사이에

나를 잠들게 해라.

—「태평양에서」 전문

배와 바다와 항해는 해양문학을 구성하는 기본 모티프이다. 배는 사
회의 축도이기도 하지만 육역에서와 다른 고립의 조건을 형성한다. 육

로 여행이 끊임없이 타자와 만나는 과정이라면 해로 여행은 바다라는 자연의 상태와 대응하거나 자기의 내면을 응시하는 과정이 된다. 어떤 의미에서 해양시의 빈곤은 해로의 사정과 무관하지 않다. 서사가 발생할 사건이 적을 뿐 아니라 보이는 사물 또한 다양하지 못하기 때문이다. 박인환의 「태평양에서」는 항해 체험을 매우 구체적으로 드러낸다. 1연은 충격적인 항해 체험을 제시하는 데 그친다. "낭만과 정서"를 깡그리 무화하는 파도치는 바다 위에서 "살아 있는 자"라고 말할 수 없는 자기 존재에 대한 인식이 그것이다. 그렇지만 자연 상황이 존재를 압도하는 일은 지속되지 않는다. 마치 인생의 우여곡절처럼 바다의 정황 또한 변화하기 마련이다. "안개"며 "비"며 "갈매기" 등 사물과의 만남을 통하여 생을 돌아보는 계기가 마련되면서 지난날 먼 전장으로 인하여 느끼던 불안이 나약한 존재의 증명에 불과하다고 인식하게 된다. 그리하여 "나는 지금 무엇을 의식하고 있는가?/단지 살아 있다는 것만으로서"라고 자기의 생에 대한 근본적인 물음을 제기하는 것이다. 이러한 시적 자아의 변전은 마침내 3연과 4연에 이르러 생에 대한 체념이나 달관 혹은 관조에 이르게 된다. 항해를 "쓰디쓴 깨달음"이라고 한 것은 보들레르다. 박인환 또한 항해를 통하여 과거의 삶과 격절하는 한편 새로운 자아를 찾아간다. 이처럼 박인환은 해양체험이 성공적으로 형상화된 해양시를 남기고 있다. 그는 또한 「15일간」을 통하여 선상 체험이 내포한 권태와 무의미, 고립과 소모를 말하면서 "누만년의 자연 속에서 자아를 꿈"꾸게 되는데 그는 이를 "기묘한 욕망과/회상의 파편을 다듬는/음참(陰慘)한 망집"이라고 서술하고 있다. 다시 말해서 출구가 없는 바다 위에서 변화하는 자아나 확대되는 자기를 발견하고 있는 것이다. 그래서 "사변(四邊)은 철(鐵)과 거대한 비애에 잠긴/하늘과 바다./그래서 나는 어제 외롭지 않았다."라는 마지막 구절이 예사롭지 않은 것이다.

박인환의 해양시는 해양시가 갖추어야 할 내용적 요소를 지녔음에도 그의 특수한 체험에 한정되었다는 점에서 한계를 지닌다. 그의 해양시는 아메리카 여행이라는 하나의 사건으로 끝나고 만다. 그래서 모처럼 일제시대 이래 은유의 수사학에 머물던 해양시의 구체적인 지평은 크게 확장되지 않는다.

> 그날은 3월
> 율리시즈가 잠자듯이
> 나는 이 바다에서 잠든다.
>
> 태양은 때론
> 그 향기를 품에 안고
> 조용한 바다 위를 흐른다.
>
> 인생은 표류
> 작은 어선들이
> 과거를 헤맨다.
>
> 이국의 섬들 속에 있는
> 세토나이카이 그 물결 위에
> 나의 회한이 간다.
>
> ―「세토나이카이」 전문

"율리시즈"는 해양서사의 한 전범이다. 박인환이 이 시 속의 주인공을 율리시즈에 비유한 것은 의미심장하다. 그만큼 그가 항해를 인생의 과정에 견주고 있다는 것이다. 유혹과 휴식과 방황, 갈망과 회한이 늘 함께하는 것이 인생이 아닌가. 다른 곳을 향해 떠나가는 것, 그 과정에서 만나는 무수한 질곡, 그리고 회귀. 항해와 인생은 염세적이든 낭만의 모험이든 같은 맥락에서 이해되고 해석된다. 박인환의 해양시는 그의 특수한 체험에서 경험의 지평으로 나아가는 대목에서 그치고 만다.

근대 해양시를 넘어서

해양문학이라는 개념은 애매하다. 바다와 연관된 통시적, 공시적 삶과 공간이 너무 다양하여 이를 재현한 문학을 한꺼번에 규정하는 방식이기 때문이다. 그래서 많은 이들이 이러한 용어의 애매성을 벗어나려 한다. 그 가운데 하나가 항해(navigation)와 경험을 연관시키는 방법이다.[20] 이는 육역 경험과 다른 해역 경험의 특수성과 개별성에 착안하며 이를 해양 근대성과 연관시킨다. 해양 근대성은 근대 해양문학의 중요한 준거가 된다. 다른 하나는 해양 항해 서사(sea voyage narrative)에 집중하는 방법이다. 『오디세이』 이래 오랜 모험과 탐험 그리고 도전과 표류의 이야기를 탐구하는 것이다.[21] 또 다른 하나는 문화론적인 접근이다. 이는 해양문학 논의의 텍스트 중심주의를 극복하는 일로써 해양문학의 형성과 전개과정의 맥락을 따지고 문화사회적 함의를 분석하는 것이다. 서구 근대 해양문학에 있어서 사이드의 지적처럼 식민주의와

---

20) U. Kinzel, 앞의 글 참조
21) R. Foulke, 앞의 책 참조

오리엔탈리즘을 간과할 수 없듯이 한국 근대 해양문학의 역사에 있어 식민과 제국의 표상이나 국가주의는 뚜렷하다. 이를 이해하기 위해 해양문학을 재현과 의식의 문제, 해양 리터러시의 확대, 문화론적 맥락이라는 관점에서 접근하는 것이 요긴하다.

해양문학은 근대적 세계의 변화와 연동되어 생산되고 읽힌다. 최남선, 정지용, 김기림 등의 해양시가 식민지 시기 현해탄과 관부연락선을 무대로 한정된 것이라면 해방 이후 박인환의 해양시는 대양을 향해 열려간다. 아울러 서구 해양문학의 중심에 있는 경험적 주체의 문제도 전면화한다. 1970년대 김성식의 해양시와 천금성의 해양소설이 이룬 성과다.[22] 이들은 해양 경험과 근대적 주체의 문제, 항해 서사의 구체성 획득의 문제 등을 해결한다. 세계문학사에서 해양문학의 전성기가 있다. 바다로 나아가 자원을 얻고 활발하게 교역을 하면서 새로운 시장을 개척하던 근대의 전반기가 그렇다. 18세기 초반 다니엘 디포의 『로빈슨 크루소』이래 디킨즈, 포, 멜빌, 콘라드 등으로 이어지는 근대 영미 문학의 전통은 해양문학이라고 해도 과언이 아니다. 한국의 경우 근대화가 시작된 1960년대 후반부터 본격적인 해양문학의 시대가 열렸고 김성식의 해양시와 천금성의 해양소설은 한국해양문학의 전범을 이뤘다. 그 유산의 위대함에도 불구하고 근대의 해양문학에는 지역발명, 식민지배, 타자정복이라는 근대적 주체의 시각이 고스란히 작동하고 있음을 알 수 있다. 근대의 바다는 제국의 경계를 확장하는 무대였다. 교역과 교류의 열린 공간이 아니라 국민국가의 역장에 따라 변경들이 사라지면서 다양한 해양문화 또한 줄어든 것이다. 어찌 보면 역설적이게도 해양문학의

---

22) 구모룡, 『해양문학이란 무엇인가』, 전망, 2004 참조

전성기는 해양문화의 다양성이 축소되는 과정이기도 하다. 따라잡기형 근대화를 반영하고 있는 한국의 해양문학도 다양한 해양문화에 착목하기보다 국가의 경계를 넘어 근대 세계를 향하는 모험의 서사에 주력한 것이 사실이다. 그러므로 우리는 그동안 단순화된 한국 해양문학의 문법을 염려해야 한다.[23]

21세기를 사람들은 새로운 해양의 시대라고 한다. 해양의 근대화와는 다른 해양의 세계화를 맞고 있기 때문이다. 그렇지만 해양의 세계화가 제국과 식민의 고리를 끊고 바다를 교역과 교류의 열린 공간으로 만들 것이라 낙관할 수는 없다. 바다가 영토의 연장으로 인식되거나 자원의 보고라는 미명하에 또 다른 착취의 대상이 될 공산이 크기 때문이다. 이러한 경향을 '신해양시대'라고 한다면 결국 우리는 더 악화된 해양 세기를 직면하고 있는 셈이 된다. 지구 온난화로 인한 해수면 상승과 기

---

23) 여기서 해양문학의 세 지평을 상정할 수 있다. 그 첫째는 영미의 해양(Maritime)문학이다. 실제 해양 국가 영국의 경우 근대소설은 해양소설 『로빈슨 크루소』(1719)로부터 시작된다. 이를 필두로 제인 오스틴, 찰스 디킨스, 제임스 F. 쿠퍼, 에드거 앨런 포, 허먼 멜빌, 로버트 루이스 스티븐슨, R. 키플링, 조셉 콘라드 등으로 이어지는 해양문학의 역사를 보인다. 뒤늦게 해양을 지향한 우리의 경우 1960년대 이래 꾸준하게 해양문학이 발달해오고 있다. 하지만 "해양화의 세계화"에 상응하는 작품이 생산되고 있지 못하다. 해양을 주 무대로 하면서 해양도시들을 잇는 거대 공간을 재현하고, 월경적이고 다문화적인 상상력을 내용으로 하는 서사가 요청된다. 둘째는 해군소설(Naval Novel)이다. 제인 오스틴과 해군의 관련성은 말할 것도 없지만 영국의 경우 Nelson 등 실명의 해군에 관한 소설들이 매우 발달해 있다. 우리의 경우 해군소설의 전통이 없는 것은 아니다. 이순신 서사에 대한 종합적인 검토가 요청되는 한편 현대적인 해군소설의 가능성을 탐문해가야 할 시점을 맞고 있다. 셋째는 연안역 문학이다. 선진국의 경우 해양정책의 핵심 가운데 하나가 연안역 관리이다. 연안역 문학은 해양생태문학으로 발전할 수 있다. 지구적 시각에서 지역적 연안 문제를 재현하는 해양생태환경문학은 해양문학의 중요한 하위장르로 위상을 갖게 될 전망이다. 이 밖에도 연안역 해양문학은 다양한 해양문화 콘텐츠를 배경으로 창작될 수 있다. 어촌과 어항, 등대, 항구, 해수욕장 등 바닷가 모든 공간이 작품의 무대가 될 수 있는 것이다.

후 변화, 내륙의 개발로 인한 해양오염 등을 극복하는 것이야말로 새로운 해양 세기의 최우선 과제가 되어야 한다. 생산력의 환상에서 깨어나 거대한 전환을 만들어내지 않으면 가이아의 복수는 피할 수 없을 것이다. 새로운 지구 환경과 21세기 세계화의 상황에 대처하는 해양문학의 과제 또한 만만찮다. 뭍과 바다의 이분법을 불식하는 한편 국민국가의 억압으로 사라져가는 변경들의 해양문화를 살려내고 이주와 교역과 교류가 만들어내는 문화변동들을 담아내야 할 것이다. 그동안 한국의 해양문학은 해양으로 나아가려는 충일한 의지를 보여왔다. 이러한 의지를 바탕으로 내륙적 세계관을 탈피하고 억압된 타자들을 복원하면서 문화적 세계화를 추동하는 장이 되어야 한다. 이제 한국해양문학은 세계 해양문학을 뒤따르는 일에서 벗어나 새로운 가능성의 지평을 만들면서 그 지평을 융합하는 경지로 나아가야 할 단계를 맞고 있다. 달라지는 한국해양문학의 지평은 보다 유연하고 풍부한 해양문학들을 만들어낼 것이다.

해방 이후의
비평과 국민국가

　해방 이후에 전개된 비평을 체계화한다는 것은 쉬운 일이 아니다. 지난 60여 년간 한국 비평이 걸어온 길이 매우 복잡하고 다기할뿐더러 발생론적 토대 또한 역사적 계기에 따라 변화가 많았다. 아울러 수용된 이론의 양이나 활동한 비평가의 수도 적지 않다. 다행한 것은 그동안 비평사 부문의 연구가 어느 정도 진전되었다는 사실이다.[1] 이러한 선행연구에 힘입어 해방과 분단으로 이어지는 과정에서 탄생하는 한국현대비평의 기원적 성격을 규명하고자 한다.

　나는 현대비평의 기원에 국가라는 문제틀이 놓여 있다고 전제한다. 해방과 더불어 진행된 민족국가 만들기가 한국전쟁이라는 폭력적인 형태로 분할되는 과정에서 현대비평의 지형이 형성되었기 때문이다. 현대비평은 민족-국가-국민의 절합(articulation)에 따라 그 지향을 달리한

---

1) 김영민, 『한국현대문학비평사』, 소명출판, 2000; 권성우, 「실증적 정리에서 해석학적 지평으로-해방 이후 현대문학비평 연구사에 대하여」, 『횡단과 경계』, 소명출판, 2008 참조

다.[2] 민족국가가 아닌, 분단으로 인한 상호 적대적인 두 개의 국민국가가 존립하면서 그 정착단계에서 현대비평은 국민문학에 복무하거나 민족문학을 꿈꾸게 되는 것이다. 국민문학이 제도화되는 한편 민족문학은 추방된 비전으로 잠재하면서 간헐적으로 국가와 국민문학과 긴장관계를 형성한다. 이렇게 보면 현대비평의 기원은 민족문학의 기획과 좌절, 국민문학의 정착, 내부의 외부가 된 민족문학의 부활이라는 과정을 포함한다.

그동안 해방공간과 한국전쟁 시기의 문학적 지성의 대이동과 더불어 한국사회에 국민문학이 제도화되는 과정에 대한 논의가 있었다.[3] 달리 보면 한국현대비평의 기원적 양상의 전모가 거의 드러나 있다고 해도 지나친 말은 아닐 것이다. 그럼에도 국가와 비평이라는 관점에서 국가 이데올로기와 비평 이데올로기의 관계에 주목하려 한다. 이는 분단체제 하에서 반공 이데올로기의 헤게모니가 관철되는 가운데 특정 비평이론이 그 자율성을 상실하는 대신 헤게모니를 얻고, 이와 다른 경향의 비평 이론들이 반공 이데올로기로 구성된 국가주의에 의해 추방되거나 외부로 밀려나는 양상을 살피는 일이다.

여기서는 비평사적 조감을 목표로 하므로 사적 전개 과정의 구체적인 양상을 일일이 예거할 수 없기에, 추상의 한계를 감수하면서 기존의 연구를 바탕으로 한 메타비평으로 해방과 한국전쟁을 거쳐 국민국가로 고착된 50년대까지의 현대비평을 검토하고자 한다. 이를 위해 먼저 해

---

2) 이러한 설명 틀은 주디스 버틀러, 가야트리 스피박의 대담, 『누구 민족국가를 노래하는가』, 주해연 역, 산책자, 11-48쪽을 통해 가져왔다.

3) 이희환, 『김동리와 남한 '국민문학'의 형성』, 인하대대학원 박사논문, 2007; 김진기 외, 『반공주의와 한국문학의 근대적 동학』, 한울, 2008

방 전후 비평의 전승 양상을 확인하고 민족의 분리를 통한 국민국가 형성과정에서 나타난 봉쇄와 추방의 과정을 일별하면서 이와 함께 전개되는 비평 논리를 따지고자 한다. 그리고 마지막으로 국민국가에서 '내부의 외부'가 된 민족문학이 국가 이데올로기를 넘어 재생되는 배경을 고찰한다.

현대비평의 기원

근대적 의미를 지닌 한국문학비평이 탄생한 시기는 근대문학이론이 수용되고 독자적인 비평체계가 수립된 1920년대라 할 수 있다. 그리고 이러한 근대문학 비평이 성장하는 단계는 식민지 조선의 자본주의가 뿌리내리는 1930년대이다.[4] 이 시기에 이르러 근대 미학의 두 축인 리얼리즘과 모더니즘이 상보적인 대립관계를 형성한다. 자본주의와 파시즘에 대응하는 사회주의 비평과 자유주의 비평의 경합관계는 중일전쟁 이후 새로운 세계질서를 구축하려는 일본의 지역주의와 서구근대의 위기에 따라 부침한다. 이런 가운데 1930년대 후반과 1940년대 초기 일본사상의 유입과 동양주의는 비평의 새로운 한 축으로 부상한다. 이로써 식민지 시기 근대문학 비평은 세 가지 경향이 되고 1940년대 전반까지 비평의 주류는 동양주의 비평이 된다.[5]

---

4) 세계공황으로 인해 서구가 서구로 회귀하는 힘의 공백기 1930년대에 일본의 자본주의가 동아시아 식민지에 적극적으로 뿌리내리며 식민지 조선에도 근대 자본주의가 정착한다.

5) 그동안 30년대 후반과 40년대 전반의 동양주의, 나아가 아시아주의에 대한 논의는 부족한 편이다. 전통, 고전 그리고 동양주의 등의 담론은 차이를 내포한 동류의 흐름으로 보는 관점이 요청된다.

주지하듯이 자유주의 비평은 식민적 근대에 대한 미적 저항이라는 지향을 지닌다. 아울러 서구 근대성을 보편으로 인식하는 자기화된 오리엔탈리즘의 양상을 내포한다. 하지만 세계공황과 파시즘의 대두 등 서구 근대의 위기는 보편성에 대한 회의와 함께 자기분열을 초래한다. 가령 김기림처럼 전장으로 변한 유럽을 근대의 파산으로 받아들이게 되는 것이다. 이럴 경우 서구 근대의 극복이라는 차원에서 사회주의 비평을 수용하거나 근대초극의 이념을 추구하게 된다. 사회주의 비평은 식민적 자본주의 근대를 사회주의를 통해 극복한다는 '이중적 근대 기획'이다. 식민지 시기 식민과 제국 극복이라는 명제를 지닌 이것이 비평적 지성사의 주류가 되는 것은 당연하다. 하지만 파시즘의 대두로 내외적 망명과 전향이 일반화되면서 사회주의 비평의 지평은 크게 좁아진다. 망명과 침묵 그리고 전향과 협력은 1930년대 후반과 1940년대 전반의 지성사적 풍경을 구성한다. 동양주의 비평이 차지하는 위상은 1920년대 중반 이래의 문화적 민족주의 비평이나 30년대 후반 신세대 비평과 일정한 차이를 지닌다. 이 또한 근대나 서구에 대한 불만의 계보에 속하지만 서구와 근대를 초극하려는 역사철학을 담보하고 있다는 점에서 앞선 전통주의와 구분된다.[6] 30년대 후반의 비평에서 조선적인 것과 동양적인 것의 해석 여부에 따라 내적 망명과 대동아공영론의 신체제 협력이라는 두 가지 양상을 보이게 되는 까닭이 여기에 있다. 실제 해방 이후의 상황에서도 사회주의 비평, 자유주의 비평, 동양주의 비평은 다시 상호 경합과 대립관계를 형성하는데 특히 사회주의 비평과 동양주의 비평

---

6) 1920년대 전통론과 1930년대 후반의 전통론이 가지는 시공간적 단층에 대한 것은 차승기, 『1930년대 후반 전통론 연구—시간·공간 의식을 중심으로』, 연세대 대학원 박사논문, 2002 참조

이 두드러진다.

식민지 시대와 해방 이후의 사회를 구분하는 가장 주된 준거는 민족
국가라 할 수 있다. 해방공간(1945~1948)은 '국가부재'라는 상황에서
일제시대와 크게 차별된다. 물론 제국에 통합된 식민의 시기에도 민족
국가에 대한 열망은 국내외에 상존한다. 비록 미-소연합의 승리라는 외
적 요인에 의해 이루어진 것이지만 민족국가 형성에 대한 가능성이 전
면적으로 열렸다는 점에서, 이것이 정치를 비롯한 모든 층위에서 중심
테제가 되었다는 점에서 해방은 그 이전과의 단절에 상응하는 역사적
맥락을 갖는다. 해방 이후 현대비평은 처음부터 민족국가의 문제와 함
께한다. 따라서 민족국가 이데올로기에 비평의 이데올로기가 종속된
다. 이러한 경향은 두 개의 국민국가로 나누어지는 한편 폭력적인 방식
으로 민족국가를 건설하려는 전쟁을 경험하면서 더욱 고착화되어 현대
비평의 지체와 왜곡을 파생시킨다. 한국현대비평은 그 기원에서 국가
(state)의 상태(state)[7]에 대한 탐문과 분리될 수 없다. 이러한 이유에서
'민족문학'이 한국현대비평사의 가장 중요한 개념으로 자리 잡게 된다.
국가의 상태와 관련한 민족문학의 비평적 주류화는 국가주의에 상응하
여 한국현대문학비평을 한정하는 요인이 되는데 이와 같은 비평적 문제
는 그 발생론적인 차원에서 대부분 해방 이후 10여 년 동안 형성된다.

'도적과 같이 찾아온 해방'이라고 하지만 앞서 말했듯이 해방은 유례
없이 역사적으로 열린 시공간임에 틀림이 없다. 제국의 질서에 통합된
식민의 상황에서 벗어나 민족을 회복하고 국가를 만들어가야 할 상황

---

7) 영어의 state는 국가와 상태를 의미하는데 주디스 버틀러는 국가와 그에 속한 사람들의
   상태의 관계를 이러한 의미 차이를 통해 설명한다. 주디스 버틀러, 가야트리 스피박, 주
   혜연 역, 『누가 민족국가를 노래하는가』, 산책자, 2008, 11-20쪽

이 전개된 것이다. 이러한 상황이기에 모든 영역에서 해방은 열광과 연대를 형성하기에 족하다. 논의 주제를 좇아 비평 영역에 한정한다고 할 때 해방은 곧 비평의 해방이라 해도 틀리지 않을 것 같다. 이 경우 비평은 단순하게 문학의 체계를 추종하거나 반영하는 분야가 아니다. 비평은 문학적 체계와 내적으로 연결되면서 자율적인 생명과 그 자신의 법칙과 구조를 가진다. 따라서 주어진 역사적 상황하에서 특정 목적을 위한 비평이 발생하게 되는 것이다.[8] 해방과 함께 비평은 국가 만들기라는 목적에 상응하는 문학개념과 문학 이데올로기를 추구하게 된다.

해방공간의 비평들의 역사에서, 정론성을 기본으로 하는 진보적 비평은 말할 것도 없고 문학과 비평을 역사와 정치로부터 분리하려 한 미학주의 비평조차 민족국가 만들기와 연결되어 있다. '건설기'라는 목표를 전면에 내세운 좌파나 문학이 어떠한 이데올로기도 배격하는 순수함을 지녀야 한다는 우파도 비평적 지향점을 민족국가 형성에 두고 있는 것이다. 좌우 모두 민족국가를 담아내는 '민족문학'을 표방하면서 각기 지향을 달리한다. 먼저 좌파는 노동계급과 인민이 건설하는 민주주의적 국가를 전제하면서 이를 위한 민족문학을 주창한다. 임화로 대표되는 좌파의 비평은 노동계급의 이념이 전인민의 연대를 이끄는 민족 이념을 형성하고자 한다. 그리고 이러한 민족 이념에 상응하는 민주주의적인 국가 건설을 여망한다. 말할 것도 없이 노동계급의 지위에 대한 논란이 있게 마련이다. 노동계급의 영도성을 어떻게 보느냐에 따라 당파를 달리하게 되는 것이다. 인민성을 내세운 임화 등이 프롤레타리아 계급론을 견지한 북조선의 안막 등에 의해 비판을 받게 되는 사정이 여기에 있

---

8) 테리 이글턴, 윤희기 역, 『비평과 이데올로기』, 열린책들, 1987, 30쪽

다. 하지만 노동계급을 중심으로 한 인민적 민주주의에 대한 합의가 좌파의 일반적인 경향이라 간주될 수 있을 것이다. 반면 우파는 다분히 선험적인 민족성과 민족정신으로 민족을 개념 짓는다. 따라서 민족을 구성하는 방식이 문제가 아니며 민족은 현실과 역사 위에 존재하는 초월개념이 된다. 이처럼 김동리로 대표되는 우파의 민족 개념은 본질주의적이다. 다시 말해서 민족 구성이 문제되기보다 민족 전체가 하나의 단위로 인식되고 있다.

해방은 달리 말하면 비평의 해방이다. 이 말은 비평이 해방과 더불어 '민족'을 노래하고 '민족'에 의해 만들어지는 '국가'를 말하게 되었다는 사실을 의미한다. 이러한 가운데 가장 중요한 쟁점은 민족국가의 형태에 놓이게 된다. 즉 형성될 국가의 요구에 맞는 민족으로 동일화, 단일화되어야 한다는 것이다. 민족정신을 구현하고 담지하는 실체로서의 민족, 노동계급 중심의 민족, 인민의 민족 등 서로 다른 국가 형성의 논거에 바탕을 둔 민족국가 모델들을 통해 각기 배제와 봉쇄의 논리를 제출하게 되는 것이다. 이처럼 비평의 해방은 민족을 발명하기 위하여 그 내부의 이질성을 제거하는 폐쇄적인 순환회로에 갇히면서 태생적 불운을 떠안게 된다. 민족국가는 자신의 존재와 적법성을 내부의 민족적 소수집단을 지속적으로 추방하고 그들의 권리를 박탈하는 것에 의존하는 정치적 구성체에 가깝다. 따라서 어떠한 경우든 동질성의 주장에는 추방과 봉쇄가 뒤따르게 된다.[9] 좌파가 봉건잔재의 청산, 일제잔재의 소탕, 국수주의의 배격을 내세운 것이나 우파가 민족정신의 확립, 문학정신의 옹호, 자주독립의 실현을 주장한 것이나 모두 민족 국가 내부에서

---

9) 주디스 버틀러, 가야트리 스피박, 주혜연 역, 같은 책, 38-39쪽

의 추방과 봉쇄를 전제한 권력 담론임에 틀림이 없다.[10]

이처럼 현대비평은 그 기원에서 국민국가화[11]에 포박되었다. 또한 이의 향배에 따라 그 운명을 달리할 수밖에 없는 운명을 타고난다. 이러한 의미에서 비평의 해방은 진정한 의미의 해방이라 할 수 없다. 민족의 이상과 국가의 이념에 종속되어 비국민이라는 내부의 외부를 만들기 때문이다. 한국현대비평은 국민국가라는 문제틀과 함께한다. 물론 남한과 북한의 단독 정부가 국민국가로서의 완성태인가의 여부는 논란의 여지가 많다. 또한 민족국가를 완성하는 것이 역사적 당위인가에 대한 물음도 제기될 수 있다. 국가와 비평의 문제는 궁극적으로 이러한 물음에 대한 답을 요구한다. 분단체제가 형성되고 한국전쟁을 계기로 남과 북의 국민국가의 상태가 경화되면서 민족 개념을 둘러싼 비평적 논쟁은 지속된다.

국민국가의 탄생과 비평의 선택

해방공간의 좌우 비평은 남북한이 각기 다른 체제의 국가를 형성함과 더불어 나누어진다. 국가의 탄생과 비평의 선택이 일치하고 있다. 한반도에 두 개의 국민국가가 존재하게 되면서 이러한 국가의 상태는 정치와 경제 그리고 문화 등 모든 층위에서 담론의 주된 구성이 된다. 한국의 현대문학비평 또한 분단체제 혹은 두 개의 국민국가에 대한 문제의식에서 벗어나지 못한다. 즉 한국현대문학비평은 해방 공간에서 형성된 기원적 의미망으로부터 오랫동안 자유롭지 못하게 되는 것이다.

---

10) 구모룡, 『한국문학과 열린 체계의 비평담론』, 열음사, 1992, 75-76쪽
11) 니시카와 나가오, 윤대석 역, 『국민이라는 괴물』, 소명출판, 2002, 3-28쪽

식민지 시대 카프계열의 월북과 구상 등의 월남과 같은, 좌·우파의 이합집산 혹은 집단적 이동은 국민국가의 선택이라는 관점에서 이해할 수 있다. 국민국가를 만드는 일이 주권을 회복하고 인민의 자유와 해방을 의미하는 것이라고 믿은 이들의 열망은 쉽게 이루어지지 않는다. 미군정의 남한에서 좌파 비평은 추방되거나 망명의 길을 떠날 수밖에 없다. 남한에 잔류한 온건 좌파 또한 국가주권의 감시 대상이 된다. 아울러 법적인 비국민의 지위를 부여받게 되거나 생체권력(bio-power)의 집단적 감시체계에 놓이게 된다.

국민국가가 비평가의 망명을 초래한 가장 전형적인 예로 김동석을 들 수 있다. 예술과 생활, 시와 산문의 긴장과 균형을 지향하는 그의 비평은 기본적으로 이분법적인 장르 원리를 내포한다. 이러한 그의 비평 원리 기저에는 동양적 교양과 매슈 아놀드 등 영문학 그리고 마르크스주의의 역사인식이 교차한다.[12] 그리고 그는 해방된 조선에서 상아탑의 정신을 세우려는 기대를 품는다. 그러나 식민지에서 해방된 지식인 김동석에게도 민족국가 건설에 대한 책임은 면제되지 않는다. 김동석 또한 식민지 지배로부터의 완전한 해방이 민족국가 건설에서 비롯한다는 생각을 하게 되는 것이다. 김동석 비평에서 시와 산문의 이분법은 그의 비평이 지닌 특징이면서 그가 좌파와 우파를 아우르는 중간파적 가능성을 지녔음을 의미하기도 한다. 해방공간의 우파가 다분히 시적인 비전을 보였다면 좌파는 리얼리즘적 전망을 표출하고 있었기 때문이다. 하지만 김동석이 이러한 두 경향을 의식적으로 자기 내부로 포괄하려 한 것은 아니다. 그는 처음부터 시정신과 산문정신의 긴장관계라는 이

---

12) 이희환은 이러한 김동석의 비평 원리를 문화적 급진주의라 명명하고 있다. 이희환, 『김동석과 해방기의 문학』, 역락, 2007, 76쪽

분법으로 문학을 이해하고 있었던 터이다. 이러한 그가 시정신과 산문
정신의 통합이라는 이론적 과제를 해소하지 못한 것은 그의 불행이자
비평사적 불운이다. 해방공간이 일방의 선택을 유인한 탓이다. 달리 말
해서 상아탑의 정신이 상황의 논리를 이길 수 없었던 것이다.

　김동석의 비평은 좌파 비평가들이 대부분 월북한,[13] 한반도에 두 개
의 국민국가가 만들어지는 시기에 개진된 실제비평을 겸한 민족문학론
이다. 이 시기 그는 작가론과 셰익스피어 연구 등 지식인 비평가의 면모
를 회복하는 한편 김동리와 대담을[14] 통하여 남한 단독 정부하에게 그
의 존재를 확인한다. "민족적인 형식과 민주주의적인 내용"으로 요약되
는 그의 민족문학론은 그의 월북으로 이론적이고 실제적인 진전을 이
루지 못하고 막을 내린다. 김동석의 월북은 그의 입장에서, 남한에서 자
신의 지위가 비국민이 되고 있음을 인식한 데서 비롯한 망명이지만, 여
순사건 이후 반공체제의 기본적인 구조와 작동 원리를 갖춘 남한의 입
장에서 예고된 추방의 전조라 할 수 있다.

　김동석이 월북한 것으로 추정되는 1949년 전후에는 문학계의 좌파적
성향을 철저하게 배제하는 국가정책이 실시된다. 좌파 계열의 잡지와
저작이 판금되고 많은 문인들이 구금된다. 속간호『문장』이 판금되면서
정지용이 불구속 송청되는 것은 1948년 12월이다. 이듬해 1949년 7월
김태준이 체포되고 10월에 걸쳐 문맹과 문련 관련자들이 대거 검거되거
나 구속된다.[15] 김동석의 친구인 배호가 남로당 서울시 문련 예술과책

---

13) 월북의 양상에 대한 것은 이신철,『북한 민족주의운동 연구』, 역사비평사, 217-252쪽
　　참조
14) 「민족문학의 새 구상-김동석, 김동리 대담」,『국제신문』1949년 1월 1일
15) 임경순, 「검열 논리의 내면화와 문학의 정치성」, 김진기 외,『반공주의와 한국문학의
　　근대적 동학』, 한울, 197-199쪽

으로 활동하다가 체포된 것은 1949년 5월이고 그의 밑에서 일하던 이용
악이 검거된 것은 8월이었다. 김동석의 월북은 이러한 정황에서 결행된
것이라 추론되고 있다.[16] 이후 남한 단독 정부는 좌익계열문화인 등급
분류와 창작발표 · 투고 · 게재 금지에 이어 월북 문인 저서 판금, 전향문
필가의 집필 금지와 원고 심사 등을 거쳐 문인들의 보도연맹 가입을 추
진한다. 여순사건 이후 좌익계열에 대한 예비검속 명목으로 만들어진
국가보안법에 의해 구금과 고문이 지속되면서 좌파 문인들은 철저하게
역사의 무대에서 사라지게 되는 것이다.[17]

식민지에서 벗어나 국민국가가 형성되면서 제국과 식민의 관계는 일
국 내에서 국민과 비국민의 관계로 변전된다. 이러한 가운데 좌파 문인
들이 추방되거나 배제되면서 국민국가는 제국에 의해 추진되었던 1940
년대의 '국민문학'을 새로운 역사적 문맥에서 부활시킨다. 그리고 한국
전쟁은 반공주의 체제에 기반한 국민문학의 이데올로기를 더욱 강화하
는 방향으로 나아간다. 자연스럽게 '민족문학'은 사라지거나 침묵하고
'국민문학' 중심의 흐름이 전면화되는 것이다.

한국현대비평의 기원적 논리

한국현대비평은 그 기원에서 민족문학이라는 이상 형태를 내면화하
면서 미학의 국가 종속이라는 문제를 발생시켰다. 그럼에도 해방공간의
비평은 그 정치적 열광과 소란 속에서도 현대비평의 원형이라 할 수 있
는 이론적 거점들을 지니고 있다. 단순하게 좌파와 우파, 정치주의와 문

---

16) 이희환, 앞의 책, 53-54쪽
17) 임경순, 앞의 논문, 199-203쪽

학주의로 환원될 수 없는 논점들이다. 이들은 크게 세 가지로 나뉜다. 본질주의와 사회구성주의, 유기론과 유물론, 근대초극과 근대 기획.

　본질주의는 정체성이 발생하는 순간부터 불변의 특징들이 존재한다는 생각을 지닌다. 이러한 시각은 역사를 초월하거나 본래부터 타고나는 것이 있음을 전제한다. 앞에서 말한 김동리의 민족과 민족정신, 조지훈의 순수시, 김동리와 조연현의 생의 구경적 형식으로서의 문학 등이 이러한 본질주의적 개념에 속한다. 이러한 본질주의는 이후의 비평에서도 상징, 구조, 상상력 등으로 변주되면서 일정한 흐름을 지속한다. 사회구성주의는 "존재를 결정하는 것은 인간의 의식이 아니라 그들의 사회적 존재가 그들의 의식을 결정한다"는 마르크스의 명제에 기초한다. 사회구성주의에 의하면 지식이나 재현 그리고 모든 문화적 산물들은 사회적 구성물이다. 이러한 사회구성주의는 의식이 물질적인 환경에 의하여 결정되는 것만을 의미하지 않는다. 이것은 동시에 행위자들이 그러한 환경을 변화시킴으로써 자기 결정 능력을 가질 수 있음을 뜻한다. 임화나 김동석의 계급과 민족 그리고 민족문학은 이러한 사회구성주의적 관점의 개념들이다. 그리고 이러한 개념들은 이후 비평사에서 노동자, 민중, 여성 등으로 나타난다. 사회구성주의와 본질주의가 보이는 이론적 대립은 특히 본질주의가 모든 미학적 원칙을 사회적인 것과 정치적인 것으로부터 분리하고자 하는 데서 유발된다. 하지만 이러한 본질주의의 분리주의 미학은 다른 영역에 대한 미적 지배 혹은 미적 기득권을 보장하는 정치적 논리를 내포한다.

　본질주의와 사회구성주의의 대립은 유기론과 유물론의 대립에 상응한다. 김동리 등 우파 비평은 유기론에 바탕을 두고 있다. 이러한 유기론은 동양적인 자연철학을 근거에 두고 있는 사상으로 근대의 유물론이나 근대주의에 대응하는 담론으로 부상한다. 일제 말 김동리가 신세대론을 주창할 때 이러한 유기론이 제시되고 해방공간에서 유물론에 대한 대응으로 전개된다. 유물론과 유기론의 인식론적 차이는 매우 근본적이다. 유물론이 물질, 계급, 진보, 혁명 등 근본적인 변화를 내세울 때 유기론은 생명, 성장, 완성 등 점진적인 과정을 중시한다. 아울러 부분과 전체의 관계인식에서 둘의 대비는 뚜렷하다. 유물론이 부분으로 전체를 대신할 수 있다고 본다면 유기론은 부분은 전체를 나타내는 내적 연관에 불과하다고 인식한다.[18] 아울러 전자가 역사의 무대에서 전개되는 과정을 인과법칙에 따라 파악한 법칙성의 신념체계라면, 후자는 당면한 역사적 무대에서 전개되는 현상을 부수적인 환상으로 배격하면서 본질을 지향하는 신념체계라 할 수 있다.[19] 김동리 등 우파는 "유기론-생명론-민족문학-민족적 민주주의/유물론-기계론-계급문학-인민적 민주주의"라는 비평적 입장을 견지하게 된다. 이러한 가운데 유물론이 그러했듯 유기론 또한 이론적 유연성을 상실하고 단의성 체계로 경화된다.

임화 등 좌파 비평이 자본주의적 근대를 극복하는 미완의 근대 기획을 내세웠다면 김동리와 조연현은 자본주의와 사회주의라는 근대주의를 전적으로 배격하는 근대초극을 주창한다. "자본주의 사회의 모순과 결함을 근본적으로 시정하는 일방, 맑시즘 체계의 획일적 공식적 메카니즘을 지양하는 데서 새로운 고차원의 제3세계관을 확립하려는"[20] 지

---

18) 헤이든 화이트, 천형균 역, 『메타 역사: 19세기 유럽의 역사적 상상력』, 문학과지성사, 1991, 18-54쪽

19) K. Burke, *A Grammar of Motives*, University of California Press, 1969, pp.3-20

20) 김동리, 「순수문학과 제3세계관」, 『대조』 1947년 8월호, 23쪽

향을 제시한 김동리나 "「무정」이 우리의 근대에의 출발을 완성시킨 최초의 작품이라면 「황토기」는 우리의 근대의 종언을 완성시킨 최후의 작품"[21]이라고 근대의 종언론을 주창한 조연현은 근대의 초극이라는 명제를 공유하였다. 그런데 이들의 근대초극론은 담론의 차원에서 마르크스주의에 대한 대응의 성격을 지닌다. 따라서 반동일화 담론이 지니는 한계를 안게 된다. 그것은 초극되어야 할 근대로서의 현실에 인식이 없다는 것이다. 해방과 더불어 민족국가가 건설된다고 하여 근대가 초극되는 것은 아닐 것이다. 그러므로 이들의 근대초극론은 근대 민족국가의 구체적인 역사 속에서 매우 추상적인 형태로 지속하는 관념이 된다. 이러한 관념 또한 현실세계와 분리된 초월적인 가치체계임에 틀림이 없다.

현대비평의 기원에서 제기된 비평적 논리들은 현대비평사에서 순수-참여론, 구조주의와 문학사회학, 민족문학론, 근대성론 등의 과정을 통해 지속적으로 반복되고 심화된다. 그 기원에서 국민국가에 포위된 이론적 단순성이 다양하게 변주된 것이다. 그러나 이러한 비평적 다양성과 이론적 수준은 1950년대 국민국가의 상태에 대한 다각적인 반성과 비판을 통해 얻어진다. 다시 말해서 4월혁명은 국민국가의 족쇄에서 한국현대비평이 비록 완전한 상태는 아니나 상대적인 자율성을 획득하는 계기라 할 수 있다. 이러한 점에서 한국현대비평의 기원을 4월 이후로 보는 관점이 제기될 수도 있다. 현대비평사에서 4월의 중요성은 이후 4월혁명 세대군의 등장으로 더욱 분명해진다. 비평의 다양성, 이론의 전개, 각기 다른 지향의 많은 비평가들의 해석 공동체 형성 등이 이뤄지는

---

21) 조연현, 『문학과 인간』, 세계문학사, 1949, 74쪽

것이다. 그 외형과 내용에서 비평의 현대성이 형성되었다 하겠다. 그럼에도 민족국가와 비평이라는 관점에서 한국현대비평의 기원은 해방이라는 역사적 단층 위에 있다고 보아야 할 것이다. 이는 90년대 이후 제기된 국민국가 넘어서기라는 비평적 과제를 염두에 두고 볼 때 더욱 그러하다. 따라서 4월혁명과 더불어 국민국가의 상태에 대한 논의가 더욱 확장되고 새로운 민족국가에 대한 염원이 80년대에 이르러 크게 증폭되는 과정이 주목되어야 할 것이다.

국민국가의 상태와 비평의 길

한국전쟁은 분단체제를 고착화하는 한편, 남한과 북한이라는 두 개의 국민국가 체제하에서 '국민문학'을 형성한다. 여기서 '민족문학'과 '국민문학'의 변별성을 전제할 필요가 있다. 전자가 일제시기 저항적 민족주의의 전통을 계승하면서 전체 민족을 지향한다면 후자는 국가주의 이데올로기에 포섭되고 국가 단위에 한정된다. 말할 것도 없이 이들을 구획하는 기준이나 경계는 애매하다.

애국하고 싶었던 왜정하의 지성인으로서의 고민과 문학을 정치의 수족으로 만들고 그 심오한 진실을 문학의 세계에서 박탈하기 위한 좌익계의 붉은 조직의 협위 등이 있는 형로의 길을 밟고 일어선 민족문학 내지 순수문학의 피와 바꾼 고귀한 것이었다.

그 발전 과정을 보건대 필연적이나 우연적이라고 보기보다는 민족문화인들의 과감하고 형용키 어려운 투쟁의 보수라고 할 수 있는 것이며 이 엄연한 사실은 민족문화만이 가지고 있는 존엄한 운명의 일면이라고

도 할 수 있는 것이다.[22]

각각의 민족국가가 대립하면서 전쟁의 상황에 처한 시기에 제출된 이러한 글에서 보이는 '민족문학'은 엄밀한 의미에서 '국민문학'이라고 해야 옳을 것이다. 국제적인 내전을 경과하면서 적대적 관계에 처한 두 국가의 문학을 민족문학이라고 할 수는 없다. 설혹 각기 자신의 문학이 민족문학이라고 우긴다 하더라도 이미 그 속에는 국민/비국민의 분할 개념이 작동하고 있기 때문에 그 내용은 국민문학에 해당하는 것이다. 가령 전시의 종군문학은 애국주의 열광과 적에 대한 증오로 가득 차 있다. 그리고 이러한 비이성적인 정서는 문학과 비평이 매우 급속하게 국가주의 이데올로기를 흡수하면서 정체성을 확립하게 한다. 그런데 객관적인 정황에서 전쟁보다 빠른 속도로 국민을 통합하는 것은 없을 것이다. 피아의 구분을 통하여 전쟁은 초고속으로 국민을 통합한다. 더군다나 전쟁으로 다시 '국가 없음'을 경험하게 된 대다수 민중은 역설적이게도 전후 국가주의를 빠르게 신봉하게 된다. 이처럼 전쟁과 국민형성 나아가 국민문학의 형성은 매우 밀접하다.[23]

그렇다면 한국전쟁과 더불어 민족문학은 완전하게 사라지는가? 그렇지 않다. 전후 국민국가란 "이민족 혹은 적의 핏자국 위에 세워진 국가가 아니라, 사실상 '적으로 의심되는' 수많은 동족의 핏자국 위에 세워진 국가"[24]이다. 그래서 국가주의로 통합되지 않는 이들을 적으로 내

---

22) 김기완, 「전쟁과 문학」, 『문예』 1950년 12월
23) 여기서 1차대전 이후 영문학이 전시의 민족주의의 등을 타고 권좌에 오른 과정이나 대동아전쟁 시기의 국민문학을 상기할 수 있을 것이다.
24) 김동춘, 『전쟁과 사회』, 돌베개, 2004, 300쪽

모는 전쟁이 내재화된 사회가 지속된다. 하지만 반공주의라는 국가 이
데올로기가 완고하게 작동하는 가운데서도 지성계와 비평계를 통하여
민족이라는 동질성에 대한 감각은 미미하게나마 생리적 차원과 논리의
차원에서 환기력을 드러냄과 동시에 그에 대한 유토피아 의식으로 표출
되는 것이다. 근대문학 연속성과 단절론, 전통론 등이 이러한 양상에 속
한다.[25] 다시 말해서 민족국가의 상태에 대한 비평적 인식이 전통에 대
한 재인식, 식민지하 저항적 민족주의의 변용을 가져온 것이다.

그리고 아세아의 민족문학과 우리 문학은 일제의 민족지상주의의 강
도(強度)한 영향하에서 이에 올바른 저항의 형태가 약화된 나머지 단편
적 또는 편협적인 위치에서 관조적인 소극적 방법으로 밀려 나갔던 소
박한 민족의식이나 자연발생적인 민속전승의 집착 속에 사로잡히던 일
제시대의 민족주의 문학을 지양하여 일제의 민족지상주의에 대하여 올
바르게 저항하던 민족의 청신한 전통을 토대로 자각 있고 의식 있는 주
체성의 확립을 통하여 세계문학을 비판적으로 섭취할 수 있는 새로운
민족문학의 형성기에 들어섰다는 점이다.[26]

이처럼 국민문학에 대한 비판과 함께 새로운 민족문학의 형성이라는
문제의식이 최일수에 의해 제기되고 있다. 한국전쟁을 계기로 반공주의
와 국가주의적 독재의 길로 들어선 국민국가의 상태에 대한 비판적 인

---

25) 이명원은 칼 만하임에 기대어 이데올로기와 유토피아의 양상으로 민족문학의 전개를
설명한다. 이명원, 「최일수 비평연구」, 성균관대 대학원 박사논문, 2005, 17쪽
26) 최일수, 「비평의 문학성과 현대성」, 『현대문학』 1956년 9월호, 183쪽. 이명원, 같은 논
문, 73쪽 재인용

식의 귀결이라 하겠다.

　식민지 시대와 해방 이후의 사회를 구분하는 가장 주된 준거는 민족
(국민)국가라 할 수 있다. 해방공간(1945~1948)은 '국가부재'라는 상황
에서 민족국가 형성에 대한 가능성이 전면적으로 열리는 역사적 맥락을
갖는다. 이러한 역사적 단절의 의미를 고려하여 해방 이후의 비평을 현
대비평이라고 할 수 있다. 해방 이후 현대비평은 그 처음부터 민족국가
이데올로기에 비평 이데올로기가 종속되게 된다. 이러한 경향은 두 개
의 국민국가로 나누어지고 고착화되어 현대비평의 지체와 왜곡을 파생
시킨다. 한국현대비평은 항상 국가(state)의 상태(state)에 대한 탐문과
분리될 수 없고 이러한 이유에서 '민족문학'이 현대 한국비평사의 가장
중요한 개념으로 자리 잡게 된다. 국가의 상태와 관련하여 민족문학의
비평적 주류화는 국가주의에 상응하여 한국현대문학비평을 한정하는
요인이 되는데 이와 같은 비평적 문제틀은 그 발생론적인 차원에서 대
부분 해방 이후 10년 동안 형성된다.

　한국현대비평은 그 기원에서 국민국가에 포박되었다. 민족의 이상과
국가의 이념에 종속된 것이다. 해방공간의 좌우 비평은 남북한이 각기
다른 체제의 국가를 형성함과 더불어 나누어진다. 국가의 탄생과 비평
의 선택이 일치하고 있는 것이다. 한국의 현대문학비평은 분단체제 혹
은 두 개의 국민국가에 대한 문제의식에서 벗어나지 못한다. 식민지에
서 벗어나 국민국가가 형성되면서 제국과 식민의 관계는 일국 내에서
국민과 비국민의 관계로 변전된다. 좌파 문인들이 추방되거나 배제되
면서 국민국가는 제국에 의해 추진되었던 1940년대의 '국민문학'을 새
로운 역사적 문맥에서 부활시킨다. 그리고 한국전쟁은 반공주의 체제에
기반한 국민문학의 이데올로기를 더욱 강화하는 방향으로 나아간다.

자연스럽게 '민족문학'은 사라지거나 침묵하고 '국민문학' 중심의 흐름이 전면화되는 것이다. 한국현대비평은 그 기원에서 민족문학이라는 이상 형태를 내면화하면서 미학의 국가 종속이라는 문제를 발생시켰다. 그런데 해방공간의 비평은 현대비평의 원형이라 할 수 있는 이론적 거점들을 지니고 있다. 본질주의와 사회구성주의, 유기론과 유물론, 근대 초극과 근대 기획. 이들 가운데 한국 현대비평에서 전자들의 지향이 주류화되는 양상이 나타난다. 본질주의의 미학은 다른 영역에 대한 미적 지배 혹은 미적 기득권을 보장하는 정치적 논리를 내포하게 되고 유기론은 이론적 유연성을 상실하고 단의성 체계로 경화된다. 근대초극론 또한 국민국가의 구체적인 역사와 이반된 매우 추상적인 관념형태로 존속한다.

2부

만해의 자유사상과
불교의 근대적 변용

  나는 만해 한용운(1879~1944)의 사상에서 자유와 평등의 의미를 새겨보려고 한다. 그런데 만해의 복잡한 사상을 제대로 이해한다는 것은 매우 어려운 일이다. 그의 사상에는 불학의 깊이에서 우러나는 심오함이 있다. 그의 시가 표상하고 있는 '님'처럼 그의 사상에 대한 접근이 용이한 것은 아니다. 특히 불학에 문외한인 연구자에게 그의 사상을 이해하는 과정은 일종의 시련에 가깝다. 그래서 먼저 그의 사상이 형성되는 맥락을 따진 후 그의 사상 가운데 핵심이 되는 자유와 평등의 의미를 설명하고자 한다. 사상 형성의 맥락은 그가 살아온 시대와 그의 사회적, 계급적 위상 그리고 지식 수용의 경로 등이 연관되는 방식이다. 이러한 맥락적 접근은 무엇보다 민족주의적 시선에 고정시켜온 만해를 다르게 보는 계기를 제공한다. 실제 만해의 민족주의든 만해를 읽는 연구자의 민족주의든 일면적인 측면이 없지 않다. 많은 경우 민족주의에 투영된 만해라는 해석의 경사를 보이고 있는 것이 사실이다. 민족주의라는 특권적 시선의 개입으로 만해의 민족주의는 기정사실처럼 보인다. 만해의 사상이 지니는 형성과 전개 그리고 변형의 과정은 여전히 연구자가 외재적으로 부여하는 지속의 관점에서 간과된다. 어찌 보면 실상의 만해보다 만들어진 만해가 통설로 굳어진 부분도 적지 않을 것이다.

아리프 딜릭이 지적하고 있듯이 20세기 초반의 동경은 동아시아 지성을 끌어들이는 자석과도 같았다. 또한 1920년대 중국의 광주는 베트남, 한국, 일본의 급진주의자들이 아시아의 혁명적 변혁을 위해 함께 싸운 공간이다.[1] 이처럼 20세기 전반의 동아시아 지성들은 동아시아를 무대로 하였다. 조선의 지성 또한 이와 같아서 중국과 일본에서 동아시아와 민족을 생각하며 활동하였다. 조선의 지성들이 중국과 일본 지성과 다른 조건에 처해 있었음은 말할 필요가 없을 것이다. 일찍이 근대화에 성공한 일본 지성과 반식민지 상태의 중국 지성은 식민지에 처한 조선의 지성과 그 역사적 조건을 달리했다. 하지만 그렇다 하여 민족주의적 관점을 투영하여 조선의 지성을 읽어야 한다는 것은 아니다. 조선 지성의 경우 19세기 말과 20세기 초반에 중국으로 가느냐 일본으로 가느냐는 매우 중요한 선택이라 할 수 있다. 중국으로 갈 경우 재래의 중화체제에 따른 망명이라는 측면이 있고 일본으로 갈 경우 새로운 근대의 질서를 어느 정도 받아들이는 것으로 볼 수 있기 때문이다. 근대 초기 사대부의 전통을 따르는 이들이 중국 망명길에 오르고 중인 등 여타의 계급들이 다수 일본 유학을 한 것은 사실이다.

만해 한용운의 경우 먼저 그가 불교를 선택한 것이 주목된다. 유교가 지배 이념이던 조선의 몰락과 더불어 그가 불교를 선택하였기 때문

---

1) 아리프 딜릭, 김수영 역, 「역사와 대립되는 문화인가?─동아시아 정체성의 정치학」, 정문길 외 편, 『발견으로서의 동아시아』, 문학과지성사, 2000, 98쪽

이다. 또한 일본이 불교국이라는 관점에서도 그의 선택이 중화체제라는 구질서를 향해 있지 않고 근대를 지향하는 입장에 서 있음을 알 수 있게 한다. 물론 이러한 그의 선택이 대륙을 여행하고 양계초 저술을 만난 이후에 이루어진 것이라는 점은 간과되어서는 안 된다. 대륙은 신채호와 이회영 등이 선택한 길이었고, 이러한 의미에서 그는 대륙으로 가는 길을 포기하고 일본으로 간 것이라 할 수 있다. 만해가 일본을 선택한 가장 직접적인 계기는 앞서 말한 양계초의 『음빙실문집』이다. 대략 1905년 전후에 읽은 것으로 보이는데 양계초의 불교를 통한 근대화론이 만해를 설득한 셈이다. 만해가 일본 조동종 대학에 가서 반년 동안 공부한 것은 1908년 전반기로 알려져 있는 바, 그는 일본에서 귀국한 뒤 불교를 통한 근대화에 몰두한다. 만해의 「조선불교유신론」은 양계초의 절대적인 영향하에서 기획된 것이라 할 수 있다. 이러한 점에서 3·1운동을 통하여 민족주의를 경험한 만해와 그 이전을 구분하는 일은 만해 연구에서 대단히 중요한 일이다. 만해의 불교는 그 출발에서 일본적 변용이라는 내용을 담고 있다.

식민지 조선의 많은 지성들이 일본의 아시아주의로 경사되는 것은 대체로 중일전쟁 이후이다. 중일전쟁이야말로 중화체제에서 일본체제로 확실하게 기우는 분기점이다. 중국에 대한 기대가 서서히 붕괴되면서 일본의 아시아주의에 대한 기대와 승인이 확산되는 것이다. 만해의 경우 1930년대 후반에서 1944년 작고하기까지 사상적 입장이 아직 구체적으로 밝혀지고 있지 않은 것이 사실이다. 물론 20년대 후반 신간회 활동과 30년대 만당 등에 비춰 그에 대한 평가가 크게 기울 것이라 보지는 않는다. 하지만 동아시아적 맥락에서 그의 불교를 통한 근대 기획은 분명 양면성을 지닌다.

식민지 조선의 지성에게 중화체제와 일본체제는 민족주의 못지않게 사고를 간섭하는 요인이다. 그동안 이러한 점을 간과하고 민족주의의 틀로만 지성을 이해하려 한 경향이 많았다. 일본 등 파시즘 세력이 미소의 민주 연합에 의해 격퇴되기까지 조선 지성의 혼동은 매우 컸을 것으로 짐작된다. 이때 친일은 전적으로 일본체제를 믿고 따른 경우라 하겠다. 만해의 연보를 요약하면 중화체제가 와해되는 시기에서 출발하여 일본 중심체제[대동아]가 완성되는 듯한 때에 막을 내리고 있다. 그야말로 급격한 변동에 대한 자각과 주체적 대응 그리고 시시각각의 선택이 요구되는 시대를 산 것이다. 만해에 대한 지성사적 평가는 대부분 그의 행위의 위대함과 사상의 심오함을 주목하고 있다. 민족의 해방을 위한 그의 실천 행위는 한결같이 빛나며 불교적 지성으로서 그가 견지한 실천불교의 내용은 여전한 탐구의 대상이다. 이러한 가운데 기존의 연구는 대체로 민족지사로서의 만해와 선구적 실천불학자 만해로 나뉘어 있다. 그리고 이들을 문인 만해가 매개하고 있는 셈이다. 하지만 이들을 통어하는 것은 역시 불교라 할 수 있다. 모두가 불교에서 연원하고 있는 것이다.

만해 연구에서 가장 중요한 시발은 그의 불교 선택에 대한 해명이라 생각된다.[2] 그는 구질서의 지배이념인 신유교[주자주의]를 따르지 않는

---

2) 이에 대하여 일찍이 조동일은 다음과 같이 지적한 바 있다. "한용운이 불교를 택했던 것은 현명한 방법이었다. 유학의 정통을 주장하는 위정척사파의 시대착오적인 사고방식을 비판하는 데서도 불교는 대단한 파괴력을 가졌다. 또한 이식된 문학사상에 말려들지 않으면서 문학의 근본적인 문제를 반성하고 문학의 시대적 사명을 논증하는 데 있어서도 불교는 필요한 논리를 제공했다. 불교를 가지고 생각하지 않았다면 한용운이 문학사상을 자득하고, 철저하게 전개하기 어려웠을 것이다." 조동일, 『한국문학사상사시론』, 지식산업사, 1978, 357–358쪽

한편 서구의 근대사상에 경사되지도 않는다. 아울러 제3세계 많은 지성들이 민족해방이념으로 선택한 사회주의를 추종하지도 않는다. 그는 억압된 전통을 불러세워 이를 새로운 시대의 이념으로 발전시키려 한다. 그런데 그의 이러한 선택은 근대에 대한 대결이 아니라 전통 속에서의 변화 혹은 전통의 근대적 변용이라는 지향을 갖는다. 이 점에 그의 사상적 입장이 지니는 의의가 있다. 그러나 그가 선택한 불교는 그의 소망대로 새로운 문명을 이끄는 역사가 되지 못한다. 그의 한계는 대체로 불교의 한계와 다름없으므로 그가 제시한 미완의 기획들은 여전히 새로운 해석을 기다리고 있다.

만해 사상의 형성

만해 사상의 형성과정은 크게 두 가지 차원에서 살펴볼 수 있다. 첫째는 특정 사상 선택에 대한 개인사적 요인과 시대적 배경에 대한 탐문이고 둘째는 이러한 사상 선택을 가능하게 한 지식 수용을 따지는 일이다. 전자는 만해가 어떠한 동기와 배경에서 불교를 선택하게 되었는가를 검토하는 일과 연관된다. 만해는 주자학적 질서가 붕괴되는 시기에 살았으나 퇴조하는 주자학적 전통을 따르지 않고 불교를 선택한다. 이러한 사실로 인해 그는 지성사적 관점에서 문제적 인물이 된다. 후자는 만해의 불교 선택 과정뿐만 아니라 식민지 근대 상황의 변용 과정에 끼친 양계초의 영향이다. 양계초는 만해가 그의 사상을 형성하는 데 있어 가장 중요한 지식 수용의 매개자이다. 어떤 측면에서 양계초의 존재에 의해 만해의 생각이 급진전하였다고 볼 수 있다.

불교 선택의 의미

만해 사상을 해명하는 단초는 그의 불교 선택에서 찾을 수 있다. 난세에 불교가 지니는 매력은 피세(避世)에 있다. 유가들에게도 불교는 숨어 그 뜻을 기르는 피세의 방법으로 차용되기도 한다. 유가와 불가의 차이점 또한 뚜렷하다. 유가가 숨어서 뜻을 기르는 대신 불가는 불타에 귀의한다. 유년기 만해는 비록 사대부 가문 출신은 아니지만 향리에서 유교적 교양을 습득한다. 하지만 인격형성기에 직면한 가족사적, 시대적 곤경으로 그는 불교의 피세 효과에 유인된다. 불교 입문과 관련하여 그는 "나는 원래 충남 홍성 사람으로 구식 조혼 시대에 일찍이 장가를 들고 19세 때에 어떤 사정으로 출가하여 중이 되었는데"[3]라고 술회하고 있다. 그동안 많은 연구자들이 '어떤 사정'에 대한 분분한 설명을 내놓았다. 그간의 논의를 정리하면 크게 동학 농민전쟁 참가설과 의병참가설로 나누어진다. 먼저 동학농민전쟁 참가설은 그의 부형이 1894~1895년경 동학혁명이나 의병전쟁에서 농민군으로 참가하여 패사하고 그 역시 1895년 농민전쟁에 참가하여 홍성호방의 관고를 습격하고 천 냥의 관금을 탈취하여 농민군의 군자금을 마련하기도 하였으나 끝내 실패하여 산속에 숨어 불교를 공부한 것으로 추정한다.[4] 그러나 이러한 동학농민전쟁 참가설은 그의 부친인 한응준의 신분 고증에 의해 반박된다. 그의 아버지 한응준은 홍주아문의 중군 이병돈 휘하의 막료로서 동학농민군 진압에 참여한 것으로 밝혀지고 있는 것이다.[5] 만해가 아버지와

---

3) 한용운,「남 모르는 나의 아들」,『한용운전집』1, 신구문화사, 1974, 253쪽

4) 조지훈,「민족주의자 한용운」,『한용운사상연구』, 만해사상연구회 편, 민족사, 1980, 23
   쪽; 안병직,「만해 한용운의 독립사상」, 같은 책, 63쪽

5) 고은,『한용운평전』, 향연, 2004, 18-19쪽; 조성면,「한용운 재론」,『민족문학사연구』7
   호, 창작과비평사, 1995, 198쪽

다른 선택을 하였을 가능성도 추찰할 수 있을 것이다. 이러한 점에서 수백 명 양민을 학살한 아버지에 대한 회의가 출가의 원인이 되었다는 추측[6]에 설득력이 없지 않다. 다음으로 의병참가설은 1896년에 최초로 홍주에서 일어난 을미의병에 만해가 가담하였다가 의병의 실패로 1896년 혹은 1897년 고향을 떠난 것으로 추측하고 있다.[7] 그런데 이러한 의병참가설은 그 이념이 만해의 추후 사상 선택과 모순된다. 만해의 의병참가설을 주장하고 있는 한계전은 의병의 "사상적 연원은 위정척사의 주자학적 문화이념에 있었으며, 그 주체는 갑오·을미개혁에 반대하는 복고주의 정치이념을 추구하는 복고적 유림세력"이며 내포지역의 을미의병을 일으킨 세력은 "남당 한원진의 학통을 이어받은 유생들"이라고 규정하고 있다.[8] 만일 이러한 의병참여설이 옳다고 한다면 만해의 유교 비판과 불교 선택에 모순이 발생함과 동시에 신채호, 이회영 등처럼 중국으로의 망명이라는 선택이 합리적이었을 것이라 할 수 있다.

만해의 출가는 앞의 두 가지 설 가운데 어느 경우든 집안이 몰락하는 난세에 환멸적 피세라는 관점에서 설명할 수 있다. 그 역시 "나의 입산 동기가 단순한 신앙만을 위한 것이 아니었던 만큼 유벽한 설악산에 있은 지 멀지 아니하여서 세간 번뇌에 구사(驅使)되어 무전여행으로 세계만유를 떠나게 된 것이었다"[9]라고 술회하고 있다. 그렇다면 만해의 불교 선택의 결정적 계기는 다른 데서 찾을 수 있을 것이다. 무엇보다 불

6) 조성면, 같은 논문, 200쪽
7) 홍이섭, 「한용운의 민족정신」, 『한용운사상연구』, 113쪽; 임중빈, 『만해 한용운』, 범우사, 1995, 27쪽; 염무웅, 「한용운의 민족사상」, 『한용운사상연구』, 239쪽; 한계전, 「만해 한용운 사상 형성과 그 배경」, 『선청어문』, 서울대 국어교육과, 2001, 130쪽
8) 한계전, 같은 논문, 131쪽
9) 한용운, 「북대륙의 하룻밤」, 앞의 책, 243쪽

교가 가지는 출세간의 종교적 특수성이 작용하였다고 할 수 있다. 유가의 특징이 완강한 내향성이라면 불가의 특징은 적응성과 독립성이다. 유가를 뒷받침하는 제도적 거점은 가족과 학교와 국가이다. 유가는 이 세 가지 제도가 견인하는 구심력에 의하여 강력한 내향적 전망을 갖는다. 이러한 전망에서 유가는 주변적이고 이차적인 것을 향해 밖을 보기보다는, 중심적이고 일차적인 것을 향해 안을 보려는 성향을 견지한다.[10] 만해는 이러한 전망이 와해되는 상황에 처하면서 불교의 이산 (diaspora) 경향에 먼저 이끌리고 이러한 불교를 매개로 외적 세계로 나아간다. 대륙으로 일본으로 그의 관심이 이동하면서 근대와 만나게 되는 것이다.

> 님만 님이 아니라 기룬 것이 다 님이다. 중생이 석가의 님이라면 철학은 칸트의 님이다. 장미화의 님이 봄비라면 맛치니의 님은 이태리다. 님은 내가 사랑할 뿐 아니라 나를 사랑하느니라.
> 연애가 자유라면 님도 자유일 것이다. 그러나 너희는 이름 좋은 자유의 알뜰한 구속을 받지 않느냐. 너에게도 님이 있느냐. 있다면 님이 아니라 너의 그림자니라.
> 나는 해 저문 벌판에서 돌아가는 길을 잃고 헤매는 어린 양을 기루어서 이 시를 쓴다.
>
> —「군말」 전문

『님의 침묵』의 서술 의도를 나타내고 있는 「군말」은 그의 불교적 이

---

10) W. T. 드 배리, 한평수 역, 『동아시아 문명』, 실천문학사, 2001, 109쪽

산을 말하고 있는 것으로도 읽힌다. 종교와 철학과 자연과 사랑 등 모든 영역을 향한 열린 전망을 그는 님을 찾는 행위로 진술한다. 그리고 이러한 행위가 곧 자유이자 자유의지이다. 만해의 출가와 인용시가 직접적인 연관을 맺고 있는 것은 아니다. 1926년에 발표된 『님의 침묵』은 그의 불교 선택 이후 불학에 대한 공부와 『조선불교유신론』 발표, 『불교대전』 편찬 등의 업적을 보이고 3·1독립운동에 참여한 뒤 『십현담주해』를 완성하는 가운데 쓰인 것이기 때문이다. 하지만 인용시는 불교의 적응성과 개방성 그리고 외적으로 확장되는 전망을 이해하게 한다. 불교의 이산적 전망은 또한 고통에서 벗어남이라는 존재론적 차원과도 결합한다. 인용시의 마지막 구절에서 이러한 의미와 만나게 된다.

양계초와 만해

만해와 양계초의 만남은 몰락한 집안을 등지고 감행된 2차 출가를 통해 이뤄진다. 만해가 양계초의 『음빙실문집』을 읽은 것은 1905년 전후라 할 수 있다.[11] 근대 계몽기에 양계초가 조선의 지성들에게 끼친 영향은 지대하다. 특히 1900년 전후 사정으로 볼 때 중국모델을 대표하는 양계초의 매력은 매우 컸으며 그의 『음빙실문집』은 계몽사상가들에게 필독의 교과서에 가까웠다.[12] 그런데 양계초의 사상 가운데 만해가 득

---

11) 이는 1935년 『조광』 창간호 축사 「최후의 오 분간」을 통해 짐작할 수 있다. 김춘남에 의하면 만해가 이 글에서 양계초의 미주여행 에피소드를 소개하고 있는 점으로 보아, 양계초의 미주여행이 1903년 1월에서 10월에 걸쳐 있었고 또 이에 대한 내용이 1905년 6월과 11월에 간행된 『중편음빙실문집』과 『분류정교음빙실문집』에 실려 있어 만해가 이 둘 가운데 하나를 접했을 것이라 간주된다. 김춘남, 「양계초를 통한 만해의 서구사상 수용」, 동국대 석사학위논문, 1984, 22쪽

12) 전동현, 「대한제국시기 중국 양계초를 통한 근대적 민권개념의 수용」, 이화여대 한국문화연구원 편, 『근대 계몽기 지식 개념의 수용과 그 변용』, 소명출판, 2004, 411-

의로 받아들인 것은 그의 불교관이 아닌가 한다. 불교의 근대적 변용 가능성을 제시한 양계초의 생각을 접하면서 만해가 세계에 대한 새로운 전망을 가질 수 있었던 것이다. 일본 불교를 이해하기 위한 유학과 유학에서 돌아온 뒤 집필한 「조선불교유신론」은 양계초의 사상을 자기화하는 과정이라 할 수 있다. 양계초의 불교 옹호는 1902년 12월에 발표한 「불교와 정치의 관계를 논함」에서 잘 나타난다. 이 글에서 그는 중국에서 필요한 종교로서 불교를 지명한다. 그리고 불교의 우수성 여섯 가지를 들고 있다. ①지적 신앙으로서 미신이 아니다. ②겸선으로 독선이 아니다. ③현세적으로 염세적이 아니다. ④무한하며 유한하지 않다. ⑤평등하며 차별하지 않는다. ⑥자력에 의하는 것으로 타력에 의하지 않는다.[13] 기독교 비판과 더불어 불교를 옹호하고 있는 양계초의 이러한 관점은 불교를 통한 근대화의 가능성을 만해에게 열어준다. 만해의 「조선불교유신론」은 양계초의 절대적인 영향하에서 기획된 것이라 할 수 있다.

만해에 대한 양계초의 영향은 일반적인 상상을 넘어서는 정도의 지대함이 있다. 이는 그가 1935년에 쓴 자전적인 글에서 양계초와 동일시 현상을 보이는 양상으로 나타난다. 50대 후반의 만해가 양계초에 대한 모방욕망을 드러내고 있다는 것은 결코 사소한 발견이 아니다. 양계초에 대한 그의 사숙의 정도를 알 수 있는 한편 그가 양계초와 같은 계몽적 지성으로 살고자 했음을 알 수 있게 하는 대목이다.

(전략)내 고향은 충청도 홍주다. 지금은 세월이 변하여서 그 이름조

419쪽

13) 이혜경, 『천하관과 근대화론: 양계초를 중심으로』, 문학과지성사, 2002, 254-258쪽

차 충청남도 홍성으로 되었다. 고향에 있을 때, 나는 선친에게서 조석으로 좋은 말씀을 들었으니, 선친은 서책을 보시다가 가끔 어린 나를 불러 세우시고 역사상에 빛나는 의인·걸사의 언행을 가르쳐 주시며 또한 세상 형편, 국가 사회의 모든 일을 알아듣도록 타일러 주시었다. 이러한 말씀을 한두 번 듣는 사이에 내 가슴에는 이상한 불길이 일어나고, 그리고 '나도 그 의인·걸사와 같은 훌륭한 사람이 되었으면……' 하는 숭배하는 생각이 바짝 났었다.

그러자 그해가 바로 갑진(甲辰: 1904년)의 전해로 반도의 대세가 기울어지기 시작하여 서울서는 무슨 조약이 체결되었다 하여 뜻있는 지방 사람들이 자꾸 서울로 향하여 떠났다.(중략)

그래서 나는 여러 날을 두고 생각한 끝에, '지금 이렇게 산골에 파묻힐 때가 아니구나' 하는 결심을 품고 여러 날 아침 담뱃대 하나만 들고 그야말로 문자 그대로의 폐포파립(弊袍破笠)으로 집을 나와서 서울길에 오르기를 시작하였다.

그러나 해는 이미 기울고, 발에서는 노독이 나고, 배는 고파 오장이 주리어 차마 촌보를 더 옮기어 디딜 수 없기에 길가에 있는 어느 주막집에 들어가 팔베개를 베고 하룻밤을 지내느라니, 그제야 이번 걸음이 너무도 무모하였구나 하는 생각이 났다. 큰 뜻을 이룬다니, 한학의 소양밖에 없는 내가 무슨 지식으로 큰 뜻을 이루나!

이러한 생각 끝에 나는 아홉 살 때 읽었던 『서상기』의 통곡 일장에 문득 마음이 쏠려졌다.

인생이란 덧없는 것이 아닌가. 밤낮 근근 살자 하다가 생명이 가면 무엇이 남는가, 명예인가 부귀인가, 모두 다 아쉬운 것이 아닌가. 결국 모든 것이 공(空)이 되고 무색하고 무형한 것이 되어 버리지 않는가. 나의 회의는 점점 커져 갔다. 나는 이 회의 때문에 머리가 끝없이 혼란하여짐을 깨달았다.

'에라 인생이란 무엇인지 그것부터 알고 일하자' 하는 결론을 얻고, 나는 그제는 서울로 가던 길을 버리고, 강원도 오대산의 백담사에 이름 높은 도사가 있다는 말을 듣고 산골길을 여러 날 패이어 그곳으로 갔었다.

그래서 곧 동냥중이 되어 물욕·색욕을 모두 버리고, 한갓 염불 외며 도를 닦기에 몇 해를 보내었다. 그러나 수년 승방에 묶여 있어도 결국은 인생이 잘 알려지지도 않고, 또 청춘의 뜻을 내리 누를 길 없어 다시 번민을 시작하던 차에, **마침 『영환지략』이라는 책을 통하여 비로소 조선 이외에도 넓은 천지가 있는 것을 인식하고**, 행장을 수습하여 원산을 거쳐서 시베리아에 이르러 몇 해를 덧없는 방랑생활을 하다가, 다시 귀국하여 안변 석왕사에 파묻혀 참선생활을 하였다.

그러다가 동양 문명의 집산은 동경에서 되니, 동경으로 갈 차로 이듬해 봄에 처음으로 서울에 발을 들여 놓았다.

나의 초상경기는 이러하다.[14]

인용문은 많은 이들이 만해와 그의 아버지와의 관계를 유추하고 그의 불교 선택과 근대 지향을 해명하는 전거로 활용되는 「시베리아 거쳐 서울로」(『삼천리』 1933년 9월호)라는 자전적인 내용의 글이다. 30년 전을 회고하는 글이라 요약과 비약이 있어 모두 사실로 받아들이기 어려운 부분이 없지 않을 것이다. 그런데 우연이라고 보기에는 너무 흡사

---

14) 한용운, 『한용운전집』 1, 254-255쪽. 강조는 인용자(이하 동일)

하여 그 영향관계를 생각하지 않을 수 없는 글이 있으니 바로 양계초의 「三十自述」이다. 양계초는 이 글에서 자신의 유년시절의 교육과 학문적 수련과정을 회고하고 있는바 대략 그 내용은 이렇다: '그는 네다섯 살부터 이미 조부와 친모 슬하에서 사서와 시경을 배웠으며, 특히 조부에게는 옛 호걸이나 철인들의 명언과 선행을 들었는데 그 중에서도 송·명의 국난에 대한 얘기를 자주 들었다. 그리고 6세 때에는 부친으로부터 중국약사와 오경을 배웠는데 그 후엔 집이 가난해서 조부와 부친이 날마다 가르쳐 주는 사기와 강감역지록(綱鑑易知錄) 외에는 다른 책이 없어서 읽을 수가 없었으나, 부친의 친구가 한서와 고문사유찬(古文辭類纂)을 기증해 주어서 모두 독파했다. 후에 상해에서 영환지략을 구해보고 비로소 세상에 오대주와 각국이 있음을 알게 됐으며, 당시 상해에서 번역되어 출간된 천여종의 서양서적을 보고 좋아했으나 결국 돈이 없어서 구해 볼 수 없었다 운운.'[15] 이처럼 만해의 30년 회고는 양계초의 그것과 퍽 닮아 있다. 부친의 영향을 뒤로 하고 만해에게 양계초가 지대한 영향을 끼친 것으로 판단해도 무방할 것이다. 실제 만해 사상의 단초를 알리고 있는 「조선불교유신론」은 상당 부분 양계초를 원용하고 있다. 베이컨, 데카르트, 칸트 등의 근대 계몽사상을 들면서 이들과 불교를 비교하여 불교의 근대적 변용을 이끌어내는 과정에서 베이컨과 데카르트와 칸트에 대한 양계초의 관점들[16]이 수용되고 있다. 아울러 유신, 파괴, 진보, 자유 등 「조선불교유신론」을 구성하는 핵심어들이 양계초의 글에

---

15) 김춘남, 앞의 논문, 4-5쪽

16) 이에 대한 것은 백지운, 『근대성 담론을 통한 양계초 계몽사상 재고찰』, 연세대 대학원 박사논문, 2003, 83-123쪽

서 유래하고 있음을 알 수 있다.[17]

만해사상에서의 자유와 평등

양계초에 기댄 만해의 불교 선택은 『불교유신론』으로 표출되며 여러 가지 차원에서 의미심장한 입장을 보인다. 로버트 버스웰은 만해의 『불교유신론』을 서구의 자유주의를 한국 풍토에 적용해보기 위해 한국인이 쓴 최초의 글 중 하나로 평가한다.[18] 그러나 이는 잘못된 설명이다. 만해의 자유주의는 서구의 자유주의가 아니기 때문이다. 불교적 자유주의를 사회에 적용하고 있다고 할 수 있다. 이러한 점에서 만해의 자유와 평등이 인간본질로서의 그것들이라는 주장이 옳다.[19] 즉 그의 자유는 본질적으로 얽매이지 않는 인간이라는 개념과 함께한다. 이처럼 만해의 『불교유신론』은 불교의 근대적 변용으로 현실에 대응한다. 이러한 『불교유신론』에는 그의 세계인식이 두루 용해되어 있다. 첫째, 반주자주의를 지향한다. 둘째, 반기독교를 천명한다. 셋째, 서구사상에 대한 불교의 비교우위를 확인한다. 넷째, 불교적 관점을 통해 새로운 문명세계를 지향한다. 이처럼 만해의 불교 기획은 한편으로 신유학이 지배하던 구질서를 부정하면서 다른 한편 서구 근대에도 대응하는 원대한 구상을 담고 있다.

신유교의 퇴조라는 점에서 만해의 불교 선택은 과거보다 미래로 열려 있고 근대로 향해 있다. 그는 주자의 명덕설이 만인이 동일한 본체를 지

---

17) 김춘남, 앞의 논문 참조
18) 로버트 버스웰, 김종명 역, 『파란 눈 스님의 한국 선 수행기』, 예문서원, 1999, 44쪽
19) 안병직, 앞의 논문, 73쪽

니고 있다는 사실을 보지 못함을 비판한다. 불교에서 진여가 중생이 보편적으로 지닌 본체라는 사실과 대조되는 것이다. 만해의 이러한 신유학 비판은 불교를 그에 대체하려는 역사적 전망과 무관하지 않을 것이다. 또한 신유학이 지닌 개혁적이고 자유주의적인 가능성[20](유교 자본주의, 유교 민주주의)을 닫아버린 측면도 있을 것이다. 여하튼 그는 불교적 주체인 "진여" 개념을 통하여 새로운 인간과 사회를 구상한다. 가령 그 이전에 개화파에 의해 불교가 수용되기도 한다. 이는 불교가 내포한 평등관과 중생제도의 이론적 토대가 되는 자비사상에 기인하며 나아가 불도들을 개화파로 끌어들이려는 의도와 연관된다. 만해의 반주자주의는 공자와 주자의 유가 도덕이 공덕에 미치지 못하여 불타의 철리를 따를 수 없다는 양계초의 견해를 그대로 수용하고 있다. 특히 "조선 불교가 유린된 원인은 세력이 부진한 탓이며, 세력의 부진은 가르침이 포교되지 않은 데 원인이 있다."라는 지적에 이르러 신유교의 정치적 억압을 비판하고 있다. 이러한 만해의 신유교 비판은 불교사상을 새로운 시대의 이념으로 부각시키려는 만해의 의지와 연관된다. 여기서도 만해의 불교 선택이 가지는 계급적 지향을 시사 받을 수 있는데, 이는 만해의 유신론이 내포한 한계로 지적되기도 한다. 다시 말해서 만해의 불교의 근대적 변용이 동아시아 근대의 일본적 변용과 연관될 수 있다는 것이다. 실제로 만해가 승려의 대처 허용을 위하여 중추원 헌의서와 통감부 건백서를 제출한 것은 신유교 질서를 마감하고 불교 이념의 시대를 앞당기려는 만해의 조급함이 제국주의에 대한 몰각을 불러온 사례라 할 수 있다.

---

20) W. T. 드 배리, 표정훈 역, 『중국의 자유 전통』, 이산, 1998 참고

만해의 기독교 비판은 기독교는 곧 미신이라는 양계초의 관점과 동일하다. 만해는 기독교를 "속임수의 말로 일관하여 천당이 과연 있는지 없는지, 받드는 신이 정말인지 거짓인지, 영생의 약속이 사실인지 어떤지에 대해 조금도 냉정히 검토함이 없이 아무것도 모르는 채 미신을 지녀 내려오니, 이는 사람을 이끌어 우매의 구렁으로 몰아넣는 것"이라 비판한다. 기독교가 서구와 다를 바 없고 근대 문명을 선교하는 장치라는 점에서 만해의 기독교 비판은 식민지 조선에서 서구 극복이라는 명제와 결합할 소지를 안는다. 종교적 차원에서 불교는 참된 자아에 대한 깨달음을 얻는 지혜의 종교라는 관점에서 미신을 가진 뒤에야 희망을 가지는 기독교에 비해 고등한 종교라는 것이다.

서구사상에 대한 불교의 비교 우위는 만해가 칸트와 베이컨 그리고 데카르트 등의 자아론을 불교의 진여론과 비교한 양계초의 견해에 따르면서 "부처님께서는 모든 사람에게 보편적인 진정한 자아와 각자가 개별적으로 지닌 진정한 자아에 대해 미흡함이 없이 언급하셨으나, 다만 칸트의 경우는 개별적인 그것에만 생각이 미쳤고 만인에게 보편적으로 공통되는 진정한 자아에 대해서는 언급을 하지 못하였다. 이것으로 미루어 보면 부처님의 철리가 훨씬 넓음을 알 수 있다."고 주장한 데서 잘 나타난다. 이처럼 만해는 벌써 근대적 주체를 비판하고 있다. 양계초에 의해 현상적 자아와 진정한 자아라는 이분법이 무명과 진여의 이분법으로 등치되고 있는 데서 한 걸음 나아가 진여가 개인에 그치지 않고 모든 중생이 지닌 본체라는 점을 지적함으로써 서구적 개인 주체와 다른 불교적 주체 이론을 제기하고 있는 것이다. 이러한 만해의 주체론은 실상 모든 현상은 관계된 전체라는 연기론에서 비롯한다. 이는 개별과 전체의 일체성이라는 관점으로 나중에 민족 전체, 중생 전체 등의 전체론 또는 불교 사회주의라는 개념으로 발전하기도 한다.[21] 이 대목에서 만해의 자유론과 평등론이 부각된다: "사람들이 각자 자유를 보유하여 남의 자유를 침범치 않는다면, 나의 자유가 다른 사람의 자유와 동일하고, 저 사람의 자유가 이 사람의 자유와 동일해서, 각자의 자유가 모두 수평선처럼 가지런하게 될 것이며, 이리하여 각자의 자유에 사소한 차이도 없고 보면 평등의 이상이 이보다 더한 것이 무엇이 있겠는가."[22] 이처럼 만해는 불교적 관점에서 자유와 평등의 개념을 제시하고 이를 실천하고자 한다. 각자의 자유가 평등한 관계로 이어지는 연기의 세계를 지향하고 있는 것이다.

이러한 만해가 불교유신의 이념으로 내세운 것은 평등주의와 구세주의이다. 사실 만해의 평등주의는 난해하다. 평등한 견지를 "공간과 시간을 초월하여 얽매임이 없는 자유로운 진리"로 규정할 때 그렇다.

그러면 평등의 도리란 어떤 것인가. 장수·요절·선·악·성·패·강·약 등이 같아서 하나됨을 이름인가. 그렇기도 하고 그렇지 않기도 하다. 이상한 소리를 한다고 여길지도 모르나 설명하자면 이와 같다. 만약 불평등한 견지에서 바라본다면, 무엇 하나 불평등하지 않음이 없을 것이며, 평등한 견지에서 바라본다면 무엇 하나 평등하지 않음이 없을 것이다. 그러면 불평등한 견지란 어떤 것인가. 사물·현상이 이르는 바 필연의 법칙에 의해 제한받음을 이름이다. 평등한 견지란 무엇인가. 공간

21) 또한 이는 생명사상과도 연관된다. 이에 대한 것은 이선이, 『만해시의 생명사상 연구』, 월인, 2001 참조
22) 한용운, 「불교유신론」, 『한용운전집』 2, 44-45쪽

과 시간을 초월하여 얽매임이 없는 자유로운 진리를 이름이다.[23]

이처럼 만해의 평등관은 연기론에 연원하고 있다. 불교적 세계관, 특히 우리나라에 가장 심원한 영향을 준 화엄은 연기론과 실상론의 즉자적 통합을 지향하는 여래장의 현현으로서의 법계연기를 궁극으로 삼기 때문에, 그것이 주장하는 "이것도 아니고 저것도 아닌 그대로의 세계"라는 진여적 의식 속에서는 기독교 신학이 추구하는 바와 같은 하나님과 우주, 인간과 세계의 이원적 분열을 전제로 한 강력한 혁명의 논리를 구성하기가 힘들다.[24] 실제 만해의 유신론은 혁명론과 거리가 있다. 다만 불교의 폐단을 혁파하고 문명 개화하자는 주장을 담고 있다. 다시 말해서 당시의 사회변동에 병행하여 불교계의 유신을 요청한 것이라 할 수 있다. 유신을 통하여 중생을 구제하자는 논리이다. 이러한 논리와 더불어 만해는 미래에 관한 낙관주의를 견지한다. 불교시대를 예견하고 있는 것이다. 즉 "금후의 세계는 다름 아닌 불교의 세계라 할 수 있다. 무슨 까닭으로 불교의 세계라고 하는 것인가. 평등한 때문이며 자유로운 때문이며 세계가 동일하게 되는 때문에 불교의 세계라고 이르는 것이다." 그런데 불교의 세계를 구성하는 자유와 평등은 서구적 개념과는 다르다. 이는 순전히 불교적인 개념이다. 따라서 현실세계에 있는 것이기도 하고 없는 것이기도 하다. 이러한 점에서 불교의 세계라는 만해의 규정은 현실이자 궁극이다. 그는 이러한 불교세계의 관념을 끝까지 놓치지 않을 뿐 아니라 현실적 실천행위의 진폭이 달라지더라도 어떠한 영향을 받지 않는다. 그야말로 초절적인 이념인 셈이다. 말할 것도 없이

---

23) 한용운, 『한용운전집』 2, 44쪽
24) 김용옥, 『나는 불교를 이렇게 본다』, 통나무, 1989, 51쪽

불학에 문외한인 입장에서 이러한 이념은 관념적이어서 쉽게 요해되지 않는다. 불교이념을 최상의 자리에 두는 위계적 인식은 만해에게 일관되게 나타난다. 따라서 그의 불교사상은 자유주의와 세계주의, 민족주의와 제국주의 등을 상회한다.

> 그러면 불교의 사업은 무엇인가. 무론 박애요 호제(互濟)입니다. 유정무정, 만유를 모두 동등으로 박애·호제하자는 것입니다. 이 말이 제국주의니 민족주의니 하는 것이 실세력을 갖고 있는 오늘에 있어서 이러한 박애, 이러한 호제를 말하는 것은 너무 우원한 말이라 할지 모르나 이 진리는 진리이외다. 진리인 이상 이것은 반드시 사실로 현현될 것이외다.
>
> 요컨대 불교는 그 신앙에 있어서는 자신적이요, 사상에 있어서는 평등이요, 학설로볼 때에는 물심을 포함, 아니 초절(超絶)한 유심론이요, 사업으로는 박애, 호제인 바, 이것은 확실히 현대와 미래의 시대를 아울러서 마땅할 최후의 무엇이 되기에 족하리라 합니다. 나는 이것을 꼭 믿습니다.[25]

만해는 3·1운동을 겪으면서 대외 침략 세력에 대한 객관적 인식을 갖게 된다. 민족주의와 제국주의에 대한 인식과 더불어 자유주의와 함께 평등을 강조하는 사회주의에 대한 인식 또한 커진다. 그러나 이러한 현실 이데올로기는 모두 박애와 호제라는 불교이념에 포섭된다. 이러한 점에서 만해의 독립사상을 자유주의와 사회주의를 전통적 사상의 토대

---

25) 한용운, 『한용운전집』 2, 288-289쪽

에 입각하여 종합한 사상이라 규정할 수 있다.[26] 그리고 이것은 다음의
문답에서 만해가 말한 불교 사회주의라는 명명으로 등장하고 있다.

문: 석가께서 지금 오늘 점심때쯤 광화문 거리를 지나다가 큰 부자를 만
났다고 합시다. 그때에 어찌했겠습니까?

답: 경전에 '두 벌 옷을 가졌거든 벗어주라'고 하셨습니다. 물론 그러하셨
겠지요. 대체로 석가께서는 재산의 축적을 부인합니다. 경제상의 불
균등을 배척합니다. 당신 자신도 늘 풀로 옷을 지어 입으시고 설교하
며 돌아다니셨습니다. 소유욕이 없이 살자는 것이 그분의 이상입니
다. 선한 자, 악한 자라 함이 소유욕에서 나온 가증할 고질이 아닙니
까?

문: 석가의 경제 사상을 현대어로 표현한다면?

답: **불교 사회주의**라 하겠지요.

문: 불교의 성지인 인도에는 불교 사회주의라는 것이 있습니까?

답: 없습니다. 그렇지만 나는 이 사상을 가지고 있습니다. 그러므로 나는
최근에 불교 사회주의에 대하여 저술할 생각을 가지고 있습니다. 기
독교에 기독교 사회주의가 학설로서 사상적 체계를 이루듯이 불교 역
시 불교 사회주의가 있어야 옳을 줄 압니다.[27]

불교 사회주의가 당시의 사회주의와 같지 않다는 것은 말할 필요가
없을 것이다. 이 또한 불교의 이상 혹은 궁극을 지향하기 때문이다. 하
지만 그 사상적 체계를 갖지 않은 만해의 불교 사회주의 기획은 한편으

---

26) 안병직, 앞의 글, 62쪽
27) 한용운, 『한용운전집』 2, 292쪽

로 사회주의 계열의 반종교운동에 대한 대응이며 다른 한편으로 민족
통합의 논리가 되기도 한다. 가령 전자의 경우 사회주의 정신을 평등,
자유, 자비로 보면서 그 정신은 이미 불교에 담겨 있으므로 사회주의를
배우기 이전에 불교를 배워야 한다는 주장[28]과 연관된다. 앞 문답에서
만해도 근본불교의 무소유사상을 강조함으로써 불교의 사회민주사상
을 강조하고 있는 것이다.

만해사상의 의의

 드 배리에 의하면 동아시아 문명은 크게 4단계로 구분된다. ①틀을
형성하는 단계(대략 서력 기원전 11세기에서부터 기원후 2세기까지):
고전적 중국이 후에 다른 동아시아 민족의 고전적 유산의 중요한 부
분이 되었던 기본 관념과 제도를 발전시켰다. ②불교의 시대(3세기부
터 10세기까지): 동아시아에서 지배적이고 널리 영향을 미치는 문화적
인 힘은 대승불교였고, 이것은 최하층 수준에서 살아남은 토착적 전통
과 공존하고 있었다. ③신유교의 시대(11세기부터 19세기까지): 신유교
는 새로운 사회 문화적 활동에서 지도적 역할을 떠맡았다. 반면 불교는
이제 복합적인 최하층 수준에서 살아남기 위해 투쟁했다. ④근대: 확장
되는 서구 문명의 파도는 동아시아의 해안에 갑자기 밀어닥쳤고, 오래
된 바위와 같은 토대를 씻어버렸다.[29] 이러한 네 단계에서 만해의 불교
유신은 근대에 이루어진다. 도식적으로 이해할 때 그가 신유교의 시대
가 마감되는 시기에 불교의 시대를 열고자 한 것이다. 김광식의 지적처

---

28) 자경, 「불교에서 본 사회주의」, 『불교』 79호, 1931년 1월
29) W. T. 드 배리, 한평수 역, 『동아시아 문명』, 8-9쪽

럼 경술국치로 대변되는 국권의 상실은 우리 민족사에 큰 시련을 안겨 주었지만, 결과적으로 불교계의 경우에는 오히려 중흥과 발전의 계기가 된다. 국권상실 이전에 널리 수용되었던 진화론적 세계관이 더욱 확대 되는 한편 일본을 선진문명국으로 여기면서 일본불교를 적극적으로 모 방하고 배워야 할 대상으로 삼았던 것이다.[30] 만해의 불교유신 또한 일 본 모델의 적용이다. 1908년 일본 조동종 대학 유학은 그가 근대와 불 교를 결합하는 데 도움을 주었을 것이라 간주된다. 그는 불교의 근대화 로써 신유교의 이념적 공백을 대체할 수 있을 것이라 믿었다. 그러면서 그는 서구사상과 기독교 등을 불교보다 낮거나 포용 가능한 대상으로 정위하면서 불교세계를 대망한다. 그리하여 만해는 불교의 새로운 해석 을 통하여 진보적인 계몽주의자가 되었고, 근대적인 자유주의를 불교 적 평등의 개념 속에 흡수하였으며, 그러면서도 자유주의에 결부되기 쉬운 이기주의를 배격하는 동시에 불교의 보살정신을 사회개혁의 사 상적 거점으로 확인한 이[31]로 평가된다.

그런데 만해의 불교사상적 실천은 많은 타협적 과정에서 사회의 이념 적 요구들을 삭제하기도 한다. 이는 불교가 지니는 근본지향성에 기인 하는 바라 할 수 있을 것이다. 이러한 사정을 만해는 "불교도로 말하면, 그 신앙하는 바가 불교인 까닭에 불교에 대한 일을 많이 하는 것은 당 연한 일이나, 그 자신이 민족의 일분자요 사회의 일원인 이상 사회에 대 한 책무를 아니할 수 없고, 대승불교의 본령 즉 대중 불교를 실현하기 위해서는 사회적 진출을 도모하지 않을 수 없는 것이다"[32]라고 하며 덧

---

30) 김광식, 『근현대불교의 재조명』, 민족사, 2000, 22쪽
31) 염무웅, 앞의 논문, 243쪽
32) 한용운, 『한용운전집』 2, 205쪽

붙여 "불교로 말하면 교리에 있어서는 자심을 悟하여 생사를 離하고 사업에 있어서는 일체 중생을 제도하는 것이 실로 본무중의 본무이다"[33] 라고 한다. 이러한 그의 발언에 비춰 세속 안에서 세속을 초월할 가능성은 상존한다. 자연 현실에 대한 객관적인 인식이 결할 수 있는 것이다.

만해의 동양주의적 경사는 이미 불교 선택에서 기정사실화되었고 기독교와 서구사상에 대한 불교의 비교 우위에서 확연하게 드러난 바 있다. 그리고 이는 또한 불교국 일본에 대한 심정적 친화라는 형태로 발현되는바, 민족주의자로 평가받고 있는 통념과 사뭇 다른 그의 면모라 할 수 있다. 가령 앞서 말한 1910년 승려의 대처 허용을 위한 두 차례 건의를 들지 않더라도 1933년 1908년의 일본행을 회고하는 글의 다음과 같은 대목이 주목된다.

> 그러다가 **동양 문명의 집산은 동경에서 되니**, 동경으로 갈 차로 이듬해 봄에 처음으로 서울에 발을 들여 놓았다.

오카쿠라 텐신의 『동양의 이상』이 말한 바 있는, 아시아 문명의 박물관이 일본이라는 관념을 연상시킨다. 실제 중국에 대한 만해의 관심과 지식은 이처럼 표나게 드러나진 않는다. 이 한 구절로 그가 중화체제의 근대적 변용이라 할 수 있는 일본체제의 동아, 나아가서 대동아를 심정적으로 추종하였다고 단정할 수는 없을 것이다.[34] 만해의 사상은 인도

---

33) 한용운, 『한용운전집』 2, 217쪽

34) 실제 1973년 초간본 『한용운전집』에는 문제적인 두 편의 글이 실려 있다. 1937년 10월 『불교』지에 실린 「지나사변과 불교도」와 1938년 11월 『불교』지에 게재한 「불교도의 권위」들이다. 우선 후자는 승려들의 국민의식을 고취하는 주장을 담고 있다. 여기서 국민이란 황국신민과 다름없다. 그리고 전자는 중일전쟁을 일본의 시각에서 전하고

의 타고르와 비교할 때 그 의의가 잘 드러난다. 타고르가 서구의 시선에 투영된 동양주의를 추구함으로써 오리엔탈리즘의 덫에 걸렸다면 만해는 전통을 통하여 근대를 가로지르는 기획을 도모하였다고 볼 수 있다. 그는 타고르를 비판하는 대신[35] 양계초와 자신을 동일시한다. 전자가 현실의 문맥을 놓친 초월적 정신주의로 나아갔다면 후자는 현실에 근거한 변화를 추구하였던 것이다.

만해 한용운의 사상 형성에서 가장 먼저 주목되는 것은 불교 선택이다. 그는 중화체제의 질서가 붕괴되는 시기에 신유교에 대한 오래된 충성을 벗어나 불교를 선택한다. 그의 이러한 선택에는 일차적으로 그의 계급적 위상이 개입한다. 그는 구질서에 충성하는 사대부 계급이 아니라 몰락한 집안 출신이며 또한 시대적 질곡으로 인한 불행한 가족사를 안고 있는 인물이다. 이러한 조건 때문에 불교가 그의 개인적 피세의 수단으로 다가온 것이다. 불교가 지닌 출세간의 개방성과 상황에 대한 적응성 또한 곤경에 처한 그에 대한 유인이 되었다. 이러한 불교 선택의 과정에 지대한 영향을 끼친 이는 양계초이다. 그는 불학에 관한 양계초의 입장과 자유사상 등을 수용하여 근대 조선에 적용한다.

양계초의 경우와 같이 만해의 자유사상은 서구의 자유 개념과 다르

있다. 철저한 일본 중심의 시각과 국민의식이 바탕에 깔려 있다. 중일전쟁과 더불어 일본의 아시아주의 기획은 구체화된다. 일본의 아시아 지배를 실현하는 과정에서 일본에 의해 조작된 노구교 사건을 바라보는 이 글의 시선은 일본의 그것과 다름없다. 그런데 1980년 중간본 『한용운전집』에는 이들을 위시한 몇 편의 글들이 빠지게 되고 『불교한문독본』(1911)과 「조선청년에게」(1929) 등이 추가되어 있다. 편집위원회가 초간본에 실린 몇 편의 글을 삭제한 이유를 밝히고 있지 않다.

35) 이옥순, 『식민지 조선의 희망과 절망, 인도』, 푸른역사, 2006, 163-164쪽

다. 서구적 개념의 자유는 독립된 개인이 주체가 되는 의미를 지닌다. 하지만 만해의 경우 자유는 정신의 영역에서 참다운 자아를 찾아가는 과정이라 할 수 있다. 그는 자유를 불교에서 말하는 진여에 이르는 과정이라 한다. 그는 이러한 자유 개념을 식민지 현실에서 실천하고자 한다. 여기서 주목해야 할 것은, 그의 자유 개념이 서구의 그것과 다르다는 점은 그의 자유사상이 가지는 한계가 아니라는 사실이다. 그는 전통의 근대적 변용을 통하여 근대에 맞서면서 그것을 극복하려 한 것이다. 만해의 평등사상 또한 불교적 관념에 연원한다. 각자의 자유는 전체와 연결되어 있다는 연기론의 관념은 실천불교의 차원에서 평등의 문제와 연결된다. 그의 평등사상은 불교 사회주의라는 개념을 얻기도 하는데 이에 대한 구체적인 기획을 그가 실현하고 있는 것은 아니다.

만해의 연보가 말하듯이 그는 중화체제가 와해되는 시기에서 일본체제의 대동아가 막을 내릴 무렵까지 활동한다. 이러한 시기에 그가 일방의 편향으로 기울지 않고 전통과 근대를 가로지르는 기획을 제시했다는 것은 높게 평가되고 거듭 해석되어야 할 부분이라 생각한다. 또한 그의 실천불교사상은 경우에 따라 민족주의의 울타리를 넘어서 있다는 암시를 던지기도 한다. 억압된 전통인 불교를 변용하여 이를 새로운 시대의 이념으로 발전시키려 한 그의 생각들이 21세기에도 재해석될 여지는 많을 것이다. 비록 그가 선택한 불교가 그의 소망대로 새로운 문명을 이끄는 역사가 되지 못하였다고 하더라도 그의 한계는 대체로 불교의 한계, 시대의 한계와 다름없으므로 그가 제시한 미완의 기획들은 여전히 새로운 해석을 기다리고 있다.

근대의 파국과 아시아주의의 징후

1930년대 후기의 김기림

방법으로서의 동아시아

동아시아학이 정립되어 있는 것은 아니다. 그럼에도 1990년대 이후 한국 사회에서 다양한 동아시아론이 전개되면서 동아시아학에 대한 모색이 이뤄져왔다. 동아시아학은 먼저 동아시아적 시각에서 학문을 하자는 의도를 갖는다. 이는 한편으로 그동안 전개되어온 일국적 시각 혹은 민족(국가)주의적 편향을 극복하면서 다른 한편으로 동아시아라는 문제틀(the problematic) 안에서 지식의 소통과 교류의 장을 열어가자는 것이다. 또한 동아시아학은 근대에 대한 성찰을 핵심주제로 삼는다. 그동안 연구 관행은 크게 비교연구와 내재적 발전론으로 요약된다. "근대의 모든 비교연구는 오리엔탈리즘"이라는 사이드의 지적처럼[1] 비교연구는 서구 근대의 특권적 시점에서 우리를 타자화한다. 민족주의적 관점에서 자생적인 발전을 강조하는 내재적 발전론은 또한 그 지향점이

---

1) 강상중, 『오리엔탈리즘을 넘어서』, 이산, 1997, 95쪽

근대라는 점에서 전도된 오리엔탈리즘과 다를 바 없다.

　동아시아학으로서의 한국근대문학연구는 동아시아를 매개로 안과 밖의 경계를 넘나드는 관점을 형성하려 한다. 이는 "서로 영향의 우선권을 아웅다웅 다투는 제국주의적 담론인 비교문학과, 국제적 고리를 끊고 자국문학을 자국문학 안에서만 접근하는 '우물 안 개구리'식의 반제국주의적 담론인 내재적 발전론을 넘어서자는 것"[2]이다. 달리 말해서 동아시아학적 한국근대문학 연구는 동아시아적 지역질서 변동과 이를 추동하는 세계체제를 이해의 틀 속에 포함시키는 관점으로 한국문학에 접근하고자 한다. 그동안 한국문학연구의 주류적 흐름은 식민성과 근대성, 저항과 협력 등 이분법적 시각에서 연구되어왔다. 이러한 가운데 내재적 발전론과 식민지 근대화론이 평행선을 그어온 것이다. 하지만 식민주의와 근대성과 민족주의는 상호관련성 속에서 살펴야 한다. 특히 식민지 사회인 근대 한국의 경우 일방적 수탈과 일원적인 저항만으로 구성된 것은 아니다. 오히려 한국민 스스로 직·간접적으로 참여하는 가운데 "식민지 근대성"을 형성하였다는 관점이 타당성을 더한다.[3] 식민지 한국은 근대적 지배와 종속관계에서 협상과 타협을 통해 헤게모니가 만들어진 사회이다. 특히 1920년대 이후 정치화된 엘리트와 소도시 중간계급이 식민지 근대성의 문화 속으로 포섭되어간 측면이 크다.[4] 식민지 근대성 형성과정에서 서구와 일본의 근대에 대한 논의는 핵심이다. 이는 대체로 3단계를 거친다. 그것은 일본을 매개로 들여온 근대 수

2) 최원식, 「동아시아문학론의 당면과제」, 『생산적 대화를 위하여』, 창작과비평사, 1997, 419쪽
3) 신기욱·마이클 로빈슨 편, 도면회 역, 『한국의 식민지 근대성』, 삼인, 2006, 10쪽
4) 같은 책, 10쪽

용, 일본과 서구의 경쟁관계 속에서의 근대 수용 그리고 일본의 아시아
주의 수용 등이다.

여기서 나는 동아시아학의 관점에서 김기림을 재론함으로써 방법적
접근을 시도하고, 특히 후기 김기림의 문제를 탐구하고자 한다. 후기 김
기림은 서구적 근대 수용에서 일본의 아시아주의에 대한 경사를 드러
내는 지점에 해당한다. 그동안 후기 김기림의 문제는 "침묵을 통한 저
항"이라는 관점에서 이해되어왔다.[5] 하지만 나는 이러한 침묵을 저항으
로 받아들이는 입장과 달리 이를 식민지 근대성의 한 양상으로 해석하
고자 한다. 나아가서 귀향과 영어교사 생활이라는 전기적 사실조차 서
구적 근대와 일본의 아시아주의에 대한 판단의 유보가 될 수 있는 가능
성이 크다고 생각한다. 저항이라는 차원이 아니라 김기림이 어떠한 근
대를 받아들이고 그것을 어떻게 극복하려 하였는가는 논의가 중요로
운 것이다. 더더구나 그가 전전 일본의 사상들—동아협동체론, 근대초
극론, 세계사의 철학 등을 수용하려 한 흔적을 보이고 있다면 이에 대한
보다 세심한 검토는 필연적이다.

김기림 재론

1930년대 후기 김기림을 동아시아적 시각으로 이해하고 설명하는 것
은 유익하다. 그것은 이 시기 김기림이라는 한 지식인에게 내적 동요와
선택을 요청하는 계기들이 단순하지 않기 때문이다. 이 시기는 다음과
같은 역사적이고 지성사적인 의미를 지닌다. 첫째, 중일전쟁 이후 일본

---

5) 김재용, 『협력과 저항』, 소명출판, 2004, 204-221쪽

적 질서의 가속화. 둘째, 파시즘의 등장과 2차대전의 발발로 인한 서구적 근대의 위기 심화. 셋째, 서구 극복 테제로서의 동양주의와 아시아주의 등 전전 일본사상의 등장. 넷째, 일본의 대동아공영권 구상과 추진. 이러한 네 가지 차원이 식민지 문인 김기림에게 복합적으로 작용하였다고 해도 좋을 것이다. 그리하여 김기림이 안고 있었던 근대의 문제는 고뇌와 혼란 그리고 새로운 선택의 상황에 놓이게 된다. 김기림은 우리 문학사에서 가장 대표적인 근대주의자이다. 거의 모든 장르에 걸친 그의 글쓰기에서 핵심적인 주제는 근대의 문제이다. 그에게 근대는 추구되어야 할 목표임과 동시에 위기의 거처 그리고 초극의 대상 등 다양한 모습으로 변주된다. 특히 1930년대 후반 서구 근대의 파산에 직면하여 새로운 선택이 요청되면서 근대초극을 지향하는 당시의 여러 일본 사상에 경도된 것이다.

모방을 통한 근대 수용의 한계 – 식민적 근대성

김기림은 근대에 대한 적극적 수용자라 할 수 있다. 그는 근대의 수용을 가장 중요한 출구로 인식한다. "조선에 있어서의 지금까지의 신문화의 코-쓰를 한마디로써 요약한다면 그것은 '근대'의 모방이였다."[6]는 진술은 근대에 관한 그의 입장을 잘 집약하고 있다. 그는 서구 근대화의 과정을 모방하는 것을 후진 사회의 피할 수 없는 조건이라 생각한다. 이러한 그의 관점에 일종의 난관이 된 것은 1차대전 이후 위기에 처하게 된 유럽의 상황이다. 그에게 근대의 전범이라 할 수 있는 유럽이 악화되고 있었기 때문이다. 선망의 유럽과 혼란의 유럽이 교차하는 가운데 그

---

6) 김기림, 「조선문학에의 반성」, 『인문평론』 1940년 10월호

는 유럽적 근대에 대한 대안으로 많은 식민지 지식인들이 선택한 러시아적 근대-사회주의를 선택하지 않는다. 무엇보다 그에게 유럽은 선험적으로 일본이라는 스크린을 통해 투영된 이상의 거처라 할 수 있다. 하지만 유럽에서의 2차대전 발발은 다음과 같은 진술에 이르게 한다.

> 조선은 근대사회를 그 성숙한 모양으로 이루어 보지도 못하고 근대정신을 그 완전한 상태에서 체득해보지도 못한 채 인제 '근대' 그것의 파국에 좋던 굳던 다닥치고 말았다. 벌써 새로히 문화적으로 모방하고 수입할 가치있는 것을 구라파의 전장에서 기대할 수는 없다. 또다시 불구한 상태 그대로서 창황한 결산을 해야 하게 되었다. 그것은 어찌보면 미증유의 창조의 시기 같기도 하다.[7]

서구 근대의 이식으로 조선의 후진성을 탈피해야 한다고 생각해온 김기림에게 "구라파의 전장"이 근대의 "파국"으로 받아들여지면서 그로 하여금 "창황한 결산"을 서두르게 한다. 그렇다면 새로운 "창조"의 가능성은 어디에서 올까? 많은 식민지 지식인들은 이러한 상황에서 전통에 회귀한다. 이 또한 서구의 헤게모니 안에서 제기되는 자기인식이다.[8] 1930년대 말의 상황은 김기림이 동양과 아시아를 재발견하게 한다. 유럽적 근대의 해체에 직면하면서 대안적 지평을 찾게 된 것이다. 당시 대안적 지평은 세 가지로 열려 있었다. 그 하나가 파시즘이고 다른 하나가 사회주의이다. 그리고 마지막 하나가 아시아주의라 할 수 있다. 먼저

---

7) 김기림, 같은 글
8) 이 경우 전통은 "내면화된 오리엔탈리즘의 산물"이다. 아리프 딜릭, 정문길 외 편, 「역사와 대립되는 문화인가?」, 『발견으로서의 동아시아』, 문학과지성사, 2000, 82쪽

김기림과 사회주의의 관계는 해방공간에서의 사상 선택과 연관시켜 그 가능성을 찾을 수 있다. 특히 2차 유학시절에 그가 좌파 모더니즘을 수용하려 한 사실이 주목된다. 스티븐 스펜더와 오든 등의 시를 읽으면서 식민지 상황을 버텨내려 했다는[9] 평가가 시사하는 바 있다. 일본사상도 김기림을 모색하는 데 빠트릴 수 없는 부분이다. 이는 무엇보다 그가 1930년대 후반 전환기에 지식과 사상의 공급처인 일본에 있었다는 사실과 연관된다. 좌파 모더니즘에 대한 탐구 못지않게 그가 전전의 일본사상에 크게 노출되어 있었던 것이다.

연보[10]에 의하면 김기림은 1908년 함북 학성군 학중면 임명동에서 태어나 1921년(14세)에 서울 보성고등보통학교에 다니다 1923년 질병으로 휴학, 1925년 18세에 일본으로 건너가 명교중학교 4학년에 편입하여 졸업하고 1926년 일본대학 전문부 문과 정과에 입학하여 22세 되던 1929년 3월 졸업하고 귀국한다. 이에 따르면 그는 중요한 인격형성기의 상당한 기간을 서울과 일본 동경에서 생활한다. 귀국 후 『조선일보』 사회부 기자로 지내다 센다이에 있는 도호쿠제대 영문학부로 재차 유학을 떠난 것은 29세 되던 1936년이다. 그가 도호쿠제대를 졸업하고 『조선일보』에 복직한 것은 1939년이며 1940년 『조선일보』 폐간과 더불어 이 해 8월 고향으로 돌아간다. 앞서 인용한 「조선문학에의 반성」은 고향으로 가기 직전 서울에서 썼거나 고향에서 쓴 글인 셈이다. 여기서 그가 1936년부터 1939년까지 일본에 있었다는 사실이 주목된다. 이 시기의 일본은 중일전쟁을 전후로 사회적 격변의 상황에 처해 있었다. 또한

---

9) 김준환, 「김기림은 스티븐 스펜더의 시를 어떻게 읽었는가?」, 『비평과 이론』 2007년 봄·여름호, 123쪽
10) 김학동, 『김기림평전』, 새문사, 2001, 393-402쪽

동아신질서를 표방한 제2차 코노에 성명이 1938년 말에 발표되면서 "동아신질서"가 이 시기를 집약하는 슬로건이 된다. 이러한 동아신질서는 1940년경이 되면 "대동아공영권"이라는 표어로 환골탈태한다.[11] 이러한 과정에 교토학파 등의 '세계사의 철학'과 '근대초극론'이 등장하고 다양한 스펙트럼을 지닌 동아협동체론이 제시된다.[12] 이 당시 형성된 '세계사의 철학'은 1차대전을 통해 유럽의 근대적 원리가 완전히 파탄에 이르렀다고 판단하고 있다. 앞서 인용한 김기림의 진술이 이러한 '세계사의 철학'과 맥락을 같이할 가능성은 매우 크다. 김기림 또한 인용에 이어지는 진술에서 "세계사적인 중대한 포인트에 서서 문제의 처리에 반드시 고려해야 할 몇 가지 좌표도 미비하나마 암시"하려 했다는 의도를 밝히고 있다. 물론 이러한 맥락은 더 많은 실증을 요한다. 김기림이 드러내고 있는 지식 수용의 목록이 서구 모더니즘에 관한 것이 주류를 이루기 때문이다. 이 대목에서 두 가지 가능성을 가정할 수 있다. 첫째, 김기림은 유럽적 근대를 통해 일본적 근대를 극복하려 했다. 그러나 그는 이를 성취하지 못하고 일본적 근대로 기울어지게 되었다. 둘째, 김기림에게 유럽적 근대란 하나의 위장에 불과하다. 그에게 실질적인 전범은 일본일 가능성이 높다. 이는 그가 일본 제국주의에 대하여 비판하거나 저항하지 않은 사실에서 드러나고, 다음에 살피겠지만 40년대에 이르러 일본의 아시아주의를 어느 정도 수용하는 데서 알 수 있다.

김기림의 아시아주의 수용 여부에 대한 논란은 있을 수 있다. 김재용

---

11) 임성모, 「동아협동체론과 '신질서'의 임계」, 백영서 외 편, 『동아시아의 지역질서』, 창비, 2005, 168-169쪽

12) 고야스 노부쿠니, 이승연 역, 『동아 대동아 동아시아』, 역사비평사, 2005; 히로마쓰 와타루, 김항 역, 『근대초극론』, 민음사, 2003; 임성모, 앞의 글 등 참조

은 김기림을 "침묵으로서 저항을 선택한 작가 중에서 가장 극적 전환을 보여주는 경우"로 들고 있다. 그에 의하면 김기림은 "구미 근대와 이를 반복하였던 일본의 근대를 동시에 보면서도 그것과 다른 식민지 조선의 근대를 바라보는" 태도를 견지하여 "이후 식민주의에 함몰하지 않은" 문인이다. 또한 그는 앞서 인용한 김기림의 「조선문학의 반성」을 "근대초극론의 경향을 비판하면서 필요한 것은 근대의 차분한 결산이라고 한", "참으로 시대의 핵을 찌르는 것"이라고 평가한다. 그리고 1942년 이후 김기림의 행적을 침묵을 통한 저항으로 본다.[13] 하지만 김기림의 침묵 여부는 아직 확증된 바 없다. 지금껏 알려진 것은 그가 고향 함북 성진에서 해방을 맞기까지 교사 생활을 하였다는 것이다.

자기화된 오리엔탈리즘으로서의 모더니즘

김기림은 민족, 민족주의보다 세계인, 세계주의를 추구한다. 1934년 『조선일보』에 연재한 평론 「장래할 조선문학은?」에서 그는 조선주의의 가능성을 배격한다. "세계가 공통하게 소유하고 이해할 수 있는 세계적 성격을 갖춘 세계문학의 시대"를 갈망하면서 "조선문학도 금후 더욱더욱 활발하게 그 자체 속에 세계의식과 세계양식을 구비하면서 세계문학에 각가워 갈 것"이라 기대한다. 그에게 식민주의적 현실에 대한 자기인식은 희박하다. 그러나 그가 민족이라는 층위를 완전히 몰각하고 있다는 것은 아니다. "진정한 세계문학은 미래에 잇어서의 역사의 엇던 발전단계에 이르러 필연적으로 오래인 국민적 문학의 뒤를 바더가지고 올 것인가 한다"[14]라고 할 때, 국민문학은 세계문학으로 가는 과도기 현상

---

13) 김재용, 『협력과 저항』, 소명출판, 2004, 204-221쪽
14) 김기림, 「장래할 조선문학은?」, 『조선일보』 1934년 11월 14일-11월 18일

이 된다. 하지만 그의 이러한 진술들은 지나치게 이상적이다. 그렇다면 그의 이러한 이상주의적 세계주의는 어떠한 의식구조의 산물일까? 그 것은 자기화된 오리엔탈리즘(self-orientalism)에 기인한 것이라 할 수 있다. 김기림에게 조선, 조선인, 조선문학, 동양, 동양인, 동양문학은 극 복되지 않으면 안 될 대상이다. 적어도 그가 재차 유학에 오르기 전후까 지의 글에서 동양(혹은 조선)에 대한 그의 비판은 거듭된다.

대체로 동양인은 사물을 전체적으로 통솔하는 지성이 결여한 것이 통 폐다. 서양인의 피아노는 키가 수백개나 되는데 동양인의 피리는 구멍 이 다섯 개박게 아니 된다. 타고아가 그만한 성공을 한 것은 아연하게도 그가 위대한 우울의 시대를 타고난 까닭인가 한다.

인간의 결핍이 아니라 지성의 결핍은 동양의 성격적 결함인 것 갓다.

동양적인 것의 본질은 정적인 데 잇다는 자기도취로부터 의식적으로 그러한 방향에로 우리의 예술을 시들어버리게 하는 견해가 잇다. 나는 그러한 엇더한 퇴영적 패배주의적 호소 속에서도 미들만한 아모것도 차 저내지 못한다.

우리들 내부의 센티멘탈한 동양인을 깨우처서 우리는 위선 지성의 문 을 지나게 하여야 할 것이다.

단조—그것은 우리들 동양인이 가장 빠지기 쉬운 예술상의 함정이고 동시에 모든 위대한 예술이 삼가 피하는 예술적 결함의 하나다. 또한 시

의 구조에 잇어서도 오해된 단순-단조-와 통일은 혼동되어 씌여지는 경우가 만타.[15]

유명한 「오전의 시론」 여기저기서 인용한 구절들이다. 여기서 자기화된 오리엔탈리즘의 전형적인 양상과 만나기는 어렵지 않다. 김기림에게 동양은 결핍과 결함, 후진과 퇴락의 대명사이다. 시와 시작에 있어서 지성을 강조하고 있는 그의 시론은 기실 서구적인 것의 보편성을 강조하는 데 목적을 두고 있다. 이러한 그에게 서구 문명은 보편주의적 가치로 인식된다. 이러한 보편주의가 유럽중심주의의 산물이며 강제된 것임을 비판하는 대목은 찾기 힘들다. 그는 서구의 보편주의가 도래하기 이전의 동양 문명을 '암흑'으로 인식한다. 시에 있어서 '센티멘탈리즘'은 이러한 암흑의 정조를 대변한다. "암흑을 암흑대로만 쓰는 시는 때때로 심각하게 보여서 대체로 동양인을 기쁘게 하나 그것은 암흑 이외에 광명에의 가능성을 보지 못하고 암흑을 전체인 것처럼 인상시키는 점에서 여전히 센티멘탈리즘이다. 30년대는 바로 그것이었다."[16] 이처럼 그에게 동양은 폐기되지 않으면 안 되는 유산에 불과할 뿐이다.

그가 선호한 근대 독법은, 타고르는 서구의 '우울'이 만든 예외에 지나지 않는다는 지적을 하게 한다. 건강하고 명랑한 근대를 추구해가야 할 그의 입장에서 타고르는 동양의 부정적 징후와 서구의 세기말 정조가 만난 것으로 평가된다. 그에게 타고르가 처한 식민적 현실은 전혀 고려의 대상이 되지 않는다. 말할 것도 없이 타고르가 식민주의를 그의 문학에 반영하고 있다는 것은 아니다. 타고르의 동양주의에 대한 평가 또

---

15) 김기림, 「오전의 시론」, 『조선일보』 1935년 4월 21일-6월 20일

16) 김기림, 「현대시의 육감―감상과 명랑성에 대하야」, 『시원』 1935년 4월

한 다를 수 있다.[17] 다만 식민지인의 처지에서 김기림의 타고르에 대한 태도는 지나치게 냉담하다.

> 원래 뽀들레르를 원조로 하고 근년의 초현실파에 이르기까지의 불란
> 서를 중심으로 한 근대시의 특징은 그것이 일관해서 현실을 추악한 것
> 으로 인정하고 그것을 초월한 곳에 아름다운 시의 세계를 상정하려는
> 데 잇섯다.
> 우리 자신의 시의 전통을 가지지 못하고 주로 서양의 시에서 우리들
> 의 자양을 더 만히 섭취하여 온 우리 신시가 그러한 영향을 강하게 바든
> 것은 피할 수 업는 일이엿슬 것이다. 그 우헤 우리를 에워 싼 현실이 시
> 인을 기쁘게 하기에는 너무나 미웟다.
> 그러나 우리들 속의 현실도피의 태도 속에는 얼마나 강한 현실증오의
> 감정이 흐르고 잇는가? 서양의 초현실주의자들의 그것에 필적하다는
> 자신이 잇슬가. 지난 해 6월 파리에서 문화의 옹호를 위한 국제작가회
> 의가 열렷슬 때 그들은 어떠한 문화를 옹호할 것인가? 하는 문제를 위
> 선 고려하지 안으면 아니 되엿다고 한다. 그것은 물론 오늘의 문명의 현
> 실을 지지하는 문학은 아니다. 차라리 그것을 비판하고 초극하려는 문
> 화일 것이다.[18]

이러한 김기림의 진술에서도 유럽의 사정은 여전히 중요한 귀감이 된
다. 그에게 유럽은 특권적 위치에 놓여 있는 현실이다. 김기림은 우리 시
인에게 현실인식을 요구하는 자리에서도 유럽에 관한 문학적 정보를

---

17) 김윤식, 「문화수용과 사상」, 『근대한국문학연구』, 일지사, 1973, 191-243쪽
18) 김기림, 「시인으로서 현실에 적극 관심」, 『조선일보』 1936년 1월 4일

동원하는 담론 전략을 구사한다. 그러나 유럽의 현실과 우리의 현실은 그 문맥에서 거리가 멀다. 인용을 두고 김기림이 미적 근대성을 염두에 두었다고 판단하는 것은 잘못이다. 유럽의 작가들이 근대의 위기 혹은 혼돈스런 현실을 타개하기 위해 노력하는 만큼 우리 시인들도 그에 상응하는 노력을 해야 한다는 주장이 담겨 있는 것이다. 그의 '전체시' 개념은 이러한 주장과 연관된다.

그런데 김기림의 이러한 오리엔탈리즘은 실제로 유럽적인 것이라기보다 일본적인 것이다. 왜냐하면 그가 일본을 통하여 유럽을 만났기 때문이다. 일본이라는 필터에 걸러진 유럽주의를 견지함으로써 김기림의 시선이 놓인 주체 위치는 식민지 조선이기보다 일본에 가깝다. 따라서 일본적 관점의 이동에 따라 그의 입장이 바뀔 가능성이 높다. 이러한 문제의식은 매우 미시적인 검증을 필요로 한다고 본다. 그럼에도 한 가지 분명한 것은 1930년대 후반에 이르러 유럽과 유럽문학에 관한 그의 관점이 달라지고 있다는 사실이다. 몰락하는 유럽과 유럽문학이라는 관점이 강화되고 있는 것이다. 이러한 관점과 연관되어 쓰인 것이 「모더니즘의 역사적 위치」라 할 수 있다. 김기림은 1930년대 모더니즘이야말로 "문명에 대한 태도의 변천의 결과"라고 규정한다. 19세기 중엽 이래 밀려온 서구의 물결이 근대성의 얼굴로 나타난 것이 1930년대 모더니즘이라는 것이다.[19] 이러한 모더니즘이 1930년대 중반 이래 위기를 맞고 있는 바, 새로운 진로를 모색하지 않으면 안 되게 되었다는 것이다. 이러

---

19) "문학에 있어서의 이십세기는 이마지스트에서 시작되었던 것이다. 불란서에서는 입체시의 시험 이후 다다 초현실파에, 이태리의 미래파 등에 이십세기문학의 징후가 나타났다. 조선에서는 모더니스트들에 이르러 비로소 이십세기의 문학은 시작되었다고 나는 본다." 김기림, 「모더니즘의 역사적 위치」, 『인문평론』 1939년 10월호

한 그에게 전체시를 향한 방향이 없었던 것은 아니다. 다시 말해서 "모더니즘과 사회성의 결합"이라는 진로가 있었다. "그러나 시인들은 그 길을 버렸다. 스스로 버렸고 또 버릴 밖에 없다. 가장 우수한 모더니스트 이상은 모더니즘의 초극이라는 이 심각한 운명으로 한 몸에 구현된 비극의 담당자였다. 이제 최근의 양 2년은 어느 시인에게 있어서도 혼미였다. 새로운 진로는 발견되여야 하겠다. 그러나 그것이 어떤 길이던지 간에 모더니즘을 쉽사리 잊어버림으로써 될 일은 결코 아니다. 무슨 의미로던 모더니즘으로부터의 발전이 아니면 아니 된다." 이 대목에 이르러 김기림이 미완에 대한 아쉬움과 더불어 모더니즘이 청산될 수밖에 없는 상황임을 직시하고 있음을 알게 된다.

대동아의 등장과 일본사상에 대한 경사

김기림에게 유럽 근대의 파탄은 마침내 새로운 갱신의 현실로 인식된다. 앞서 「모더니즘의 역사적 위치」가 모더니즘 청산에 관한 글로 읽히는 것은 이 글이 쓰이고 곧이어 1940년에 발표된 「시의 장래」의 다음과 같은 대목 때문이다.

역대 시인과는 조화할 수 업섯던 '근대'라는 세계는 실로 바로 우리의 눈 아페서 드디어 파국에 부디첫다. 그것은 '근대' 그것의 내부의 부분적인 어느 시대의 국부의 파탄이라든지 그런 것이 아니다. 실로 '근대' 그것의 전부를 한데 묶거서 역사는 그것을 한 결정적인 시련 속에 던젓다. **세계사는 갱신되어야 하겟다는 것 또 갱신의 첫 징조는 벌써 보이고 잇다는 것은 오늘 와서는 한낫 예언이 아니고 엄숙하게 횡행하는 현실이** 다. 시가 겨을르게도 어떤 단조로운 정서라든지 말초신경에 지지되고

있는 것을 허락할 상 싶지는 안타. 그것은 모두 환자가 가지는 징후이다.[20]

이 대목에서 김기림은 "세계사의 철학"을 전제하고 있다. "세계사의 철학"은 세계질서의 재편을 요구한 일본의 자기주장에 세계사에 대한 재인식을 통해 더욱 명확한 철학적 표현을 부여한 것이다. 이는 니시다 기타로를 중심으로 한 교토학파의 젊은 철학자나 역사가들에 의해 진행된 세계사에 대한 재인식과 세계질서 재구성에 관한 철학적 담론 작업이다. 이에 따르면 근대는 유럽세계사의 단계이며 유럽중심의 세계로 통일된 시대이다. 이러한 근대의 붕괴는 곧 유럽적 질서의 붕괴를 뜻한다. 세계사에 대한 재인식과 재편성 요구는 근대의 비판적 초극을 의미한다. 세계사의 철학과 근대초극은 이 지점에서 만난다.[21]

김기림은 2차대전의 발발과 더불어 유럽적 근대 원리의 파탄을 인식함과 동시에 일본 중심의 새로운 질서관을 그의 시론에 담보한다. 그는 근대 초기 즉 르네상스 시대의 시인이 지닌 위상을 "집단의 예언자요 시대의 선구"로 이해한다. 그리고 이러한 시인의 위상은 근대의 진전과 더불어 끝없이 추락한다. 시인은 "중세를 그리는 비탄자"가 되거나 "근대에 대한 격렬한 부정자요 비판자요 풍자자"가 되고 마침내 "정신적으로는 현대 그것 속에 관련을 두지 못한 영구한 망명자"가 되었다는 것이다. 그런데 근대의 종언은 이러한 시인에게 또 다른 복음이 된다. "전체적 인간"으로서의 시인이라는 개념이 복원될 수 있는 계기를 맞고 있는 것이다. "전체적 인간이 시대 시대의 격류 속에서 한 전체로서 체득하

---

20) 김기림, 「시의 장래」, 『조선일보』 1940년 8월 10일
21) 고야스 노부쿠니, 이승연 역, 앞의 책, 43-41쪽

는 균형—그것이 바로 오늘의 시인이 그 내부에서 치열하게 차저 마지 아는 일"인 것이다. 이러한 세계사적 갱신과 관련한 시적 계기를 두고 김기림은 "그는 마치 중세가 바루 끗나려 하고 또 근대가 태동할 지음에 흥분에 싸여서 등장한 것처럼 또다시 근대의 종점 새로운 세계의 미명 속에 서지나 안헛슬까?"라고 감탄한다. 이제 그가 일쩍이 내세운 지성과 명랑성은 집단과 전체성 등의 개념으로 바뀌게 된다. 그래서 그는 "시인의 고립은 끗나 조흘 때가 온 듯하다. 나는 그러케 느낀다. 최재서씨는 '시단 3세대' 속에서 모더니즘이 문제되어야 할 것을 시사하였다. 그 일문만으로는 어떠케 문제되어야 하겠다는 방향이 분명치 안엇다. 나는 모더니즘뿐 아니라 오늘의 시가 똑 가치 반영될 근거와 필요를 여기 두어야 하리라고 생각한다."고 말한다. 모더니즘에 대한 그의 관점이 크게 바뀐 것이다.[22]

근대문화는 모순 상극에 찬 그 말기 징후를 조만간 청산할 국면에 직면하여야 하였다. 그런데 문화의 발전을 대개는 다른 문화와의 접촉 · 교류 · 종합의 과정을 거쳐서 실현되는 것이지만 몇 세기를 두고 통일된 모양으로 지속되었던 문화가 이미 말기에 도달하여 새로운 단계로 비약할 적에는 거기는 이질의 문화와의 전면적인 접촉 · 종합이 자못 효과

---

22) 이러한 발언을 접하면서 "근대의 위기를 해결하는 전통적 방법 중의 하나인 자유주의적 실천을 가망 없는 일로 보고 있고, 자유주의의 위기를 해소할 수 있는 강력한 방법으로 제출되었던 국가주의적 파시즘을 허망한 짓으로 보면서 근대에 대한 급진적 비판을 꾀하였던 김기림이기에 일본의 국가주의적 방식이나 신체제론에 동조할 수 없는 것은 너무나 분명하다. 근대의 위기를 강하게 감지하면서 이를 넘어설 수 있는 다양한 자유주의적 실천을 모색하다 이것이 벽에 부딪히자 결국 신체제론의 파시즘이 준 강렬한 유혹에 넘어갔던 최재서와 그런 점에서 전혀 다른 길을 걷게 되는 것이다."(김재용, 앞의 책, 217쪽)라는 김재용의 견해는 어느 정도 조정되어야 하는 것이 아닌가 한다.

적인 계기를 이루는 경우가 많다. 희랍문화도 사실은 선주민족의 문화와 소아세아를 거친 동방문화와의 접촉 속에 은연중 배태되었던 것이며, 헬레니즘은 사실에 있어서 혼혈문화였고 르네상스가 고전문화의 자극에서 촉진된 것임은 이미 정립된 사실이다. **오늘 독일이 이상하는 문화란 게르만 정신에의 복귀에 의한 근대문화 수정안에 틀림없다.** 그러나 이러한 이질문화 상호간의 접촉·교류의 예로서는 **근대문화와 동양문화와의 상봉보다도 더 규모가 크고 결과에 있어서 심각한 경우를 역사상 찾아볼 수가 없다. 바로 동양이 늙어 지쳤을 때 그는 젊은 서양을 만났던 것이다.**[23)]

30년대 중반에 보이던 오리엔탈리즘에 입각한 관점과 판이한 동양관의 개진이다. 예의 근대 청산을 말하면서 그동안 비판적 입장을 견지해오던 파시즘에 대한 이해마저 보인다. 파시즘이 유럽의 새로운 질서를 대변할 수 있다고 본 것이다. 아울러 이에 상응하여 동양에서 일본의 부상을 암시하고 있다. "동양이 늙고 지쳤을 때 젊은 서양을 만난" 것은 일본이다. 이로써 김기림은 일본의 아시아주의를 세계인식의 지평으로 떠올리고 있다. 그에게 동양은 결핍과 결함, 후진과 퇴락이 아니라 근대를 초극하고 세계사적 질서를 재편할 "새로운 문화이념"인 것이다. 김기림은 이러한 동양문화의 이념적 지평을 맞이하면서 감동에 찬 어조로 "낡은 것의 추구는 이에 끝내고 새로운 것의 구상과 건설을 향하여 바야흐로 너나없이 용기를 떨쳐야 할 때"라 말한다.[24)] 여기서 그는 이념으로서

---

23) 김기림, 「동양에 관한 단장」, 『문장』 1941년 4월호
24) "동양에 태어난 문화인에게 이 순간은 바로 새로운 결의와 발분과 희망에 찰 때라 생각된다. 수동적으로 압도된 모양으로만 넘쳐 들어오던 서양문화는 드디어 우리와의 사

의 동양문화를 구성하는 방법으로 "역사적 자각과 시대의식의 연소를 거쳐 그것은 그 호화한 외의와 협잡물을 청산하고 그 정수에 있어서 그 근원적인 것에서 새로이 파악되어 내일의 문화 창조의 풀무 속에 던져 져야 할 것"을 제안함으로써 오카쿠라 텐신류의 동양적 이상으로서의 일본주의를 연상하게 한다. 아울러 "동양문화와 서양문화의 결혼—이 윽고 세계사가 구경하여야 할 향연일 것이고 동시에 한 위대한 신문화 탄생의 서곡일 것"이라는 진술에 이르러 전 세계적 규모의 파시즘 연대 를 찬양하고 있는 것은 아닌가 하는 의혹마저 들게 한다. 이처럼 김기림 에게 유럽의 파탄은 동아, 나아가서 대동아의 발견으로 발전하고 있다.

아시아주의 수용의 징후들

김기림은 근대를 청산하고 세계사의 철학을 선택하는 과정을 설명하 고 있는 문제작 「조선문학에의 반성」에서 조선 몰락의 역사를 "그 자신 의 근대화를 필연적으로 회피하려고 하여 비져낸 세계문화사상 침통한 돈키호테의 재연"으로 비유한다. 그리고 "유신 일본을 거쳐 밀려드러온 '근대'의 섬광은 드디어 개화사상이라는 형태로 차츰 헝우리와 틀이 잡 혔던 것"이고 "신문학의 발생은 조선에 있어서의 르네쌍스 정신의 한 발 화였고 나중에는 차츰차츰 그것의 가장 뚜렷하고 중요한 부면으로 발

이에 한 거리를 두고 잠시 물러섰다. 아니 차라리 한 개 현혹에 가까운 태도로써 몸을 그 속에 던져 빠져 있던 서양문화에서 잠시 우리가 물러서게 되었다. 나는 일찍이 조 선신문학사를 서양의 르네상스의 모방·추구의 과정이라 단정하였다. 그래서 바로 이 순간은 '서양의 파탄' 앞에 저들 서양인이나 그 뒤를 따라가건 우리나 마찬가지 열에 들어서게 되었다고 하였다. 그래서 이 순간에 유달리 흥분에 차는 까닭은 낡은 것의 추 구는 이에 끝내고 새로운 것의 구상과 건설을 향하여 바야흐로 너나없이 용기를 떨쳐 야 할 때임으로써다." 김기림, 같은 글

전하였다.'고 진술한다. 그런데 근대를 르네상스에 유비하는 전략은 일본에서 비롯한다. 르네상스가 고전어에 대한 민족방언의 회복을 내세운 것을 빌어 한문에 대한 음성언어 일본어를 강조하면서 중국질서가 아닌 일본질서를 도출한 것이다. 김기림이 신문학을 르네상스에 비기는 것도 이와 같은 문맥에서 비롯한다. "조선에 이 르네쌍쓰가 싸워야 할 첫 적국은 그것의 앞길에 완강하게 막아선 봉건적 유교적 구사상이였다. 그것은 이조 오백년간 조선사회의 골수를 매치고 세포에 슴인 치명적 독소였다. 그러한 관념형태의 마술적 표현수단은 다름 아닌 한문이였다." 라틴어를 물리친 르네상스를 한문을 물리친 신문학과 등치시키는 단순함 속엔 조선적 질서, 나아가서 중화적 질서에 대한 강한 부정이 도사리고 있다. 따라서 김기림의 근대주의가 점진적으로 일본적 질서관을 수용하는 것은 자연스런 일이다.

김기림에게 유럽적 근대와 일본적 근대는 한동안 자기 안에서 경쟁관계로 존재한다. 하지만 이러한 경쟁관계가 대립관계는 아니다. 일본적 근대가 유럽에 연원하여 유럽을 극복하려는 기획으로 변전될 때 김기림은 그러한 토론의 도가니 한복판인 센다이에 유학하게 된다. 이러한 유학 경험에서 얻은 지식은 그가 그토록 갈구하던 근대를 부정하는 데 많은 자료가 되었을 것이라 생각한다. 그는 "근대라고 하는 것은 실은 우리에게 있어서는 소비도시와 밑 소비생활면에 쇼윈도처럼 단편적으로 진열되었을 뿐이다."라고 말함으로써 조선적 근대성을 폄하한다. 말할 것도 없이 그가 근대정신을 부정하는 것은 아니다. 문제는 조선적 토양에서 "근대정신의 정연한 발화를 바라는 것은 오히려 무리"라는 것이다. 이러한 가운데 "개화 당초부터 그렇게 열심히 추구해오던 '근대'라는 것이 그 자체가 한 막다른 골목에 부대쳤다는 것"이다. 그런데 그는 이러한 근대의 파국을 "파리낙성으로써 가장 상징적으로 표현된 곤혹"으로 표현한다. 그가 새로운 세계질서를 파시즘에 두고 있음을 은연중에 드러내고 있는 것이다.

근대의 파국으로 김기림은 자신의 식민성 근대주의에 대한 분명한 인식에 이른다. 그리고 그동안 자신의 작업들이 "한낱 혼돈을 모방한 것이며 열매 없는 도로"에 그친 것은 아닌가 의심하게 된다. 이러한 가운데 그는 "세계사의 전환"이라는 새로운 원리와 만난다.[25] 이로써 김기림의 근대주의는 아시아주의로 변전된다. 식민성 근대주의의 필연적 귀결이다.

새로운 원리의 발견이거나 역사적 결산이거나 그것은 어떠한 개인의 머리에서 번득이는 천재적 환상만으로서는 아무것도 아니다. 비록 개인의 창의가 아모리 뛰여났다 할지라도 한 민족의 체험으로서 결정되고 조직된 연후에 비로서 시대의 추진력이 될 수 있게 된 것이 '오늘'이라는 역사적 일순의 특이한 성격인 것 같다. 웨 그러냐 하면 오늘의 이 창조와 결산의 이상스러운 향연에는 실로 각 민족이 민족의 자격으로써 참여하고 있으며 그것이 유일한 방식이 되여 있기 때문이다. 서양에서도 동양에서도 돌진하고 봉기하고 대립하는 것은 오직 민족뿐이다. 민족은 민족을 부른다. 그것은 개인주의의 제국에서조차 낮잠자던 민족을 불러 이르켰다. 제민족의 전람회라 일컷는 미국조차 그 발언은 단일

---

25) "또 원리의 발견이라는 세계사적 계기는 반드시 구라파만의 당면한 특권이 아니다. 웨 그러냐 하면 종점에서는 선후의 구별없이 한데 모여서게 되는 것이고 동시에 새로운 출발점에서는 한 열에 설 수 있는 때문이다. 우리의 초조와 흥분은 실로 여기에 유래하는 것이다." 김기림, 「조선문학에의 반성」, 『인문평론』 1940년 10월

한 민족적 보증을 얻으려 하고 있다. 그래서 이번 역사의 변전은 한 철인이나 문인의 창의라느니보다 각 민족 즉 그 성원의 집단적인 체험과 의욕의 투자를 요구한다.[26]

이러한 진술에서 미키 기요시의 협동주의를 징후적으로 읽는 것은 지나친 일이 아니다. 김기림은 이미 "개인주의, 자유주의, 민주주의 등등 '근대'를 지도하던 뭇 원리는 벌써 휴지가 되었다 한다"라고 진술한 바 있다. 미키 기요시는 민족주의, 전체주의, 가족주의, 공산주의, 자유주의, 국제주의 삼민주의, 일본주의 등을 차례로 논의하면서 협동주의를 제시한 바 있다. 김기림이 "민족을 내포하면서도 민족을 초월해야 할 신질서"를 내세우고 이러한 질서를 가능하게 하는 원리로 "서로서로의 문화의 접촉과 포용과 존경이라는 노력"을 드는 데 이르러 미키 기요시의 영향은 더욱 확실해진다. 미키 기요시의 동아협동체론은 동아시아의 문화를 재창조하여 게마인샤프트적인 것과 게젤샤프트적인 것의 종합으로서의 문화공동체를 지향한다.[27]

이처럼 김기림의 근대주의는 아시아주의로 귀결된다. 그의 귀결은 "동양문화에 대해서는 아직 충분히 열리지 않은 전통의 보고를 열어 그 세계적 가치를 발견함과 더불어 소위 아시아적 정체로부터 벗어나고, 다른 한편 서양문화에 대해서는 특히 그 과학적 정신을 배워 취하는 데 노력함과 동시에 오늘날 서양문화가 도달한 막다른 골목이 실은 자본주의의 막다른 골목과 관련된다는 것을 생각하여 자본주의란 문제의

---

26) 김기림, 같은 글
27) 미키 기요시, 최원식 외, 「신일본의 사상원리」, 『동아시아인의 '동양' 인식:19-20세기』, 문학과지성사, 1997, 52-70쪽

해결을 꾀하는 일이 긴요하다. 그렇게 해야만 세계적 의의를 갖는 새로운 동아 문화는 창조될 수 있다."는 미키 기요시의 생각의 자장을 벗어나 있지 않다. 「조선문학에의 반성」과 「동양에 관한 단장」에서 그가 과학과 문화를 유달리 강조하고 있는 것도 미키 기요시의 영향을 반증하는 것이라 할 수 있다.

김기림의 근대주의는 자기인식이 결여되어 있다. 그는 선험적인 자기부정을 통하여 끊임없이 타자를 지향한다. 후쿠자와 유키치의 탈아론처럼 그는 전제적인 조선, 전제적인 중국, 전제적인 동양을 부정하고 유럽적 근대를 추구한다. 이러한 그에게 구체제의 몰락은 매혹적인 복음과 다를 바 없고 자신의 뜻을 펼칠 수 있는 장이 열림을 의미한다. 그러나 그의 지식과 담론은 근대의 파탄과 더불어 공허해진다. 무엇보다 그의 근대주의를 형성하고 있는 구체적 현실에 그가 직면하고 있지 않았기 때문이다. 그는 의도적으로 일본이라는 필터의 존재를 그의 담론에서 빠트린다. 이러한 점에서 유럽주의는 하나의 변장에 불과하다. 유럽주의가 역사적으로 와해됨으로써 오히려 그의 언어는 정직해진다. 그는 처음부터 식민성 근대주의자였고 마침내 일본적 근대 혹은 아시아주의를 드러낸다. 이러한 점에서 그의 시 「나비와 바다」가 비애미를 더하는 것이다. 김기림은 1927년 일본대학 문학예술과에 입학하여 1930년 졸업하고 다시 1936년 도호쿠제대 영문학과에 입학하여 1939년 졸업한다. 그러므로 이 시는 2차 유학을 마친 시점에 쓰인 것으로 추정된다. 이 시가 처음 발표된 것은 『여성』 1939년 4월호이다. 그리고 1939년 11월 『모던 일본』 조선판에 김소운 역으로 재수록된다.[28] 김기림의 이 시에 대하

---

28) 『모던 일본』 조선판, 1939년, 어문학사, 2007

여 최원식은 "건너갈 대륙을 갖지 못한 식민지 모더니즘에 있어 귀환할 육지도 이미 또 다른 바다였으니, 이 시는, 요컨대, 새로운 격랑 속에 익사하고야 말 김기림, 아니 한국 모더니즘의 행로를 예언하는 일종의 시참(詩讖)이었다"[29]고 지적한 바 있다. 나는 한 걸음 더 나아가 조심스럽게 김기림이 아시아주의로 기울어진 것이 아닌가, 진단한다. 여기서 김기림이 제목을 바꾼 이유를 물을 수 있을 것이다. 1939년 발표 당시 '나비와 바다'를 1946년 시집에 실으면서 '바다와 나비'로 고친 까닭이 무엇일까? 어찌 보면 사소한 듯하나 표제의 변화가 미묘한 의미의 차이를 파생하고 있음을 알 수 있다. 전자가 '나비'라는 주체의 입장을 중시한다면 후자는 '바다'라는 대상 혹은 상황을 강화한다. 1939년의 현해탄과 1946년의 현해탄이 한 시인에게 던지는 의미의 맥락이 달라진 탓일 것이다. 전자의 제목을 따른다면 분명 어떤 존재론적 인식이 시사된다. 단순한 '절망'은 아닌 것이다. 후자의 표제로 읽는다면 '절망'이 느껴진다.

　1930년대 후기 김기림은 서구적 근대 수용에서 일본의 아시아주의에 대한 경사를 드러내는 지점에 해당한다. 그동안 후기 김기림의 문제는 "침묵을 통한 저항"이라는 관점에서 이해되어왔다. 하지만 나는 이를 식민지 근대성의 한 양상으로 해석하고자 한다. 그가 전전 일본의 사상들―동아협동체론, 근대초극론, 세계사의 철학 등을 수용하려 한 흔적을 보이고 있다면 이에 대한 보다 세심한 검토는 필연적이다. 1930년대 후기 김기림을 동아시아적 시각을 통해 이해하고 설명하는 것은 이 시기의 복합적인 국면들―중일전쟁 이후 일본적 질서의 가속화, 파시즘의

---

29) 최원식, 『문학의 귀환』, 창작과비평사, 2001, 16쪽

등장과 2차대전의 발발로 인한 서구적 근대의 위기 심화, 서구 극복 테제로서의 동양주의와 아시아주의 등 전전 일본사상의 등장, 일본의 대동아공영권 구상과 추진 등—이 김기림의 사상형성에 작용하고 있는 양상을 살피는 일과 무관하지 않다.

윤동주의 시와
디아스포라로서의 주체성

　윤동주(1917~1945)에 대한 연구는 그동안 많은 양의 축적을 보이고
있어 새로운 해석의 여지가 많지 않다. 그럼에도 기존의 연구가 몇 가지
점에서 빈틈과 여백을 남기고 있다는 반성은 끊이지 않는다. 가령 윤동
주를 민족주의적인 주체로 호명하는 것이 윤동주의 전체상을 이해하는
데 일정한 제약 요인이라는 것은 상당히 일반화된 견해이다. 그래서 주
체와 세계의 관계라는 관점에서 새롭게 이해하려는 노력이 지속되고 있
는데 이러한 노력은 크게 주체성 형성의 과정에 대한 연구[1]와 디아스포
라로서의 윤동주라는 시각의 도입[2]이라는 두 가지 양상으로 나타나고

---

1) 정의열, 「윤동주 시에서의 "새로운 주체" 연구」, 서울대 대학원 석사논문, 2003; 김창환,
　「윤동주 시의 타자인식을 통한 윤리적 주체성 재고」, 『현대문학의 연구』 제30집, 2006;
　임수만, 「윤동주 시의 실존적 양상」, 『한국현대문학연구』 제24집, 2008; 정은경, 「윤동주
　시와 슬픔의 미학」, 『현대문학이론과 비평』 제43집, 2009
2) 임현순, 「윤동주 시의 디아스포라와 공간」, 『우리어문학연구』 제29집, 2007; 이길연,
　「윤동주 시에 나타나는 북간도 체험과 디아스포라 본향의식」, 『한국문예비평연구』 제26
　집, 2008; 박수연, 「디아스포라와 민족적 정체성」, 『비교한국학』 제16권 1호, 2008; 허인
　숙, 「윤동주 시에 나타난 디아스포라 의식 연구」, 부산대 석사논문, 2009; 김경훈, 「디아

있다. 이 두 양상은 모두 주체성 형성 과정이라는 점에서 공동의 지반 위에 있으며, 디아스포라로서의 윤동주라는 시각의 도입은 주체성 형성의 과정에 대한 연구의 연장선에서 진척되고 있는 최근의 연구 경향이라 할 수 있다. 최근 연구의 특징으로 먼저 초기 연구에서 나타난 유아론, 존재론의 한계를 벗어나 세계와 교섭하는 주체의 문제를 중요하게 생각하고 있다는 것을 들 수 있다. 이는 주체와 세계 그리고 언어라는 시 해석의 기본적인 세 가지의 축을 분리하지 않고 통합하여 윤동주의 시 세계를 해석하고,[3] 이러한 가운데 키르케고르, 폴 리쾨르, 레비나스 등의 실존주의, 주체와 타자이론 등을 도입하는 한편 윤동주의 시적 과정을 3단계로 설명하는 양상을 보인다. 윤동주의 시 세계를 변화의 과정으로 보는 관점은 대단히 중요하다. 특히 그가 젊은 나이에 원하지 않는 죽음을 맞았다는 점에서 그의 시 세계를 미완의 기획으로 봐야 하는 것은 어쩌면 당위에 속한다. 그래서 그의 시를 초기-중기-후기로 나누어 설명하는 틀은 생애와의 연관성을 보아 용인한다고 하더라도 후기를 과도하게 완성의 형식으로 몰아가는 것은 피해야 할 일이라 생각한다. 디아스포라로서의 윤동주라는 문제의식은 윤동주의 시적 과정을 보다 구체적으로 이해하고 그의 시 세계가 내포한 열린 지평을 고려하려는 의도를 지닌다.

나는 윤동주의 주체성 형성 과정에 관한 기존의 논의를 비판적으로

스포라의 삶의 공간과 정서」,『비교한국학』17권 3호, 2009; 정우택,「재만조선인의 혼종적 정체성과 윤동주」,『어문연구』제37권 3호, 2009

3) 시적 경험이 주체와 세계 그리고 언어의 상호작용과 이를 통해 구성되는 지평구조라는 관점을 제시한 미셸 콜로의 관점을 염두에 둔다. 이러한 관점은 이들 가운데 어느 하나 혹은 둘의 관점에서 시를 해석하는 데서 오는 한계를 극복하게 한다. 미셸 콜로, 정선아 역,『현대시와 지평구조』, 문학과지성사, 2003, 7-12쪽

수용하면서 디아스포라로서의 주체성이라는 의미를 부가하고자 한다. 유년과 고향에 대한 의식에서 세계와 타자로 나아가는 과정에 대한 기존의 논의가 보다 구체적인 논거를 요하고 있다는 판단과 더불어 후기 시의 지평이 미완의 형태이나마 의미 있는 시적 지평을 보이는 까닭이 "고통을 지각하는 디아스포라로서의 주체성"에 있다는 점을 설명하려는 것이다. 디아스포라의 삶에서 가장 중요한 경험적 상황은 고통이며 이러한 고통과 더불어 주체성이 형성되고 확대된다. 디아스포라로서 그/그녀는 고향을 꿈꾸고 세계를 오가면서 인식의 지평을 확대한다. 디아스포라의 주체성 형성에서 해명되어야 하는 핵심 주제는 유년과 고향에 대한 시적 지향이 타자와 세계 인식으로 이월되는 과정과 이러한 과정에 개입하는 고통에 대한 인식이라는 문제이다. 이러한 문제의식을 바탕으로 여기서는 윤동주를 디아스포라라는 범주로 이해하는 데 그치지 않고 디아스포라의 삶에 내재한 고통의 문제가 오늘날 어떠한 의의를 지니는가를 규명하려 한다.

디아스포라로서의 경험적 주체 위치

윤동주를 생각할 때 가장 먼저 떠오르는 단어는 "희생"이다. 우연의 일치이겠지만 그가 남긴 첫 번째 시 「초 한 대」와 마지막 시 「쉽게 씌어진 시」는 희생의 의미를 담고 있다. 모두 어둠을 밝히는 촛불, 등불의 이미지를 그리고 있는데 이는 지금껏 알려진 첫 작품과 마지막 작품일 뿐이라 그의 의도와 무관하지만 수미상응의 연관성을 이끌고 있다.[4] 1934

---

4) 허정은 윤동주 연구가 희생의지에 편향된 것을 반성하면서 희생의지와 안식욕망의 관계라는 관점에서 윤동주 문학의 전체성을 살핀 바 있다. 허정, 「윤동주 시의 희생의지와

년 12월 24일에 쓴 「초 한 대」는 크리스마스이브에 예수의 생애를 생각하는 내용을 담고 있다. 같은 날 그는 두 편의 시를 더 쓰고 있는데 「삶과 죽음」, 「래일은 없다」 또한 죽음의 문제를 주제로 다룬다. 당시 그는 18세의 나이로 송몽규, 문익환과 함께 용정에 있는 미션계 은진중학교에 다니고 있었는데 어린 시절부터 기독교가 끼친 영향이 컸음을 알게 한다. 현재 전하는 윤동주의 마지막 작품은 1942년 6월 3일 쓴 「쉽게 씌어진 시」이다. 이 시를 쓸 당시 그는 "남의 나라"에 고립된 자기와 대면한다. "나는 무얼 바라/나는 다만, 홀로 침전하는 것일까?"라고 제국의 수도 도쿄의 하숙방에서 이방인의 심경을 토로한다. 그리고 "등불을 밝혀 어둠을 조금 내몰고,/시대처럼 올 아침을 기다리는 최후의 나,//나는 나에게 적은 손을 내밀어/눈물과 위안으로 잡는 최후의 악수"라는 결구처럼 이국에서의 혼란스런 정체성을 다잡는다. 제국의 낯선 도시에서 느끼는 식민지 시인의 의식이라고 할 수 있겠지만 자신의 타자성에 대한 인식으로도 읽힌다.

마루카와 데쓰시는 윤동주가 일본 감옥에서 옥사한 사실을 들어 "일본에서 아시아라는 관념은 식민지배 하에 살아가는 인간의 '소리'를 틀어막음으로써 성립되었다고 할 수 있지 않을까?"[5]라고 물으면서 폭력적 지역주의인 일본의 아시아주의를 비판하고 있다. 확실히 윤동주라는 이름에는 억울한 희생이라는 의미가 드리워져 있으며 이로써 저항적 민족주의가 호명되는 경향이 크다. 하지만 식민지와 제국 혹은 민족주의와 제국주의라는 이항대립 구도는 윤동주 이해의 전제조건이 아니다. 무엇보다 그의 삶과 시의 구체적인 연관에 착목하여 시적 과정을 탐

그 좌절에 대한 연구」, 부산대 석사논문, 2001, 1-5쪽

5) 마루카와 데쓰시, 백지운 · 윤여일 역, 『리저널리즘』, 그린비, 2008, 59쪽

문하는 일이 중요하다. 그런데 아쉽게도 윤동주의 시적 지평은 그의 옥사와 함께 더 이상 개진될 수 없는 미완의 구조를 남긴다. 「쉽게 씌어진 시」가 시사하듯 그는 시인으로서 주체를 형성해가는 과정에서 희생된다. 주지하듯이 윤동주에 대한 평가는 그의 비극적 죽음과 더불어 그의 시가 놓인 시대 상황과 연관되어 증폭된 면이 없지 않다. 따라서 그의 시 세계가 미완이라는 관점에서 시적 경험의 과정을 추적하는 일이 요긴하다. 다행히 그가 작품의 말미에 시를 쓴 날짜를 기입해두고 있어 그동안 윤동주의 시적 경험에 대한 연구가 크게 진척될 수 있었다.[6]

윤동주는 간도 이민자 3세대이다. 증조부 윤재욱이 함경북도 종성에서 간도의 자동으로 이주한 때는 1886년인데 윤동주의 조부 윤하현 (1875~1948)이 열 살 되던 무렵이다. 이로부터 10여년 후 윤동주의 아버지 윤영석(1895~1962)이 태어난다. 그리고 1900년 윤동주의 할아버지 윤하현은 일가를 이끌고 명동으로 옮겨가는데 명동은 윤동주의 탄생지가 된다.[7] 이처럼 윤동주는 자발적 이민자의 후예이지만 윤동주가 태어날 때 그의 조국은 식민지 상태였다. 윤동주는 조선에서 진행된 만주 이민 이전에 청나라와 조선 사이에 이루어진 국제 이민 세대의 후예이지만 후일 만주국 건설 등으로 제국 내 이민자에 속하는 등 지배주체의 변동을 경험하게 된다.[8] 그렇다면 이민 3세대인 윤동주는 디아스포

---

6) 이 글의 텍스트는 홍장학, 『원전연구 정본 윤동주 전집』(문학과지성사, 2004)이다. 왕신영·심원섭·오오무라 마스오 편, 『윤동주 자필 시고전집』(민음사, 증보판, 2001)은 필요할 때 참조하였다.

7) 윤동주의 연보는 왕신영 외, 앞의 책, 395-400쪽

8) 조선인의 만주 이주는 19세기 중엽 궁핍함을 견디다 못한 조선 북부 지방 농민들의 월경 잠입에서 비롯되었다. 그것이 조선의 일본 식민지화와 더불어 고조되었다가 해방과 더불어 이주는 종식된다. 1880년대에 1만 명 정도였던 조선인들은 일제시대 초기인 1910년에 20만 명에 이르렀다가, 일제시대가 끝나갈 무렵인 1944년에는 170만여 명을

라인가? 이에 대하여 명료한 답을 얻으려면 우선 디아스포라에 대한 개념적 접근이 필요하며 이에 따라 디아스포라로 윤동주를 논의한 기존의 견해들이 재검토되어야 한다.

디아스포라의 개념[9]을 좁게 잡는 이들(대표적으로 이브 라코스트)은 디아스포라를 한 나라의 국민 다수가 이산하는 경우로 한정한다. 이럴 때 윤동주는 물론 재일을 위시하여 세계로 흩어진 한민족은 디아스포라가 아니다. 그러나 일반적으로 디아스포라의 개념을 이처럼 엄밀하게 적용하지 않는다. 오늘날 적용되는 디아스포라의 개념은 열려 있고 때론 애매성을 내포하기도 하지만 그럼에도 유태인 디아스포라(Jewish Diaspora)의 기본 속성을 따르려는 경향이 있다. 그리스어 diasperio는 기원전 5세기 소포클레스, 헤로도투스 그리고 투시디데스 등에서 보이지만 현대의 신조어가 된 diaspora는 기원전 3세기 히브리 성서를 희랍어로 번역하던 알렉산드리아 학자들에 의해 사용된다. 가장 오래된 희랍어역 성서(Septuagint Bible)에는 이 용어가 열두 번 나타난다. 그러나 여기서 지시하는 의미는 바빌론으로 끌려간 유태인들의 역사적인 이산이 아니라 항상 신의 의지에 복종하지 않을 때 직면하는 이산(dispersion)의 위협을 뜻했다. 다시 말해서 거의 배타적으로 신성한 행위로 인식한 것이다. 이 경우 하나님(God)은 죄인들을 흩어놓거나 미래

헤아리게 되었다. 중국이 수립되던 1949년에 재만 인구가 대략 110만여 명인 것은 귀국으로 인한 급격한 감소를 반영하고 있다. 김기훈, 「만주의 코리안 디아스포라-제국 내 이민 정책의 유산」, 한석정·노기식 편, 『만주, 동아시아 융합의 공간』, 소명출판, 2008, 198쪽

9) 많은 선행 연구들이 디아스포라에 대한 개념 규정을 결여한 측면이 있다. 그래서 여기서 보다 엄밀한 개념 규정을 수행하고자 한다. 디아스포라에 대한 개념적 논의는 S. Dufoix, W. Rodarmor trans., *Diasporas*, University of California press, 2008, pp.4-34를 참고하였다.

에 한데 모을 수 있는 절대자이다. 이리하여 디아스포라는 흩어진 백성과 이산의 장소를 의미하게 된다. 신약에서 디아스포라는 세 번 나오는데 하나님의 나라(City of God)로 돌아가려고 기다리는 성도들의 흩어진 공동체인 교회를 지시하며 디아스포라에 결합된 종말론적인 기다림(eschatological waiting)의 의미는 4세기 들어 사라진다. 윤동주의 시를 기독교 사상의 관점에서 해석하려는 이들은 그의 시에서 하나님의 나라 혹은 본향으로 돌아가려는 의지를 찾아내기도 한다.[10] 전혀 틀린 발상은 아니나 역사적이고 현실적인 맥락을 약화시키고 있다는 한계를 지닌다.

「초 한 대」 등 시작의 처음에 보이듯이 예수를 모방의 대상으로 삼았다는 점에서 윤동주를 기독교적인 디아스포라와 연관시켜 해석할 소지는 분명히 존재한다. 하지만 기독교는 윤동주 문학의 전체성을 구성하는 일부라 할 수 있다. 이러한 점을 감안하고 20세기 후반에 형성된 디아스포라 개념의 다의성을 도입하여 윤동주를 풍요롭게 읽는 시각이 요긴하다. 이를 위해 서로 연관되기도 하고 상반되기도 한 유태인 디아스포라와 흑인 디아스포라(black diaspora)를 통한 개념의 확대에 유의할 필요가 있다.[11] 약간의 차이에도 불구하고 유태인 디아스포라와 흑

---

10) 예를 들어 이길연은 윤동주의 "또 다른 고향"을 "의와 화평의 본향"으로 해석하고 있다. 이길연, 「윤동주의 시에 나타나는 북간도 체험과 디아스포라 본향의식」, 한국문예비평연구 제26집, 2008년 8월, 201쪽

11) 로마에 의하여 두 번째 성전이 파괴되면서 전개된 이산 이래 나치의 홀로코스트에 이르는 유태인 디아스포라의 역사는 여러 지정학적인 구조들을 내포한다. 특히 2차대전을 지나면서 유태인 디아스포라의 의미가 확대된다. 이는 유태인들의 국가와 주로 미국에 거주하는 비-이스라엘적인 유태인 정체성을 지닌 이들의 공존과 연관된다. 확실히 유태인들은 그들의 기원의 국가를 지배하는 정치적 권력 없이 2000년 동안 민족중점 종교적 공동체라는 원형을 보전해왔다는 점에서 고전적인 디아스포라 현상을 대표

인 디아스포라의 유비는 숙고의 대상으로 남는다. 특히 미국 남부의 흑인들은 그곳이 터전이 되어 돌아갈 곳이 없다. 그들이 아프리카로 돌아가지 않는 것은 아메리카의 백인들이 유럽이나 팔레스타인으로 돌아가지 않는 것과 다를 바 없다. 유럽이 미국화하는 한편 유태인들은 세계적인 규모의 시민정신을 상실하지 않고 있다. 자발적이든 비자발적이든 흑인 디아스포라는 새로운 세계에서 얻을 수 있는 이익 탓에 기원의 땅으로 회귀하지 않는다. 그래서 기원과 사회적 상황에 바탕을 둔 문화적 정체성, 고향을 향한 심리적이고 물질적인 귀의가 부각되는 것이다.

1950년대에 이르기까지 디아스포라는 종교적인 의미를 제외하고 사용할 필요가 없었다.[12] 실제 디아스포라 논의가 일반화된 것[13]은 최근

한다. 특히 19세기 말 출현한 시오니즘은 새로운 재현의 형태로 등장하며, 이로써 핍박을 당하기도 하는데, 정치적이고 종교적인 경의의 대상으로서의 고향이라는 지향과 국가를 세우려는 접근으로 나누어진다. 이처럼 고향과 국가의 문제는 디아스포라의 삶에 중요한 지향적 대상이 된다. 흑인 혹은 아프리칸 디아스포라도 유태인의 경우와 마찬가지로 노예 상황에서 놓여나 약속한 땅으로 돌아간다는 엑서더스라는 성서적 에피소드를 공유한다. 18세기 말부터 흑인 디아스포라의 아프리카로의 회귀나 자율적인 국가건설은 20세기 초까지 지속된다. 하지만 기원의 땅으로 돌아간다는 관념으로써 흑인 디아스포라를 규정하지 않는다. 이보다 흑인 디아스포라는 아프리카 밖에 사는 흑인들의 상황을 설명하기 위해 사용된다. S. Dufoix, op. cit., pp.5-15

12) 고대 희랍어에서 유래하지만 디아스포라는 19세기 이전 어떠한 다른 언어로 쓰이지 않았다. 19세기 동안 영국과 독일 그리고 미국에서 디아스포라는 구약에 근거한 유태인들의 이산과 신약에 바탕을 둔 이교도들 사회에 산포된 기독교회를 지시하거나 성경과는 무관하게 흩어져 살지만 종교적으로 통일을 이룬 집단과 사람들을 의미한다. Ibid., p.17

13) Simon Dubnov에 의해 유태적이거나 종교적인 데 한정하지 않고 디아스포라를 자신의 나라와 영토로부터 분리된 한 민족과 민족의 일부가 다른 나라에 이산되어 그들의 민족적 문화를 보전하는 개념으로 정의되게 된다. 실제 Dubnov는 디아스포라 개념을 확산하는 데 주요한 역할을 하며 유태인들의 역사적 경험 연관으로부터 분리하여 세속적인 일반 개념으로 정착시켰다. 이리하여 유태인 디아스포라와 다른 차이나 디아스포라 등이 거론되는 한편 두 문화 사이의 경계인(marginal man) 개념을 디아스포라 논의

인데 유태인 디아스포라, 흑인 디아스포라, 디아스포라로서의 해외이주 중국인(overseas Chinese) 등에 대한 논의가 주를 이룬다. 1960년대 말 "상업적 혹은 무역 디아스포라"(Abner Cohen) 개념이 등장하는 한편 1970년대에 "동원된 디아스포라와 프롤레타리안 디아스포라" 등의 분류(John Armstrong)가 보이기도 한다. 그런데 비교론적 전망을 가지고 일반이론적인 접근을 시도한 이는 가브리엘 쉐퍼(Gabriel Sheffer)이다. 그는 1986년 유태인, 아메리칸, 터키인, 팔레스타인, 중국인, 인도인 등의 디아스포라를 비교한 바 있다. 하지만 디아스포라 개념에 대한 근본적인 전진을 위해서는 열린 정의들, 범주적 디아스포라, 모순어법적 디아스포라에 대한 논의가 필요하다. 열린 정의들은 선험적 전제 없이 "집시"와 같은 유목적 존재들을 포함하면서 노마디즘의 가능성을 탐문한다. 물론 이는 현대적 디아스포라를 의미하며 기원의 나라들에 대한 정서적 물질적 유대를 견지하면서 시민권을 지닌 나라들에서 살아가는 민족적 소수자 이주 그룹(ethno-national diaspora)을 강조한다. 범주적 디아스포라는 윌리엄 사프란(William Safran)이 대표적인데 그는 소수 국외 추방 공동체들(minority expatriate communities)에 한정하면서 디아스포라의 여섯 가지 특성을 거론한다. ①중심으로부터 둘 이상의 주변 외국으로의 이산, ②고향에 대한 집합적 기억의 지속, ③거주 사회의 수용 확실성이 불가능함, ④귀환의 목표로서의 이상화된 고향의 유지, ⑤기원의 국가에 대한 영속과 부흥과 안전에 참여하려는 집합적 의

에 포함하게 되며, 17백만에 이르는 아시아계 디아스포라가 부각된다(Robert Park). 유태인 디아스포라와 흑인 디아스포라 그리고 아시아 디아스포라 논의를 거치면서 이제 디아스포라에 공통된 민족적 기원이나 공통된 신념을 지닌 사람들의 이산이나 한 나라 국민의 다른 여러 나라로의 이산이라는 새로운 차원의 의미가 부가되고 있다. 다시 말해서 일반적인 개념(general concept)이 출현한 것이다. Ibid., p.18

무에 대한 신념, ⑥기원의 국가에 대한 개인적이고 집합적인 관계의 유지. 그런데 유태인 디아스포라에 의해 체화된 사프란의 개념은 유태인 디아스포라를 모든 개념의 우위에 설정한다. 로빈 코헨(Robin Cohen)은 사프란의 범주를 다소 수정하여 기원의 국가라는 개념에 이상화와 국가의 영속적인 창조라는 의미를 덧붙인다. 그리고 그는 디아스포라들을 비교하여 유형학을 시도한다. ①희생(유태, 아프리칸, 아메리칸, 팔레스타인), ②노동(인도인), ③무역(중국인), ④문화(카리브인), ⑤제국(영국, 프랑스, 스페인, 포르투칼). 모순어법적 디아스포라는 포스트모던 사상과 연관된 개념이다. 하위주체(subaltern) 혹은 포스트식민지적 하위문화 등을 다루는 문화연구와 만나면서 디아스포라 개념이 이산 대신에 정체성에 집중되는 현상과 연관된다. 역설적인 정체성, 혼종성(hybridity) 등의 개념과 함께 디아스포라는 순수성으로 정의되기보다 다양성이나 이종성, 차이 등의 개념으로 이해된다. 이러한 이론적 진전에 이르면 고향으로 돌아가기라는 본래의 속성은 디아스포라를 부정하는 기제로 바뀐다.[14]

디아스포라 개념의 역사와 연관하여 윤동주를 생각할 때 열린 정의들과 범주적 디아스포라를 고려할 수 있을 것이다. 모순어법적 디아스포라를 그에게 적용하는 것은 이론과잉일 터인데 코헨의 유형학을 따를 때 윤동주가 ①희생과 ④문화의 층위에 있는 것이 아닌가 한다. 아울러 그가 제국을 벗어나지 않았다는 점에 유의할 필요가 있다. 이는 논자에 따라 그를 디아스포라 범주에 포함시키지 않을 가능성도 있다. 다시 말해서 식민지인이지 디아스포라는 아니라는 것이다. 하지만 간도 이민 3

---

14) Ibid., pp.21-24

세대인 윤동주는 분명 디아스포라이다. 문제는 1932년 만주국 건설과 함께 동아 제국에 포함되면서 사정이 더욱 복잡해지는 데 있다. 달리 말해서 사프란이 규정한 "소수 국외 추방 공동체"라는 개념과 그 여섯 가지 속성이 변할 수밖에 없다는 것이다. 가령 여섯 가지 속성 가운데 ② 고향에 대한 집합적 기억의 지속, 귀환의 목표로서의 이상화된 고향의 유지, 기원의 국가에 대한 영속과 부흥과 안전에 참여하려는 집합적 의무에 대한 신념, ⑥기원의 국가에 대한 개인적이고 집합적인 관계의 유지 등에서 혼란을 경험하게 되는 것이다. 그런데 이러한 문제들은 역시 윤동주의 뜻하지 않은 옥사라는 사건과 결부된다. 해방 이후 국민국가가 형성된 이후의 시점에서 볼 때 디아스포라로서 그의 경험은 매우 복합적이라 할 수 있다. 이러한 점에서 윤동주의 특별한 경험적 주체 위치는 문학사적 위상을 점하게 되는 것이다.

고통의 인식과 시적 지평의 확대

윤동주를 디아스포라로 읽을 때 먼저 그의 고향의식에 접근하는 것은 당연하다. 윤동주의 문학에서 고향은 그의 시 전편을 관류하는 대상이다. 그런데 윤동주의 고향은 하이데거의 "숲길"처럼 대지-민족으로 자연스럽게 이어지지 않는다. 오히려 그에겐 고향으로 돌아갈 수 없다는 사실로 인하여 지평을 열어갈 수밖에 없는 역설적 조건이 전제된다. 따라서 민족주의로 환원되지 않을 뿐 아니라 보편주의로 기화하지도 않는다. 말할 것도 없이 그를 디아스포라 비평으로 읽을 때 기존의 민족주의적 연구나 제국과 식민지의 틀에서 벗어나는 것은 아니다. 예를 들어 박수연은 디아스포라를 "제국주의 침략에 의해 삶의 터전을 상실한 집단이 처해 있는 타율적 비극"으로 해석하고 "이 비극을 극복하는 방법 중에서 가장 의미 있는 것은 그 제국주의의 강제를 거슬러서 고향으로 회귀하는 일"이라고 주장하면서 디아스포라를 "저항적 민족주의"가 지 닌 정당성과 결부시키려 한다.[15] 하지만 윤동주의 경우 저항적 민족주 의라는 관점에 한정할 수 없는 많은 문제들을 포괄하고 있다. 가령 디아 스포라의 조건은 주체와 타자에 대한 인식을 심화한다. 디아스포라의 위치는 주체의 정체성에 대한 갈등과 혼란을 야기하기도 하지만 주체의 동일성으로 환원되지 않는 인식의 확대를 이끈다. 스스로가 이방인이라 는 생각은 타자를 이해하고 배려하며 존재를 숙고하는 인간성을 형성 한다. 윤동주의 시적 진화를 해명하는 데 있어 디아스포라의 존재론을 빠뜨릴 수 없는 까닭이 여기에 있다. 슬픔, 고난, 고통 등을 내용으로 하 는 그의 경험 유형이나 고향과 세계를 향한 그의 의식에서 '디아스포라 로서의 주체성'과 만나게 되는 것이다. 윤동주의 시적 지평을 형성하는 세 축은 그를 둘러싼 세계와 주체 형성 그리고 그의 언어적 실행이다.[16] 제국 내 디아스포라로 살면서 윤동주는 고향과 자기를 인식하고 타자 와 세계를 이해하는 지평을 지속적으로 확대한다. 그리고 이러한 시적 과정은 그의 죽음과 함께 단절되면서 미완의 지평을 보이게 된다. 이제 윤동주의 주체성 형성의 과정을 살피면서 세계에 대한 그의 경험이 변 화하는 과정들을 따라가 보자.

---

15) 박수연, 앞의 논문, 255쪽. 허인숙 또한 박수연의 관점을 계승하면서 "디아스포라의 최 종 지향점이 결국 "고향"이라면, 디아스포라 의식을 연구하기 위해서 고향을 찾아가는 과정을 알아보면 될 것"이라고 하여 문제설정에 한계를 보이게 된다. 허인숙, 앞의 논 문, 18쪽

16) 미셸 콜로는 이러한 세 축에 의해 경험적으로 형성되는 구조를 "지평구조"라 한다. 미 셸 콜로, 정선아 역, 앞의 책, 9쪽

향수와 나르시시즘의 극복

　1999년 윤동주의 유작들이 전면적으로 공개되면서 윤동주 연구가 새로운 전기를 맞아 많은 연구가 뒤따랐다. 대부분 그의 시작의 전체를 시대적 상황과 전기적 경험의 추이와 연관지어 설명하고 있는데 특히 주체성의 문제가 논의의 핵심 주제라 할 수 있다. 그동안 논의에서 논란의 대상이 된 것이 향수와 유년에 대한 추억의 문제이다. 이러한 추억을 퇴행욕망으로 보는 경향들[17]이 있는가 하면 향수와 추억/주체와 타자 인식의 과정을 단절로 보거나 이 둘의 관계를 충분한 연속성으로 설명하지 못하는 경우[18]가 많았다. 미리 말하자면 향수와 유년서술(동시 쓰기)이 나르시시즘을 유발하지만 동시에 그것을 극복하는 기제가 된다는 것이 나의 입장이다. 향수와 유년추억은 세계와 격절을 만드는 양식이다. 이러한 격절은 일견 세계로부터 후퇴로 보이기도 하지만 세계와 주체의 실상을 이해하는 계기가 된다.

　고백적 양식은 윤동주 시를 구성하는 주된 어조이다. 그의 시 세계는 처음부터 자기의 문제에서 출발한다. 그런데 이러한 자기표현의 단계

---

17) 이는 많은 연구자들이 공통으로 보이는 바인데, 특히 허정은 고향에 대한 추억과 동시 창작을 안식욕망으로 해석한다. 그는 이러한 안식욕망에 의해 윤동주의 희생의지가 좌절한다는 견해를 보이고 있다. 드러난 희생의지와 억압된 안식욕망의 관계를 치밀하게 분석하였다는 점에서 큰 의의가 있으나 이 둘의 길항관계 안에서 시적 지평이 확대되는 과정에 대한 해석이 부족하다. 허정, 앞의 논문 참고

18) 예를 들어 임수만은 동시가 지닌 형식적 한계를 지적하고 있다. "현실과 타인들의 삶으로 관심 폭을 넓히고 그 속에서 자신의 존재를 구체화하는 그에게 이제 '동시' 형식은 큰 한계가 있는 것으로 보였을 것"이라는 설명이다. 임수만, 앞의 논문, 113쪽

에서 시적 수준을 기대하긴 힘들다.[19] 습작시에서 주목되는 것은 세계와 교섭하면서 자기를 인식하는 과정인데, 달리 말해서 나르시시즘적인 주체로부터 벗어나려는 시적 과정이다. 그렇다면 나르시시즘에서 벗어나게 하는 처음의 계기는 무엇인가? 이는 먼저 세계와의 격절을 이끄는 유년의 지각양식인 향수에서 찾을 수 있다. 유년의 지각양식은 시적 지각양식인데 우리가 이를 통해 세계에 다가서면 세계의 사물들은 언어 속에서 자신을 감추는 것과는 정반대로 오히려 자신의 내부를 열어놓는다.[20] 윤동주의 경우에 있어서도 시적 단초는 나르시시즘적인 주체 극복이라 할 수 있고 유년에 대한 향수를 기본적인 발상으로 삼고 있는 것으로 판단된다. 가령 「거리에서」, 「공상」, 「꿈은 깨여지고」에서 세계와 만나는 주체의 경험은 고뇌("궤롬의 거리/회색빛 밤거리를/걷고 있는 이 마음")와 공상("黃金, 知慾의 수평선을 향하여") 그리고 좌절("꿈은 깨여졌다./탑은 문허졌다.")로 진술된다. 이러한 가운데 상실감과 자기연민이 형성되면서 고향, 유년, 동심에 대한 지향을 통하여 세계에 맞서는 주체를 정립한다.

지금껏 알려진 윤동주의 첫 작품은 1934년 성탄 전야에 쓴 세 편—「초 한 대」, 「삶과 죽음」, 「래일은 없다」—인데 모두 성탄 전야라는 특수한 정황에서 고백적 화자의 목소리와 태도가 크게 부각되어 있다. 앞선 두 작품은 예수와 "위인들"에 대한 모방욕망[21]을 드러내고 있고 마지막

---

19) 공개된 많은 습유시편들은 윤동주의 의식과 경험을 추적하는 자료로서 의미가 있을 뿐 시적 성취와 거리가 먼 경우가 많다.

20) 이종영, 『성적 지배와 그 양식들』, 새물결, 2001, 248쪽

21) 여기서 "모방욕망"은 R. 지라르의 개념인데, 이것이 윤동주 문학에 작동하는 구체적인 방식에 대한 것은 다음으로 미룬다. R. 지라르, 김치수·송의경 역, 『낭만적 거짓과 소설적 진실』, 한길사, 2001

한 편은 "래일" 즉 미래의 환상에 대한 경계를 담는다. 이제 막 세상에
자신의 입장과 각오를 드러내는 시인의 표정이 담겨 있다. 윤동주의 모
방욕망은 1941년 5월에 쓴 「십자가」에서 더욱 잘 드러난다. 기독교도인
그에게 "예수"는 고통과 고난을 견디고 자기를 극복하는 전범으로 남는
다. 그런데 남겨진 마지막 시에 과중한 의미 부여를 해서는 안 되는 것
처럼 첫 시편들에 지나친 해석을 가하는 것도 금물일 것이다. 이러한 점
에서 스스로 "공상"이라고 한 "마음의 탑"이 무너지는 1935년 전후(「공
상」과 「꿈은 깨여지고」를 쓴 시기)가 윤동주의 시적 주체가 형성되는
시기라 할 수 있다. 이는 전기적으로 고향을 떠나 평양 숭실학교를 다니
다 신사참배 문제로 퇴학하고 다시 용정으로 돌아오는 시기로 세계와
고향에 대한 윤동주의 인식이 확대된다. 고향을 떠나 "향수"를 느끼면서
(「남쪽 하늘」) 윤동주는 「조개껍질」을 비롯한 동시 쓰기를 병행하게 된
다. 1935년 12월 봉수리에서 쓴 것으로 표기된 「조개껍질」은 평양 유학
동안 쓴 것인데 이러한 동시 창작은 용정의 광명학원으로 온 뒤에도 지
속된다. 여기서 우리는 동시의 창작 계기가 향수와 연관됨을 주목할 수
있다. 또한 이러한 향수와 동시 지향은 퇴행이 아니라 세계에 대한 시인
의 대응이라는 점에서 향후 윤동주의 시적 지평을 이해하는 데 중요한
대목이 된다.

> 헌 짚신짝 끄을고
> 나 여긔 웨 왔노
> 두만강 건너서
> 쓸쓸한 이 땅에

남쪽 저 밑엔

따뜻한 내 고향

내 어머니 계신 곳

그리운 고향 집.

— 「고향집」 전문

　"만주에서 부른"이라는 부제가 붙은 이 시는 1936년 1월 6일 쓴 것으로 부기되어 있다. 많은 연구자들이 시 속의 화자와 전기적 자아를 동일시하는 가운데 해석의 곤란을 보인 시인데[22] 이 시에서 "나"는 페르소나로 보는 것이 타당하다. 평양에서 고향으로 돌아온 윤동주는 그의 처지와 다른 제국 내 이민자의 모습과 만나면서 그의 목소리를 빌려 시를 발화하게 된 것이다. 이러한 점에서 이 시는 그가 "동시"라고 장르를 규정하고 있지만 이를 엄격하게 적용할 수 없는 여지를 내포한다. 적어도 이 시에는 디아스포라로서의 윤동주가 또 다른 디아스포라의 삶을 공감하는 지평이 개진되고 있는 것이다. 따라서 동시 창작을 막연하게 퇴행으로 볼 것이 아니라 윤동주가 태도와 목소리에서 고백 양식을 넘어서고 세계를 인식하는 가교를 만드는 과정으로 이해해야 하는데 이는 "바줄에 걸어 논/요에다 그린 디도는/간밤에 내 동생/오줌 쏴서 그린 디도.//우에 큰 것은/꿈에 본 만주 땅/그 아래/길고도 가는 건 우리 땅."(「오줌싸개 디도」)과 같은 시적 진술과도 연관된다. 디아스포라로서 윤동주가 제국과 식민지를 바라보는 심상지리가 그려져 있는 탓이다.

---

22) 가령 김창환은 윤동주에 관한 기존의 주체중심적 해석을 비판하면서 이 시를 고향집과 어머니로부터의 분리라는 차원에서 얻어질 수 있는 타자지향성을 상정한다. 하지만 이미 이 시 속에서 윤동주는 타자를 발견하고 있는 것이다. 김창환, 앞의 논문, 283쪽

윤동주의 많은 시편들―「창구멍」, 「굴뚝」, 「봄1」, 「산울림」, 「밤」 등―
이 유년과 고향의 추억을 노래하고 있다. 특히 동시는 유년의 지각을 통
하여 세계와 대응하는 양식이다. 이는 주로 평양 숭실중학교로 진학하
였다가 좌절하고 용정 광명학원 중학부를 다니다 다시 서울의 연전에
입학하는 과정, 다시 말해서 그의 나이 20세에서 22세에 이르는 1936년
에서 1938년의 3년 동안 거듭 반복된다. 주체의 감성과 세계의 실상, 향
수와 유년의 지각이 교차하는 가운데 윤동주의 시적 지평은 확대된다.
엄밀히 말해서 고향에 대한 추억, 유년 이야기의 서술,[23] 현실에 대한 경
험적 발화가 공존하는 1938년까지 윤동주의 시는 그 다양한 양식만큼
기복이 있다. 그럼에도 이 시기에 진행된 시적 과정은 이후 1941년 연전
졸업과 함께 시집으로 묶으려 했던 19편의 성과를 뒷받침한다. 고향에
대한 향수와 유년의 지각은 세계와의 차이의 인식이자 세계에 대한 부
정이다. 또한 과거를 통하여 미지를 예지한다.[24] 그래서 이러한 과정은
자기중심적인 세계인식을 넘어서게 한다. 예를 들어 「이런 날」은 '오족
협화'라는 동아 제국의 다문화주의 이념이 내포한 '모순'을 말하고 「양
지 쪽」은 1936년 당시의 정세를 "지도 째기 놀음에" "가뜩이나 엷은 평
화"라고 진술하고 있다. 또한 "갓 슨 양반 당나구 타고 모른 척 지나고,/
이 땅에 드물든 말 탄 섬나라 사람이/길을 묻고 지남이 이상한 일"(「谷
間」)이라 하여 "고향"의 변화를 직시한다. 이러한 예들을 통하여 알 수
있듯이 향수와 동심으로 돌아가기가 퇴행으로 귀결되지 않을 뿐만 아

---

23) 실제 동시는 「굴뚝」이 시사하듯이 공동체의 이야기들을 담아내는 형식에 가깝다. 만
   주사변과 만주국 건설 그리고 중일전쟁으로 이어지는 정세 속에서 고향의 공동체가 위
   협을 받거나 해체되는 국면에 대한 시적 대응이라 할 수 있다.
24) 향수와 추억이 지닌 이중적 지평구조―파지지평과 예지지평―에 대한 것은 미셸 콜로,
   정선아 역, 앞의 책, 70-80쪽 참조

니라 나르시시즘적인 고백적 주체를 극복하는 계기가 되고 있음을 알 수 있다. 그래서 「한난계」의 마지막 연—"나는 아마도 진실한 세기의 계절을 따라,/하늘만 보이는 울타리 안을 뛰쳐,/역사 같은 포지슌을 지켜야 봅니다."—이 투사를 통하여 주체의 위치를 드러내고 있는 것으로 읽어도 무방할 것이다. 이처럼 향수는 현재의 세계에 대한 부정성을 드러내는 데 그치지 않고 주체와 세계의 진실을 인식하는 단계로 발전한다. 이 과정이 감성적 수준에 머무를 때 자기인식은 충분하지 못하게 된다.

고통과 타자에 대한 사랑

시 쓰기는 시인의 경험과 세계의 발견이라는 맥락에서 이해된다. 그 어느 시인도 자기표현을 위하여 시를 쓰지는 않을 것이다. 적어도 시작이 일회성에 그치지 않고 삶의 과정과 함께한다면 시인은 언어를 매개로 주체와 세계의 관계, 주체성의 성립이라는 지평구조를 지향하게 된다.[25] 그리고 시적 인식의 지평은 대체로 나르시시즘의 단계, 향수(노스텔지어)의 단계, 자기와 타자 인식의 단계로 전개된다.[26] 나르시시즘의 단계는 거울에 비친 자기에 대한 상상적 관계를 거듭 되묻는다. 자기연민과 자아분열 그리고 자아정체성 찾기라는 시적 과정이 자기표현의 형식으로 반복되는 것이다. 향수의 단계는 시적 독백에서 벗어나는 단계이다. 물론 나르시시즘의 단계와 향수의 단계가 순차적인 것은 아니며 엄밀하게 말하여 향수의 단계가 나르시시즘의 단계를 극복하게 하는 것도 아니다. 둘은 섞이기도 하고 상호 연관되기도 한다. 향수의 단계는 세계에 대한 비극적 감성이 내면 혹은 세계 내 존재의 화해에 머무르는

---

25) 같은 책, 7-9쪽
26) 이종영, 앞의 책, 242-262쪽; 졸저, 『감성과 윤리』, 산지니, 2009, 37-50쪽

'행복의 시학'을 형성하기도 한다. 윤동주는 전형적으로 이러한 시적 인식의 단계를 거치는데 이를 뒷받침하는 것이 고향을 지향하는 디아스포라로서의 주체 위치이다.

윤동주에게 유년과 고향은 그의 짧은 시력 전체를 관통하는 주제이다. 어린 시절 북간도에서의 경험은 그의 시적 경험의 원형으로 자리한다. 하지만 유년과 고향은 그에게 양가적이다. 이주자의 시선이 작동한 탓이다. 고향을 향한 윤동주의 시선은 실제의 고향을 향한 것뿐만 아니라 복합적이다. 모국의 경계를 넘어 만주에 고향을 둔 디아스포라의 이중적 의식이 표백된 것이라 할 수 있다. 그래서 윤동주에게 고향은 세계를 거부하는 유아주의(solipsism)와 거리가 멀다. 망명자에겐 어린 시절 고향에 대한 강한 배타적 집착이 있는가 하면 시적 지각을 통한 열림이 있다. 유년과 교향은 이러한 양면성을 지닌다. 이러한 양면성은 동일성에 기반한 배타주의와 시인의 열림에 대하여 사물이 화답하는 유년의 지각양식으로 나타난다. 전자의 경우 가장 부정적인 형태로 나타나는 것이 "고통은 과거로 이끈다"는 파시즘의 시간 정치학이다. 모더니티의 경험이 고통이 되는 세계에 대한 반응 중 하나인 안정성에 대한 갈망이 고향, 자연, 민족을 부르는 것이다.[27] 그러나 디아스포라의 고통을 경험한 윤동주의 경우 고향은 처음부터 파시즘적 감성과 거리를 둔다. 이러한 점에서 윤동주의 시 「또 다른 고향」은 "고향에 돌아왔는데 제 백골이 따라와 한방에 누웠다. 삶이 죽음과 함께, 존재가 무와 함께 한방에 누운 것이다. 그 아득한 타자성이 시인의 자기이다."[28]라는 해석이 가능하다. 윤동주에게 고향은 훼손되거나 해체됨이 커 자기동일성의

27) M. 네오클레우스, 정준영 역, 『파시즘』, 이후, 2002, 163-168쪽
28) 김상봉, 『서로주체성의 이념』, 길, 2007, 217쪽

근거가 되지 못할 뿐만 아니라 감성적인 집착의 대상으로 지속되지 않는다.

> 호젓한 세기의 달을 따라
> 알 듯 모를 듯 한데로 거닐과저!
>
> 아닌 밤중에 튀기듯이
> 잠자리를 뛰쳐
> 끝없는 광야를 홀로 거니는
> 사람의 심사는 외로우려니
>
> 아─이 젊은이는
> 피라미드처럼 슬프구나
>
> ─「비애」 전문

1937년 8월에 쓴 시인데, 광명중학교 졸업반 당시의 "심사"가 토로되고 있다. 이처럼 슬픔 혹은 비애는 윤동주가 주체와 세계의 관계 인식에서 느끼는 정조이다. 구체적인 고향에 대한 그리움은 다른 이들에게 배타적일 수밖에 없다. 윤동주에게도 이러한 배타적인 장소로서의 고향이 있고 그에 대한 그리움은 지속된다. 하지만 향수가 윤동주를 지배하는 의식은 되지 못한다. "비애"는 유년과 달라진 청년의 세계지각에서 비롯한다. 그야말로 유년의 "명동"은 그에게 행복이나 희망의 기원이지만 세계로 나아가야 하는 "젊은이"에게 그것은 "고풍한 풍습이 어린 사랑의 전당"(「사랑의 전당」)처럼 기억 속에 남겨져야 할 대상이 된다. 나르시시즘 단계에서 시인의 '착한' 감성은 타자와 세계에 대한 몰각이 될 수 있다. 자주 자신의 괴로움을 망각하거나 이웃의 아픔을 회피하기도 하고 나아가 극단의 유아주의로 행위에 대한 무책임을 낳기도 한다. 이럴 때 서정시인의 착한 주체는 세상의 악이 될 수도 있다. 자기표현이 치우쳐 있거나 동시 쓰기의 편향에서 윤동주가 벗어나는 것도 이러한 유아주의에 대한 자각과 연관된다. 세계의 고통에 등 돌리거나 자기의 고통을 회피하려 하지 않고 그는 고통의 인식을 통하여 시적 주체를 형성한다. 고통은 두 가지이다. 타자의 고통으로부터 등을 돌리게 하는 고통과 타자의 고통에 눈을 뜨게 하는 고통이 그것이다. 자기의 고통을 알지 못하는 이는 타자의 고통을 이해할 수 없는데 윤동주는 디아스포라의 입장에서 자기를 인식하고 타자와 공감한다. 이러한 과정은 이미 1936년에 쓴 「고향집」 등에서 나타나지만 1938년 용정의 광명중학교를 졸업하고 경성의 연희전문학교에 입학하면서 보다 구체화된다. "이제/네게는 삼림속의 아늑한 호수가 있고/내게는 험준한 산맥이 있다."는 「사랑의 전당」에서의 진술처럼 "아늑한" 고향이 아니라 "험준한 산맥"의 세계로 나아가게 된 것이다. 이런 가운데 "아우의 얼굴은 슬픈 그림"(「아우의 인상화」)으로 지각되며 "흰 수건이 검은 머리를 두르고/흰 고무신이 거츤 발에" 걸리는 남성과 "흰 저고리 치마가 슬픈 몸집을 가리고/흰 띠가 가는 허리를 질끈"(「슬픈 족속」) 동인 여성, "슬픈 족속"이 부각되는 것이다.

그런데 동시 쓰기와 타자의 고통에 공감하는 일이 선후의 관계로 진행되는 것은 아니다. 오히려 이 둘이 병행된다는 데서 윤동주의 시 쓰기가 지니는 의의를 찾을 수 있다. 경성에 온 뒤에도 윤동주의 동시 쓰기는 지속되는데 이는 조선일보사가 발행하는 『소년』이라는 발표지면이 있고 후일 이를 계기로 윤석중 등을 만나는 일과 연관되기도 한다.[29] 그렇지만 이러한 외적 요인과 더불어 고통과 향수 혹은 동심의 결합이 '위선에 대한 거부'를 이끄는 과정이 된다[30]는 사실에 주목할 필요가 있다. 예를 들어 1939년에 쓴 「츠르게네프의 언덕」의 정황이 그러하다. "무서운 가난"에 처한 세 아이와 "측은한 마음"을 지닌 나의 거리에 대한 인식은 곧 타자로 나아가는 길목이라 할 수 있다.

고통을 통한 자기인식은 위선을 거부하고 시적 허위를 탈각하려는 시인에게 필연적인 과정인데 윤동주의 (미완의) 후기 시는 이러한 과정을 통하여 탄생한다.[31] 고통인식의 단계에서 시인은 먼저 자기의 고통을 기억하게 된다. 이러한 기억은 향수의 변용 형식에 가깝다. 달리 고통에 대한 향수라고 할 수 있을 것인데 이는 감수성의 확대와 인간학적인 성찰로 이어진다. 윤동주의 「자화상」은 위선을 거부하고 자유를 얻으려는 "자기에 대한 배려"의 한 형식이다.[32] 「자화상」은 시적 성취라는 측면에서도 중요하지만 이보다 자기성찰을 통하여 타자에 대한 연대성의 지평을 여는 관문이라는 점에서 의의가 큰 것이다. 이로써 「츠르게네프의 언덕」에서 보인 타자에 대한 연민은 타자를 느끼고 세계를 받아들이는 감수성으로 열려가게 되는 것이다. 고통에 대한 지각은 모든 사람이 사는 곳을 고향으로 생각하게 하는 의식형태로 감수성의 확장을 이끈다. 이러한 감수성은 타자의 고통에 감응하고 그와 연대하는 시발이 된다.

29) 왕신영 · 심원섭 · 오오무라 마스오 편, 앞의 책, 396-397쪽

30) 이종영, 앞의 책, 259쪽

31) 이러한 점에서 나르시시즘적인 자기표현과 동심의 세계를 서술한 시들은 본격적인 차원의 평가를 얻기 어렵다. 물론 이러한 과정에서 나타나는 유년과 고향의 문제는 나르시시즘의 극복이라는 차원에서 의미를 가진다.

32) 여기서 "자기에 대한 배려"는 푸코의 후기 철학에서 가져온 개념이다.

1940년에 쓴 「위로」, 「병원」은 타자의 고통을 인식하는 과정을 집약한다.

　　살구나무 그늘로 얼굴을 가리고, 病院 뒤뜰에 누워, 젊은 女子가 흰옷 아래로 다리를 드러내 놓고 日光浴을 한다. 한나절이 기울도록 가슴을 앓는다는 이 女子를 찾어오는 이, 나비 한 마리도 없다. 슬프지도 않은 살구나무 가지에는 바람조차 없다.

　　나도 모를 아픔을 오래 참다 처음으로 이 곳에 찾어왔다. 그러나 나의 늙은 의사는 젊은이의 病을 모른다. 나한테는 病이 없다고 한다. 이 지나친 試鍊, 이 지나친 疲勞, 나는 성내서는 안 된다.

　　女子는 자리에서 일어나 옷깃을 여미고 花壇에서 金盞花 한 포기를 따 가슴에 꼽고 病院 안으로 사라진다. 나는 그 女子의 健康이―아니 내 健康도 速히 回復되기를 바라며 그가 누웠든 자리에 누워 본다.

　　　　　　　　　　　　　　　　　　　　　　　　―「病院」 전문

　이 시의 중요성은 두루 알려져 있듯이 윤동주가 시집의 표제를 삼으려 한 사실에서도 드러나고, 자기의 고통과 타자의 고통을 함께 인식하면서 고통의 연대성을 상상하는 데서도 찾을 수 있다.[33] 어떠한 고통이

_____

33) 여기서 고통의 유형을 생각해보자. ①육체적 고통. 질병과 노동과 폭력이 신체에 가하는 고통이다. ②고통에 대한 심리적 내면적 경험. ③세계의 부정성에 대한 경험으로 사회적 폭력과 억압의 경험, 지배이데올로기가 의식에 가하는 폭력, 전체가 소수에게 가하는 폭력, 보편이 특수에게 가하는 폭력, 차이를 증오하는 태도, 개인성의 상실 등. ④고통으로서의 역사. 역사가 알려지지 않는 억압, 죽음, 고통, 부정성으로 가득 차 있

든 그 극단은 존재와 세계를 완벽하게 차단한다. 한 개인을 완전하게 파괴하는 것으로, 죽음에 상응하는 고통이다. 윤동주는 이러한 고통 속에서 죽음을 맞았다. 이러한 점에서 그는 고통의 시인이다. 하지만 후쿠오카 감옥에서의 그의 고통에 대한 시적 기록은 삭제되고 없다. 문제는 그의 옥사가 아니라 그가 감옥에 가기 전에 이미 고통의 시학을 전개하고 있었다는 사실에서 찾을 수 있다. 그런데 고통의 시학은 타자의 시학이자 사랑의 시학이다.[34] 고통을 경험하는 것이 사랑이 되고 사랑에는 고통이 수반되기 때문이다. 이러한 점에서 윤동주의 후기 시의 또 다른 주제는 사랑이다.

> 죽는 날까지 하늘을 우러러
> 한 점 부끄럼이 없기를,
> 잎새에 이는 바람에도
> 나는 괴로워했다.
> 별을 노래하는 마음으로
> 모든 죽어가는 것을 사랑해야지

다는 역사철학적 통찰이 그것이다. 이종하, 『아도르노—고통의 해석학』, 살림, 2007, 14-15쪽

34) 고통의 경험은 타자의 고통 속에서 자기 자신의 과거의 고통을 보게 하고 그리하여 자신을 타자 속에 묶어두는 것이다. 그렇지만 이때 타자의 고통 속에서 자기 자신의 고통을 보는 것은 결코 타자의 자기화에 그치는 것이 아니다. 그것은 오히려 타자의 고통의 이유를 인식하려는 열망으로 이어진다. 타자 속에서 자기 자신의 과거를 발견한다는 것은 그 타자에 대해 애정을 갖게 된다는 것을 말한다. 이것으로 이미 자기 자신은 타자의 입장에 설 준비를 갖춘다. 진정으로 애정을 갖는다는 것은 그의 입장에 설 준비를 갖춘다는 것이기 때문이다. 그리고 타자의 고통의 이유에 대한 인식은 자기 자신으로 하여금 타자의 입장에 서서 세계를 바라볼 수 있도록 해준다. 이종영, 앞의 책, 266-267쪽

그리고 나한테 주어진 길을
걸어가야겠다.

오늘 밤에도 별이 바람에 스치운다.

"서시"로 알려진 시로, 윤동주가 시집을 묶으면서 자신의 시 세계를 집약하여 진술한 시이다. 이 시에서 자기 성찰, 고통 등도 언급되고 있지만 시의 중심 주제는 "모든 죽어가는 것을 사랑해야지"라는 데 있는 것으로 보인다. "모든 죽어가는 것"은 모든 살아 있는 것이자 고통받으며 죽어가는 것이다. 고통과 사랑은 윤동주가 일본 유학을 떠나기 전 개진한 가장 중요한 시적 지평이다. 물론 추억과 자기 성찰 등도 이와 함께한다. 그러나 이러한 윤동주의 시적 지평은 미완으로 그치고 만다. 기독교를 위시하여 일찌감치 많은 종교는 사랑의 마조히즘을 말한 바 있다. 그러나 이것이 지닌 형이상학은 실제 세상의 고통에 무관심한 경향으로 흐르고 있다. 도르테 죌레는 "고난을 오직 인내라는 관점하에서만 생각하는 일, 또 거기서 비롯된 것으로 다른 사람의 고난에 대해 무감각해지는 일"[35]을 비판한 바 있다. 이처럼 고통은 종교적 복종이나 개인적 인내의 차원에서만 이해되지 않아야 한다. 고통이 내포한 역사적 맥락과 사회적 연관이 간과될 때 고통은 자연스러운 현상이 되고 삶의 무기력으로 전화될 가능성을 안게 된다. 고통을 체험한다는 것은 제 몸에서 죽음을 겪는 일에 다를 바 없다. 이것은 사랑이 만드는 즉각적인 괴로움을 감내하면서 기꺼이 자기희생을 받아들이는 데서 이뤄진다. 윤

---

35) 도르테 죌레, 채수일 · 채미영 역, 『고난』, 한국신학연구소, 1993, 27쪽

동주는 「또 다른 고향」, 「별 헤는 밤」, 「참회록」 등을 통하여 고통을 고
난의 차원에서 타자에 대한 사랑으로 이끌어내는 단초를 마련하였는데
이것이 디아스포라로서 그가 개진한 시적 지평이 가지는 오늘날의 존재
의의가 아닌가 한다.

윤동주, 미완의 과정

윤동주의 시는 미완의 과정으로 읽혀야 한다. 특히 디아스포라로서의
주체와 타자의 인식이라는 시각으로 접근할 필요가 있다. 이럴 때 그의
시작 처음과 끝에 놓여 있는 희생의 의미를 정확하게 읽을 수 있다. 또
한 그의 시적 지평이 어떠한 지향으로 확장되고 있는지 살필 수 있다.

확실히 윤동주라는 이름에는 억울한 희생이라는 의미가 드리워져 있
으며 이로써 저항적 민족주의가 호명되는 경향이 크다. 하지만 식민지
와 제국 혹은 민족주의와 제국주의라는 이항대립 구도는 윤동주 이해
의 전제조건이 아니다. 그는 시인으로서 주체를 형성해가는 과정에서
희생된다. 따라서 그의 시적 과정을 세심하게 추적하는 일이 중요하다.

윤동주의 시를 따라 읽으면 디아스포라로서의 조건이 만드는 시적 지
평을 이해할 수 있게 된다. 다시 말해서 고향으로 돌아갈 수 없다는 사
실로 인하여 세계와 타자를 향하여 시적 지평을 열어갈 수밖에 없는 역
설적 조건을 만나게 되는 것이다. 이처럼 디아스포라의 조건은 주체와
타자에 대한 인식을 심화한다. 디아스포라의 위치는 주체의 정체성에
대한 갈등과 혼란을 야기하기도 하지만 주체의 동일성으로 환원되지
않는 인식의 확대를 이끈다. 스스로 이방인이라는 생각은 타자에 대하
여 이해하고 배려하며 존재를 숙고하는 인간성을 형성한다. 우리는 그

의 시를 통해 슬픔, 고난, 고통 등을 내용으로 하는 그의 경험 유형이나 고향과 세계를 향한 그의 의식에서 '디아스포라로서의 주체성'과 만나게 된다. 이러한 주체는 궁극적으로 타자의 고통을 공감하는 주체이다.

윤동주의 시를 미완으로 이해하는 것은 그의 시적 성취에 대한 평가와 무관하다. 이보다 향수와 동심을 통하여 나르시시즘적인 주체 혹은 위선적인 자기를 넘어서면서 자기를 배려함과 동시에 타자의 지평으로 나아가는 과정이 지닌 의의를 생각하자는 것이다. 이럴 때 그가 시사한 고통의 인식을 통한 주체와 타자의 연대라는 문제의식이 크게 부각된다. 또한 그가 열어가고자 한 고통과 사랑의 시학이 21세기의 디아스포라의 시대에 재평가되고 계승되고 발전되어야 할 과제임을 알 수 있게 되는 것이다.

백신애, 근대를 향한
양가적 모험

백신애론의 행방

"백신애는 정열이 승해서 문학편이 그 기질을 감당하지 못한 한이 있다"[1]라는 백철의 지적은 여전히 여운을 남긴다. 서른두 살의 젊은 나이에 요절하였기에 그녀의 재능을 안타깝게 생각하는 이들에게 '한'이 되었음에 틀림없을 것이다. 단명에도 불구하고 백신애는 일찌감치 제2기 여성작가로 분류되어 문학사에 이름을 올렸다. 하지만 백신애에 대한 종합적인 연구는 오랫동안 지연되다 1980년대 후반에서야 본격화된다. 이즈음 작품이 새로 발굴되고 텍스트가 고증되는 한편 전기가 구성되었다. 본격 연구의 시발은 한명환에 의해 진행되는데[2] 그의 연구 결과는 고스란히 김윤식에 전달되어 최초의 작품집 발간에 이르게 된다.[3] 김윤

---

1) 백철, 『신문학사조사』, 민중서관, 1953, 347쪽
2) 한명환, 「백신애연구」, 고려대학교 석사논문, 1986
3) 한명환은 이러한 경과를 "필자가 전해준 작품 자료 등을 토대로 향토연구자인 김윤식

식은 전기 재구성과 작품집 간행이라는 두 가지 일을 수행함으로써 백신애 연구의 토대를 만든 이라 할 수 있다.[4] 김윤식의 작업 이후 최혜실의 연구 결과도 없지 않다.[5] 그런데 최혜실의 작업은 '원문의 일부 누락이나 문장의 윤색' 등 텍스트 고증에 많은 빈틈을 보이고 있는 것으로 평가되고 있다. 백신애의 정본 소설집을 엮은 이는 이중기이다. 그는 김윤식의 연구 성과를 일일이 추적하여 확정하는 일을 수행하였고 그 결과 정본이라 할 수 있는 소설집과 산문집을 간행한다.[6] 더불어 그는 김윤식의 「백신애연구초」(『경산문학』 2집, 1986)에 내재한 과잉과 결락을 바로잡고 백신애에 관한 최선의 전기를 구성한다. 이로써 출생과 가계, 성장과정과 학적, 사회운동과 문학 활동, 결혼 생활과 죽음에 이르는 전반 궤적이 그려진 셈이다.

그동안 백신애 문학연구의 경향을 한명환은 네 가지로 분류하고 있다.[7] 당대 리얼리즘 문학의 관점에서의 접근, 여성문학적 관점에서의 접근, 수사학적 접근, 비교문학적 접근. 대체로 온당한 분류이나 여기에다 전기적 접근을 추가할 수 있을 것이다. 당대 리얼리즘 문학적 접근에 있어 화제가 된 것은 백신애의 사회주의적 경도와 동반작가적 글쓰기이다. 백신애가 KAPF 맹원이라는 추정[8]은 여전히 확인을 요하는 사항이

씨는 이듬해 조선일보에서 작품집을 간행한 바 있다"고 밝히고 있다. 한명환, 「백신애 문학연구의 향방과 전망」, 『순천향 인문과학논총』 제23집, 순천향대, 2009, 103쪽

4) 김윤식 편, 『써래이-백신애소설집』, 조선일보사, 1987

5) 최혜실 편, 『아름다운 노을(외)』, 범우사, 2004

6) 이중기 편, 『백신애선집』, 현대문학, 2009;『슈크림』, 만인사, 2010

7) 한명환, 앞의 논문, 103-104쪽

8) 한명환은 『비판』에 「식인」을 게재한 사실을 두고 백신애가 KAPF 맹원이라 단정하고 있다. 카프가 와해된 1936년에 카프계 잡지에 게재된 작품을 근거로 소속을 추론하는 것은 사실상 무의미하다. 한명환, 앞의 논문, 113쪽

다. 사실 피폐한 농촌과 농민의 삶을 서술하는 빈궁문학은 1929년의 세계공황과 더불어 일본제국과 식민지 조선의 문학적 흐름에서 주류를 형성하는데, 백신애가 발표한 1930년대 중반의 많은 소설이 이러한 경향과 함께한다. 백신애는 당대의 문학적 자장 안에서 글쓰기를 하였는데, 특히 그녀의 소설이 리얼리즘의 규율에 충실하기보다 이야기하기라는 측면이 강하다는 점에서 재고할 필요가 있다. 여성문학적 접근은 그동안 백신애 연구의 주된 경향에 해당한다. 하지만 백신애의 문학적 문제의식을 가부장제로 환원하는 데는 일정한 한계가 있다. 이때 백신애의 '가족의 원근법'이 요청된다. 달리 말해서 어머니와 아버지 그리고 오빠 등 가족 관계에 대한 보다 구체적인 탐구가 필요하다. 수사학적 접근은 백신애 소설에 나타나는 약한 풍자 문제에 집중되어 있다. 나아가 그녀의 소설을 통해 경북 방언을 고찰하기도 한다.[9] 일본문화와 문학의 영향이라는 문제는 비교문학적 접근의 과제로 남겨져 있다. 백신애가 끊임없이 일본이라는 창을 통하여 지식을 흡수하였다는 점에서 그녀의 문학에 스며든 일본의 사상과 시각을 추적하는 일이 요긴하다. 이는 전기적 접근과 더불어 고찰해야 할 일이라 생각한다. 전기적 접근은 자주 텍스트의 미학을 간과한다는 비판에도 불구하고 '사라져가는 한 인간 정신의 재생'이라는 점에서 가장 중요한 연구 과제라 생각한다. 정신분석학과 지식사회학의 도움에 힘입어 한 작가의 인간학적 전체성에 이르는 것이 전기라고 한다면 이야말로 앞선 모든 방법을 아우르는 종합이라 할 수 있을 것이다.

여기서는 전기적 접근을 추구하되 선행연구들이 남겨놓은 과제들에

---

9) 김태엽, 「백신애 소설에 나타나는 경북 방언」, 『우리말글』 제44집, 우리말글학회, 2008

주목하려 한다. 그것은 두 가지다. 첫째는 아버지와 어머니 그리고 오빠 등 가족관계에 대한 백신애의 의식을 재검토하는 것이고, 둘째는 시베리아, 도쿄, 청도 등 세 번에 걸친 여행/유학을 통하여 백신애가 보인 세계인식과 타자에 대한 시선을 분석하고자 하는 것이다. 그런데 이 두 가지 주제는 백신애 문학을 설명하는 데 필수적인 주체 위치를 가늠하게 하므로 상호연관성을 지닌다. 백신애는 "이질적이고 모순적인 영역들이 교차하는 지대에서 각 영역의 윤리들을 일정하게 담지하고 또 그에 저항하기도 하는 양가적이고 혼종적인 정체성의 소유자"[10]이다. 그녀의 삶과 글쓰기는 근대와 고향, 제국과 식민지, 탈주와 회귀, 개인과 가족, 중심과 주변 등 서로 길항하고 연동하는 가치와 제도 내에서 유동한다. 따라서 그녀의 삶이 지니는 복잡성, 잡다함, 혼종화 과정에 관심을 기울여야 할 것으로 보인다. 말할 것도 없이 이러한 의도가 쉽게 관철될 수는 없다. 주어진 자료가 한정되어 있고 그것을 바탕으로 텍스트의 이면을 읽는 노력을 지속해야 하기 때문이다.

가족의 원근법

많은 이들의 공통된 견해 가운데 하나가 백신애에게 끼친 오빠 백기호의 영향이다. 백기호(1903~?)의 약력은 다음과 같이 요약된다: "경북 영천 출신으로, 1921년 12월 영천기독교청년회에 가입했다. 영천구락부 집행위원, 영천청년회 간부를 지냈고, 정우회 발기에 참여했다. 1926년 조선공산당에 입당했다. 6월경 '제2차 조공 검거사건' 때 검거되어 1927

---

10) 김지영, 「백신애 소설 연구—경계인의 정체성과 모방 강박을 중심으로」, 『현대소설연구』 제38집, 현대소설학회, 2008, 39쪽

년 4월 면소처분을 받았다."[11] 백기호의 활동은 잘 알려져 있지 않으나 1927년부터 고향 영천에서 청년운동, 신간회 운동을 이끈 것으로 보인 다.[12] 그런데 1931년 5월 신간회 해소 이후 그의 실상을 알려주는 자료 를 찾긴 힘드나[13] 백신애의 근황을 알리는 글의 말미에 "대구에서 정미 소를 하고" 있는 것으로 부기되는가 하면[14] 1939년에는 지방선거취체 위반자 명단에 포함되어 있기도 한데 직업은 농업이다.[15] 1949년 보도 연맹 경북간사장을 맡다 월북한 것으로 보아[16] 해방 이후에도 인민위원 회 등에서 활동한 것으로 추측된다. 이렇게 볼 때 백기호는 일제시기 대 다수 사회주의자들과 유사한 경로를 거치는 것으로 보인다. 신간회 해 소 이후 가업인 정미소를 맡아 일하는데 1935년 아버지 백내유가 죽으 니 그로선 가업을 팽개칠 수 없었을 터이다. 그리고 1939년 이후 악화되 는 정세 속에서 전향 노선을 걷다가 해방을 맞고 사회주의 국가 만들기

---

11) 강만길 · 성대경 엮음, 『한국사회주의 운동 인명사전』, 창작과비평사, 1996, 226쪽

12) 김도형, 「1920년대 경북지역의 농민운동」, 『한국근현대지역운동사 I 영남편』, 역사문제 연구소, 1993, 462쪽

13) 김경재, 「최근 조선의 전변 25년간-(사상계) 화요, 북풍, 신간회 등의 명멸」, 『삼천리』 1934년 6월호, 61-67쪽 참조

14) "백신애-경북 영천 태생으로 보통학교교원으로 있다가 공직자인 아버지의 혹독한 간 섭을 일언으로 박차고 경성에 와서 경성여자청년동맹의 간부로 있었고 그 후 동경에 가서 삼월회 근우회 동경지회 등에 간여하야 글 잘 쓰는 백신애, 말 잘하는 백신애, 하 야 운동자 간에 널리 알리어 있던 백신애는 동경에서 배우공부를 한다더니 요새는 모 카페의 여급으로 진출하였다는 풍설이 있다. 언제인가 조선일보에서 현상소설을 모집 할 때에 그는 변명으로 그에 응모하야 1등에 당선되었나니 그만큼 그는 여류재인이었 다. 그의 남형인 백기호는 대구에서 정미소를 하고 있다고." 「행방탐색」, 『삼천리』 1932 년 7월호, 12쪽

15) 『朝鮮地方選擧取締規則違反事件に關する調査』, 朝鮮總督府 高等法院 檢事局 思想部, 1939

16) 이중기, 「백신애, 그 미로를 따라가다」, 『백신애선집』, 482쪽

에 투신하다 월북하게 된 것이 아닌가 한다. 백기호의 생애를 개략적으로 재구성해보면 그는 확실히 실천적인 사회주의자였음을 알 수 있다. 그의 일본유학에 대한 자료는 아직 찾을 수 없지만 그가 국내 사회주의 단체 가운데 '북풍회' 소속임은 알 수 있다.[17] 1924년 11월에 창립된 북풍회는 "一. 사회운동이 본질적으로 무산대중자체의 운동인 이상 우리는 어디까지든지 현실에 입각한 대중의 실제적 요구에 응하여 종국의 이상을 향하야 맥진하기를 기함. 一. 우리는 대중운동의 부문이 되는 노농, 청년, 여자, 형평운동의 지적 교양과 계급적 훈련과 아울러 모든 현상타파운동을 지지하는 동시에 경제문제에 치중하고 과학사상을 보급케 하며 도시와 농촌의 협동을 기함. 一. 우리는 아직까지 계선이 불분명한 상태에 재한 운동을 정돈하야 그 유별을 확정하고 조직을 면밀히 알아서 종래의 소극적 부인의 태도를 허치 않고 일층 질서적으로 정진하기를 기함. 우리는 계급관계를 무시한 단순한 민족운동을 부인한다. 그러나 조선현하에 있어서 민족운동도 또한 피치 못할 현실에서 발생한 것인 이상 우리는 특히 양대 운동 즉 사회운동과 민족운동의 병행에 대한 시간적 협동을 기함."[18] 등을 강령으로 삼았다. 이러한 북풍회가 정우회로 확대 개편될 때 백기호가 중요한 인사로 참여한 것을 보면 그의 사회활동이 가열했음을 짐작할 수 있다. 그렇다면 장남의 이러한 활동에 대하여 아버지 백내유의 입장은 어떠하였을까? 이에 대한 답을 다음과 같은 『중외일보』 기사를 통해 찾을 수 있을 것이다.

---

17) 이는 김경재, 앞의 글, 65쪽에서 "사단체합동회는 정식으로 해체하고 정우회는 창립케 되었으니 그의 발기인에 북풍회측에서 이규송 배덕수 백기호 등"이라는 구절을 통해 알 수 있다.

18) TY생, 「사회운동단체의 현황-단체·강령·사업·인물」, 『개벽』 제66호, 1926년 3월, 48쪽

대구 서부 달성정(達城町)과 부외(府外) 원대동 십여성정 정미공장에서 노동하는 대구노동회 회원 170여 명이 임금으로 인하여 두 번째 파업을 지난 26일 오후 6시부터 단행하였다 함은 기 보도와 같거니와 쌍방의 태도가 상당히 강경한 모양으로 각 상점에서는 검사 마친 쌀들을 정거장으로 운반코자 하였으나 운반할 인부가 없어 할 수 없이 어떤 자동차부에 의뢰하여 2,3차를 운반하였으나 동부정거장에서 노동하는 회원들이 기차에 실어주지 않으므로 쌀은 그대로 정거장에 노적되어 있다 하여 이 사정을 안 자동차부에서 임금문제로 파업한 상점 물건은 실어줄 필요가 없다하여 운반을 거절하였다는데 대구노동회에서는 아무리 보아도 해결이 잘 안될 것 같으므로 1일까지 보아서 파업한 회원들의 구제책을 강구한다하며 특히 백내유정미소에서는 자본주인 내가 이익을 적게 보지 일하는 노동자를 착취하랴 하며 자진해서 자기 집에서 일하는 노동자들에게 대하여는 한 가마니에 14전씩을 주고 일을 시킨다는 바 일반은 백씨의 행사를 칭송한다더라.[19]

이러한 기사를 통해 백내유가 장남의 사회주의 활동을 상당한 정도 이해하고 있었음을 알 수 있다. 따라서 백내유를 '친일거상' 등으로 명명하는 것은 일방적이다. 적어도 1920년대 후반 백내유 가(家)의 분위기는 상당히 개방적이고 진취적이었던 것으로 보인다. 그렇다면 백신애에 대한 백내유의 입장은 어떠했을까?

19) 『중외일보』 1927년 12월 2일

창작을 하기 위하야, 참고 될 서적을 맘대로 뒤질 자유와, 실지 조사를 간다든지, 맘에 드는 곳을 찾아 가서 조용이 글을 쓸 수 있는 분들을 나는 지극히 부러워합니다. 글을 쓰면 당장에 축출을 하려는 아버지 아래였고 놀면서도 여가 업는 터이라, 한 가지 무엇이나 쓰려고 하면 밤중 남들이 다-잠든 후 이불 속에서 전등불을 감추어 원고지만 빛어놋코 가만히 씁니다. 가삼에 고은 베게에 등줄이 맞이고 肋骨이 재릴 때까지 쓰면 400字 원고지로 하로 20枚까지는 예사입니다. 그러나 단편소설은 좀 무리를 해가며 단번에 끝을 내니까 그 이튼날은 병든 사람이 되고 말지요, 먹는 거라고는 아모 것도 없습니다. 그러나, 이제부터는 얼마 전에 아버지가 별세하셨으니까 드롭스나 입에 넣고 살살 녹이며 남 같이 책상에 놓고 앉아서 좀 써 볼가고 생각합니다.[20]

백신애의 이러한 발언에 기대어 많은 연구자들이 백내유의 가부장적인 억압이 존재했다는 데 초점을 모은다. 그런데 백신애가 가장 왕성하게 창작활동을 한 시기가 1933년 이근채와 결혼한 이후 3년간이라는 사실에 주목할 필요가 있다. 1936년 좌담회에서 이와 같이 발언한 것은 억압적인 아버지가 아니라 더 나은 삶을 살기를 원했던 아버지에 대한 회한이 담겨 있는 것으로 읽히기도 한다. 백신애에 대한 백내유의 입장은 가부장적 억압보다 당시의 사회적 풍조로부터 딸을 보호하려는 데 있었던 것으로 보인다. 백내유는 장남 백기호를 일본으로 유학을 보내고 사회활동을 이해하는 등 상당한 자유를 부여하고 있는 반면, 그보다 다섯 살 아래인 딸 백신애에게는 비교적 통제된 교육을 시행한다. 그렇

20) 「여류작가좌담회」, 『삼천리』 1936년 2월호, 226쪽

다면 이렇게 상반된 입장을 보이게 된 까닭이 무엇일까? 단순하게 남성 중심주의로 몰아갈 수 없는 요인들이 있을 것이라 생각한다. 이는 이모부를 통해 백신애에게 한학을 공부하게 하는 데서 먼저 드러난다. 상한 출신으로 일찍이 장사에 밝은 백내유라면 당시의 신식 교육이 가져다 줄 딸의 변화가 두려웠을 수 있다. 다시 말해서 그는 백신애를 '신여성'으로 키우려 하지 않았던 것이다. 하지만 이러한 의도는 그의 이중적인 태도로 인하여 지켜지지 않는다.

> 부친 생전에 읽는 것은 일본 내지신문, 쓰는 것은 편지 이것만이 공인받아 왔었다.
> 그러나 오히려 그때는 아버지의 눈을 피하여 방구석에 엎드려 열심히 독서하고 열 있게 창작하였었다. 그리고 그의 병이 이미 회복할 가망이 거의 없어져 구주의대로 옮겨 갔을 때는 나는 반야월 집에 홀로 남아 있어 온 천지가 제 것인 양 사랑 넓은 응접대 위에다 원고지를 펴놓고 남들같이 버젓하게 비로소 글 쓴다고 해보았다.[21]

"아버지는 개명꾼이라고 남들에게 존경도 받고, 비난도 받아오느니만큼, 재래의 인습을 타파하기에 노력하였었다."[22]는 진술에서도 보듯이 백신애 또한 아버지를 튼 사람으로 보고 있었음에 틀림이 없다. 인용에서 백내유가 백신애에게 "내지신문"을 읽게 한 사실을 주목할 필요가 있다. 이러한 사실은 백신애가 "공업과 상업 외에는 아무것도 없다는 아

---

21) 백신애, 「사섭」, 『슈크림』, 70-71쪽
22) 백신애, 「울음」, 같은 책, 105쪽

버지의 의견"을 따라 신혼여행의 첫 도시로 오사카에 가게 되는 일[23]과 부합한다. 백내유는 현실주의자로, 백신애가 내지 일본이 지닌 자본주의 문명의 가치를 추구하기를 원한 것이다. 그의 입장에서 문사는 낡고 가난한 시대에 속한다. 이렇게 볼 때 백신애를 가부장제에 저항한 페미니스트로 단색화하는 것은 한계가 있다. 오히려 백신애의 삶은 아버지의 가치를 지향한 것은 아니지만 아버지와 흡사하게 근대 세계를 추구하는 양상을 보인다. 이러한 과정에 오빠 백기호의 영향이 있다.

다섯 살부터 글 배우기 시작하여 학교구경은 못하고 열다섯까지 한문과 여학교 강의록을 독선생에게 배웠으니, 남들은 소, 중, 대학을 졸업하는데 홀로 나는 글방에서 케케묵은 한문책인『소학』,『중용』,『대학』을 책거리했으니…….

오빠가 읽고 버린 탐정소설 부스러기에 정신이 빠졌고, 고대소설은 이름 있는 것이면 모조리 다 남김 없었어요. 열여섯 살에 여학교 지원을 했다가 아버지께 구중 듣고 대구사범에 들어가 일 년 간 강습을 하여 삼종 훈도가 되었으니 기막힐 일이지요. 일 년 팔 개월 간의 교원생활 중에서 밤낮 여자대학생이 되어보고 싶어 갖은 애를 다 쓰는 중에 오빠에게 감화되어 서울로 뺑소니쳐 올라간 후 여성동우회, 여성청년동맹 등에서 노란 기염을 막 토했지요.

그러면서도 내 마음은 항상 문학에 가 있어 오빠 몰래 문학서적을 읽는다고 애를 많이 썼답니다. 장래에 문학가가 되어 보리라는 야심도 없이 그저 읽기만 좋아했답니다. 그렁저렁 이십 세가 척 되고 보니 무엇

23) 백신애, 「슈크림」, 같은 책, 119쪽

이든 쓰고 싶고 발표도 하고 싶어, 현상광고를 보고 하룻밤 사이에 휘갈겨 응모해 보았더니, 그것이 조선일보 신춘문예에 당선된 「나의 어머니」라는 단편소설이었습니다.[24]

등단하기까지의 과정을 간략하게 설명하고 있지만, 글의 이면에 많은 이야기를 품고 있는 대목이다. 먼저 백신애는 신식 교육을 원했으나 부모의 뜻에 따라 이모부를 통해 한학과 신학문("여학교 강의록")을 수학했다는 사실이다. 그렇다면 백신애를 가르친 '이모부'는 어떤 사람인가? 「추성전문」에 그의 일면이 약간 엿보이는데[25] 한시에도 능란한 식자가 아니었나 한다. 백신애의 외가는 상민인 친가와 달리 반가(班家)였던 것으로 알려져 있다. '독선생' 이모부의 존재와 더불어 백신애의 교육에 대한 부모의 의견이 일치하였던 것으로 보인다. 따라서 백신애의 성장기를 통어한 것은 '아버지'의 뜻만이 아니라 상당 부분 '어머니'의 의지와 연관된 것으로 이해할 수 있다. 아버지 백내유는 백신애에게 일방적이지 않았다고 보이는데 백신애의 빈번한 학적 이동 과정이 이를 증거한다.[26] 그러므로 최종적인 사범학교의 진학은 아버지와 백신애의 절충점이라 할 수 있다. 이러한 가족 관계에서 백신애에게 신학문을 한 '오빠'는 세계를 향해 열린 창과 같은 존재이다. 백신애가 '오빠가 읽고 버린 탐정소설'과 '고대소설'을 탐독했다는 대목은 그녀의 소설을 통해 접할 수 있는 이야기꾼의 면모와 겹쳐진다. 그녀의 소설은 근대 소설의 형식에 크게 구애받지 않는데, 이는 탐정소설과 고대소설의 영향으로 볼

---

24) 백신애, 「자서소전」, 같은 책, 64쪽

25) 백신애, 「추성전문」, 같은 책, 50쪽

26) 이에 대한 것은 이중기, 앞의 글, 475-477쪽에 매우 자세하게 고증되어 있다.

수도 있을 것이다. 그런데 백신애에 대한 오빠의 위치는 "일 년 팔 개월 간의 교원생활 중에서 밤낮 여자대학생이 되어보고 싶어 갖은 애를 다 쓰는 중에 오빠에게 감화되어"라는 구절에서 확연하다. 유학을 가려는 욕망을 지닌 그녀와 안정적인 직업인 교원으로 만들려는 부모 사이에 사회주의자 오빠가 있었던 것이다. 백신애가 집행위원으로 있었던 경성 여자청년동맹은 1924년 1월 창립된 여성단체로, 사회주의적 색채가 농 후하고 "계급의식을 갖고 그에 의하여 참된 여자의 해방을 획득코자 하 며 경제적으로의 독립이란 것도 현금의 자본주의의 사회에서는 도저히 실현의 가능성이 가무(可無)라 하여 계급적으로 투쟁을 급선의 목표로 한다."[27] 그런데 이 단체를 구성하는 회원 대부분이 '학생'이었음도 주목 된다.[28] 어떤 의미에서 백신애를 가르친 교사에는 '독선생' 이모부만 아 니라 오빠 백기호도 포함된다. 하지만 그녀에게 내재된 욕망은 "여자대 학생"을 지향하고 있었으므로 부모의 의지를 반영한 이모부의 가르침 과 세계를 변혁하려는 오빠의 지향 사이를 유동한다.[29] 도식적으로 말 해서 백신애는 고향의 전통적인 관습과 모스크바/동경으로 표상되는 서로 다른 두 근대가 상호 길항하는 가운데 놓여 있었던 것이다. 그렇지 만 유학의 길이 막힌 그녀에게 1차적인 출구는 고향을 떠나 서울로 가 는 데서 찾아진다.

---

27) TY생, 앞의 글, 55쪽

28) "1924년 1월 21일에 창립되었는바 그 당시의 발기인으로는 허정숙, 금조이, 주세죽, 금필순, 정봉, 배혁수, 박정덕 등이 있었고 현금의 회원은 90명인바 직업별로 보면 학생 이 최다라고 한다. 경성여자청년동맹에는 특히 단발한 이가 많으니 그 만큼 재래의 도 덕 인습 등과 반역한 것을 알 수가 있지 않은가." 같은 글, 55쪽

29) 이러한 점에서 "오빠=이념/어머니=일상"의 패턴으로 백신애를 해명하는 홍기돈의 관 점은 보충될 필요가 있다. 홍기돈, 「백신애가 지향한 이념의 방향과 문학좌표의 설정」, 『우리문학연구』 제27집, 우리문학회, 2009 참조

새로운 세계를 향한 탈주와 회귀

백신애의 시베리아행에 대한 의도와 과정은 분명하게 밝혀져 있지 않다. 1926년 가을, 서울에서의 활발한 사회활동 가운데 돌연한 결행이어서 전후의 사정을 따져 그 의미를 유추할 수 있을 것이다. 하지만 "조직 차원에서 백신애에게 어떤 지령이 내려왔을 가능성을 고려해야 한다"[30]는 문제 설정은 여행의 경로나 과정으로 볼 때 타당성이 많지 않다. 오히려 "사회주의 운동의 총본산인 혁명 직후의 러시아를 동경하여 블라디보스톡으로 뛰어갔다."[31]는 이윤수의 진술이 진실에 가까울 것이다. 이는 이윤수의 글을 편한 백기만과 백신애 그리고 백기호와의 관계를 고려하여 내릴 수 있는 판단이다. 백기만은 경북지역에서 사회주의운동을 전개하는 한편 신간회 대구지회의 임원을 맡아 활동하면서 백기호, 백신애와 연계되어 있었다. 이러한 점에서 이윤수의 글을 엮은 백기만의 위치를 고려할 수 있다. 시베리아행 이후 고향으로 돌아온 백신애가 1927년 10월 백기호가 맡았던 영천청년동맹 교양부 위원을 맡고 이어 11월 러시아혁명 10주년 기념강연회에서 강연을 하는 등 활동을 지속하는 것으로 볼 때 사회주의 혁명에 성공한 러시아에 대한 동경이 시베리아 기행의 사유가 아닌가 한다. 그 어떤 목적의식에서든 낭만적 동경에서든 국경을 넘는 여행을 결행한 백신애의 행위는 문제적이다. 여성이 혼자 여행한다는 것은, 여성은 집에 머물러야 한다는 관념이 지배

---

30) 홍기돈, 앞의 글, 369쪽
31) 이윤수, 「백신애여사의 전기」, 백기만 편, 『씨뿌린 사람들』, 사조사, 1959, 150쪽

하던 시대에서 보면 중대한 도전임에 틀림이 없다.[32] 따라서 그녀의 여행은 그 자체로서 사회적 실천의 은유라 할 수 있다.

시베리아 여행과 관련한 백신애의 글은 두 편이다. 소설 「쩨래이」 (1934년 발표, 1937년 개작)와 자전에세이 「나의 시베리아 방랑기」 (1939). 전자는 경험적 주체의 목소리가 배어나는 등단작 「나의 어머니」(1929년)와 달리 경험적 기억을 외부의 시점으로 재현했다는 점에서 리얼리즘의 성과로 평가된다. 하지만 이러한 재현 방식은 경험의 내부에 있었던 주체의 입장에서는 객관적인 거리의 확보를 의미한다. 「쩨래이」는 국민이 아닌 사람들에 대한 감시와 추방의 문제를 골격으로 삼으면서 소수 민족이자 하층계급인 '쩨래이'와 '쿨니'의 생존 문제와 국가의 경계를 넘은 디아스포라의 혼종화 과정('얼마우자') 등 다양한 현상에 대한 백신애의 사유과정을 서술하고 있다. 특히 사회주의 국가 러시아에 대한 일정한 비판—토지를 무상 분배해준다고 알려진 소문과 다른 현실에 대한 비판과 함께 식민지 조선을 내지의 연장으로 그리고 있는 심상지리[33]가 제시된다. 따라서 계급과 민족이라는 1920년대 후반 이래의 핵심 쟁점을 다루면서 상당한 우회가 암시되어 있다. 그런데 자전 에세이 「나의 시베리아 방랑기」는 객관적 서술을 지향한 「쩨래이」와 달리 경험적 자아의 목소리로 시베리아 여행을 회고하고 있지만 13년 전 어린 시절의 "허용될 수 없는 모험"에 대한 추억담으로 윤색되고 만다. 즉 목숨을 건 밀항과 고통스런 추방의 과정

---

32) 젠더와 여행의 관계에 대한 것은 린다 맥도웰, 여성과 공간 연구회 역, 『젠더, 정체성, 장소』, 한울, 2010, 352쪽 참조

33) 이는 "아이고, 말 맙소. 아무래도 우리 내지 땅이 좋습두마, 여기 오니 얼마우자 미워서 살겠습디?"라는 등장 인물의 발화로 표출된다.

이 낭만적 동경과 방랑으로 그려지고 있는 것이다. 「써래이」를 계급과 민족에 대한 사회주의적 문제의식으로 환원하여 해석하는 것은 안이하지만 반대로 이를 전향의 기미로 읽는 것도 과도함이 있을 것이다. 그럼에도 1926년 시베리아 여행 당시의 백신애의 경험적 위치와 「써래이」의 서술주체 그리고 「나의 시베리아 방랑기」의 자전적 화자 사이의 차이는 분명하다. 이러한 차이 있는 반복은 상황과 세계인식의 변화를 의미한다. 그리고 이러한 변화의 과정에 동경 유학이 자리하는 것이 아닌가 한다.

백신애의 동경유학은 1930년 5월에 이뤄진다. 유학은 백신애의 오랜 갈망의 실현이다. 도쿄는 그녀가 욕망하던 학지(學知)의 용광로라 할 수 있다. 하지만 일본대학 예술과에 적을 두고 문학과 연극을 공부했다고 하나 아직 확인되지 못하고 있다. 1931년 잠시 귀국하지만 부모의 결혼 강요로 다시 일본으로 건너가 1932년 가을에 귀국하였다 하니 그녀의 유학 생활은 2년 남짓이다. 유학시절을 구체적으로 서술하고 있는 글은 거의 없다. 다만 삽화로 제시되어 있을 뿐인데 백인 여성과의 우연한 만남을 이야기하고 있는 에세이 「눈 오는 밤의 춘희」가 주목된다. 제국의 중심부에서 백인여성과 우연히 만나 친구가 되는 사건이 지니는 특이한 체험이기도 하지만 어느 정도 자기화된 오리엔탈리즘이 표백되어 있기 때문이다.

우리는 함께 웃으며 옷 위에 쌓인 눈을 서로 바라보는 사이에 가로등에 펄펄 나리는 눈발이 마치 우리를 눈 속에 파묻으려는 듯싶었다. 이윽고 함께 걷기 시각하였을 때, 나의 가슴은 이국정서로 가득해지며 남의

나라를 방랑하는 듯 노스탤지어의 마음은 자못 설레었다.[34]

    이처럼 백신애는 동경유학을 통해 이국취미를 확인한다. 백인 여성과의 만남에서 알렉산드르 뒤마 피스의 "춘희"를 연상한 것도 그러하지만 낭만적 사랑과 그것의 비극적 귀결에 대한 감상주의적 접근이 유난하다. 그런데 이 에세이에서 간과할 수 없는 주제 가운데 하나가 우연론이 아닌가 한다. 실제 이러한 우연론은 소설「혼명에서」(1939)에 이르러 하나의 장관을 보인다. 여기서 백신애와 일본사상의 수용 문제가 제기될 수 있다. 구키 슈조의 우연론이 강연의 형식을 빌려 발표된 것은 1929년 오오타니대학 가을 강연회와 그 이듬해 교토대학 강의에서다.[35] 백신애가 유학시절 그의 우연론을 수용하였는지 여부는 알 수 없다. 우연성이 필연성의 부정이라는 점에서 볼 때 우연론의 수용은 마르크스주의의 역사법칙이나 과학주의를 벗어나는 계기와 무연하지 않다. 그런데 구키 슈조의 우연론이 책으로 발간된 것은 1935년이다. 마침 그해는 아버지 백내유가 규슈의대에서 죽은 해이다. 백신애는 위독한 아버지를 보러 규슈로 가는 과정에서도 서점에 들러『개조』를 사 든다.[36] 그만큼 일본 문학과 사상 동향에 대한 관심이 컸던 것이다. 어쩌면 이 시기에 운명처럼 구키 슈조를 만난 것은 아닌가 한다. 이는 또한 아버지의 죽음이라는 심정과도 맞물린 측면이 없지 않다. 말할 것도 없이 구키 슈조의 우연론 수용 여부에 대한 논의는 면밀한 분석을 요하는 사안이다. 다만 소설「혼명에서」와 이와 대칭관계에 있는 에세이

---

34) 백신애,「눈 오는 밤의 춘희」, 앞의 책, 99쪽
35) 구키 슈조, 김성룡 역,「서언」,『우연이란 무엇인가』, 이회, 2000
36) 백신애,「사섭」, 앞의 책, 71쪽

「여행은 길동무」가 낭만적 사랑과 죽음 등을 우연이라는 문제와 결부시키고 있음을 지적하려 한다.[37]

백신애의 또 다른 여행은 1938년 9월 상당 기간(청도에서만 20여 일) 중국 청도와 상해를 다녀온 것이다. 에세이 「청도기행」은 어린 시절부터 품었던 탈주의 꿈을 고백하는 일로 시작하는데 예의 시베리아 기행을 낭만적 동경의 문제로 처리하고 있다: "나는 어릴 때 북극의 오로라의 빛을 동경하여 외롭고 끝없는 방랑자가 되어보고 싶어 했었다. 낯설은 이국의 거리를 외로이 걸어가며 언어조차 한 마디 붙여볼 수 없이 가다가 피로하면 가등 아래서 잘 곳을 찾아 방황하고, 발끝 향하는 대로 어디든지 흐르고 또 흘러가리라고 늘 꿈꾸었던 것이다."[38] 이러한 대목을 자기애적 포장이라고 규정할 수는 없을 것이다. 백신애는 이념형 인간이기보다 기질적으로 순진한 낭만주의를 내포한 감성의 소유자가 아닌가 한다. 이러한 그녀의 멘탈리티는 다른 세계에 대한 앎의 욕구로 나타나고 있다. 그러므로 비록 사회주의 운동의 연장선에서 결행한 시베리아행이라고 하더라도 그에 내재한 이국취미마저 부정할 필요는 없는 것이다. 청도 기행 또한 중일전쟁 이후 반식민지로 전락하고 있는 중국을 알게 될 것이라는 "기쁨"과 함께한다.

위병으로 입원했다가 퇴원한 지 사흘 만에 뜻하지 않은 먼 길을 갑자기 떠나게 되고, 또 가는 길이 허구 많은 곳을 다 버려두고 구태여 총탄에 허물어지고 창검에 짓밟힌 패잔의 중국땅임이 얼마나 나를 기쁘게 하였는지 모른다. 참으로 형언할 수 없는 기쁨이었다. 기쁨은 누구나 흔

---

37) 이에 대한 자세한 분석은 다음으로 미룬다.
38) 백신애, 「청도기행」, 앞의 책, 177쪽

히 상상하는 그런 이유의 기쁨이 아닌 것은 여기서 말하고 싶지 않다.[39]

　확실히 백신애의 심상지리에서 일본과 러시아와 중국은 서로 차별된다. 유학시절 동경이 더 머무르고 싶은 도시였듯이 신혼여행지 일본 또한 행복을 선사하는 타자지향적인 공간이다. 하지만 러시아는 이념적 선취에도 불구하고 실망을 안겨준 공간일 뿐이다. 나아가서 중국은 '패잔'의 이미지로 표상된다. 백신애의 이러한 시선은 그녀가 제국의 시선과 비대칭의 관계에 있지 않음을 말한다. 다시 말해서 러시아에서 민족을 넘어서지 못하는 계급을 본 것과 달리 중일전쟁과 더불어 크게 발흥하고 있는 중국 민족주의를 인식하고 있지 못한 것이다. 그만큼 그녀의 시선이 제국의 근대를 향해 있었고 일본이라는 창을 통하여 근대세계를 바라본 탓이다. 그러므로 중국 여행에 앞서 백신애가 느낀 "참으로 형언할 수 없는 기쁨"은 그녀의 세계인식이 지닌 한계와 무관하지 않다. 이모부를 통하여 전수한 한학의 교양이 무색하게 중국에 대한 그녀의 이해는 맹목에 가깝다. 미개/문명, 더러움/깨끗함의 이분법적이고 특권적인 시선은 그녀가 "지나인"을 바라보는 데서 여지없이 드러난다. 아울러 공간을 지각함에 있어서도 독일과 일본 점령지와 중국인 거리를 차별한다. 특히 '지나인/내선인'이라는 구도로 중국인과 황군을 인식하는데 있어 백신애의 입장이 더욱 명료하다. 그녀의 시각은 곧 제국의 눈(imperial eye)이다. 사실 중일전쟁이 식민지 조선의 지식인에게 끼친 영향은 매우 컸다. 백신애의 「청도기행」은 어딘가 기획에 의한 글쓰기라는 느낌이 없지 않은데 당시 '동아신질서'를 내세운 제국의 렌즈에 비친

---

39) 위의 글, 179쪽

중국상과 큰 거리가 없을 것이다.

근대를 향한 양가적 모험

"인생이란 모든 것이 다 모험"[40]이라면 백신애의 삶과 문학은 근대를 향한 양가적인 모험으로 요약된다. 낭만적 동경에 가까울 정도로 그녀는 다른 세계에 대한 열망을 지녔다. 그녀는 사회주의에 대한 염원으로 시베리아 기행을 결행하였고 근대적인 학지의 용광로인 동경에 대한 유학을 실현한 바도 있다. 또한 문명 제국의 시각으로 청도를 기행하면서 중국을 지각하는데, 이러한 여행의 여러 과정들은 어느 정도 백신애의 문학과 세계인식의 단층과 결부된다. 한 작가의 생애를 두고, 더군다나 백신애와 같이 요절한 경우 누구나 변함없는 일관성을 부여하려는 유혹을 받을 것이다. 그러나 이러한 유혹을 물리치고 과정과 변화, 구체적 맥락을 살피는 일은 비평의 당위에 속하는 일이다. 특히 1920년대 중반에서 1930년대 후반에 이르는 15여 년의 역사적 상황은 매우 긴박하였다고 할 수 있다. 백신애의 문학과 삶을 복잡하게 한 요인은 또한 그녀의 가계에서 비롯한다. 현실적인 중상주의자라 할 수 있는 아버지와 반가 출신의 어머니가 지닌 양면을 백신애가 물려받았다고 생각되기 때문이다. 그녀에게 아버지와 어머니는 모두 양의적 존재라 할 수 있다. 어머니는 무한한 보살핌과 사랑의 거처로서 평생 백신애의 든든한 배후가 된다. 그래서 그녀의 문학에 수미상응의 형식으로 '어머니'의 존재가 놓여 있게 되지만, 한편으로 이런 전통적 어머니 혹은 모성의 신화는 근대

---

40) 백신애, 「낭랑2제」, 같은 책, 47쪽

를 추구하는 그녀로서 극복하지 않으면 안 되는 대상이다.

여성은 인류를 창제해 낸다는 가장 큰 사명을 가졌으며 아울러 장차 사회를 좌우할 기원을 짓는 2세 국민의 정신의 교육자라는 지위에 있는 것이니까 눈앞의 부질없는 소승적 자유를 위하여 남자를 헤치고 직업 전선에 뛰어든다는 것은 잘못이라고 생각합니다.

어리석게 건강에 무리를 해가며 정력을 낭비하지 말고 오로지 여성 천부의 사명에 따라 건전한 여성이라는 지대를 굳건하게 만들 것이니 모든 가정사를 합리화하기에 노력하며 항상 자아를 반성 비판하여 훌륭한 여성으로서의 인격을 향상할 것입니다. 이것은 오로지 여성 자체 뿐을 위함이 아니라 장차 사회 조성원인 이세 국민의 교육이 되니까요.[41]

이 글이 발표된 당시 백신애가 안정적인 결혼생활을 유지하고 있었음을 감안하더라도 그녀가 급진주의에 대하여 비판적인 입장에 있었음을 알기 어렵지 않다. 이는 그녀가 1920년대 급속하게 퍼진 자유연애사상이나 연애지상주의와 거리를 두어 왔음을 시사한다. 다이쇼 연애지상주의를 이끈 구리야가와 하쿠손의 '근대의 연애관'의 영향은 식민지 조선에서도 한 시대를 풍미한 바 있다.[42] 백신애 또한 이러한 시대적 풍조를 모를 까닭이 없을 것이다. 그럼에도 그녀는 자유주의 가운데 가정과 가족 중심 담론으로 기운다. 자유주의 성담론은 1930년대 들어 두 가지 모순되어 보이는 조류를 보이는데 그 하나는 가족중심 담론이고 다른

---

41) 백신애, 「사명에 각성한 후」, 같은 책, 159쪽
42) 구리야가와 하쿠손, 이승신 역, 『근대 일본의 연애관』, 문, 2010 참조

하나는 방종과 퇴폐와 타락의 세계이다.[43] 백신애는 단연 전자의 입장에 있다.[44] 이러한 여성관에서 보듯이 백신애는 극단의 사상과 모험을 지향하지 않는데, 이는 아버지의 가부장적 기율의 귀결이기보다 어머니의 구심적인 인력과 유관할 것이라 생각한다. 백신애에게 아버지상은 문학이나 사회주의를 금하는 등 어떤 부분에 있어서 엄한 가부장의 면모를 보이지만 여타 다른 면에서 근대를 향한 현실주의자로서 백신애를 후원하고 지원하는 양면성을 지닌다. 어떤 의미에서 백신애의 근대지향은 아버지의 세계에 속하는 것이라 해도 과언이 아니다. 백신애의 소설에서 아버지의 침묵이라는 현상을 주목해야 할 필요가 있는데, 이는 아버지로 대변되는 가부장제가 백신애 문학의 주요 테마가 되고 있지 못한 것을 반증한다. 그러므로 백신애의 문학을 가부장제에 대한 저항으로 몰아가는 것은 페미니즘 이론의 과잉 적용 혹은 이론신앙이라는 의혹을 자아내지 않을 수 없다.

백신애는 마냥 근대적인 지식과 근대세계를 추구한 것이 아니다. 그녀에게 고향은 근대세계 못지않게 중요한 거처였다. 어머니-고향의 세계는 그녀의 의식 근저를 형성한다.[45]

푸른 들판 위에 우뚝 서 있는 집 위에 광휘 있고 윤택한 햇빛이 자혜롭게 내릴 때, 강가의 버들은 늘어지고 못물은 잔잔하고 잔디 깔린 집

---

43) 김경일, 『여성의 근대, 근대의 여성』, 푸른역사, 2004, 158쪽

44) 백신애의 글에서 나타나는, 가부장제의 무의식이 간여된 순결콤플렉스는 가족중심담론의 자유주의라는 맥락에서 해석이 가능할 것이다.

45) 이러한 점에서 백신애의 문학을 지방성의 관점에 접근한 서영인의 연구가 주목된다. 서영인, 「백신애문학연구―타자인식의 근거로서의 지방성과 자기탐구의 욕망」, 『한민족문화연구』 제29집, 한민족문화학회, 2009 참조

뒤 산기슭에 소나무를 벗하여 선 꿀밤나무, 새나무 가녀린 잎사귀 녹색의 정령들이 나를 부른다. 긴 치마 벗어버리고 짧은 옷 꿰어 입고 산기슭으로 달려간다.

명랑하게 광활한 눈을 뜬 오월의 내 고장 하늘은 미친 봄바람을 고요히 진정시키고 내 반생 동안에 그 겨울집을 저 멀리 보이는 앞산 속에 숨겨 두었던 종달새를 쫙, 두 활개 펼쳐 주어 즐거운 노래를 들리게 한다.

보드라운 잎사귀는 땅 위에 얇은 그림자를 내려놓고 향기로운 신록의 정령들은 소리 없이 손뼉치며 복순이가 가르쳐 주던 이야기를 나에게 속삭인다. 지금도 저 명랑한 하늘은 앞산 위에 걸쳐 있다.

세상은 알지 못하나 멀리 산과 산이 경계해 준 내 고장 반야월의 광활한 하늘, 무르녹는 녹색의 신영 그 속에 안긴 내 가슴은 온 들판에 퍼져 울리는 종달새 노래소리에 까닭 없이 희열과 약동에 깨어질 듯하다.[46]

이처럼 고향과 유년의 추억은 시적 원천과 같이 샘솟고 있다. 단지 이러한 고향이 근대를 향한 탈주에 지친 자아의 휴식처인 것은 아니다. 또한 편협한 로컬리즘을 의미하는 것도 아니다. 말할 것도 없이 로컬리즘이 모두 편협한 것은 아니다. 문제는 그것을 어떤 맥락에서 바라보는가에 달려 있다. 백신애에게 로컬 영역은 그녀의 근대 추구와 대립하지 않는다. 둘은 그녀의 내부에 공존하면서 양가적 가치를 드러낸다. 백신애 문학의 해석 가능성과 애매성이 이러한 양가성에 있는 것은 아닐까.

---

46) 백신애, 「종달새」, 앞의 책, 18-19쪽

일제시대와 해방공간의
이주홍과 김정한

향파 이주홍(1908~1987)과 요산 김정한(1908~1996)을 '지역문학의 뿌리'로 보고 그 의미를 찾아보려 한다. 여기서 '뿌리'는 계통을 세우거나 그것을 따지려는 이들이 거의 예외 없이 선호하는 은유다. 말할 것도 없이 이러한 은유가 실상을 설명하는 틀은 되지 못한다. 생명의 진화에도 예외가 없지 않은데 하물며 섞이고 겹치고 바뀌는 문화적 생산을 생물학적 계통으로 정리할 수는 없는 법이다. 이러한 점에서 '뿌리를 찾아보자'는 의도는 이들을 기억하고 우리와 같음과 다름, 연속성과 변화를 제대로 이해하자는 뜻으로 받아들여도 될 듯하다. 이는 향파와 요산은 본질적으로 같은 뿌리라거나 아예 서로 다른 흐름을 이룬다는 생각들을 거부한다. 또한 이들에서 기원하는 그 무엇이 변하지 않는 전통을 이루고 있다는 주장도 받아들이지 않는다. 비판자이거나 추종자이거나 많은 이들이 향파와 요산을 그들 자신의 시선에 가둔 측면이 없지 않다. 나는 그 출발에서 향파와 요산을 다시 보려 한다. 하지만 특별히 새로운 이야기를 하려는 것은 아니다. 우선 문학과 삶의 전체를 구체적으로 서술할 수 있을 만큼 자료를 접하고 분석할 수 없었다. 이는 순전히 나의 게으름과 부족한 능력에 기인한다. 이러한 조건에서 앞선 연구자들의 연구결과들을 읽어가면서 파생되는 문제들을 제기하려 한다.

문제제기를 위하여 나는 향파와 요산이 어떠한 환경에서 지식을 수용하였고 어떠한 문학을 시작하였는가, 식민지 지성으로서 사상 선택은 어떠했는가, 제국의 폭력적 질서에 어떻게 대응했는가, 해방공간에서 어떠한 세계인식을 보였는가, 라는 네 가지 주제를 따지고자 한다. 특히 식민지 지성으로서의 사상 선택은 어땠는지, 제국의 폭력적 질서에는 어떻게 대응했는지를 통해 이들에게 사회주의는 무엇이었으며 이러한 사상적 실천의 좌절이 제국의 질서에 대한 일정 수준의 협력으로 나타나는 양상을 살피고자 한다.

지식수용과 문학의 길

향파와 요산의 경제적 환경은 어느 정도 차이가 있다. 향파는 향리에서 보통학교를 졸업하고 서당에서 한문을 수학하는 한편 자력으로 상급학교를 진학하지 않으면 안 되는 조건이었으나 요산은 유학을 갈 수 있을 정도의 경제적 배경을 지녔다. 연보[1]에 따를 때 향파가 상경하여 한성중학교를 다닌 것은 1920년에서 1924년이다. 그런데 류종렬은 향파의 한성중학 졸업을 부인한다. 그에 따르면 향파는 1920년~1922년 사이에 상경하였다가 현실적 어려움으로 1923년 다시 고향으로 내려와 농사를 거들면서 문학과 음악과 미술로 세월을 보냈

---

1) 이주홍문학재단, 『이주홍 문학저널』 창간호, 세종출판사, 2003

다고 한다. 그리고 그는 "어린 시절 농촌과 서울에서의 이러한 가난의 체험은 그가 쉽게 사회주의 이념에 동화될 수 있는 근거가 될 수 있으리라 여겨진다. 그러나 이것은 보편적인 입장에서 추론한 것이기에 논리적 근거로 제시될 수는 없다"라고 덧붙인다.[2] 박태일은 향파가 당시 통신학습과정이었던 한성중학원을 졸업하였다고 밝히고 있는데 향파의 자필 이력에 근거한 것으로 신빙성을 더한다.[3] 향파의 지식수용과 관련하여 대다수 연구자들이 그동안 관심을 둔 시기는 일본 체류기이다. 하지만 향파의 자전적 에세이[4]에 의하면 그에게 『개벽』이 끼친 영향은 큰 것으로 보인다. 향리 천도교 신자 백노인을 통해 접할 수 있었던 『개벽』을 두고 그는 "나의 유일한 무언의 스승이었고, 나를 문학의 동산에 발을 들여놓아 준 은혜로운 길잡이"라고 술회하고 있다. "조선민중의 잡지"임을 표방한 『개벽』이 당대 조선의 현실과 그 현실에 눈뜬 향파에게 중요한 지식원으로 자리 잡았을 가능성은 크다. 1920년에 발간되어 1926년에 발행 금지된 『개벽』은 향파가 향리와 경성을 오가던 번민의 시기와 맞물린다. 향파는 1924년 도일하여 1929년까지 동경에서 독학을 하고 히로시마에서 생활하다 귀향한 것으로 알려져 있다. 일본에서 그의 지식이 심화되고 확대된 것은 틀림없을 것이다. 하지만 일본으로 가기 이전의 시기에 자신의 현실과 『개벽』 등의 독서 경험을 통하여 낭만주의나 예술지상주의가 아닌 민중의식

---

2) 류종렬, 「이주홍의 프로문학 연구」, 『이주홍의 일제 강점기 문학 연구』, 류종렬 편저, 국학자료원, 2004

3) 박태일, 「이주홍—교육자로서 걸었던 길」, 『이주홍 문학저널』 제2호, 세종출판사, 2004, 227-228쪽

4) 류종렬 편저, 「이 세상에 태어나서」, 『이주홍의 일제 강점기 문학 연구』, 국학자료원, 2004

혹은 계급의식을 지니게 되었다고 보아도 될 것이다. 또한 이러한 의식과 더불어 향파에게 자기의지에 의한 상경과 도일이라는 지식에 대한 욕망이 있었음을 간과할 수 없다.

당시로서 부농에 속하는 계급 출신의 요산에게 먼저 다가온 것은 계급의식이 아니라 민족의식이다. 연보와 조갑상의 연구에 의하면[5] 요산은 6세 때 향리에서 한학을 배우고 12세 때 범어사 경내 명정학교를 다니고 16세인 1924년 중앙고보에 입학하여 다니다 동래고보로 전학하여 1928년 졸업한다. 민족의식이 강한 학교의 생활과 졸업 직전 동맹휴교로 구금되는 등의 경험은 요산에게 민족주의적 저항의식을 가지게 하였다고 볼 수 있다. 이러한 민족의식이 요산의 사회의식으로 표출되는 것은 1928년 6월에 부임한 양산 대현공립보통학교 교원 시절이다. 이 해 11월 민족적 차별대우에 불만을 품고 조선인교원연맹을 조직을 계획하다 발각되어 체포되는 사건이 발생한다. 이 사건으로 그는 학교를 그만두게 되는데 이는 1929년 일본으로 유학하게 되는 계기가 되기도 한다. 이처럼 요산에게 민족의식은 계급의식보다 앞서 싹텄다. 하지만 이러한 의식은 특정 지식의 수용에서라기보다 자연발생적인 것으로 보인다. 민족적 차별이라는 현실에 대한 인식인 셈이다. 이렇게 볼 때 요산의 사상 선택과 일본 유학은 매우 밀접한 바가 있다 하겠다.

향파와 요산의 문학의 길은 시 쓰기에서 출발한다. 시가 청년기의 자기의식을 표출하기에 용이하다는 측면과 더불어 시 쓰기가 문사의 교양과 직결되는 전통과도 무연하지 않았을 것이다. 향파의 경우 시, 동시, 소년소설, 소설, 희곡, 시나리오 등 전 장르를 대상으로 자신의 문학

---

5) 요산의 생애는 조갑상, 「시대의 질곡과 한 인간의 명징함」, 강진호 편, 『김정한』, 새미, 2002 참조

적 욕망을 펼친다. 이에 반해 요산은 시에서 소설로 나아가고 소설로써 자기의 문학적 위치를 정한다. 이러한 장르 선택이 가지는 의미는 무엇일까? 텍스트를 매개로 장르와 세계관에 대한 세심한 분석이 요구되는 바이나 일견 향파가 변화, 개방의 상황 수용적 지평을 추구하였다면 요산은 지속, 집중의 이념적 지평을 견지했다 할 수 있을 것이다.

식민지 지성의 사상 선택

향파의 일본 체험은 계급의식의 심화라는 형태로 나타난다. 향파가 일본에서 생활하던 1920년대 말의 일본문학은 프로문학의 전성 시기라 할 수 있다. 쇼와 문학사에서 프로문학은 오늘날 상상도 할 수 없을 정도의 세력, 그리고 시대의 문학으로서 실질적인 역량을 보였던 문학으로 이해하지 않으면 안 된다.[6] 이러한 가운데 이미 문학에 뜻을 둔 향파가 놓여 있었다는 사실은 중요하다. 또한 자연발생적인 단계에서 계급의식을 가진 그이기에 당시 주류적인 흐름인 프로문학을 향한 경도는 피할 수 없는 일로 보인다. 이러한 이주홍의 입장이 구체적으로 드러나고 있는 글로 「아동문학운동 일년간─금후운동의 구체적 입안」(『조선일보』 1931년 2월 13일~2월 21일)을 들 수 있다. 이 글에서 그는 1930년 이후를 프롤레타리아 혁명적 단계로 인식하면서 이러한 단계에 있어 프롤레타리아 아동문학운동의 필요성을 역설한다. 그는 목적의식기에 접어든 아동문학운동의 전략을 동요, 동화, 소년소설, 소년시, 아동극, 노래, 그림 등 전 장르에 걸쳐 검토하고 마지막으로 조직운동의 중요성을 강

---

6) 호쇼 마사오 외, 고재석 역, 『일본현대문학사』, 문학과지성사, 1998, 81쪽

조하면서 카프 내에 동문반(童文班)을 두든가 이것이 여의치 않은 상황에서 조선프롤레타리아 아동문학작가동맹의 결성을 제안한다. 아울러 레닌이 말한 "조직적, 계획적, 통일적, 혁명적 민주주의 활동"의 한 구성요소로서 아동문학운동이 전개되어야 함을 주창한다. 우리는 이 글을 통해 이주홍이 단순한 동반자를 넘어 적극적인 카프의 맹원의식을 소유하고 있음을 확인할 수 있다. 그런데 이주홍이 카프 맹원이었는지는 명확하지 않다. 하지만 앞서 말한 것처럼 작가동맹이 아동문학을 한 반으로 구성해야 함을 주장하거나 별도로 조선프롤레타리아 아동문학작가동맹을 조직해야 할 것을 주장하는 데 이르러 그를 맹원으로 규정할 수 있는 근거는 없지 않다. 1930년 4월 카프 조직 개편에 있어 중앙위원회에 권환, 엄흥섭이 선출되고 권환이 기술부와 기술부 내 문학부 책임자를 맡는 과정에서도 그는 조직 내의 부원으로 등장하지는 않는다. 이주홍은 「아동문학운동 일년간―금후운동의 구체적 입안」 말미에서, 1931년 카프 확대위원회의 계획으로 기술부의 각 부를 동맹으로 하는 조선프롤레타리아 예술단체협의회 구상에 있어 작가동맹 내 소설반, 이론반, 시반이 개설된 것에 대해 동문반을 요청하고 있는 셈이다. 이러한 그의 주장이 조직 외부의 목소리이기보다 조직 내부에서의 요청이라 간주할 수 있는 소지가 있다. 1930년대 당시 그는 프로 아동문학운동을 선도한 실천가였던 것이다. 이는 카프계 잡지 『음악과 시』 편집에 관여한 사실로도 유추된다.[7]

---

7) 그런데 이 잡지 발행과 관련하여 양우정과 그의 관계는 향파의 추후 행보와 깊은 연관이 있을 것으로 간주되나 앞으로 검증이 요구되는 바 없지 않다. 양우정은 카프(사회주의)-친일(아시아주의)-반공주의라는 특이한 노선을 보인 함안인으로, 이주홍의 친구이다.

류종렬에 의하면 향파의 프로아동문학론은 일본 프로 아동문학가인 마키모토 쿠스로의 영향과 관련된다.[8] 실제 앞서 언급한 향파의 글에서도 마키모토의 이론에 기댄 흔적이 뚜렷하다. 그렇다면 향파는 일본에서 수용한 프로문학을 귀국 후 유감없이 발휘한 셈이다. 향파와 마찬가지로 요산 또한 일본 유학을 통해 사회주의를 접한다. 요산이 동경으로 건너간 때는 1929년 2월이었다. 그리고 동경제일 외국어 학원에 일년 간 적을 두다 1930년 4월 와세다대학 제1고등학원 문과에 입학한다. 동경에 있을 당시 그는 『자본』을 위시한 사회과학 서적을 탐독하고 이찬, 안막, 이원조 등과 어울렸다고 한다. 이러한 그가 '무산자사'에 가입하였는지는 알 수 없다. 하지만 '동지사' 설립에 관여했고 1932년 해체시까지 참여한 것으로 보인다. 요산이 일본의 코프(일본프롤레타리아 문화연맹)에 가입하였는가의 여부는 아직 알 수 없지만 이념조직의 관행으로 볼 때 그가 코프 문학동맹에 가입한 것은 추단할 수 있는 일이다. 그가 카프의 맹원이었는지의 여부는 매우 조심스럽게 접근될 일이라 생각한다.[9] 그렇지만 '동지사'의 이념이나 그 일원이었던 이찬, 안막 등이 카프에 깊이 관여한 일은 상기해볼 수 있다. 이찬이 동경에 온 것은 1931년 5월이다. 그는 신고송과 더불어 '동지사' 편집위원에 참여한다. 그리고 1932년 2월 코프 조선협의회로 '동지사'가 발전적인 해소를 할 때 박석정 등과 함께 해소 선언 기초위원으로 참가하며 5월 귀국하여 카프 중앙위원으로 선출된다. 또한 1930년 초두에 귀국한 안막은 '무산자사'파에 속한 것으로 알려져 있으니 요산은 '동지사' 이전에 '무

---

8) 류종렬, 앞의 글, 206쪽

9) 최원식, 「요산과의 대담」, 『민족문학사연구』 1993년 3호; 조갑상, 「시대의 질곡과 한 인간의 명징함」, 강진호 편, 『김정한』, 새미, 2002

산자사'에도 참여했을 개연성이 높다. 이러한 사실은 요산이 좌익 카프계 잡지인 『신단계』와 『문학건설』에 「구제사업」과 「그물」을 발표한 일로도 짐작할 수 있다.

문제는 이들이 조직의 일원이었는가의 여부에 있지 않고 이들의 사상 선택에 있다. 서구의 자유주의와 러시아혁명 이래의 사회주의, 유럽과 일본에 대두하고 있는 전체주의 사이에서 동아시아 식민지 지성이 선택할 수 있는 사상이 무엇이었을까? 사회주의로 경사되는 것은 필연적이었을 것이다. 향파의 계급의식과 요산의 민족의식이 사회주의라는 형태로 진전된 것이다. 이러한 사회주의는 제국의 전체주의 이념에 대립하는 것이므로 민족주의의 또 다른 발현형태이자 제국의 뒤편에 있는 서구에 대한 극복의 논리를 담는다. 일본에서와 마찬가지로 1920년대 말과 1930년대 초의 프로문학은 지금의 상상을 초월하는 조선 문학의 주된 흐름이었다. 이러한 흐름 속에 향파와 요산이 함께 있었던 것이다.

제국의 폭력, 협력의 유혹

카프 해체 이후 향파와 요산의 전향 여부에 대한 의문이 생길 수 있다. 줄곧 경성에서 활동한 향파의 경우 프로문학의 퇴조를 현실로 받아들이지 않을 수 없었을 것이다. 연보에 의하면 귀국 후 그는 『신소년』 편집에 관여하고 카프계 잡지 『음악과 시』에 인쇄인으로 참여하는 등 편집과 출판 등의 일을 하면서 1935년까지 『신소년』과 『별나라』, 『우리들』 등에 아동문학과 소설을 활발하게 발표한다. 이러한 잡지의 경향은 대체로 프로문학의 연장선에 있다. 그러나 1930년대 중반 이후에 이르면 이러한 경향의 잡지들이 설 자리는 당국의 통제에 의해 사라진다. 홍구와 순문예지『풍림』을 창간한 것이 1936년이니 이즈음 프로문학과 일정한 거리를 만든 셈이다. 당시의 사정을 그는 다음처럼 회고한다.

내 자신의 필요보다도 잡지의 필요에 쫓겨서 동요, 동화, 동극, 소년소설 등을 분주히 썼는데 한편으로는 아동문학 아닌 시, 소설 등을 쓰느라고 적은 시간을 쪼개어 써야 했다. 편집담당이라고는 했지만(『신소년』편집을 말함-인용자) 월급 한 푼 없이 밥은 사주인 이종건 선생 댁에 가서 먹고 오고, 잠은 잡지의 편집실이자 제본실인 삼척 냉돌에서 잤다.

오동지 섣달이라도 양말 한 켤레 살 돈이 없어서 맨발로 자전거를 타고 밥을 먹으러 화동 꼭대기에까지 올라가면, 어떤 땐 맨발이 얼어서 자전거 페달이 잘 안 밟혀질 때가 있었다. 그때는 『비판』『여성지우』『조선문학』등의 잡지가 있어서 소설을 발표할 수가 있었지만 잘 하면 저녁 한 때나 사주는 정도일까, 춘원 금동같은 대가급은 예외였겠지만 도대체 고료라고는 없던 시대였다.[10]

궁핍한 가운데 향파의 생활은 잡지 일과 글쓰기로 이어지고 있었던 것이다. 아마 이러한 상황은 그가 일제 말 배재중학 교사로 자리 잡기까지 계속된 것으로 보인다. 1937년 중일전쟁 이후 제국의 체제가 공고화해가는 가운데 사실을 수리하고 새로운 질서를 옹호하는 문화적 기류가 커진다. 30년대 중반에 모처럼의 다양성들이 사라지면서 아시아주의 단색화 현상이 강화된다. 이러한 상황에서 급진적 프로문학에 관여했던

---

10) 이주홍, 「이 세상에 태어나서」, 류종렬 편저, 앞의 책, 316~317쪽

향파의 심사는 매우 복잡했을 것이라 본다. 사회주의를 통하여 서구와 일제를 동시에 극복할 수 있을 것이라는 생각을 접고 일본 중심의 아시아주의로 서구와 사회주의를 물리쳐야 한다는 주장에 유인되기 시작한 것이다. 1939년 『시학』 2호에 발표한 다음의 시는 당시의 심정을 잘 드러내고 있는 것으로 보인다.

그처럼 맹세했던걸
술취하면 버릇이있어
오늘도 큼지많기
거짓말을 까버리다.

신바닥처럼
갈면 또닳아
아, 사람사귀기
孤獨보다 쓰더라.

썰매채에 매달린
고기뎅이처럼
바라보나 바라보나
幸福은 턱길.

싫것 울고싶으나
사람이 성가시어
내 오날도

어둠을 기다리다.

옆에 앉지도 말고
제발 혼자 두렴아
네 구린내나는 文學論엔
뒹굴어 發狂이라도 하고 싶다.

—「榴卵集」 전문

　회고가 아니라 그 당시의 심정을 토로한 시이기에 1939년 즈음의 향
파를 이해하는 데 좋은 자료라 할 수 있다. 이 시를 통해 그는 시대와의
불화나 세사에 얽힌 번민이 심각함을 말한다. 특히 "네 구린내나는 文學
論"이라는 구절이 주목된다. 박경수는 이 시를 "사회적 무관심"의 표현
으로 보면서 이 구절이 지니는 의미를 "시인이 한때 경도되었던 사회주
의 이념에 바탕을 둔 계급주의 문학론을 지칭한다면, 그는 1939년 당시
역사적 현실의 변화가 주는 엄청난 중압감을 이기지 못하고 과거의 문
학적 신념을 포기할 수밖에 없는 어떤 운명적 상황을 맞이했던 것"[11]이
라고 해석한다. 향파가 사회적, 문학적 방향성을 놓고 심각하게 갈등하
였다는 점에서 이러한 해석의 설득력이 있다. 다만 "네 구린내나는 文學
論"을 프로문학론으로 보는 데는 이견이 있을 수 있다. 1939년 상황에
서 이미 프로문학론은 퇴조한 지 오래고 "옆에 앉지도 말고/제발 혼자
두렴아/네 구린내나는 文學論엔/뒹굴어 發狂이라도 하고 싶다"는 시적
문맥으로도 향파 자신이 견지했던 문학론을 타자화하는 과정으로 보긴

---

11) 박경수, 「일제 강점기 이주홍의 시 연구」, 류종렬 편저, 앞의 책, 164쪽

어렵다. 오히려 향파를 설득해 들어오는 새로운 문학론에 대한 대응으로 보인다. 따라서 이를 사실수리론 등으로 보는 것이 타당한 것이 아닌가 한다. 다시 연보를 참조하면『풍림』이후 향파는 여러 잡지와 신문에 아동문학, 시, 소설을 발표하면서 생활했고 1940년 잠시『신세기』편집일을 보다 그만두고 한양영화사에 취직하지만 이 또한 경영부실로 문을 닫는 바람에 그만둔 것으로 기록되어 있다. 이러한 연보는 1940년에서 1944년의 향파를 다음처럼 말하고 있다.

  1940년 잡지『신세기』편집장으로 취임. 8월 16일에 17살이던 셋째 누이동생 말순이 장티부스로 죽어 심한 허탈감에 빠짐.『신세기』를 그만두고 한양영화사에 입사했으나 회사가 부실한 탓에 영화제작 불능으로 퇴사. 이 시기에 실직, 무전, 실연, 유전, 자살유혹 등 내외적인 고통과 시련을 겪으며 가장 힘든 나날을 보냄. 시나리오『전원회상곡』(영화연극) 발표.
  1943년 희곡「여명」을 가명으로『매일신보』현상모집에 응모하여 당선됨. 시나리오「장미의 풍속」이 조선영화주식회사 공모에 당선. 단편소설「내 山아」(야담), 콩트「지옥안내」(동양지광, 일문) 발표.
  1944년 시나리오「춘향」이 조선영화주식회사 공모에 당선. 단편소설「청일」(야담), 시「전원에서」(동양지광, 일문) 발표.

1940년 이후 생활고에 시달리면서 희곡과 시나리오 영역으로 글쓰기를 확대하고 있음을 알 수 있다. 종합지지만 문학에 주력한『신세기』는 1939년 3월에 창간되어 1941년 6월에 폐간된다. 그렇다면 향파가 중도에 이 잡지 편집 일을 포기한 까닭이 무엇일까? 한양영화사에 취직한 일로 유추할 때 생활고 탓이 아닌가 한다. 그렇다면 한양영화사는 어떠한 회사인가? 그의 술회에 의하면 최정희의 오빠 되는 최남주가 설립한 회사로 창립 시초에 모집한 현상 시나리오에 그가 다른 이름으로 당선한 연유로 인연이 있었던 회사이다. 그리고 이 회사는 주로 신파 멜로물을 제작한 것으로 알려져 있다. 그렇다면 신체제, 황민화의 시기에 향파가 희곡과 시나리오에 많은 노력을 기울인 까닭이 무엇일까? 연보에 제시된 시나리오 텍스트를 검토하지 않은 상황에서 쉽게 단정 지을 일은 아니라고 보지만 그가 일제의 정책에 크게 경도되고 있었음을 짐작하게 한다. 그의 자서전적 수필에 의하면 그가 한양영화사에 입사한 일이나 『매일신보』와 조선영화주식회사에 가명으로 시나리오 현상 공모에 응모한 것은 생활고를 타개하기 위한 방편으로 서술되고 있다. 그런데 한국영화사에 따르면 1940년 전후로 한국 영화는 크게 바뀌었다. 1937년에서 1940년까지의 영화는 문예물 또는 신파물이 주류를 이루었고 이후의 영화는 대개 황국신민화와 대동아공영권을 위한 전쟁을 지지하는 친일영화가 주류를 이룬다. 이러한 사정은 1940년 조선영화령이 선포된 일과 연관된다.[12] 그런데 1943년과 1944년에 걸쳐 향파가 쓴 세 편의 시나리오가 공모에 당선된 바 있다. 모두 조선영화주식회사와 『매일신보』 공모에 의한 것이다. 신파 멜로물 위주로 제작하던 여러 영화사들이 사라지고 조선영화제작주식회사로 단일화된 시점은 1942년경이다. 그리고 1943년부터 한국영화는 조선영화제작주식회사 독주로 지원병 차출, 증산운동 황국신민화 등을 주제로 한 영화가 주류를 형성한다. 이러한 상황을 감안할 때 향파가 신파 멜로물로 공모에 당선된 것은 아닐 것이

---

12) 강성률, 「친일영화의 재고와 자발성」, 김재용 외, 『친일문학의 논리』, 역락, 2004, 255쪽

다. 일제 말 향파가 일제에 협력한 사실은 부인하기 어렵다. 이는 황민화를 표방하는 최초 친일 국어잡지인『동양지광』에 글을 발표한 일과도 연관되며 되며 친일잡지로 바뀐『야담』에 총후문인을 통하여 징병제를 선전한 소설「내 山된아」등을 발표한 일로도 확인할 수 있다.[13] 그가 내선일체의 황국신민화와 대동아공영권의 전쟁동원을 직접 주장하였는지의 여부는 앞으로 엄정하게 검토되어야 할 사항이다. 다시 말하자면 1940년에서 1945년의 향파에 대한 연구가 매우 조심스럽게 제기되어야 한다는 것이다. 대동아전쟁 시기라고는 하나 저항과 협력이 명료하게 구분되기도 하는 한편 뒤섞인 회색의 지대로 남아 있는 부분도 적지 않았다. 저항과 협력의 경계를 넘나드는 행위는 전시체제로 접어들면서 더욱 일상적으로 접하게 된 것이라 할 수 있다.[14] 향파가 대동아공영과 황민화를 내세운 신문과 영화사 그리고 잡지의 시나리오 공모에 응하고 일문의 글을 실은 것이 일상적 협력 수준일까 구조적 협력 수준일까? 명확한 판단은 유보하나 구조적 협력 수준에 가깝다는 것이 나의 관점이다.

　향파가 경성에서 생활하였다면 요산은 귀국 후 향리와 남해에서 생활하게 된다. 1930년대 향파의 활동—프로문학활동을 포함하여—은 일종의 문화운동으로 볼 수 있다. 이와 달리 귀국 후 요산의 활동은 직접적인 사회적 실천의 형태로 나타난다. 와세다에서 접한 사회주의 사상이 체화되었다고 할 수 있는데 이는 양산농민봉기사건과 관련하여 피검된 사건에서도 알 수 있다. 하지만 요산의 사회주의는 지식인의 민중지향적 성격을 지닌다. 양산농민봉기사건의 경우 피해조사과정과 조합 재건

---

13) 신희교,『일제말기소설연구』, 국학자료원, 1996, 69쪽
14) 윤해동,『식민지의 회색지대』, 역사비평사, 1988, 32쪽

에 개입하는 형태를 보인다. 이 일 이후 요산은 남해에서 교원으로 생활하며 지식인으로서 일상적 수준의 저항의식을 견지한다. 1940년 3월 교원직을 사직하기까지 요산의 삶은 그리 큰 굴곡이 없었다 하겠다. 1940년 시작한『동아일보』지국 일도 신문 폐간과 더불어 문을 닫고 이후 경남도청 상공과 산하 면포조합 서기로 취직하여 해방될 때까지 근무한 것으로 연보는 전한다.[15] 조갑상의 연구에 의하면 당시 면포조합은 도청 상공과의 귀퉁이를 빌린 민간 물자 통제 단체였고 조합의 상무는 소설가 한무숙 씨의 부친이었다.[16] 이처럼 요산은 생활의 측면에서 비교적 안정적인 처지에 있었다. 이러한 그에게 시련은 역시 신체제의 전쟁 상황이다. 그 또한 일제에 대한 협력의 요구를 뿌리칠 수 없는 인간적 한계를 보이게 된다. 요산이 1943년『춘추』9월호에 발표한 희곡「인가지」를 보자.『춘추』는 동아일보가 폐간되고 난 뒤에 그 기자였던 양재하가 1941년 2월에 창간하여 1944년 10월 통권 39호로 종간한 잡지이다. 종합잡지의 성격으로 초기에는 논문과 문학에서 읽을거리가 있었으나 후기에 이르러 전쟁 협력, 내선일체화 운동에 나섰다. 요산의「인가지」를 집중 분석한 박태일은 다음처럼 이 작품에 대한 결론을 내리고 있다.

김정한 희곡「인가지」는 극적 긴장이 뚜렷한 행위극이 아니다. 세월 없는 탕건장사 백낙삼의 아들 개동은 훌륭한 '지원병' 젊은이다. 그 아내될 서분 또한 나무랄 데 없다. 어머니 이순이 못지 않다. 긍정적인 사람으로 그려진 이들과 달리 이순의 남편, 생선장사 방차돌은 술꾼으로 부정적인 사람이다. 위 두 유형의 사람이 귀치 않은 입씨름을 세 차례나

---

15) 요산 김정한 연보,『제3회 요산문학제자료집』, 부산민족문학작가회의, 2000
16) 조갑상,「시대의 질곡과 한 인간의 명징함」, 강진호 편,『김정한』, 새미, 2002, 19쪽

거듭하다 마침내 두 젊은이의 혼사 합의에 이르는 행복한 마무리를 「인가지」는 보여준다. 시골의 한 마을 이웃, 두 가족이 특별한 장치 없이 경만 지역말로 극화된 대사의 도움을 받아가며 진행되는 대화극·소인극이다.

　나라잃은시기의 특정 작품을 두고 부왜라는 성격 규명에 이르는 일은 쉬운 것이 아니다. 김정한은 부왜활동에 관련된 공개 기록을 남기지 않았다. 「인가지」에 대한 해석도 열려 있다. 게다가 다른 부왜 작품을 찾을 수 없다. 그럼에도 「인가지」는 한글 사용이 금지되었던 시기에 어려운 '일본 관헌의 허가(검열)을 받아가면서까지', 부왜매체에 한글로 발표된 부왜희곡이다. 왜로의 '성전'에 나갈 '지원병'과 그 가족을 한 마을 '애국반' 이웃이 '병영봉공'을 다하고, 장차 '가정봉공'까지 아끼지 말아야 한다는 부왜의 뜻을 일깨우는 데 모자람 없는 됨됨이를 갖춘 '국책극'이다. 부왜희곡에서 빼내기 힘들다. 작품 바깥 환경과 안쪽 맥락을 살펴 그 점을 알겠다.[17]

　당시의 시대 상황과 매체 그리고 텍스트 전체의 맥락을 고려하여 내렸다는 결론이다. 부왜, 왜로 등 용어의 학적 수용 여부에 대한 논급을 회피하면서 박태일의 이러한 주장에 깃든 과잉 해석을 경계하고자 한다. 먼저 모든 맥락을 고려하였다고는 하나 그는 작가의 맥락을 빠트렸다. 요산이 왜 이러한 작품을 썼을까에 대한 의도와 심리에 대한 고려가 없다. 요산이 이 작품을 쓰게 된 분명한 연유는 없다. 다만 고향 선배의 권유를 못 이겼다는 그의 술회(조갑상과 요산의 대담에서)가 전해질 뿐

---

17) 박태일, 『부산·경남 지역문학연구1』, 청동거울, 2004, 152-153쪽

이다. 유추컨대 고향선배는 신고송이 아닌가 한다. 신고송은 1945년 12월 『인민』 창간호에 쓴 「연극운동과 그 조직」의 일제하 국민극운동에 대한 자기비판을 감행하는 대목에서 "그들은 이 모든 압정을 강제하기 위하야 문화운동을 총동원하여 그 선전기구로 이용하였는데 다른 부문에 있어서 그렇게 강압요(強壓要)로 연구(演求)하는 '국어 상용'도 연극에 있어서만 관대히 하야 연극이 가진 고도의 선전성을 민중에게 이용하였다"라고 한 바 있다. 실제 일제는 영화계에 있어 국어 상용의 적극성을 띤 것에 비해 연극계에 국어 상용 문제는 당시의 문맹율에 비춰 유연했던 것이다. 이러한 가운데 송영이 "조선말을 하는 것이 반(反)내선일체라고 생각하는 것은 일종의 소아병"(「국민극의 창작─작가의 입장에서」, 『매일신보』, 1942년 1월 15일~20일)이라는 주장을 하고 있음을 주목할 수 있다. 요산이 친일 매체에 징병 관련 희곡을 쓴 사실을 두고 협력이 아니라고 부정할 수는 없는 일이다. 하지만 이 작품이 당시의 일본 정책을 고스란히 흡수한 '국책극'이라는 주장은 지나치다. 더군다나 박태일의 말마따나 「인가지」의 해석 지평은 열려 있다. 가령 다음의 예를 보자.

樂三 머, 勤勞奉仕隊? 정신 빠진 사람들 앙이가! 來日 모래면은 志願兵에 나갈낀데 무엇 나갈 틈이 있는강. 西分 아 우리 개똥이 志願兵 나가는 것 늬도 알지 안나. 이담 大將이 되면 뉘사 말리겠나. 너도 봐라 이것저것 준비할라 나갈 수 있겠나.

들머리 부분인 이 대목을 박태일은 다음처럼 해석한다. "아버지 백낙삼의 입을 빌려 개동이 '지원병'에 나가면, 장차 '大將'까지도 오를 수 있다는 암시를 준다. 거짓된 지원병 제도를 한껏 긍정하고 미화했다. 자랑스러운 아들이요 받들어야 할 젊은이였던 탓에 백낙삼과 방차돌은 입씨름을 하다 금방 그 일을 그만두고 개동의 말을 따른다. '병역봉공은' 모든 일에 앞설 마련이다." 이러한 해석이 잘못되었다는 것은 누구나 쉽게 알 수 있는 바다. "이담 大將이 되면 뉘사 말리겠나"라는 구절을 장차 장군까지 오를 수 있다는 암시로 읽을 수 있을까? 실제 이 작품을 읽어보면 지원병으로 가야 하는 당사자인 개동이에 대하여 언급한 바가 전혀 없다. 다만 무지한 어른들의 대화, 당시 상황에 무지한 민중적 일상이 전경화되어 있을 뿐이다. 이러한 점에서 이 작품은 "한글 사용이 금지되었던 시기에 어려운 '일본 관헌의 허가(검열)를 받아가면서까지', 부왜매체에 한글로 발표된 부왜희곡"이 아니라 한글 허용이라는 틈새를 활용하면서 강요된 협력이라는 폭력을 대처해갈 수밖에 없었던 작가의 고뇌의 산물이다. 여하튼 식민지 회색지대에서 요산 또한 일상과 생활을 유지하기 위한 방편으로 일정한 협력을 피할 수 없었던 것은 사실이다. 그러나 이를 두고 구조적 협력으로 보는 관점은 작가의 진정성을 몰각한 외부자의 눈에 불과하다.

해방, 희망과 좌절

자서전적 글에서 향파는 해방을 구금상태에서 맞았다고 한다. 회월 박영희로부터 들은 시대 상황에 대한 이야기를 몇몇 고향친구들과 나눈 것이 화근이 되어 일경에 체포된 것이다. 이 일로 그는 거창검사국 미결감방에서 해방을 맞게 된다. 조갑상에 의하면 요산 또한 숨어서 해방을 맞이한 것으로 알려진다. 강대홍으로부터 불령선인으로 지목된

사람들에 대한 일경의 예비검거나 위해가 있을 수 있다는 정보를 전해 듣고 구포에 있는 고아원으로 피신한 것이다.[18] 강대홍은 제3차 고려공산청년회의 경남도간부를 지내다 1928년 2월 제3차 공산당 검거선풍이 몰아칠 때 윤일, 노백용, 홍보용과 함께 검거된 바 있는 사회주의운동가로, 해방 후 건준 경남도지부 총무부장을 맡는다.[19]

해방공간에서의 향파와 요산의 활동은 각각 경성과 경남 부산에서 전개된다. 앞서 말한 바대로 향파의 활동은 정치주의보다 문화주의를 따른다. 그는 경성 배재중학교에 근무하면서 해방과 더불어 결성된 조선프롤레타리아 문학동맹, 조선프롤레타리아 미술동맹, 조선프롤레타리아 영화동맹, 조선프롤레타리아 문학동맹 등에서 위원, 위원장 등의 직책을 맡고 이듬해 결성된 조선문학가동맹의 아동문학위원회 위원으로 참여한다. 1946년 조선문학가동맹 서울지부 보선 때는 집행위원이 되는 등 조직원으로서 활발하게 활동한다. 이즈음 그는 카프시대에 상응하는 시와 소설을 발표하지만 어떤 연유에서인지 1947년 경성 생활을 접고 부산으로 내려온다. 이 시점은 사회주의 문인들 대다수가 1, 2차에 걸쳐 월북한 때와 일치한다. 객관적인 정세 악화와 그가 지닌 문화주의적 경향이 맞물려 사회주의 노선으로부터의 이탈이라는 선택을 취한 것이라 보인다. 1946년 말과 1947년 초 향파의 활동에 대한 구체적인 기록은 아직 발견되고 있지 않다. 다만 연보는 그가 1947년 사회주의 문학 단체와 손을 끊고 동래중학교 국어교사로 근무하면서 연극운동에 몰두했다고 기록하고 있다. 카프 시절의 일부 급진적 주장을 제외

---

18) 조갑상, 앞의 글, 19-20쪽
19) 신종대, 「해방직후 부산·경남지방의 변혁운동」, 『한국근현대지역운동사 1 영남편』, 역사문제연구소, 1993, 205쪽

하고 향파의 활동은 매우 온건하고 유연했다고 볼 수 있다. 카프 시절의 급진적 주장조차도 당시의 대세를 따라간 것이 아닌가 하는 생각이 든다. 따라서 향파의 사회주의적 심성은 상황의 논리에 따라 언제든지 묻혀갈 수 있었던 것이라 할 수 있다. 그가 시대의 대세에 자신을 맞추어간 측면이 없지 않은 것이다. 이는 가령 4·19와 더불어 표출된 그의 시에서 잘 드러난다.

보았는가
거리의 그 怒濤를

들었는가
天地를 뒤흔들던 그 아우성을
더럽혀진 疆土의 얼룩을 씻고자
다함께 피 뿌리고 떨어진 봉오리
四·一九 꽃봉오리들이 열매지어 주고 간
저 四月二十六日의 恍惚

가진거라곤
어진 맘씨 밖에 없었던 百姓들이
참으로 잘도 참아왔었다

열두해! 일백마흔달!
그 숨통 막히던 괴로운 말을
순한 羊 같이 소같이

잘도 참아 왔었다.

　　　　　　—「묵은 것의 잿더미 위에 다시 太陽은 쏟는다
　　　　　　　　　—永遠의 感激, 四月二十六日」일부

　이승만 하야일의 감격을 노래한 이 시에서 무엇보다 주목되는 것은 '열두해! 일백마흔달!'이라는 기간을 명시하고 있는 점이다. 이주홍이 규정하고 있는 열두 해 일백마흔 달은 1948년 8월에서 1960년 4월까지를 말한다. 이렇게 보면 이주홍은 이승만 정권의 정통성을 부정하고 있는 셈이다. 반공 이데올로기를 앞세워 민족 인사들을 탄압하고 외세의 존적인 독재권력을 확대해온 제1공화국은 자주적이고 민족적인 민주주의 국가 형성이라는 관점에서 보면 실패작이라 할 수 있다. 비유컨대 첫 단추를 잘못 꿴 것이다. 이주홍의 입장에서 4월 혁명은 "이제는 두 번째 淨土 위에 地礎를 놓는/우리의 共和國 民主大韓"의 역사적 계기가 되는 셈이다. 식민지 시대와 해방공간에서 좌파적 민족주의 노선을 견지해온 그가 이승만 정권에 의해 받은 수모와 심리적 구속감은 매우 컸으리라 생각된다. 그래서인지 그는 이승만 정권이 붕괴되는 상황을 "兄弟여/이제는 모두가 어지러운 꿈으로 돌아갔다./獨裁도/威喝도/모든 誣告와/모든 讒訴도/甘草처럼 흔하게 써먹던/'五列嫌疑'나 '不純分子介入'의 '레텔'들도 함께/모두가 얼굴을 가리고 쉬어 버렸다."라고 덧붙인다. 이주홍은 8·15 민족해방과 함께 수행되어야 했던 민족혁명의 과제가 3·15 나아가서는 4·19와 더불어 새롭게 시작되어야 한다고 본 것이다. 그러나 이러한 그의 심정표출은 4월 혁명과 더불어 잠시 표출되다 이후 탈정치적 입장으로 선회하고 만다.

　요산은 해방과 더불어 진정한 민족문화를 수립한다는 기치 아래 인민

예술좌라는 연극운동에 관여한다. 아울러 1946년 2월 10일 조선문학가동맹 부산지부장을 맡는다.(위원장 김정한, 서기장 류열, 서무부장 정용수, 재정부장 홍남식 등) 아울러 이 해 2월 14일 조선예술연맹 부산지구협의회가 결성되는데 요산은 이 단체의 위원장으로 피선된다.[20] 이때 도인민위원장인 노백용이 축사를 하였다. 또한 요산은 부산 민주주의민족전선에 참여한 바 있고 이후 미군정이 민전을 탄압하는 등의 정세 변화에 대처하면서 1947년 7월 27일에는 공위경축민주임정촉진인민대회에 문화인대표로도 참석한다. 이러한 일련의 사실을 통해 우리는 두 가지 사실을 확인할 수 있다. 하나는 김정한이 철저하게 지역을 근거로 활동하였다는 점이고 다른 하나는 그가 "건준-인민위원회-민주주의민족전선"으로 전개된 중도좌파민족주의 노선을 실천해나갔다는 것이다. 요산은 이러한 실천으로 인하여 1949년 6월 5일 이승만 정권에 의하여 결성된 국민보도연맹에 가입하지 않을 수 없게 되고 한국전쟁 발발과 더불어 생존을 위협받는 위기에 직면해 구사일생으로 생존하게 된다.[21] 한국전쟁으로 정치적 위기에서 벗어나 권력을 공고히 한 이승만 정권은 반공매카시즘을 통치수단으로 사용한다. 이승만정권의 매카시즘적 반공주의가 지배하면서 친일파 청산과 함께 자주적 민주주의 국가를 건설하려던 민주주의민족전선은 와해되어 침묵하게 된다. 그러나 이러한 가운데서도 부산지역 민주 민족 지향의 인사들은 재기의 기회를 엿보며

---

20) 박철규, 「미군정기 부산지역의 대중운동」, 역사문제연구소, 앞의 책, 320쪽. 이 자리에서 요산은 "팟쇼세력의 압제하에 조선은 유린되고 개척을 하는 예술가들은 해방의 종소리와 함께 그 엄전하고 있던 기운이 폭발하고 그후 정계의 복잡한 곤란의 영향으로 예술부분도 분리되어 왔던 것이나 지금 이와 같이 또다시 통합되고 합작하게 된 것은 매우 반가운 것"이라는 요지의 개회사를 한다.

21) 이에 대한 자세한 기술은 조갑상, 앞의 글 참조

힘을 결집한다. 1954년 무렵 부산대학교 교수인 이종률과 김정한을 중심으로 결성된 '민족문화협회'에는 부산·경남 진보적 지식인들이 대거 참여하고 있다. '민족문화협회'의 활동은 항일 민족운동을 주제로 하는 강연회가 중심이었고, 이를 통해 민주적 자주의식을 대중들에게 고취시키려 하였다. 아울러 암울한 현실 아래서 민주 민족진영의 결속을 다지는 역할을 하였다.[22] 이러한 과정을 거쳐 남한 좌파 민족문학의 유일한 생존자인 요산은 빛나는 4월과 더불어 부활하는 것이다.

요산에 대한 연구가 심화되고 향파에 대한 연구가 활발해지면서 요산과 향파를 지역문학의 양대 산맥으로 고착화해온 시각들이 크게 해체되고 있다. 어떤 의미에서 향파는 1947년을 기해 사상적 전향을 했다고할 수 있다. 사실 조선문학가동맹의 맹원으로 활동한 이들의 대다수는 월북하였고 남은 다수 또한 한국전쟁으로 희생되었다.[23] 중도파의 역사적 불행이 아닐 수 없다. 하지만 요산은 이러한 상황에서 구사일생하였고 향파는 비껴갔다.[24] 요산은 사회주의자가 아니다. 그는 민족주의자이다. 그에게 사회주의는 민족주의를 실천하는 방편이었다. 이러한 생각을 그가 평생 견지하였다고 본다. 향파의 경우 그의 다재다능으로 많은 이들에게 열려 있는 존재다. 그러나 역시 그의 본령은 아동문학이고 초창기 아동문학의 낭만주의와 동심주의를 극복한 데서 그의 자리가

---

22) 부산민주운동사편찬위원회, 『부산민주운동사』, 부산민주운동사편찬위원회, 1998

23) 조선문학가동맹의 맹원은 모두 국민보도연맹에 가입하지 않으면 안 되었다. 그리고 이들 가운데 대다수는 월북하였고 남은 이들 다수도 한국전쟁과 더불어 학살되었다. 김학재, 「정부수립 후 국가감시체제의 형성과정」, 서울대 대학원, 2004; 한지희, 「국민보도연맹의 결성과 성격」, 숙명여대 대학원, 1995; 김재용, 「냉전적 반공주의와 남한 문학인의 고뇌」, 『역사비평』 1996년 겨울호 등 참조

24) 이 대목에 대한 해명이 부족하다. 앞서 각주 8)에서 말한바, 양우정 노선에 대한 연구와 병행할 과제로, 다음으로 미룬다.

빛난다. 향파와 요산은 지역의 문인이면서 한국의 문인이다. 자칫 지역 중심주의가 이들에 대한 올바른 평가를 가로막을 수 있다. 우상 파괴라는 명분으로, 학문적 객관성이라는 이름으로 7, 80년대 군사정권에 아무런 항변도 못하고 침묵하던 이들이 이들의 흠결을 들추어 과장하는 경우가 있는 바, 이는 크게 경계하여야 할 일이다. 또한 이들이 살았던 시대와의 연관성을 소거하고 이들의 문학성만을 강조하는 우를 범하지 않아야 한다. 가령 7, 80년대 군부독재 시절의 요산을 문학성이라는 추상적 준거로 평가할 수 있을까? 향파와 요산의 문학성 또한 시대의 구성물로, 서로 엄연히 다르다. 따라서 섣불리 이들을 나란히 놓는 일은 이들에 대한 바른 평가를 그르칠 가능성이 크다. 향파는 향파이고 요산은 요산이다. 특히 민주화 이전의 요산에 대한 평가는 텍스트 중심의 단순 비교에 그치지 않아야 한다. 전체를 보는 균형 잡힌 시각이 요구된다. 향파의 경우 너무나 많은 작품을 남겼다. 그러나 적지 않게 통속적이거나 수준이 문제가 된다. 실증적인 기초 연구도 중요하지만 문학사적 맥락에서 바른 평가가 뒤따라야 할 것이다.

미의 법문에 이르는 길

초정 김상옥 시의 위계미학

초정 김상옥의 시와 삶과 예술은 서로 분리되지 않는다.[1] 그의 삶은 시와 예술의 구경(究竟)을 추구하는 과정과 다를 바 없었다. 어쩌면 그는 시서화일체론을 추구한 마지막 선인이라 할 수 있을 것이다. "시가 문자 예술의 가장 꽃다운 것이라면, 도자는 또한 조형 예술의 가장 아리따운 모습이다." 그의 예술론이 담긴 『시와 陶瓷』(아자방, 1975) 「자서」에서 한 말이다. 그가 평생 추구한 것은 아름다움이다. 그 어원을 따질 때 미(美)와 선(善)은 같다. 아름다움에 대한 추구와 선함에 대한 추구가 다르지 않았던 것이다. 초정의 미학 또한 이와 같아서 삶의 지향이 아름다움에 모아진 것이다. 그렇다면 그에게 아름다움은 무엇인가? 생에 대한 것이든 미에 대한 것이든 자명한 정의는 있을 수 없다. 다만 그에 대한 의미를 찾아가는 과정이 중요할 터인데 초정문학이 빛나는 대목이 이러한 과정에 있다. 생의 마지막 순간까지 그는 아름다움에 대한

---

[1] 초정의 생애에 관한 설명은 김재승, 「초정 김상옥 선생님과의 반세기」, 『그 뜨겁고 아픈 경치』, 고요아침, 2005 참조

추구를 멈추지 않는다.

초정이 남긴 저서는 모두 14권이다. 이 가운데 앞서 말한 산문집『詩와 陶瓷』를 제외한 13권이 모두 시집이다.『시조시집 草笛』(수향서헌, 1947),『김상옥 시집 故園의 曲』(성문사, 1948),『초정시집 異端의 詩』(성문사, 1949),『초정동시집 석류꽃』(현대사, 1952),『김상옥시집 衣裳』(현대사, 1953),『김상옥시집 木石의 노래』(청우출판사, 1956),『시와 동요로 엮은 꽃 속에 묻힌 집』(청우출판사, 1958),『김상옥시집 三行詩』(아자방, 1973),『김상옥시집 묵을 갈다가』(창작과비평사, 1980),『김상옥시화선집 향기 남은 가을』(尙書閣, 1989),『김상옥시집 느티나무의 말-정형시의 비정형적 묘를 만끽하는 시』(尙書閣, 1989),『초정팔순기념육필시집 눈길 한번 닿으면』(만인사, 2000),『김상옥시조집 촉촉한 눈길』(태학사, 2000).

13권의 시집들에서 먼저 주목되는 것이 표제를 수식하는 말들이다. 마지막 13권째가 우리시대 현대시조 100인선 기획으로 간행된 것이어서 시인의 의도와 무관하게 시조집이라 명명한 것을 감안할 때 여타의 것들 중에는 이처럼 시조집으로 명명된 것이 없음을 알 수 있다. 첫 시집에서 그는 시조 대신 시조시라고 표기하며 제8시집에서는 삼행시라는 용어를 내세운다. 또한『느티나무의 말』의 표제 아래 놓아둔 "정형시의 비정형적 묘를 만끽하는 시"라는 부언을 주목하게 한다. 그는 시조, 동시, 자유시의 경계를 두지 않고 모두 같은 시의 범주 안에서 인식한다. 이러한 장르 인식에서 김상옥 문학의 몇 가지 특징을 유추해볼 수 있다.

먼저 그가 특별히 근대의 자유시를 의식하지 않았다는 것이다. 이러한 의식이 있었다면 시조와 시의 갈등 없는 공존은 불가능했을 것이다. 그에게 시는 삶을 그리고 마음을 표현하는 형식이라 할 수 있다. 그는 자신의 삶과 마음을 나타내기에 가장 적합한 형식들을 자유롭게 선택한다. 다시 말해서 그는 삶과 분리된 미적 형식을 추구하기보다 생활 속에서 다양한 형식을 창출하는 과정을 보인다. 마치 민예의 전통이 그렇듯이 삶의 과정과 시의 과정은 연속성을 지닌다. 도공이 흙을 빚어 도자를 구워내듯이 그는 생활 속에서 시를 써낸 것이다. 또한 그는 도공이 그러하듯 가장 아름다운 시를 생탄하기 위한 노력을 멈추지 않는다. 이러한 가운데 시조는 형식적 완결미로 그를 자주 유인한다. 그 또한 이러한 미적 경사를 불균형으로 보지 않는다.

두루 알려져 있듯이, 초정의 문학에서 단연 빛나는 영역은 시조이다. 시조에서 출발한 그의 문학은 시조의 중력장을 벗어나지 않는다. 하지만 많은 산문시들이 말하듯 시조의 중력은 그의 문학적 자유를 구속하지 않는다. 이는 우리가 나날이 딛고 사는 땅에서 중력을 느끼지 않는 것과 같다. 그만큼 그의 문학에서 시조는 중요한 터전이다. 앞서 말한 바처럼, 시조에 바탕한 그의 시적 자유는 경계를 만들지 않는다. 그럼에도 삼행 정형시에서 산문시에 이르는 그의 시적 진자운동이 가지는 의미는 전자의 미적 지향에 비하여 후자에 이르러 생활과 현실에 대한 발언이 커짐을 알기 어렵지 않다.

들길을 그리는 망명자

초정의 문학적 행보는 1936년 조연현과 함께 시지『芽』 동인이 되는 데서 시작한다. 1936년에서 1939년 사이에 초정은 송맹수, 김기섭, 장응두, 윤이상 등과 일경에 피체, 세 차례의 옥고를 치르기도 한다. 또한 이 시기 그는 향리에서 남원서점을 경영하는 한편 1938년 김용호, 함윤수 등과 시지 『貘』 동인으로 참여하면서 「모래알」(3집), 「茶房」(4집) 등을 발표함으로써 시인의 면모를 드러낸다. 이러한 그가 공식적으로 문단에 데뷔한 것은 가람 이병기에 의해 『문장』에 시조 「鳳仙花」가 추천된 1939년 10월이다. 실질적인 등단작으로 알려진 「鳳仙花」는 다음과 같다.[2]

비오자 장독간에 봉선화 만발 벌어
해마다 피는 꽃을 나만 두고 볼것인가
세세한 사연을 적어 누님께로 보내자

누님이 편지 보며 하마 울가 웃으실가
눈앞에 삼삼이는 고향집을 그리시고
손톱에 꽃물 들이던 그 날 생각하시리

양지에 마주 앉아 실로 찬찬 매어주던
하얀 손 가락가락이 연붉은 그 손톱을
지금은 꿈속에 본 듯 힘줄만이 서노나

소박하면서도 진솔한 서정의 품격을 갖춘 작품이다. 선자 이병기는 이 작품에 대하여 다음처럼 평한다: "鳳仙花! 이 꽃을 보고 누님을 생각고 누님과 함께 자라나던 옛날을 생각한 것이 또한 鳳仙花 모양으로 연연하기도 하고, 아기자기하기도 하고, 그리고 서글프기도 하다. "하얀손

---

2) 초정의 초기시에 대하여 필자는 소략하게 언급한 바 있다(「초정 김상옥의 초기 시 세계」, 『시의 옹호』, 천년의시작, 2006). 초기시에 관한 논급은 일부 이 글을 따른다.

가락가락이 연붉은 그 손톱을/지금은 꿈속에 본 듯 힘줄만이 서노나"
하는 것이 얼마나 그립고 놀라운 일이냐. 이런 정이야 누구나 자질 수
있지마는, 이런 表現만은 할이가 그리 많지 못할 것이다. 타고난 詩人
이 아니고는 아니될 것이다. 쓰는 말법도 남달리 익숙한 바, "삼삼이는"
과 같은 말을 쓴건 그 妙味를 얻은 것이다. 항용 말을 휘몰아 잘 쓰기도
어려운바, 한층 더 나아가 새로운 말법—우리 語感, 語例를 새롭게 살리
는 말법을 쓰는 것이 더욱 용하다. 그러나 앞으로 더 洋洋한 길이 있는
이 詩人으로서 다만 鳳仙花 詩人으로만 그치지 말기를 바란다." 가람의
말처럼 초정은 봉선화 시인으로 그치지 않고 앞서 언급한 대로 시조, 동
시, 자유시의 세 영역을 넘나든다. 습작기 장르 선택의 선후는 그리 분
명하지 않으나 공식적인 출발은 시조라 할 수 있다. 그런데 초정의 시
세계를 접하는 처음 관문은 등단작 「鳳仙花」보다 『貘』 3집에 실려 있는
「모래알」이 아닌가 한다.

> 본디 너 어느 海中의 크나큰 바위로
> 波濤의 靑牙에 깨물린 千劫의 가진 風霜을
> 이제 여기서 다시금 回想하누나.
>
> 저 밀려오는 潮水의 咆哮!
> 反抗도 없으나 屈從 또한 없었거니,
> 몸은 닳고 쓸리어 적어만 가도
> 너 마음 限없이 限 없이 넓어만 져,
> 그리고 또 알았노니
> 쓸모 없이 肉重한 體軀는 모조리 모조리 내던지고

오직 참된 靈魂만을 가지려는

오오 너의 意圖여.

이 시의 언어나 정서 그리고 경험 유형이 「鳳仙花」보다 낫다고 할 수 없다. 그럼에도 이 시가 주목되는 이유는 사물에 대한 태도이다. 시인은 모래로부터 "참된 영혼"의 결정을 발견하고 있다. "반항도 없으나 굴종 또한 없는", 그러나 "참된 영혼만을 가지려는" 생존의 유형, "몸은 닳고 쓸리어 적어만 가도" "마음"은 한없이 넓어져가는 존재의 논리를 본다. 소위 '수동적 적극성'의 한 형태로 이해할 수 있는 이러한 태도는 명철보신이 아니라 난세를 피하여 그 뜻을 기르는 선비의 의지와 연관된다 하겠다. 이러한 초정의 입장은 그의 시와 삶에서 지속의 원리로 나타난다. 초정은 변화보다 지속을 삶과 시 그리고 예술의 원리로 삼은 것이다.

일제시대 초정에게 시는 망명처와 같았다. 함흥으로 원산으로 삼천포로 전전하는 가운데 그의 시는 신산한 삶을 위로하고 지켜주는 등불이었다. 초정은 첫 시집 『草笛』 후기에서 "왼갖 거짓과 不義의 속에 살아도 다시 그것 없는 곳에 따로 조고만 푸른 하늘을 가지자니 어찌 亡命 같은 외로움과 괴로움이 없겠사옵니까"라고 토로하고 있다. 초기시는 망명자의 염결성과 고절감을 동시에 드러낸다. 초정은 처음부터 염결주의를 가장 중요한 지향으로 삼는다. "그러나 이 그림자 같이 다르는 거짓을 무슨 수로 벗어나겠나이까. 거짓을 버리자는 나의 詩도 그대로 허울이거든 아아 나의 詩여! 언제나 너의 本然한 모양으로 나타나리. 내 몸이 完全히 거짓을 벗어나는 날 이 詩도 참된 넋의 속삭임이 될 줄로 아옵니다." 이처럼 그는 부지불식간에 그림자처럼 따라오는 거짓을 끊

임없이 지우려 한다. 또한 거짓을 지우려 하는 행위 속에 깃들 수 있는
자기연민이라든가 자기도취의 거짓조차 경계한다. 그에게 시는 염결한
삶을 살아가는 과정이자 그 궁극적 도달점인 것이다.

> 달빛에 지는 꽃은 밝기도 삼가론데
> 醉하지 않은 몸이 걸음조차 비슬거려
> 이한밤 풀피리처럼 그를 그려 울리어라
>
> ―「春宵」 전문

　초정은 섬세하고 맑은 마음의 소유자이다. 달빛에 꽃 지는 봄밤의 정
서를 이처럼 깊은 울림으로 표현하기는 쉽지 않다. 가람은 이러한 초정
의 시조를 일러 첫 시집 서문에서 "그 다정다감한 정은 새로 피어나는
풀잎과 종달새 노래와도 다름이 없다"라고 했다. 김동리는 초정의 첫 시
집 발간을 두고 "8·15해방의 종소리는 드디어 그의 괴나리보따리 속에
까지 비치게 되어 잃었던 풀피리 39곡의 순박하고 청아하고 신묘한 운
율을 다시금 세상에 들려주게 된 것이다"라고 했다.[3] 그러나 초정은 시
를 위해 시를 쓰지 않았다. 그의 시는 그의 삶 속에서 쓰였다. 따라서 그
는 시를 삶과 분리시키는 미학주의를 선택하지 않는다.
　초기 초정 시학의 밑자리는 본디 체험이다. 그의 시는 원체험의 공간
을 지향한다. 고향, 유년, 동심의 세계는 그에게 훼손되지 않은 가치를
대변한다. 이는 나라 없는 상실의 시대를 산 시인의 의식현상과도 결부
된다. 그에게 고향은 있는 사실이 아니라 있어야 할 당위와 다름없다.

---

3) 김동리, 「『草笛』의 樂譜」, 『민중일보』 1947년 8월 20일

그래서 그의 시는 원초적인 유토피아에서 비롯하는 상실과 희망의 노래
이다.

　　　온 세상 뜰안인양 포근히도 고요한 날!
　　　저 하늘 푸른속에 깊숙이 숨었다가
　　　흰날개 고이 펼치고 춤을 추며 나리네

　　　헐벗은 가지에도 흐뭇이 꽃이 벌고
　　　보리 어린 이랑 햇솜처럼 덮어주고
　　　오는 철 새로운 봄을 불러오려 하느냐

　　　기드는 추녀끝에 落水소리 들리거든
　　　참고 견딘 치움 헌옷처럼 벗어두고
　　　우리네 헐린 살림을 다시 가꿔 보리라

　　　　　　　　　　　　　　　　　　　　　　　　—「눈」 전문

　　이 시 속 눈 내리는 겨울날의 정황은 초정의 의식을 잘 대변한다. 춥
고 메마른 풍경을 일신하는 눈이야말로 희망의 표상일 수 있다. 1연이
말하듯 눈은 먼저 대지에 대한 하늘의 축복이다. 이러한 축복에 대지는
2연처럼 희망에 부푼다. 이 과정에서 새로운 삶에 대한 기대를 드러내는
3연은 당연한 귀결이다. 순환하는 계절에서 봄은 희망의 상징이다. 겨울
이 가고 봄이 온다는 자연의 원리는 인간사의 겨울도 언젠가는 끝날 것
이라는 믿음을 부여한다. 자연에 대한 이러한 윤리적이고 정치적인 인
식으로 시인은 끊임없이 희망의 징표들을 찾는다.

그런데 현실에 대한 회의주의는 희망의 역설적 의미를 더한다. 두 번째 시집 『故園의 曲』 첫머리에서 시인은 "이끼 푸른 옛 碑石의 破片에서는 아득한 神秘를 읽을 수 있고 다시 崇古한 思索을 찾을 수 있으나 이 늙고 病든 人間의 末路를 보고 이제 무엇을 求할 수 있으랴 오직 그기엔 絶望과 失神과 차마 發狂하지 못하는 奇蹟이 있을뿐"이라고 쓰고 있다. 해방공간의 상황에 대한 시인의 입장이 표명되고 있는 셈이다. 시인은 기원으로 돌아가 조화의 지평과 만나기를 희구한다. 현실에 대한 회의가 클수록 이러한 지향 또한 커지게 마련이다. 이 시집 서문에서 시인은 "그러나 어찌 하오리까? 갈수록 험난한 하루하루가 不治의 病같이 짙어가니 오늘의 世態와 人心을 무엇으로 믿으오리까? 歲月은 이리도 바쁘건만 차라리 다 버리고 어린 마음으로 돌아가고자 아아 다만 어린 마음으로 돌아가고자"라고 토로한다. 여기서 시인이 그리는 "어린 마음"이 퇴행적 심리를 반영하는 것은 아니다. 무엇보다 파괴된 조화를 그 본디의 마음으로 돌아가 복원하자는 희망이 스며 있는 것이다. "어린 마음이란 잃어진 人間性의 그리운 故鄕이요 孤獨이어니 사랑하는 이여! 밤이면 장대를 들고 별을 따려던 그날―별처럼 눈시울에 나타나는 그날을 鄕愁함이 아아 얼마나 빛을 찾아 목마르는 마음이오리까?" 해방된 조국의 현실에서도 초정은 다시 망명자의 향수와 고독을 느끼지 않을 수 없게 된다.

버꾹 버꾹
山躑躅 흩어진 골
으늑한 골
어디매 사나 버꾹 버꾹

잠결처럼 들리는
버꾸기 울음
伐木소리 아니라도 山은 깊어라

어느듯 푸른 그늘
휘드린 속을 털어서
흐르는 개울
흐르는 굽이마다 絃을 퉁기고

다시 또 인적 없고
멀리서 우는 솔바람
오직 하나 남은
落木 寒天의 소슬한 기척……

머흐는 구름밑에
피던 들菊花
슬어진 구름처럼 고이 지고

쌓이는 가랑잎에
날과 밤 묻히어
그 위에/다시 한겹 눈보라 덮고
이제는 진하여
싸느란 죽음의 寢牀위에

그는 홀로 누웠으라

—「寂寞」전문

이처럼 시인은 고향, 들길, 자연에서 진정한 의미의 세계를 찾는다. 마치 하이데거가 의미를 부여한 고향과 들길처럼 그 또한 여기서 사물들이 내는 소리에 귀 기울이고 살아 있는 존재들이 발하는 아름다움에 교감한다.[4] 그러나 목전의 현실은 이처럼 단순소박한 원초적 조화를 잃고 훼손되어가고 있다. 시인은 이러한 현실 속에서 본래적인 것, 조화로운 것, 근원적인 것들의 흔적과 징표를 시에 담는다. 망명자의 위치에서 초정은 끊임없이 상실된 유토피아의 흔적들을 추적한다. 이러한 그의 감정유형은 상실로 인한 슬픔과 희망의 발견이 주는 기쁨이 교차한다. 이 감정은 사물과 사람에 대한 본질적인 사랑과 구별되지 않는다. 시인이 본질적인 연관관계를 꿈꾸고 있기 때문이다. 초정은 존재와 존재가 서로 스며드는 관계를 추구한다.

파르란 하늘 밑
드리운 포도

알알이 하늘 속
숨긴 이야기

만지면 문질리는

---

4) 하이데거의 「들길」에 대한 것은 박찬국, 『들길의 사상가 하이데거』, 동녘, 2004, 20-22 쪽 참조

얇은 분결

검붉은 빛 터질 듯
물이 실리어

살긋이 한알 따
입에 머금고

어린 걸 품어 안고
입 맞추면

발갛게 젖은 입술
꿈같이 달아

마음 속 오랜 상처
절로 아물고

새로운 즐거움은
샘으로 솟아

포도처럼 조롱조롱
고이는 눈물

— 「葡萄」 전문

초정 시학의 기저를 잘 드러내는 작품이라 할 수 있다. 포도알처럼 스며드는 원초적 동일성은 그의 시적 지향이다. "복된 안식"과 "의초로운 단란"(「멧새알」)은 시적 지향이 열고자 하는 세계상의 내용들이다. 그런데 시인은 이러한 세계에 대한 갈망과 그것의 부재로 인한 상실감을 동시에 드러낸다. 이러한 의식은 시인이 처한 상황적 조건에 연유하는데 가령 「저문 들길」에서 다음처럼 표출되고 있다.

외막 끝에
초승달 걸려 있고

머언 산 밑
꿈같은 저 마을은
누가 사는지

안개 밖에
호롱불 눈물 머금고

그리운 고향처럼
다소곳이 엎드린 초집

들국화 흩어져
떠오르듯 환하게
저문 들길은

몸 둘 데 의지없는
괴나리 봇짐 하나

가도 가도
아득한 풀벌레 소리……

이처럼 시대로부터 망명자가 된 시인에게 들길은 고향의 표상이자 고향을 잃은 나그네의 서러움이 배인 장소이다. 하지만 시인은 들길을 통하여 존재의 진정한 소리를 듣는다. 초정 김상옥의 서정시학은 존재의 소리와 다름없다.

고원(故園)을 향한 꿈과 이단의 세월

앞서 만해와 석정의 시적 발상을 도운 타고르는 초정의 경우에도 나타나는데,『故園의 곡』에서 타고르의 영향은 주목할 만하다. 보다 세심한 비교연구로 드러나겠지만 타고르는 초정의 시적 갱신에 일정한 매개가 된 것으로 보인다. 어머니와의 대화 양식과 원정 서사의 등장은 타고르 시와의 관련성을 짐작하게 한다. 또한 첫 시집과 다르게 뚜렷하게 부각되고 있는 산문시형에서 타고르를 매개한 시적 서술과 만나게 된다. 「술래잡기2」는 "시성 타고르의 「참바꽃」에 화답함"이라는 부제를 제시하고 있기도 하다. 「참바꽃」은 타고르의 시집『초승달』에 실려 있는 시이다. 화자인 '나'와 어머니의 육친애를 그리고 있는 이 시가 말하고자 하는 바는 원초적인 관계가 주는 행복이다. 초정의 「술래잡기2」는 타고르의 「참바꽃」에 대한 화답이다. 따라서 타고르의 시적 메시지를 전적으로 수용한다. 달리, 초정의 「술래잡기2」는 「참바꽃」의 한국적 번안이라고 해도 과언이 아니다. 그만큼 초정은 동심을 그리는 데 타고르에 공감하고 있는 것이다. 어린이가 마땅히 지녀야 할 마음의 조건으로서의 동심이라는 개념은 없다. 이러한 개념은 어린이의 사회성을 부정하는 어른들이 만든 제도로서의 동심에 불과하다. 제도와 규율의 대상이 된 어린이의 동심은 허구일 가능성이 많다. 소위 동심 천사주의, 동심 순결주의가 내포한 한계이다. 하지만 당대를 악으로 인식하는 현실 부정의식으로서의 동심이라는 시적 지평이 있다. 타고르와 초정에게 있어 동심은 어린이들이 지니고 있거나 지녀야 하는 마음이 아니라 인간 본연의 마음에 대한 등가물이다. 초정은 이러한 시적 입장에서 제4시집 『초정 동시집 석류꽃』(1952)을 묶기도 한다. 하지만 그는 엄격하게 시와 동시의 경계를 구분하지 않는다. 동심과 시심이 다르지 않기 때문이다. 이러한 사실은 제7시집 『시와 동요로 엮은 꽃 속에 묻힌 집』(1958)의 편집 태도[5]에서 잘 드러난다. 가령 이 시집에 실려 있는 「박꽃」은 타고르에 화답한 「술래잡기2」와 상호텍스트적 연관성을 지닌다. 「참바꽃」에서 어린아이 화자-참바꽃 그리고 어머니의 관계가 「술래잡기2」에서 어린아이 화자-박꽃 곁의 반딧불 그리고 어머니의 관계로 변주된 것이 「박꽃」에 이르러 다음처럼 표출되고 있다.

저녁 어스름 속에
박꽃이 핀다.

---

5) 창비판 전집은 이 시집을 동시집으로 규정하고 있으나 실제 이 시집에는 동시 아닌 시들이 혼재해 있다. 민영 편, 『김상옥 시전집』, 창비, 2005

반딧불이 어둠을 흔들며
박꽃 속에 숨으면,

점점이 하얀 박꽃
보오얀 둘레로 떠오른다.

누군지 마루에 앉아
다리미질을 한다.

다리미에 담긴 숯불이
오르락 내리락······

빠알간 숯불에 비치어
어머님 얼굴이 떠오른다.

—「박꽃」 전문

　「술래잡기2」와 이 시의 차이는 무엇보다 시적 발상에 기인한다. 전자가 어린아이와 어머니의 직접적 관계를 서술하고 있다면 후자는 정황의 매개를 통하여 회상하고 있다. 그리고 전자가 어린아이의 시점이라면 후자는 어른의 시점에 의해 서술되고 있다. 하지만 이러한 발상의 차이에도 불구하고 이 두 편의 시가 지니는 연속성 또한 뚜렷하다. 두 편 모두 원초적 화해의 공간에 대한 초정의 시적 지향을 반영하고 있다. 이처럼 초정에게 동심은 어른에 의해 그려진 어린아이의 세계가 아니라 지속의 원리로 시인의 시 세계를 형성하는 하나의 동인이 된다. 초정에게 동심은 현실에 대한 반사 의식, 타락한 세계를 동심으로 뒤집어 보는 것과 다르지 않다.

타고르 영향의 또 다른 양상으로 『원정(園丁)』의 변용을 들 수 있다. 초정은 타고르가 '사랑과 삶의 서정시'라고 말한 『원정(園丁)』의 시적 메시지를 변주한다. 초정의 「園丁의 노래」는 초정이 그리는 사랑과 삶의 지향을 타고르의 시적 매개를 거쳐 아름답게 그리고 있다. 이 시에서 시인은 자기의 정체성을 '고독한 원정'과 '잔인한 원정'으로 나누어 진술한다. 먼저 그는 고독하나 자연과 더불어 존재의 진정한 안정에 이르는 길을 제시한다. 그리고 사랑의 완성을 향한 삶의 과정에서 피할 수 없는 고통을 말하고 있다. 이 시를 통해 초정은 벌써 그의 시를 구성하는 두 가지 축을 시사하기도 한다. 초정의 시적 지향은 한편으로 원초적 화해, 평화, 안정을 지향하고 다른 한편으로 완성을 갈구한다. 그런데 이러한 두 가지 지향은 상반되기보다 상호교섭적이다. 사랑과 삶 그리고 예술에 대한 그의 완성 의지가 궁극적인 조화의 세계에 이르려는 꿈과 겹쳐진다. 이들이 갈등 없이 통일되는 것은 아니다. 하지만 초정은 이 둘을 통합하는 시학과 미학을 전제한다.

타고르와의 만남은 초정의 현실인식과 더불어 지속되지 않는다. 타고르의 초월적이고 신비적인 시적 경향은 초정을 둘러싼 현실적 정황과 큰 괴리가 있기 때문이다. 초정은 초월적 신비주의를 지향하기보다 현실에 대한 염결주의를 견지한다. 따라서 그와 시대의 불화는 그치지 않는다. 끊임없이 삶의 본질적 연관성을 훼손하는 현실에 대한 그의 분노와 절망, 회의와 좌절은 거듭된다. 『異端의 詩』(1949)는 현실에 대한 그의 태도를 직절하게 보여주고 있다는 점에서 주목해 읽어야 할 시집이다. 이 시집의 서에서 그는 시작의 의도를 다음처럼 말하고 있다: "하물며 장사치같이 교묘하지도 도적같이 대담하지도 못할찐댄 차라리 허무나 퇴폐는 오히려 쉬우면서 그것마저 용렬한 내게는 타락이냥 어려워라. 그러나 드디어 차마 못할 오오랜 비분 끝에 이미 나는 천치처럼 고독하여 언제 이런 방탕스런 이단의 시를 쓰게 되었는고!" 그에게 시의 본령은 원초적이고 본질적인 화해의 세계이다. 그러나 시대적 정황은 시인으로 하여금 "이단의 시"를 쓰지 않으면 안 되게 한다. 이래서 "이단의 시"는 역설적 양식이다. 하지만 이러한 시적 과정을 통해 나타나는 의지적 자아는 그의 시적 외연을 크게 한다.

한아름 굵은 줄기는
蒼天 높이 들내어 北녘의 소식을 듣고
땅을 굵게 把握한 뿌리는
뜨거운 地心을 呼吸하는 오오랜 古木 있으니

머언 歲月 하도 서글퍼
모진 風霜에 껍질은 터지고
오히려 韻을 더한 가지는 骨格처럼 굽었도다

잠자코 떨고 견디어
그 무엇에 抗拒하는 逆意처럼 위로 위로만 뻗히는
오오 아프고도 슬픈 너의 心襟!

이 말없이 늙어온 낡은
그 어느날 눈도 못뜨도록

온갖 塵埃에 사는 憎惡로운 것 들을 휩쓸어갈
마지막 一陣의 颱風을 亭亭히 기다리고 있도다

—「古木」 전문

    이처럼 그는 상황의 불리를 허무와 퇴폐의 원인으로 삼지 않는다. 오
히려 "천치의 고독"이라 할 만큼 의지적 자아의 강인함으로 대응한다.
이러한 강인함은 내적 연단의 귀결이다. 초정은 풍상의 세월과 "항거하
는 역의"로 운(韻)을 더한다. 의지적 자아는 달리 말하면 희망적 자아이
다. 초정의 시에서 희망은 본질적인 세계에 대한 원초적 갈망에 상응한
다. 원초적 동일성에 대한 시적 지향이 세계관으로 전화할 때 희망은 초
정 시학의 원리가 된다. "그러나 어디매 거룩한 나의 太陽은 하나 숨었
으리니/어느날 아름다운 아침을 황홀히 차리고/오오 내 가슴앞에 이글
거리며 솟아올 것을 믿으리라"(「太陽」)는 시적 진술에서 현실 너머 희
망을 보는 시인의 적극적 의지와 만나게 된다. 이러한 시대에 대한 의지
에서 그는 "一벗이여!/내 오직 너로 하여/주리를 틀리고 살찢음을 당한
다 할지라도/그들 앞에 나는 외려 아무런 恨됨이 없으리로다."(「聲明의
章」)라고 진술한다. 초정에게 의리와 지조는 난폭한 시대를 견디면서
자기를 지키는 삶의 원리이다. 이처럼 『異端의 詩』는 난폭한 현실을 이
겨내는 의지적 자아의 다양한 표정들로 채워져 있다. 초정의 시에서 의
지와 희망은 본질적인 관계의 지평이 있을 수 있다는 믿음에서 비롯한
다. 그는 일관되게 이러한 믿음을 고수한다. 말할 것도 없이 이러한 믿
음이 그의 고립주의를 심화시켰을 것이다. 그러나 그의 낙관적 고립주
의는 단순한 이념적 원칙주의가 아니다. 인간과 자연, 모든 생명의 본성
에 대한 신뢰에 바탕을 두고 있다.

나는 하늘이로다 森羅萬象 어디서나 우러러 보는 하늘! 나는 저 비롯과 끝남이 없는 時空을 더부러 오직 그 絶對한 永遠을 숨쉬는 生命이로다

너희는 敢히 나를 모르리라 내 소이 얼마나 넓고 깊은줄을 너희는 아직 모르리라 그러나 湖水같이 맑은 너희 本然한 마음—그 秘密의 거울 속에 내 푸른 映像을 비추고 있음을 나는 아노니 너희는 곧 내로다 이미 너희는 그대로 작은 하늘이로다

—「나는 하늘이로다」 일부

이러한 시적 진술에서 우리는 다시 초정 시학의 근본 원리를 읽을 수 있을 것이다. "절대한 영원을 숨쉬는 생명", "본연한 마음"으로 모든 존재가 연속성을 가질 수 있다는 것이다. "너희는 곧 내로다 이미 너희는 그대로 작은 하늘이로다"라는 전언은 본성의 세계에서 모두가 하나라는 초정의 생명관, 우주관을 알려준다. 인간사의 변덕과 배신, 대립과 갈등, 증오와 폭력 등이 이러한 본성을 되비추는 거울의 깨어짐과 연관된다는 초정의 생각은 그의 시가 본성의 거울이 될 수 있기를, 그래서 "湖水같이 맑은 너희 本然한 마음—그 秘密의 거울 속에 내 푸른 映像을 비추고 있"기를 갈망한다.

초정의 시학은 '위계의 미학'을 지녔다.[6] 이는 벌써 현실과 부딪혀 발

---

6) 동양의 미학은 위계미학이다. 항상 생명의 본성, 우주의 이치, 그리고 도를 지향한다. 모든 예술은 이러한 궁극에 이르는 과정의 어느 단계에 있을 뿐이다. 초정 또한 이러한 미의식을 지녔다.

산하는 의미를 드러내는 시편들을 "이단의 시"로 명명한 그의 의도에서 나타난다. 그는 생명의 본성, 원초적 화해, 순수한 동심 등을 그리는 시를 시적 지향의 본령으로 생각한다. 이는 형태에 있어서 그가 시조를 중요하게 생각한 이유이기도 하다. 그는 천지의 마음[天地之心]이나 기운 생동(氣韻生動) 그리고 크나 큰 화해(和諧)를 지향하는 동양의 미적 에토스에 충실하였다. 그의 시, 문학, 예술은 그의 삶과 다를 바 없다. 그는 시와 예술과 더불어 살고 이들을 통해 삶의 가치를 드러내고자 하였다. 모두 본연지성을 찾아가는 과정이라 하겠다.

포풀라 너 本心은 憧憬―
때로 翡翠빛 푸른 天蒼을 날르는
그 魚鱗같은 구름을
너 고요히 우르러 철없는 鄕愁를 지니더니
언제 저렇게 山을 겨루워 솟았느뇨

갈밭 너메 기러기 찾아오고
꿀벌떼 나직히 잉잉거리는 가을이 되면
너 부질없이
노오란 傷心의 破片을 날리어
그날 이 江邊을 徘徊하던
그 의지없던 또 하나 다른 나를 한껏 울렸느니

―오늘밤
山골 갈새가 銀河처럼 울고나리면

너 자지러질 鄕愁를 안고 어디로 가랴느냐

위로 위로 뻗히는

그 애타는 憧憬의 손을 들어

아무리 휘저어도 닿을 길 없는 아아 漠漠한 空中!

—「포풀라」전문

　"포풀라"의 모습을 시인의 표정과 겹쳐 읽는 것이 틀린 일은 아닐 것
이다. 원초적 대지에 대한 향수와 무한에 대한 의지가 하나의 몸속에 있
다. 그러나 이는 분열이 아니다. 또 다른 자아를 거듭 상정하는 것은 자
아의 확대이다. 회의적 현실에도 불구하고 의지적 자아는 이러한 현실
에 굴하지 않고 완성을 위해 나아간다. 이러한 점에서 변화와 안정을 공
유한 "포풀라"는 시인에게 자아의 표상으로 그려진다. 이러한 표상이 시
사하듯 초정의 시와 예술은 하나의 도(道)에 이르는 과정이다. 말로 할
수 없는 도(道)를 추구하는 일에 있어 가장 중요한 것은 과정이다. 고원
(古園)과 이단(異端)은 식민지와 해방 그리고 전쟁을 겪은 그의 청춘의
지향과 배회와 방황을 의미한다.

고난과 사랑, 생활의 발견

　"이단의 시"라는 초정의 진술처럼 40년대와 50년대 전반의 초정의 시
에서 삶에 대한 요설을 만나기는 어렵지 않다. 그만큼 시대의 질곡이 시
쓰기를 간섭한 것이다. 초정은 불안정한 시대에 대하여 시의 내용과 형
식을 통해 대응한다. 청년기의 한 경로로 보기엔 그 어느 세대와 비길
수 없는 고통을 그는 경험한다. 타고르가 매개된 자유로운 형식의 시

쓰기는 시대적 요인으로 더욱 분방해진다. 그의 삶 또한 배회와 방황의 연속이었을 것이다. 그는 그의 삶이 처한 이러한 정황을 「酒幕」이라는 시를 통하여 "이 굴레 벗은 말과 망아지처럼 거리 자유롭고 단순하고 선량하던 그 소년은 이제 인생과 예술과 다시 그 周慮와 그 性理에 대하여 끝없는 동경과 회의를 품고 바람에 나부끼는 갈꽃같이 설레인다."라고 표현한 바 있다. 하지만 이단과 일탈과 자유는 초정 시학의 기본 색인이 아니다. 그의 시학은 본연과 조화와 완성을 구경(究竟)으로 삼는다. 시적 출발에서 보인 시조의 위상은 시대의 부박과 타락과 훼절에 대한 그의 정신적 응전에 상응하는 형식이다. 많은 이들이 그를 시조시인으로 기억하고 있는 것은 그의 시학 내부의 요인에 따른 것이라 할 수 있다. 그러나 거듭 말하지만 그는 장르의 경계에 구속된 시인이 아니다. 그가 추구한 것은 오로지 시와 예술일 따름이다.

제5시집 『衣裳』(1953)은 배회와 방황의 자유가 아니라 허무를 극복하고 존재를 조정하며 삶에 대한 균형을 찾아가는 도정을 보인다. 사물에 대한 섬세한 지각과 인정과 세상사에 대한 따스한 시선이 있다. 또한 타자에 대한 이해가 넓어지면서 더 큰 타자인 신에 대한 인식을 보인다. 그리고 구원과 평화가 있는 새로운 세계에 대한 갈망이 드러난다. 이러한 가운데 존재의 본연에 대한 지향이 심화되고 있다.

머언 뒷날
호수는 그대로 하나의 象形!

다시 머언 뒷날—
당신의 호숫가에 연연히 손짓하는

나를 불러 고운 황혼이 앉으면

그 수면에 뜬
나는 나의 本然을 굽어보리라.

굽어보는 것 굽어뵈는 것
아아 둘이 아닌 하나의 본연이니라.

—「湖水3」전문

　　이 시에서 호수는 거울의 은유에 가깝다. 그러나 실제 존재를 비추는
것은 호수가 아니라 "당신"이라 명명되고 있는 타자이다. 이 시의 화자
는 이러한 타자의 매개를 통해 자기의 본연을 본다. 그렇다면 초정의 시
에서 이러한 타자는 어떠한 모습일까? 「刑틀에서」라는 표제를 지닌 시
에서 초정은 기독(基督)의 얼굴을 읽게 한다. "드디어 神은 나의 왼쪽
팔을 이끄시고/짐승은 나의 오른쪽 죽지를 당기고/그리고 다시 이골이
울리게끔/인간은 내 발목에 못을 박는다." 이러한 구절에서 초정은 고
난을 통하여 자기를 발견하고 타자에 대한 사랑을 확인한다. 기독을 모
방하려는 그의 욕망은 이념적 대결과 전쟁의 폭력으로 파괴된 인간상
을 재생하려는 희망과 관련된다. 「餘韻1」이 말하듯 "허무"를 이기고 「餘
韻2」처럼 "칠칠히 가리웠던 하늘 새로 환히 트이어 길게 목을 뽑고 鶴같
이 울리는 것", 또한 "마음의 물레"를 돌려 "다시는 지워지지 않을 고운
무늬"(「無題」)를 짜는 것, 그리고 마침내 "구원의 빛"(「아득한 사연」)을
만나는 것. 초정의 기독교적 상상력은 종교시에 해당하는 「窓4」에서 보
다 분명해진다. "창세의 말씀"의 "영생의 진리", "예비하신 복음"과 "은밀

한 소명"에 대한 시적 자아의 찬미가 노골적이어서 시적 자아와 경험적 자아가 구별되지 않는다. 초정의 삶과 문학에서 기독교적 상상력의 지속 여부는 여기서 주된 관심의 대상이 아니다. 무엇보다 중요한 것은 그가 세계를 악과 죄의 논리로 읽고 고난을 통하여 시적 인식을 심화하고 확대하였다는 사실이다.

추억이 유년과 현실의 차이를 부각시키는 의식지향이라면 추억만으로 현실을 이겨나가는 것은 일면적이다. 이는 감성적 수준에서 전개되는 현실 부정이다. 그런데 두루 알려져 있듯이, 추억은 서정적 발상의 단초이다. 문제는 시인의 의식이 이러한 추억에 사로잡혀 있지 않아야 한다는 것이다. 이것은 희망이라는 새로운 지각양식과 결합되지 않으면 안 된다. 소위 서정의 변증법이 전개되는 지점인데 여기서 존재와 고통 그리고 사랑에 대한 인간적인 성찰이 시작된다. 초정은 『이단의 시』와 『의상』을 거치면서 고통에 대한 경험을 통하여 타자에 대한 이해를 확대한다. 현실의 고통, 타자의 고통에 비친 자신의 유년은 부정의 대상이 될 수도 있다. 제6시집 『木石의 노래』에서 사물과 생활에 대한 관심이 커지고 있는 것은 그의 시적 인식의 단계가 유년과 동심 그리고 청년의 배회에서 벗어나고 있음을 말한다.

그러나 알고 보면 꼭 내가 들어온 대문의 수효만큼 나는 水蘭꽃이 아니면 피가 묻었을 그 문지방을 도로 넘어 이미 이 현실 밖에 나와 있다. 나를 이렇게 映寫하는 현실은 어쩌면 한 장의 참혹한 거울일 게다. 앞뒤로 둘린 과거와 미래의 틈바구니에 서 있는 나는 두 개의 거울 속에 놓인 하나의 엄숙한 象形! 이 열쇠는 다시 무수한 그림자를 서로 비추며

번져나간다.

—「열쇠」일부

이처럼 그는 기억과 희망 사이를 오가면서 자아중심적 주체를 극복해
나간다. 과거와 미래를 열고 닫고 여는 반복을 통하여 "참혹한 거울"을
벗어날 수 있는 것이다. 이로써 시인의 의식은 사물을 향해 활짝 열린
다. 『木石의 노래』에 이르러 시인은 의식의 지향을 따라 사물의 "형상"
을 그리려는 현상학적 태도를 보인다. 이러한 태도에서 초정의 미학이
개진되는 계기와 만나게 된다.

도의 시학 혹은 미의 법문

『木石의 노래』로부터 제8시집 『김상옥시집 三行詩』(1973)가 발간되
기까지 15년의 상거가 있다. 1963년 서울로 이주하여 골동품 가게 '아자
방(亞字房)'을 경영하는 등 여러 가지 삶의 변화가 있었던 탓이다. 『木
石의 노래』에서 이미 드러난 사물의 형상미에 대한 초정의 관심이 『김
상옥시집 三行詩』를 통해 뚜렷하게 부각되었다는 점에서 그의 사십대
에 해당하는 1960년대는 생활과 예술의 일치를 부단히 추구한 시기라
할 수 있을 것이다. 『김상옥시집 三行詩』는 그의 시학과 미학이 일체가
된 하나의 장관이다. 이 시집을 통하여 그는 시와 예술을 향한 완성의
의지를 유감없이 드러낸다.[7]

---

7) 이 시집에 대한 바른 평가는 텍스트 안과 밖을 동시에 말할 때 가능할 것이나 이 글에서
   는 텍스트만을 대상으로 한다.

살구나무 허리를 타고 살구나무 혼령이 나와

彩扇을 펼쳐 들고 신명나는 굿을 한다.

자줏빛 진분홍을 돌아, 또 휘어잡는 연분홍!

봄은 누룩 딛고 술을 빚는 손이 있다.

헝클어진 가지마다 게워 넘친 저 화사한 발효

天地를 뒤덮는 큰 잔치가 하마 가까워오나부다.

—「祝祭」 전문

　인용시에서 주목되는 대목은 봄이라는 자연현상을 "발효"에 비유한 사실이다. 발효는 인공적인 생산과 다르다. 그렇다고 시인이 말하듯이 자연현상으로만 볼 수도 없다. 인공적인 질료의 혼합에서 시작되어 자연으로 끝나는 것이 발효이다. 이것은 인공과 자연의 경계에 있다. 또한 인공에서 자연으로 이동한다. 그렇다면 자연을 발효에 유비한 시인의 상상이 틀린 것은 아니다. 시인의 궁극이 자연미를 향하고 있기 때문이다. 자연에서 발효를 읽는 시인은 인공적 형상에서 자연을 찾고자 한다. 그래서 백자의 재료인 흙은 백자가 되면서 살이 된다. 「李朝의 흙」에서 시인은 흙이 살이 되는 백자의 미학을 말하고 있다. 초정에게 시는 이러한 도자와 같다. "시는 언어로 빚은 도자기라고 할 할 수 있다면, 도자기는 흙으로 빚은 시라고도 말할 수 있다."[8] 초정의 이러한 비유는 클리언스 브룩스의 "잘 빚은 항아리"와 다르다. 전자가 예술적 완성을 통한 생명의 발현을 말한다면 후자는 제작 측면의 형태적 완성을 의미한다. 또

---

8) 김상옥, 「시와 도자」, 『시와 도자』, 아자방, 1975, 52쪽

한 초정 미학과 연금술의 차이도 분명하다. 자연과 인간 본래의 연관성을 맺는다는 측면에서는 유사하나 연금술이 지닌 비현실성, 신비적 국면에서 다르다.[9] 가령 제10시집 『향기남은 가을』의 「착한 마법」은 초정의 자연미학과 연금술의 차이를 시사한다.

뜨거운
불길 속에서도
함박눈 쓰고 나오더니

오늘은
이 손바닥 위에
소슬히 솟는 궁궐!

여지껏
광을 내던 金붙이
넝마처럼 뒹굴고 있다.

『김상옥시집 三行詩』 이래 제시된 초정의 미학은 "미의 법문"[10]이라 할 수 있다. 그는 모든 미적 양상을 넘어서는 시원의 미를 추구한다. 그것은 자연일 수도 있고 궁극적으로 무(無)라 할 수도 있다. 초정은 제9시집 『묵을 갈다가』의 「白梅」에서 백매(白梅)의 "하얀 젖빛" 꽃에서 이

---

9) 연금술에 대한 것은 이지훈, 『예술과 연금술』, 창비, 2004, 15-42쪽
10) 물론 이 말을 먼저 쓴 이는 야나기 무네요시이다. 하지만 이 글에서 그의 생각을 그대로 원용하지는 않았다. 야나기 무네요시, 최재목 외 역, 『미의 법문』, 이학사, 2005

차돈의 "법문"을 읽는다. 또한 「新綠」에서 그는 물빛을 보더라도 그 깊음에서 우러나는 근원의 빛깔[玄]을 본다. 인공과 자연, 미와 추의 구별이 없는 아름다움의 지평이 그의 미학적 궁극인 셈이다. "水深도 모르게 빨려든/저 하늘색 물빛!"(「푸른 瞳孔」) 그의 후기 시는 이러한 궁극을 지향하고 있다. 그래서 그는 말한다. "시도 받들면/문자에/매이지 않는다."(「祭器」)

암자는
비어 있는데
빈 것이 가득 찼다.

쇠북은
언제 울렸는지
솔보라 소리에 묻히고

나그네
그림자 하나
가을이 내려와 덮는다

— 「가을 그림자」 전문

 아무런 억지가 없는 단순미를 느끼게 하는 시이다. 이미지들 또한 가공되어 재현되었다기보다 있는 그대로 현현(present)되었다. 미의 법문에 기댄 탓이다.[11] 이처럼 초정의 후기 시는 차원 높은 미학과 함께한다.

---

11) 제8시집 이후 초정의 미학과 시학의 관계에 대한 더 자세한 고찰은 다음을 기약하고자 한다.

그가 평생 추구해온 경지가 열리고 있다. 자기를 넘어서고 말을 넘어서 사물의 근원에 가 닿음으로써 진정한 인식과 자유를 실현하고 있는 것이다.

반근대주의와 내부성의 장소
난계 오영수의 문학

그동안 난계(蘭溪) 오영수에 대한 연구는 그의 소설이 지닌 서정적 특성과 반근대주의적 자연주의에 집중되었다. 최근 들어 그의 문학을 생태주의 비평으로 읽으려는 경향[1]이 커졌는데, 이는 생태환경이 중요한 사회적 문제가 되고 있는 시대적 요청에 의하여 난계 연구가 새롭게 전개될 것임을 알려준다. 다시 말해서 난계 문학에 내재한 자연주의와 반근대주의가 탈근대—근대 극복이라는 재맥락화의 계기를 얻고 있는 것이다.

나는 여기서 난계 문학 다시 읽기를 시도하려 한다. 이러한 목표에 도달하기 위해 난계문학의 출발을 되돌아보고 그의 문학사상 형성 과정과 계보를 살펴보고자 한다. 난계문학의 기저에는 식민지배와 가난, 전쟁(대동아전쟁-태평양전쟁)이라는 폭력적 세계상이 놓여 있고 이에 반

---

1) 변혜정, 「오영수 소설의 생태의식 연구」, 서강대 석사논문, 2003; 우찬제, 「'총알'과 '머루'의 상호텍스트성, 『문학과 환경』 8권 1호, 문학과환경학회, 2009; 임명진, 「작가 오영수의 생태적 상상력」, 『한국언어문학』 70호, 한국언어문학학회, 2009 등

립(反立)하는 작가의 세계관이 형성되어 있다. 그의 문학은 이미 잘 알려져 있듯이 반근대, 반도시, 고향, 인정(人情) 공동체, 자연, 생명을 지향한다. 사상적으로 그는 김동리, 조지훈, 조연현 등이 제시한 유기론(organology)의 계보에 속하지만[2] 말년에 귀농을 실천하여 문학과 삶의 비분리를 수행하였다는 점에서 김동리 등의 문학 내적 유기론과 다른 맥락으로 생태주의 비평의 대상이 된다.[3]

난계 문학이 지닌 반근대주의는 자연의 아름다움을 통하여 근대를 비판하는 형식으로, 미적 근대성의 아류로 비판될 소지가 없지 않다. 하지만 그가 농적(農的) 세계관에 기반한 세계를 실현하려 하였다는 점에서 그의 문학은 미적 근대성의 아류가 아니라 생태주의의 선취로 재평가되는 것이다. 이러한 관점에서 난계 문학이 제시하고 있는 내부성의 장소 감각[4]이 새롭게 주목된다. 오영수의 문학적 역정은 어떤 의미에서 모더니즘의 무장소화에 저항해왔다고 볼 수도 있다. 그의 문학은 고향이나 존재의 내부성을 지각하게 하는 장소를 지향하고 공동체적인 경험의

---

2) 김윤식은 오영수를 김동리가 주축이 된 '문협정통파' 혹은 생의 구경적 탐구 그룹에 속한다고 규정한다. 하지만 그는 김동리와 차별되는 오영수의 가능성에 대하여 주목하지 않는다. 김윤식, 『김윤식소설론집』, 동서문화사, 1991, 20쪽

3) 유기론과 생태주의는 상호 연관성을 지닌다. 하지만 유기론이 곧 생태주의인 것은 아니다. 생태주의는 환경 위기라는 시대적인 상황에 대응하는 논리로 일정 부분 기존의 유기론과 연속성을 지닌다. T. 이글턴, 김명환 외 역, 『문학이론입문』, 창작사, 1986, 27-71쪽; 구모룡, 「한국문학비평과 유기론적 전통」, 『한국문학논총』 20호, 한국문학회, 1997, 263-281쪽; G. Garrard, *Ecocriticism*, Routledge, 2004, pp.1-15

4) 장소에 대한 내부성은 행동, 감정의 개입과 완전히 무의식적으로 빠져드는 것을 들 수 있다. '실존적 내부성'은 난계 문학 후기에 발현되는 양상이다. 그는 대부분의 작가들과 마찬가지로 소설을 통한 '대리적 내부성'을 추구하지만 그의 후기 문학은 이러한 의식 차원의 거리를 극복한다. 장소에 대한 실존적 내부성에 대한 논의는 E. 렐프, 김덕현 외 역, 『장소와 장소상실』, 논형, 2005, 118-119쪽 참조

세계를 지속하려 한다. 그는 고향이 부여한 영속적이고 신화적인 장소의 경험을 간직하면서 도시 공간의 낯섦과 비인간화를 견디면서 마침내 참된 장소를 찾아가는 과정을 제시한다.

난계의 유기론적 문학사상을 고찰하는 일은 난계 문학의 문학사적 위치를 조정하는 일과 무관하지 않다. 그러나 섣부르게 이러한 의도를 구체화하지 않을 것이다. 우선 난계의 문학적 전기를 통하여 사상적 기원을 탐문하고 그의 문학사상이 지닌 사적 맥락을 밝힐 것이다. 아울러 그의 문학사상이 지닌 의미와 의의를 따지는 한편 이것이 창작의 개별성으로 발현되는 방식을 제시하고자 한다.

고향과 근대─문학적 전기

오영수(1909~1979)[5]가 태어나 자란 곳은 울주군 언양면 동부리이다. 소위 '영남 알프스'라 불리는 수려한 풍광으로 둘러싸인 그의 고향은 경험의 원형으로 자리 잡는다. 자연과 함께 사는 삶에 대한 그의 지향은 뚜렷하다. 유년에 대한 향수는 말할 것도 없고 도회에서의 생활 속에서도 유기적 삶에 대한 염원은 계속된다. 그의 문학에서 지속성과 반복성을 지닌 공동체적인 경험(Erfahrung)과 도시에서의 우연하고 낯선 체험(Erlebnis)의 대비[6]는 도드라져 있다. 우리 문학사에서 그만큼 유년기

---

5) 이재인은 오영수의 출생을 1914년으로 보고 있으나 일찍이 이호종이 당시 민적부를 통하여 확인한 바로는 1909년 2월 11일이다. 또한 오영수의 장남인 오윤의 친구이자 오영수의 마지막 제자인 소설가 정형남의 증언도 필자가 확인한바, 이호종의 고증과 일치한다. 이재인, 『오영수문학연구』, 문예출판사, 2000, 163쪽; 이호종, 「난계 오영수론─작가의 문학세계를 중심으로」, 『국어국문학』 26집, 부산대출판부, 1989, 323쪽

6) 전통과 연관된 경험과 고립된 충격의 순간에 이루어지는 체험의 구분은 발터 벤야민의

의 경험을 오랫동안 반복한 이도 드물 것이다. 그는 E. 블로흐가 '농민의 도'라고 명명한 농촌 공동체의 희망 원리[7]를 평생 견지한다. 그의 문학이 추구하는 조화와 동일성, 순박, 단순함의 기원은 바로 그의 고향이다. 자전적 소설인「고향에 있을 무렵」에 의하면 식민지의 가난과 궁핍을 견뎌내게 한 것은 다름아닌 고향의 자연이다. 그에게 자연은 미(美)와 선(善)의 근거이다. 대립과 폭력, 모순과 부조리로 점철된 근대사회와 달리 자연에 융화된 사람들의 삶이야말로 아름답고 선한 것이기 때문이다. 오영수는 변화하고 유동하는 근대에 대응하여 고향이라는 근원적이고 불변적인 자기 동질성을 유지하며 고향을 '실존의 귀환점'으로 간주한다.[8]

오영수가 유년의 경험을 지속의 원리로 삼았다 하여 그가 소극적이거나 도피적인 인간형은 아니었다. 이는 그가 활동한 무대를 살펴보아도 알 수 있다.[9] 오영수는 1926년 언양보통학교를 졸업하였으나 가난으로 진학이 어렵게 되자 면사무소에 나가 잡일을 하거나 우편국 사무원으로 취직하여 일을 한다. 이러한 오영수가 오사카로 간 것은 그의 나이 22세가 되던 1931년 8월이다. 니나와 중학교 속성과정을 마치고 귀국하여 1933년에는 고향인 언양에서 면서기로 근무한다. 이 시기 문학

개념인데 이는 종합적 기억과 분석적 기억이라는 베르그송의 기억의 두 기능과 상응한다. W. 벤야민, 김영옥 외 역,『보들레르의 몇가지 모티프에 관하여』, 길, 2010, 182쪽

7) 블로흐가 말한 '농민의 도'란 들에서 바라본 불 켜진 창, 밭갈이가 끝나고 집으로 돌아가는 길, 노동이 끝난 후의 휴식 등 한정된 행복이 그 나름대로 유토피아적인 충족의 상징이자 형상이 되는 것을 말한다. F. 제임슨, 김영희, 여홍상 역,『변증법적 문학이론의 전개』, 창작과비평사, 1984, 131쪽

8) 고향과 자기 동질성에 대한 논의는 전광석,『고향』, 문학과지성사, 1999, 31-36쪽 참조

9) 이하에 서술하는 오영수 전기는, 이재인의 저서(2000)와 이호종의 저서(1989) 그리고 소설가 정형남과 면담을 통해 구성하였다.

에 대한 열정이 싹트기 시작하여『조선일보』독자란에 시를 발표하기도
한다. 오영수가 재차 도일하여 도쿄로 간 것은 1935년이다. 거기서 그
는 니혼대학에 적을 두면서 실내 장식사로 일하다 병을 얻어 학업을 중
단하고 귀국하게 된다. 이후 언양과 예천 등에서 간판을 그리면서 생계
를 꾸리다 1937년 다시 도쿄로 건너가 국민예술원에 입학하여 졸업한
후 1938년 귀국한다. 이처럼 오영수는 가난과 싸우면서 학업을 성취하
는 일에 매진한다. 귀국 후 동래일신여학교 출신 김정선과 결혼하지만
1940년 어머니를, 그 다음 해 아버지를 여의게 되는 불행을 겪는다. 오
영수는 1942년 대동아전쟁이 진행되던 시기에 만주 신경으로 가서 일본
에서 장식사 직공으로 일하던 요네다를 만나 만주국 박람회[10] 장식업자
로 일하다 1943년 언양으로 돌아온다. 이처럼 청년 오영수의 삶은 질곡
과 파란의 연속이다. 가난한 고향을 벗어나 근대 세계를 배우고자 하였
으나 이미 세계는 전화의 소용돌이 속에 있었다. 중일전쟁과 태평양전
쟁의 와중에서 그는 다시 고향의 자연이 주는 위안과 행복을 간절하게
느꼈을 것이라 짐작된다.

언양보통학교 교사이던 아내가 처가가 있는 기장보통학교로 전근을
가면서 1943년 오영수는 동래 기장으로 이사를 하게 되는데 여기서 그
는 일광면의 서기가 되어 비교적 안정된 생활을 영위한다. 오영수 문학
의 한 계기는 이 시기에 이뤄진다. 당시 일광에 김동리의 맏형인 범부 김
정설이 피신하고 있었던 것이다.[11] 여기서 그는 김동리와 인연도 맺게

---

10) 공식 명칭은 '하얼빈(哈爾濱) 대박람회'로 1943년 7월 1일부터 8월 31일까지 두 달간
개최되었다. 요시미 슌야, 『박람회』, 이태문 역, 논형, 2004, 322쪽

11) '해인사 사건'(1942~1943)으로 알려진 항일운동에 연루되어 범부는 1년간 옥고를 치
르는데 전후 행적이 밝혀져 있지 않다. 다만 해방을 동래에서 맞은 것으로 알려져 있다.
따라서 오영수가 범부를 만난 것은 1944년 전후가 아닌가 한다. 범부연구회 편, 『범부

된다.[12] 김범부와 김동리를 오영수가 만난 것은 단순한 일로 간주할 수 없는 하나의 문학적 사건이라 할 수 있다. 김정설과 김동리에게서 오영수가 받은 영향을 간과할 수 없는데 이는 후일 오영수가 김동리 등의 유기론 문학계보에 속하게 되는 것으로 설명된다.[13] 해방 후 그가 부산 경남여고에서 교사가 되면서 가족이 부산으로 이사를 하는데 이 시기 그는 본격적으로 시를 발표한다. 그 시들은 시는 모두 3편으로 알려져 있다.

바다는

숨 가쁜 心臟처럼

헐떡거리고

갈매기 미끄럽게

맴을 도는데

흰돛배 꼬박꼬박

조을며 돌아오고

머-ㄹ 리

김정설 연구』, 대구프린팅, 2009, 59쪽

12) 이재인은 이때 이뤄진 김동리와의 인연을 '귀인'과의 만남으로 그 의미를 부여한다. 이재인, 앞의 책, 176쪽

13) 사실 이는 추론에 의한 설명이다. 범부와 관련된 기록이나 문헌 정보가 매우 부실하기 때문이다. 그럼에도 범부와 오영수의 만남은 간과할 수 없는 사건이다. 당시 범부의 지성사적 위상이나 그가 강론을 통하여 자신의 사상을 전파하였고 이에 많은 후학들이 호응한 사실을 들 수 있다. 아울러 다솔사 광명학원 강사를 역임한(1937~1941) 신세대 문인 김동리와의 해후 또한 일회적인 만남 정도로 보긴 어렵다. 이는 한국전쟁기 임시수도 부산에서 오영수와 김동리의 우애로 이어지고 마침내 김동리에 의한 추천이라는, 준(準)사제관계로 발전한다. 그동안 범부와 문학인의 영향관계 논의는 주로 김동리와 서정주를 중심으로 간헐적으로 이뤄졌다. 범부연구회 편, 앞의 책, ix쪽

희미-한 曲線을 그려

水平線이

하늘과 다다는 곳

紫灰色 노을 속에

흰 구름이 송이송이

羊 떼처럼

피여오르다

—「바다」 전문[14]

밤이면 鬼哭새 울고

鬼哭새 우는 밤일수록

山 골 아가는 일즉 잠이 든다

칡 넌출에 새벽 이슬 밟고

사슴이 울면

山골자기는 자옥히 안개가 짙고

아가야

오늘도 날이 개인다

三四月 진종일

밭두렁에 삘기도 뽑고

찔레순도 꺾어 먹고

나비도 쫓고

---

14) 『衆聲』 1946년 9월호

때때로 山을 향해 고함 치는 것
아가야
山골 아가야
너 비록 발 벗고 누데기처럼
천하게 자랄지라도
그래도 너는 오직

하늘이 푸른대로 자라나거라
구름이 흰대로 자라나거라

— 「山골아가」 전문[15]

아침 끼니를 줍는
참새 자국이
활작 쓸어논 마당이
가냘픈 무늬를 놓는다

담 그늘이
푸르도록 짙은 우물가
龍身마냥 늙은 石榴나무
비취빛 六月 하늘을 고이고
꽃은 너댓 송이
붉기도 고와라

---

15) 『白民』 1948년 10월호

갑사 댕기

조심히 허리에 걷워 꽂고

이웃 가시네 긷은 물동이에

파-란 六月 하늘이—

타는 듯 붉은 石榴꽃이-

흔들리곤 유리처럼 바서지곤 다시

오무라 들다

—「六月 아침」 전문16)

　

『백민』에 발표한 시들의 선자는 박두진과 조지훈이다. 세 편의 시에서 그는 자연과의 교감이나 동심의 세계를 지향하는 경험의 유형을 보인다. 하지만 세 편 모두 시적 조사(措辭)의 수준이 높지 않다. 그래서인지 1949년 『서울신문』 신춘문예에 소설을 투고하며, 이때의 입선작 「남이와 엿장수」가 9월 김동리의 추천으로 『신천지』에 다시 발표된다. 그리고 이듬해인 1950년 『서울신문』 신춘문예에 「머루」가 당선작으로 뽑히게 되는데 이 역시 『신천지』에 게재된다. 「머루」는 오영수 문학의 실질적인 단초를 알리는 작품이라 할 수 있다. 이 작품을 통하여 그는 평화로운 농촌공동체를 해체하는 근대주의 이데올로기의 폭력성을 제시한다. 한국전쟁이 일어나기 전의 상황을 서술하고 있으나 전쟁이 가져올 파괴적 양상을 예고한 셈이다.

　전시에 오영수는 청마 유치환과 함께 종군작가로 참전하고 종군을

---

16) 『白民』 1949년 10월호

마친 이후 학교에 복직한다. 1951년 부산중학으로 전근하면서 전쟁이 끝나는 1953년까지 「갯마을」, 「코스모스와 소년」 등을 발표하여 전쟁 상황에 대한 우회적인 비판과 더불어 그의 향토주의를 표나게 드러내게 되는 것이다. 오영수 문학에서 반도시주의가 등장하는 것은 그의 서울 생활과 연관된다. 1953년 『현대문학』 창간과 더불어 시작된 그의 서울 생활은 많은 작품 발표와 문학적 성취에도 불구하고 도시문명에 대한 그의 회의를 심화시킨다. 『현대문학』 주간 조연현과의 불화로 『현대문학』을 떠나게 되는 것은 1966년이다. 이후 그는 건강이 나빠지는 등 서울 생활에 대한 회의를 거듭하다 1977년 울주군 웅촌면 곡천리로 귀향하게 된다. 귀향 후에 쓴 「잃어버린 도원」은 오영수 문학의 결정이라 할 수 있다. 「오지에서 온 편지」(1972)에서 부각되고 있는 귀향의지는 이 작품에 이르러 유토피아에 대한 꿈으로 나타나고 있다. 따지고 보면 이 작품으로 그는 문학적 생애를 완성하였다고 할 수 있다. 이러한 의미에서 1979년 「특질고」는 운명적인 불행의 소산일 뿐이다. 「특질고」 이후 오영수는 「편지」를 끝으로 글쓰기를 마감하고 이 해 5월 병환으로 별세한다.

유기론의 계보

1930년대 후반 이래 한국문학의 계보는 크게 세 갈래로 유분된다. 유물론(materialism)과 유기론(organology)과 현대론(modernism)이 그것인데, 유물론은 사회주의의 토대가 되고 리얼리즘론을 형성하며 유기론은 전통사상에 바탕을 두면서 유물론에 대한 대응이라는 차원을 얻는다. 현대론은 자본주의 현실에 대한 미적 대응방식으로, 자유주의 이념에 기초하고 있다. 이러한 현대주의가 성장하는 시기는 식민지 조선에 자본주의가 뿌리내리는 1930년대이다. 이 시기에 이르러 근대 미학의 두 축인 리얼리즘과 모더니즘이 상보적인 관계를 형성한다. 자본주의와 파시즘에 대응하는 사회주의와 자유주의의 경합관계는 중일전쟁 이후 새로운 세계질서를 구축하려는 일제의 지역주의(regionalism)에 따라 부침한다. 특히 1930년대 말과 1940년대 초기의 일본사상 유입과 동양주의는 문학의 새로운 한 축으로 부상한다. 이로써 식민지 시기 근대문학은 세 가지 경향이 되고 1940년대의 주류는 동양주의가 된다. 유기론은 이러한 동양주의와 연관된다.[17]

주지하듯이 현대론은 식민적 근대에 대한 미적 저항을 지향한다. 아울러 서구 근대성을 보편으로 인식하는 자기화된 오리엔탈리즘(self-orientalism)의 분열적 양상을 드러내게 된다. 가령 김기림처럼 전장으로 변한 유럽을 근대의 파산으로 받아들이게 되는 것이다. 이럴 경우 사회주의나 동양주의를 검토하거나 파시즘을 따를 수밖에 없게 된다. 유물론의 경우 식민적 자본주의 근대를 극복한다는 근대 기획을 지니고 있다. 따라서 식민지 시기 식민과 제국 극복이라는 명제를 지닌 이것이 문학사의 주류가 된다. 하지만 파시즘의 대두로 유물론자들의 내외적 망명이 뒤따르게 되는데 여의치 않아 침묵하거나 전향하여 협력하는 일이 발생한다. 유기론의 동양주의가 차지하는 위상은 1920년대 중반 이래

---

17) 엄밀히 말하면 일제 말의 주류는 신체제문학론이라 할 수 있다. 그러나 이것은 국책문학론으로 '이론'이라 할 수 없다. 유물론자나 현대론자 그리고 유기론자 가운데 많은 문인들이 신체제에 협조하는 신체제문학론자가 되는 까닭이 여기에 있다. 또한 범부와 김동리, 서정주 등의 동방사상이 동양주의와 어떠한 연관성을 지니는가도 탐구의 대상이다. 아울러 이것이 해방 이후 문학사상의 한 축이 되는 과정이 주목되는데 오영수도 이러한 흐름 속에 존재한다.

의 문화적 민족주의와 30년대 후반 등장한 신세대 문학 간의 미세한 차이를 지닌다. 또한 조선적인 것과 동양적인 것의 해석 여부에 따라서 내적 망명과 대동아공영론의 신체제 협력이라는 두 가지 양상을 보이게 된다.

오영수의 문학은 1930년대 후반 신세대 문학의 자장 안에서 시작한다. 신세대문학은 김동리, 서정주, 조연현 등으로 대표된다. 김동리와 서정주는 김범부의 풍류사상과 자연사상 그리고 국가사상[건국사상]에 깊은 영향을 받는다. 조연현 또한 생의 문학 추구라는 점에서 김동리와 맥을 같이한다. 특히 오영수의 도쿄 유학시절인 중일전쟁 전후는 매우 혼란스러운 시대이며 사상사적으로도 전환기적 시기이다. 오영수가 이러한 시대적 분위기를 직간접적으로 느꼈을 것이라 짐작하긴 어렵지 않을 것이다. 뿐만 아니라 대동아전쟁이 극에 이른 1944년경에 그가 김범부, 김동리와 교분을 나누었다는 사실은 매우 중요한 의미를 지닌다. 오영수가 김범부의 강론을 접했을 가능성은 매우 크다. 김범부의 사상을 한마디로 요약하긴 힘들지만 그의 풍류정신이 말하듯 기원의 전인사상을 예로 들 수 있다. 그는 서양의 관념론과 물질론의 이분법을 비판하고 자연과 인간이 합치된 전인의 모델을 통하여 민족과 국민의 이상을 실현하려 한 바 있는데,[18] 그의 사상은 김동리에 의해 문학 장에 유입된다.

이 땅 문학의 근본이념이 구주근대문학적 정신에서 출발한 것이고, 구주근대문학정신의 대동맥이 곧 인간의 개성과 생명의 고양 내지 그것

---

18) 범부 사상에 대한 본격적인 연구는 이제 시작되고 있으며 그 선편을 쥐고 있는 최재목 교수 등의 범부연구회는 범부 사상 이해의 키워드로 ①풍류, ②동방학, ③음양론, ④언어적 탐구를 들고 있다. 범부연구회 편, 앞의 책, 18-21쪽 참조

의 구경 추구에 있다는 사실과, 이 땅의 경향문학이 '물질'이란 이념적 우상의 전제하에서 인간의 개성과 생명을 예속 내지 봉쇄시켰더라는 사실과를 아울러 생각할 때, 이 경향문학 퇴조 이후의 이 땅의 문단 신생면이 그러한 이념적 우상에의 예속으로부터 인간의 개성과 생명의 해방을 고조하며 나아가서는 그것의 구경적 의의를 추구하게 된다는 것도 그리 이해하기 곤란한 일은 아닐 줄 생각한다.[19]

김동리 등의 신세대 문학은 유물론에 대한 비판에서 형성된다. 유물론 비판이 유물론에 한정되지 않고 현대 세계를 지배하고 있는 물질주의 전반으로 확장되면서, "생의 구경적 형식"이라는 개념이 탄생하는 것이다. 이러한 개념이 유기론으로 보다 선명하게 제시되는 것은 해방공간이다.

우리는 한 사람씩 한 사람씩 천지 사이에 태어나 한 사람씩 한 사람씩 천지 사이에 살아지고 있다는 사실을 통하여, 적어도 우리와 천지 사이엔 떠날래야 떠날 수 없는 유기적 연관이 있다는 것과 및 이 '유기적 연관'에 관한 한 우리들에게는 공통된 운명이 부여되어 있다는 것을 발견하게 되는 것이라. 우리는 우리들에게 부여된 우리의 공통된 운명을 발견하고 이것의 타개에 지향하지 않으면 안된다. 우리가 이 사업을 수행하지 않는 한 우리는 영원히 천지의 파편에 끄칠 따름이요, 우리가 천지의 분신임을 체험할 수 없는 것이며, 이 체험을 갖지 않는 한 우리의 생은 천지에 동화될 수 없기 때문이다. 그리고 우리는 우리에게 부여된

19) 김동리, 「신세대의 정신—문단 '신생면'의 성격, 사명, 기타」, 『문장』 1940년 5월호, 84쪽

우리의 이 공통된 운명을 발견하고 이것의 타개에 노력하는 것, 이것을 가르처 구경적 삶이라 부르는 것이다.[20]

김범부의 영향이라고 하더라도 김동리의 유기론적 문학관은 중일전쟁 이후 세계전쟁 상황이라는 발생론적 배경을 지니고 있다. 오영수가 그보다 네 살 아래인 김동리(1913년생)를 만난 시점은 앞에서 말했듯이 극도의 전쟁 상황이다. 이들이 현대사회의 기저를 이루는 유물론을 비판함은 물론 자본주의 세계전쟁을 통하여 자본주의에 대한 근본적인 회의를 품게 되었을 것이라 생각되는데 이러한 사실은 유기론에 근거한 "구경적 삶"으로 나타난다. 그리고 이러한 세계관은 해방공간에서 유물변증법과 차별되는 상생상극의 자연변증법에 기초한 "제3세계관"이라는 개념으로 부상한다.[21] 오영수가 김동리 등의 유기론 계보라는 것[22]은 실질적인 등단작 「머루」를 통해 알 수 있다. 이 작품을 통해 오영수는 근대의 물질주의와 이데올로기가 유기적 삶을 파괴한다는 소설문법을 드러내고 있다.[23] 또한 한국전쟁 가운데 쓴 「갯마을」(1953)은 "징용"으로 시사되듯이 대동아전쟁(태평양전쟁)을 배경으로 하고 있다. 바깥

---

20) 김동리, 「문학하는 것에 대한 사고」, 『문학과 인간』, 백민문화사, 1948, 44-45쪽

21) 실제 제3의 이데올로기는 범부가 창안한 것이다. 이를 김동리가 이어받는데 그의 「본격문학과 제3세계관」에 잘 드러나 있다. 그러나 범부의 제3이데올로기에 대한 연구는 아직 충분하지 않다. 범부연구회, 앞의 책, 1쪽 참조

22) 문학제도의 측면에서도 김동리에 의해 오영수가 추천되었다는 점을 생각할 수 있다. 비록 오영수가 연상이지만 추천을 통해 김동리와 유사 사제관계를 형성하고 있는 셈이다.

23) 이는 범부의 자연사상과도 맥락을 같이한다. 특히 잡지 『신천지』는 김동리와 오영수를 매개하는데 여기에 실린 김범부, 「조선문화의 성격」(『신천지』 통권 45호, 신천지사, 1950. 4)을 통하여 범부의 자연사상과 오영수의 연관성이 이해된다. 최재목·정다운 편, 『범부 김정설 단편선』, 선인, 2009, 19-30쪽

의 전쟁 상황에 대응하기라도 하듯 순환하는 자연의 질서에 순응하며 사는 사람들의 공동체적 삶이 서술되고 있는 것이다.

반근대주의와 자연의 이념

오영수 문학에 비판적인 견해들은 대부분 그가 사회의 상태에 대한 구체적인 접근을 회피한다고 말한다. 유기론자 가운데 근대에 대한 불만이 아니라 근본적인 환멸의 계보에 속하는 오영수이기에 어쩌면 이러한 비판은 피할 수 없는 일이 될 것이다. 특히 김동리와 조연현 등의 생의 문학 혹은 유기론이 해방 공간의 대립적 담론 상황에서 우파의 논리로 고착되면서 이들 계보에 속한 오영수의 문학 또한 "국민문학"의 한 양상으로 비칠 소지가 없지 않았던 것이다. 이분법적 담론 상황[24]이 유기론에 가해질 수 있는 이론적, 해석적 가능성들을 폐색시키는 불행한 국면이라고 할 수 있다. 이는 뒤에서 언급하겠지만 유기론이 생태문학론의 사상적 기초가 된다는 점에서 더욱 그렇다.

그럼에도 오영수의 유기적 세계 지향은 1950년대 전후 문학의 한 경향을 형성한다. 이것은 유기론이 미적 현대론과 접목되는 대목이다. 전쟁이라는 근대의 상황에 대한 미적 저항이란 매우 실존적일 수밖에 없다. 우리 문학에서 고석규와 같은 실존적 정신분석이 태동하는 것은 전후라는 상황의 산물이다. 하지만 이보다 앞선 세대인 오영수에게 전쟁은 거듭된 체험의 세계이다. 다시 말해서 실존적인 내면으로 밀고 가기보다 대척적인 세계로 인식된다. 고석규와 같은 전후세대가 전장의 체

---

24) 이분법적 담론 상황은 주체(행위자)/반주체(적대자)의 관계를 미리 결정하게 한다.

험으로부터 실존을 구원할 길을 심연으로부터 모색하였다면[25] 오영수의 경우 부정되어야 할 세계와의 대립과 긴장이라는 본질주의적 경향을 낳는다. 이러한 본질주의적 경향은 유기론 계보의 한 특징이다. 유물론이 사회구성적이라면 유기론은 기원의 세계, 생명 본연, 순환하는 자연 등과 같은 본질을 그 내용으로 한다. 유기론이 현실에 나타나는 방식은 대체로 대응담론의 성격을 띤다.[26] 이것은 전통적인 자연철학에 근거하면서 근대의 유물론이나 근대주의에 대응하는 담론으로 부상한다.

유물론과 유기론의 인식론적 차이는 매우 근본적이다. 유물론이 물질, 계급, 진보, 혁명 등 근본적인 변화를 내세울 때 유기론은 생명, 성장, 완성 등 점진적인 과정을 중시한다. 아울러 부분과 전체의 관계인식에서 둘의 대비는 뚜렷하다. 유물론이 부분으로 전체를 대신할 수 있다고 본다면 유기론은 부분은 전체를 나타내는 내적 연관에 불과하다고 인식한다. 아울러 전자가 역사의 무대에서 전개되는 과정을 인과법칙에 따라 파악된 법칙성의 신념체계라면 후자는 당면한 역사적 무대에서 전개되는 현상을 부수적인 환상으로 배격하면서 본질을 지향하는 신념체계라 할 수 있다. 김동리와 오영수의 세계인식 또한 후자에 가깝다. 그럼에도 김동리가 본질과 현실을 분리하는 선택을 통하여 영원성, 초월성을 추구하였다면 오영수는 본질에 상응하는 삶의 지평에 자기를 두지 못하는 현실에 대하여 갈등하였다. 오영수와 김동리는 이러한 점에서 문학사적 맥락을 같이하면서도 나누어진다.

가령 근대에 대한 인식 문제에서도 그렇다. 김동리와 조연현 그리고 오영수는 자본주의와 사회주의라는 근대주의를 전적으로 배격하는 근

---

25) 구모룡, 『문학과 근대성의 경험』, 좋은날, 1998, 361-370쪽

26) K. 만하임, 임석진 역, 『이데올로기와 유토피아』, 지학사, 1979, 296-299쪽

대초극을 주창한다는 점에서 일맥상통한다. 그런데 이들의 주장은 이후 전개되는 근대화, 산업화, 도시화라는 구체적인 현실 속에서 매우 추상적인 관념 형태로 지속된다. 따라서 현실세계와 분리된 초월적인 가치체계로 남거나 어떤 매개도 없이 국가주의 이념과 결합하는 경향을 낳는다. 하지만 오영수는 반문명주의, 반도시주의라는 뚜렷한 지향으로 인하여 고뇌하는 주체를 형성한다. 고차적인 인간성 탐구를 목표로 한 김동리의 입장에서 오영수 문학은 "자연에 대한 예찬", "고유의 소박성 중시", "향촌에 대한 향수"로 문제적이지만 인간성 탐구는 "소극적"이라고 평가된다.[27] 동일한 반근대주의를 지향하면서 둘의 문학적 행로가 나누어지는 대목이다.

오영수의 소설에는 근대 도시에 적응하지 못하고 변두리의 소외된 삶과 본디 삶의 장소를 찾아가는 귀향이 대부분을 차지한다. 이러한 현상을 두고 많은 평자들이 "현실도피"라고 비판할 때 오영수는 "흙탕물 속에서 질식 직전의 고기가 한 줄기 맑은 물을 따라서 상류로 거슬러 올라간다면 이걸 일러 소위 현실도피라고 할 수가 있겠습니까"[28]라고 반문한다. 그만큼 그는 근대사회를 흙탕물에 가깝다고 인식한다. 이처럼 그는 반근대주의와 자연주의의 이념을 보인다. 말할 것도 없이 이러한 자연주의 또한 많은 경우 근대에 포섭되고 만다. 근대 내부에서 미적 근대성을 획득하려는 모더니즘의 전략과 흡사하게 근대를 부정하는 자연이라는 경향을 보이게 되는 것이다. 그러나 여기에도 두 가지 자연이라는 지향이 있다. 그 하나가 근대에 대한 저항으로서의 자연이라면 다른 하나는 자연을 단지 발견된 풍경으로 보지 않고 자연과 더불어 사는 비

---

27) 김동리, 「온정과 선의의 세계」, 『신문예』 1959년 1월호, 32-34쪽
28) 오영수, 「대표작 자선자평」, 『문학사상』 1973년 1월호

폭력적인 삶의 기획으로 실천하는 것이다. 분명 오영수의 자연주의는 전자와 후자가 겹쳐 있다. 특히 그의 후기 문학에서 후자의 지향은 뚜렷한데 1977년 귀향의 의미가 새롭게 조명되어야 할 연유가 여기에 있다.

시적 비전과 내부성의 장소

한 대담에서 오영수는 이렇게 말한 바 있다: "전에는 모파상을 많이 읽었어요. 내 생각엔 하나의 예술품을 담는 그릇으로선 장편보다 역시 단편이 더 적당하지 않나 하는 생각을 해요. 내가 긴 소설을 쓰지 않고 단편 소설만을 줄곧 발표해 온 이유도 여기에 있습니다. 요즘은 체호프를 자주 읽습니다. 인생의 깊이를 느끼게 해서 좋더군요. 체호프는 페이소스랄까 인생에 대해 상당히 깊이 생각하는 사람이라는 느낌이 들어요."[29] 단편 쓰기에 끼친 모파상의 영향은 그 형식 원리를 넘어서지 않으나 체호프의 경우 상당히 내밀하게 다가온 것을 알 수 있다. 체호프의 서정적 문체와 감염의 언어들, 인물들이 상호소통하는 휴머니티와 이야기들의 서정적 통일체는 오영수의 감각에 닿았을 것이라 생각한다.[30] 사실 많은 이들이 지적하고 있듯이 오영수의 소설은 시적 비전을 지닌 서정소설로 분류된다. 실제 그럴 것이 유기론을 기반으로 하는 글쓰기가 서정양식으로 기우는 것은 당연하다. 이것이 모든 부분들 간의 내적 연결과 조화를 갈망하기 때문이다. 유기론의 등장이 근대주의에 대한 대응이듯이 서정소설 또한 근대사회의 비인간화와 소외에 대한 문학적

---

29) 오영수 대담취재, 「인정의 미학」, 『문학사상』 1973년 1월호
30) 체호프의 문학세계에 대한 것은 D. P. 미르스키, 이항재 역, 『러시아 문학사』, 써네스트, 2008, 442-460쪽 참조

인 대처 방안이 된다.

오영수는 자신의 문학적 과정을 농어촌에서 취채한 서민의 서정, 도시 서민층의 인생문제, 전쟁으로 야기된 비극, 현대 기술 문명 비판 등[31]으로 요약한 바 있다. 자신이 처한 생활세계의 변화에 따라 그 제재가 달라지고 있으나 이면에 흐르는 비전은 같은 것으로 보인다. 모두 시적 비전과 연관되는 것이다. 시적 비전은 조화와 화해를 지향한다는 점에서 궁극적으로 (comedy)의 구성을 지닌다.[32] 하지만 이러한 지향에 있어 사회적 조건에 의해 비극(tragedy)이 될 수도 있고 고통의 과정일 수도 있다. 가령 「머루」와 같이 원초적인 통합의 공간이 외적 요인에 의해 파괴될 수도 있다. 근대화 과정에서 소외되고 부유하는 삶은 지속되는 고통의 과정이다. 그러나 「갯마을」처럼 다시 원형적 장소를 회복하는 끝내기(ending)도 가능한 것이다. 특히 후기 소설에서 보이는 귀향 모티프는 시적 비전의 희극 구성을 잘 드러낸다. 가령 「잃어버린 도원」(1977)은 시적 비전의 전형을 보여주는 작품이라 할 수 있다. "개울을 사이하고 이쪽저쪽에는 복숭아꽃이 온 골짜기를 싸덮다시피 했다. 술에 취하듯 현기증이 나고 머리 속이 띠잉해오고 그리고 어느 먼 동굴을 빠져나오듯 한 둔한 음향." 작가는 이러한 "무릉도원"의 세계가 있을 것이라 믿는다. "내 오관의 기능이 소멸되지 않는 한 나는 금배미 도원을 찾고야 말겠다." 「잃어버린 도원」의 마지막 구절이다. 시적 비전의 비극과 희극이 동시에 이해되는 대목이 아닌가 한다.

오영수의 시적 비전은 사적 정서로 회귀하기보다 「잃어버린 도원」이

---

31) 오영수 대담취재, 같은 글
32) 유기론과 희극 구성의 연관성에 대한 것은 H. 하이트, 천형균 역, 『메타역사』, 문학과 지성사, 1991, 11-45쪽 참조

말하듯 역사철학적 명제를 내포하고 있기에 그의 소설을 생태소설로 평가하게 한다. 그의 소설에 내재한 자연과 인간의 유기적 관계론, 근대문명에 내재한 폭력성 비판, 농적(農的) 삶에 기초한 순환적 가치의 존중 등은 벌써 그의 소설을 생태소설로 보기에 족한 색인들이다. 생태소설은 단순하게 정의하자면 비극적인 생존 상태를 희극적인 상태로 전환시키려는 소설적 발상과 재현이다. 다시 말해서 근대의 자연지배와 인간지배의 고리를 끊고 자연과 인간이 공생공락하는 시스템을 만들어가는 과정에 대한 이야기이다. 이러한 점에서 오영수의 많은 소설들이 생태소설로 유분될 수 있을 것이다.

오영수의 소설을 생태소설로 읽는 일은 그의 문학을 오늘의 맥락에서 재해석한다는 의미를 지닌다. 또한 오영수의 귀향이 지니는 의미를 낙향이나 귀거래 정도로 보지 않고 보다 적극적인 의미를 부여해야 한다는 뜻이기도 하다. 특히 후기 소설이 보인 귀향의식은 주목을 요한다. 도시적인 삶에 대한 염증에 개인적 고통을 더한 만큼 그의 자발적 귀향이 늦은 감이 없지 않을 것이다. 하지만 1977년이라는, 개발과 산업의 이데올로기가 헤게모니를 얻고 있는 시대적 상황에서 농적 순환 세계를 찾아 귀향하였다는 것은 하나의 사건으로 받아들여도 좋을 것이라 생각한다.

1977년 3월 15일—아이들이 학교를 마치고, 집도 내게는 과분해서 팔아버리고 조그마한 반 양옥으로 줄여 그 새 약값이며 입원비를 정리하면서 꿈에도 잊어보지 못한 환향(還鄕)을 결심했다. 서울에 살아야 할 아무런 이유도 없고 시골에서 쓰는 글과 서울에서 쓰는 글이 또 다른 까닭도 없겠다. 시멘트와 베니아의 문화, 십년이 넘도록 한담에 살아오면서도 그 집 식구가 몇이며 뭣을 하는 사람들인지조차 모르는 즉, 이웃이란 완전히 잃어버린 즉, 인간상실의 도시 생활에는 더 견디지 못해 나로서는 좀 위험하고 무사려하고 저돌적이고 대담한 혁명을 단행한 셈이었다. 서울서의 30년, 그 새 나는 옆 눈 한 번 팔지 못했다. 처자식들이 굶고 떨고 더운 데만 전신경을 기울려 왔다.[33]

비록 이처럼 개인사적인 선택이었다 하더라도 오영수 문학은 자발적 귀향의 결행이라는 실천적 의미를 갖는다. 그의 문학이 농업적 사회가 파탄에 이르고 있는 반생명적 현실에서 새롭게 읽혀야 할 까닭이 많을 것이라 생각한다. 이러한 점에서 오영수의 귀향은 은둔자나 염세가의 장소감각과 다르다. 존재의 내부성을 휘발시키는 도시화와 그것을 무자비하게 파괴하는 전쟁 그리고 토지 매입과 개발로 인한 장소 파괴로부터 장소감을 회복하고 장소의 혼을 지키는 삶을 살고자 한 것이다. 그는 고향이라는 중심의 파괴에 대해서도 새로운 장소 창조라는 방식으로 대응한다.

고향/도시, 장소/공간, 경험/체험의 대립쌍은 오영수의 문학을 해명하는 데 유용한 방법이 된다. 그의 문학적 역정은 고향이 부여한 영속적이고 신화적인 장소의 경험을 간직하면서 도시 공간의 낯섦과 비인간화를 견디다 마침내 참된 장소를 찾아가는 과정을 보이고 있다. 그에게 내부의 장소감은 창작의 원동력이다. 또한 그러한 장소에 대한 경험적 지향으로 그의 소설은 서정화될 뿐만 아니라 공동의 경험을 나누는 이야기성을 담보한다.[34] 이러한 점에서 그는 장소 파괴와 무장소성이 일

---

33) 오영수, 「낙향산고」, 『현대문학』 1990년 5월
34) 발터 벤야민에 의하면 공동체적 경험과 이야기는 상호연관성을 지닌다.

반화되고 있는 현대에 저항하면서 새로운 가치의 공동체를 구성하는 21세기적 과제를 던지고 있는 작가로 재인식되어야 한다.

난계 오영수의 문학사상은 유년의 고향에 대한 기억과 일제 말 대동아전쟁(태평양전쟁)과 이데올로기 대립이라는 경험적 상황, 김범부와 김동리 등의 영향관계 등 복합적인 요인에 의해 형성된다. 김동리 등의 유기론 계보에 속하는 그의 문학이 본격화되는 것은 1950년대이다. 식민과 전쟁을 경험한 그는 근대세계의 폭력에 대응하여 내재적인 경험의 세계를 지속적으로 견지한다. 그에게 유년은 도시적인 삶을 대체하는 유기적 삶에 대한 기억의 장소로 자리한다. 이러한 반도시주의는 자주 비현실적이고 대리적인 도피로 비판받기도 한다. 하지만 그는 생애 후기에 이르러 유기적 세계관을 귀향을 통해 실현함으로써 자신의 문학세계가 전체성 속에서 새롭게 해석되는 계기를 만든다.

오영수 문학은 크게 두 가지 차원에서 재해석의 계기를 맞고 있다. 첫째, 그의 유기론적 문학사상은 생태주의 비평이라는 관점에서 재접근할 수 있다. 이로써 근대에 반립하는 자연주의가 모더니즘의 미적 근대성과 유사한 의식 형태라는 비판을 극복하게 되며 탈근대의 맥락을 얻는다. 둘째, 그의 문학사적 위치에 대한 재구성 문제가 제기된다. 그의 문학은 유물론에 대립하는 유기론의 한계를 넘어서 21세기가 요청하는 생태미학으로 재맥락화될 수 있는 것이다. 이러한 점에서 문학사적 차원에서 김동리와의 차별화는 단순하게 오영수 구하기가 아니라 그의 위상을 재인식하는 계기가 될 것이다.

현실세계와 분리된 추상 이념이 아니라 새로운 세계를 구체적으로 개진하려 했다는 점에서 오영수를 재인식하는 일은 요긴하다. 따라서 오영수 문학을 단순한 반근대주의, 시적 비전이라는 시야에 묶어두지 않고 근대 극복이라는 테제와 결부시켜 다양하게 해석하는 일이 필요하다. 이러한 점에서 고향으로 표상되는 내부성의 장소라는 개념으로 그의 문학을 설명하는 것은 대단히 중요하다. 이는 시적 비전과 공동체적인 경험 그리고 이야기성과 연관되면서 오영수의 창작방법을 구성한다. 그런데 오영수 문학을 생태비평이라는 관점에서 재해석하면서 그의 문학에 내재한 내부성의 장소 감각이 지니는 문학사적 의의를 규명하는 일은 앞으로 남겨진 과제이다. 말할 것도 없이 오영수를 재맥락화하는 일이 그를 과장하는 일이 되지 않아야 한다. 그럼에도 그동안 오영수의 위치가 객관화되지 못했다는 판단인데 이 글은 이러한 문제 제기의 일환이라 하겠다.

찾아보기